T'es con, point

DOUG HARRIS

T'es con, point

Traduit de l'anglais (Canada)
par Éric Fontaine

Une compagnie de Quebecor Media

Catalogage avant publication de Bibliothèque et Archives nationales du Québec et Bibliothèque et Archives Canada

Harris, Doug, 1959-
    [You comma idiot. Français]
    T'es con, point
    Traduction de : You comma idiot.
    ISBN 978-2-7604-1092-3
    I. Fontaine, Éric, 1968- . II. Titre: You comma idiot. Français.
PS8615.A747Y6814 2012   C813'.6   C2011-942825-3
PS9615.A747Y6814 2012

Titre original : *You comma Idiot*
Traduction : Éric Fontaine
Édition : Miléna Stojanac
Révision linguistique : Julie Lalancette
Correction d'épreuves : Céline Bouchard
Couverture et illustration : Axel Pérez de León
Grille graphique intérieure : Chantal Boyer
Mise en pages : Axel Pérez de León
Photo de l'auteur : Sarah Scott

Cet ouvrage est une œuvre de fiction ; toute ressemblance avec des personnes ou des faits réels n'est que pure coïncidence.

Remerciements
Nous reconnaissons l'aide financière du gouvernement du Canada par l'entremise du Fonds du livre du Canada pour nos activités d'édition. Nous remercions le Conseil des Arts du Canada et la Société de développement des entreprises culturelles du Québec (SODEC) du soutien accordé à notre programme de publication. Gouvernement du Québec – Programme de crédit d'impôt pour l'édition de livres – gestion SODEC.

Titre original : *You comma Idiot*
Publié avec l'accord de Goose Lane Editions/Published under arrangement with Goose Lane Editions, 500, Beaverbrook Court, bureau 330, Fredericton (Nouveau-Brunswick) E3B 5X4 Canada
Tous droits réservés

Les Éditions internationales Alain Stanké
Groupe Librex inc.
Une compagnie de Quebecor Media
La Tourelle
1055, boul. René-Lévesque Est, bureau 800
Montréal (Québec) H2L 4S5
Tél. : 514 849-5259
Téléc. : 514 849-1388
www.edstanke.com

Dépôt légal – Bibliothèque et Archives nationales du Québec et Bibliothèque et Archives Canada, 2012

ISBN : 978-2-7604-1092-3

Distribution au Canada
Messageries ADP
2315, rue de la Province
Longueuil (Québec) J4G 1G4
Tél. : 450 640-1234
Sur frais : 1 800 771-3022
www.messageries-adp.com

Diffusion hors Canada
Interforum
Immeuble Paryseine
3, allée de la Seine
F-94854 Ivry-sur-Seine Cedex
Tél. : 33 (0)1 49 59 10 10
www.interforum.fr

Pour William, et à la mémoire de Gary

Un

T'es le genre de gars qui tombe amoureux après une première rencontre.

T'es le genre de gars qui se répète une conversation cinquante fois dans sa tête et puis gâche tout quand c'est pour vrai. T'es le genre de gars qui se lave les cheveux trois fois dans la même journée parce qu'il a un rendez-vous avec une fille au resto le soir. Puis se fait prendre par la pluie en y allant. T'es le genre de gars qui est un peu con comme ça.

T'es le genre de gars qui s'apitoie tout le temps sur son sort. T'es le genre de gars qui est blessé chaque fois qu'une fille le croise sans lui prêter la moindre attention. Le genre de gars qui aime croire qu'il est sensible. Le genre de gars qui confond « sensible » et « pitoyable ».

T'es le genre de gars qui pense encore aux jolies filles qui lui faisaient peur au secondaire, des filles qui ne connaissaient même pas son nom. Le genre de gars qui n'arrête pas de penser comment ce serait d'en rencontrer une aujourd'hui. Peut-être qu'elle ne l'a pas facile. Peut-être qu'elle n'a pas de chance. T'es le genre de gars qui est attiré par des femmes qui traversent une mauvaise passe. T'es le genre de gars qui croit qu'il peut les sauver.

T'es pas, il est assez vrai, un pétard. On t'a donné un air trop triste et hagard, un crâne trop étroit, un visage trop long. Un front trop haut. Les joues creuses, un faible menton. Un nez qui change bizarrement de trajectoire, tirant vers le bas et de côté, comme un putt difficile.

Le matin, tu te regardes souvent dans le miroir pendant de longues heures. Des moments accablants qui s'étirent. Tu te demandes ce que tu as fait de mal et qui tu as mis en colère. Tu te demandes pourquoi on te punit.

Tu te retrouves en train de contempler un visage anguleux et émacié, mais dont la peau est curieusement lâche et charnue. Tu as de vraies bajoues. Si jamais on dressait ton arbre généalogique, tu ne serais pas surpris d'y voir figurer le nom de Fred Caillou. À la différence que toi, t'es maigre et grand. Très grand. Ce qui te donne l'air d'être, enfin, vraiment très maigre. En jeans, t'as la silhouette d'une fillette de douze ans. Ça fait plus d'une décennie que t'as pas mis de shorts. Les vestes pendent sur toi comme des serviettes mouillées et les chandails engouffrent tes épaules ridicules. La moindre cravate couvre la moitié de ta poitrine. Les vêtements t'haïssent à mort.

Dès que tu mets les pieds à l'extérieur de ton appartement, t'as l'impression de t'exposer au dégoût du monde. Tu cherches sans cesse ton reflet dans les vitrines des magasins, tu regardes ton visage, tes cheveux, ta chemise, tes jambes, de manière obsessive, habité par une vanité que seuls les moins choyés par la nature peuvent comprendre.

C'est à se demander pourquoi tu n'as aucun succès auprès des femmes.

Tu es, plus précisément, le genre de gars qui donne aux autres hommes la confiance qu'il leur faut pour aborder les femmes. T'es le genre de gars que les filles ordinaires s'exercent à envoyer promener du regard. T'es le gars dans un bar qui part tout le temps se morfondre dans son coin, celui que les amis doivent amadouer afin qu'il revienne à la table. La périphérie du groupe a été créée pour des gars comme toi. Quand une jolie fille raconte une histoire drôle et que tout le monde rit, tu te fonds dans ce « tout le monde ». Une voix qui n'existe pas en dehors du chœur.

Tu es, bien sûr, un élément absolument nécessaire à ton espèce. Tu es indispensable à l'équilibre. Tout en bas de la chaîne.

◊ ◊ ◊

Ou peut-être que c'est pas si grave. Peut-être que t'as tendance à exagérer. Peut-être que c'est juste un sentiment que t'éprouves certains jours. Le pire, c'est le matin. Quand tu te réveilles seul. Le soir, ça va. Tu te couches en ayant fait quelque chose, traîné avec tes amis, fumé un joint. Regardé un film ou la télé. La soirée est terminée et tu peux aller dormir.

Mais le matin, tout le reste de la journée t'attend. La mauvaise humeur s'installe et t'as un nombre pas possible d'heures devant toi. C'est pourquoi la première chose que tu fais quand tu te lèves, c'est de te recoucher. C'est aussi parce que t'as pas de job.

T'es allongé dans ton lit en ce moment. Tu entends la télé de l'autre côté de l'appartement. Tu la laisses allumée la plupart du temps. Il y a une pub. C'est celle où deux détectives font de la surveillance tard le soir. Tu peux décrire la scène de mémoire. Ils sont affalés dans une voiture, deux beaux mecs, la mâchoire taillée au couteau, l'air très cool, échangeant des bouts de dialogues vifs et intelligents. L'un est noir et l'autre est blanc, et c'est clair que même si le Blanc est en train de rendre le Noir fou parce qu'il éternue sans arrêt et que son nez coule à tel point qu'il est plus que temps qu'il se décide à prendre quelque chose pour son rhume, au fond, ce sont des partenaires qui s'aiment et se respectent.

C'est une bonne pub. Les concepteurs savent vraiment ce qu'ils font, il faut l'avouer. On dirait un produit génial, et c'est amusant de se laisser prendre à croire qu'on s'est lié d'amitié avec ces deux solides gaillards, même si la pub ne dure que trente secondes. Et toute la dynamique Noir-Blanc, c'est très bien aussi, le fait qu'ils soient de bons amis, ça nous rappelle tout le chemin parcouru, que nous habitons un monde qui vit en parfaite harmonie, où l'intégration raciale est acquise, un pays auquel seule la télé semble croire véritablement.

À la fin, le Blanc prend une pilule et le Noir est content parce qu'il n'aura plus à endurer ses reniflements. On dirait qu'ils vont même pouvoir fermer l'œil. Puis le Noir éternue et on se dit qu'il va être malade à son tour. Oh oh. Son copain lui lance un sourire entendu et tend le bras vers la boîte de médicaments.

Fantastique!

En fait, c'est étonnant que tu puisses même te rappeler tout ça. Toi qui as la mémoire à court terme d'un chiot d'une semaine. Toi qui, la moitié du temps, ne peux pas te souvenir de ce que tu es venu chercher dans la pièce. Toi qui, en ce moment même, te demandes: «Qu'est-ce que j'avais à faire aujourd'hui?» Quelque chose d'important, il te semble. Quoique, avec toi, ça ne veut pas dire grand-chose. En général, chez toi, c'est pas un feu roulant. Avec un gars comme toi, il se pourrait juste que tu n'aies plus de lait.

Honey est passée ce matin. Pour tuer quelques heures. Elle fait ça parfois après son quart de nuit, quand elle n'a pas envie de se coucher. Elle te réveille à huit heures trente du matin en appuyant sur l'interphone en bas. Ça va, tu t'y es habitué. Elle apporte le déjeuner, qu'elle attrape en chemin. Un de ces œuf-fromage-bacon-sur-croissant graisseux, crise cardiaque en prime, qui se vendent dans les comptoirs à beignes. Honey est infirmière, mais elle a les plus mauvaises habitudes de vie que tu puisses imaginer. Elle fume, boit, mange n'importe quelle cochonnerie. Elle est accro au café aussi. Et elle ne fait jamais d'exercice. Ça n'a aucune importance. Elle sera superbe jusqu'à quatre-vingt-dix ans. C'est une de ces filles-là.

Honey est avec Johnny depuis longtemps. Johnny Karakis, c'est ton meilleur ami. Tout le monde sait que t'es fou de Honey depuis toujours. Johnny le sait. Honey le sait. Tes amis le savent. C'est une source inépuisable de blagues. Qu'ils aillent tous se faire foutre, ils la veulent autant que toi. Tu n'as rien à cacher.

Ton apparence est sûrement à l'origine de la plus grande déception de ta vie. T'es frustré d'avoir été roulé par la nature dans ce rayon. Ça te fâche. Ça doit être génial de traverser la vie en étant aussi beau que Johnny. Comme un tas d'autres trous de culs que tu connais. C'est pourquoi un certain cynisme s'est installé. Tu crois que tout le monde est stupide sauf toi. Plus ou moins stupide. Tu crois que tu n'as de comptes à rendre à personne. Tu crois que les gens gaspillent leur vie en faisant n'importe quoi dans le seul but d'épater leurs amis. Tu crois que toutes les amitiés ne durent qu'un temps. Que les gens peuvent justifier n'importe quelle trahison. Tu crois que les gens sont prêts à payer pour n'importe quoi pourvu que ça les amuse. Tu es convaincu que la vidéo a tué la musique. Et que la musique a tué le cinéma. Tu as acheté les bandes sonores tirées de films parmi les plus idiots jamais tournés. Tu crois que tous les beaux hommes sont des simples d'esprit. Et que le problème avec les jolies femmes, c'est qu'elles sont si superficielles qu'elles te voient pas pour ce que tu es vraiment. Des myopes arrogantes. Tu crois être le seul à savoir ce qui est vraiment drôle. Tu crois que personne d'autre que toi ne voit les choses dans leur véritable contexte. Tu crois que les ordinateurs sont une folie passagère. Relativement parlant. Dans cent ans, on sera tous préoccupés par un autre truc qui va transformer radicalement notre existence. Tu crois que le fait de savoir toutes ces choses, le fait de supporter le poids d'autant de clarté de vision, c'est paralysant, que ça paralyserait n'importe qui, et donc que c'est pas ta faute si t'as jamais rien fait dans la vie.

Tu crois que t'as le droit de dire n'importe quoi. Ou de ne rien dire du tout. Et que, dans l'ensemble, il est plus facile de mentir. T'as couché avec les petites sœurs de tes amis. T'as connu des femmes désespérées. Tu t'es même tapé *ta cousine.* Ç'a été rough. Tu restes là, année après année, à regarder des gars qui ne t'arrivent pas à la cheville accompagner des filles tout à fait potables dans les centres commerciaux pendant que toi, tu magasines seul un quelconque cadeau de merde pour un quelconque anniversaire de merde. Tu crois que le monde entier est contre toi. Tu crois que c'est pour ça que t'as le droit de prendre tout ce qui passe.

Tu as baisé avec la copine de ton meilleur ami ce matin.

T'es con.

Deux

« Tu dors pas », dit Honey.

Ce n'est pas vraiment une question mais, à sa manière de formuler la phrase, tu te sens obligé d'y répondre. Il est à peu près neuf heures du matin.

« Je pense que je vais me lever », dis-tu.

Vous êtes allongés, tous les deux, après le coït, depuis vingt minutes. C'est-à-dire plus de temps que ça t'a pris pour la baiser.

Sa tête repose au creux de ton aisselle, c'est une drôle de position. Tu te demandes si elle fait ça avec Johnny aussi, ou si c'est juste pour toi, cette manière de se blottir contre toi. T'as vraiment envie d'une cigarette.

« J'ai vraiment envie d'une cigarette », dis-tu. Tout bas, presque en murmurant.

« Prends-en une. »

Mais tu ne le fais pas. Tu restes couché encore un peu. Elle reste couchée encore un peu. Il n'y a rien à dire. C'est vraiment très étrange.

Tu as rêvé de lui faire l'amour presque *tous les jours*. Depuis des années. Rêvé de la voir nue. De toucher son corps. De ne rien faire d'autre que de t'imprégner de l'aura de son implacable beauté. De glisser lentement sa petite culotte en bas de ses hanches, le long de ses cuisses parfaites, le duvet blond de ses jambes scintillant et se dressant au gré de ta progression. De laisser ta main s'insinuer dans son t-shirt serré et se refermer doucement sur l'un des plus jolis seins que le monde ait jamais vus naître. De saisir une pleine poignée de ces fesses-là, de pétrir sa chair et de la sentir entre tes doigts.

Et tu as fait ça aujourd'hui.

Comment te sens-tu ?

Elle étend son bras sur ta maigre poitrine et se rapproche. « T'es magnifique, dit-elle en t'embrassant dans le cou. T'es un bel homme. T'es un vrai mâle, trop même.

— C'est vrai ?

— Non.

— Non ? »

Elle sourit. « Bon, t'es pas si mal. T'es correct.

— Je m'en fous, dis-tu en faisant semblant de bouder.

— Fais pas ça. Ça n'a aucune importance. »

Un ange passe.

« C'était weird, dis-tu.

— Oui, c'était weird. »

Tu tires les couvertures. Afin d'exposer cette superbe chair et de la contempler encore une fois.

« Tu sais quoi ? Tu es exactement comme je t'imaginais. Nue, je veux dire. Une vraie splendeur.

— Exactement comme tu m'imaginais ? Pas mieux ?

— Oui. Mieux. Même mieux que je pensais.

— Vraiment ?

— Non. »

À vrai dire, oui.

Mieux que tu n'aies jamais osé imaginer. Mieux que tu n'aies jamais vu. C'est la vérité. Le genre de corps qu'on voit au cinéma, sur le grand écran. Qui a sa place auprès de quelqu'un d'autre. Quelqu'un comme Johnny.

C'est elle qui a commencé.

C'est elle qui a fait le premier geste. Elle s'est glissée dans ton lit. Elle a grimpé sur toi.

C'est vrai aussi. C'est la pure vérité. Tu n'aurais jamais eu le courage d'entreprendre une chose pareille.

Elle a aimé ça, tu crois. Sans blague. Enfin, un peu. C'était pas un échec complet ou rien.

Toi, tu as aimé ça. C'était incroyable, vraiment incroyable.

C'était pas génial.

Ça ne pouvait pas être génial. Ça ne pouvait pas arriver à la hauteur de tes rêves. Et encore il aurait fallu que vous baisiez comme des bêtes pour que ça ressemble un tant soit peu aux douze millions de scénarios qui traversaient jadis ton esprit toutes les fois que tu musclais tes poignets en pensant à elle. Il aurait fallu presque tourner un film porno pour arriver à la hauteur, vu qu'il y avait d'autres filles avec elle dans ces scènes. Et il aurait fallu qu'une partie de tout ça soit tournée au ralenti.

Ce n'est pas le début d'une liaison.

Ça ne se reproduira pas.

Tu ne te fais pas d'illusions.

Ça s'est passé trop vite.

Tu étais trop nerveux.

Elle ne t'a pas embrassé.

Ce sont des faits.

Tu l'as embrassée quelques fois. Tu as plus ou moins cloué sa bouche contre la tienne. Tu as lu que les prostituées n'embrassent pas leurs clients. Ça s'est passé un peu comme ça.

T'as aucune idée pourquoi c'est arrivé.

Un autre fait.

« Je suis si fatiguée. Dormons un peu. Écrasons-nous pour quelques heures.

— J'arrive pas à dormir, Honey.

— Mais j'ai travaillé toute la nuit, Lee.

— Je sais. Je vais aller lire le journal. Dis-moi quand tu veux que je te réveille.»

Elle ne t'écoute pas et se blottit contre toi. «Ferme tes yeux, mon petit melon.»

Son petit melon. Sa petite croustille. Sa petite salade de concombres. Son petit guacamole, sa petite aubergine. Ce sont des petits noms qu'elle a toujours eus pour toi. Des noms qui te font sourire. Qui font sourire Johnny. Tout le monde a toujours trouvé amusant que cette superbe créature te colle ces surnoms affectueux, à toi qui, ça va de soi, n'auras jamais une fille comme ça. Elle sait à quel point ça te fait plaisir, même si tu feins le contraire. Et elle sait te remettre d'aplomb en te relançant au bon moment, même quand t'es résolu à t'apitoyer sur ton sort. Elle le dit quand il y a des filles qui écoutent. Dans les bars, à des fêtes et à des barbecues. Ça te ramène un petit peu plus vers le centre. Sa petite clémentine. Sa petite pâte brisée.

«Honey?

— Dodo, Lee.

— Non, j'ai envie de te poser une question…

— J'ai pas envie de parler de *ça*. Si c'est à ça que tu veux en venir.

— Non, non, c'est pas du tout ça.»

C'était en plein ça.

Plus tard. À la porte. Elle cherche ses clés. Elle cherche tout le temps ses clés. Les clés de la vieille Firebird qu'elle aime tant. Tout comme ses amies infirmières, elle a toujours aimé les grosses cylindrées.

Elle les trouve. Elles étaient dans sa poche. En fin de compte, elles sont toujours dans sa poche. «Lee, ne dis rien de tout ça à Johnny, O. K.? C'est compris?»

Tu ne dis rien. Tu essaies d'inventer un mensonge de circonstance.

Elle ramasse son manteau, son sac à main, les balance sur son épaule.

Elle dit : « On se voit cette fin de semaine. Tu viens quand même ? »

C'est une question.

« Je ne sais pas, j'imagine que oui. »

Elle tend la main, te caresse la joue. « On se voit cette fin de semaine. »

Elle t'embrasse sur le menton puis te relâche en te jetant un regard sévère. Elle ouvre la porte puis se retourne.

« Sois pas weird, Lee.

— Je serai pas weird.

— T'es déjà weird.

— Je suis un peu weird.

— Prends ça cool.

— Je prendrai ça cool.

— O. K.

— Ça va. »

Pause.

Et tu lui dis : « Mais je comprends pas. »

Un soupir. Le sien.

« Quoi ? » dit-elle enfin.

Quoi ? Pourquoi elle s'est glissée dans ton lit ce matin ? C'est ça, la question. Pourquoi elle n'a pas attendu avec les croissants devant la télé comme elle l'a fait toutes les autres fois ? Tu voulais juste dormir encore quelques minutes. C'est la pure vérité, maman. Pourquoi tu t'es réveillé avec sa langue sur ton ventre ? Pourquoi elle en a eu envie ? Après tant d'années, pourquoi elle a choisi de tromper Johnny aujourd'hui même ? Après tant d'années, toi, elle t'a soudainement trouvé sexy ? Il y a un millier de gars qui auraient pu jouer ton rôle. Et maintenant elle part comme si de rien n'était. En te disant qu'il faut que tu prennes ça cool.

C'est pas rien tout ça. Ça veut dire que c'est fini. Ça fait des siècles que tu penses à ça, et maintenant c'est fini. Vous vous êtes débattus comme des chats de ruelle ce matin, vous deux - bon, pas vraiment - et maintenant c'est fini.

Quand un truc pareil se passe, il faut s'attendre à des conséquences.

Tu reviens à elle. « Ça veut dire quoi "ne rien dire à Johnny" ? » Tu ne bégaies pas, mais tu manques de naturel. « Jamais ? »

Elle se dirige vers l'ascenseur, appuie sur le bouton. Elle va attendre longtemps. C'est lent comme c'est pas possible, cet ascenseur.

« Non, je veux juste pas que tu lui dises. » La porte s'ouvre. Pour la première fois de sa vie, il est là, l'ascenseur de cul. Elle y entre, se retourne. « Je préfère que ce soit moi. »

Oh.

Elle sourit, puis disparaît.

Man, qu'elle est belle.

Trois

Là où t'as vécu toute ta vie, depuis le jour de ta naissance jusqu'à aujourd'hui, un lundi du mois de juin, en
1992, un lundi où par-dessus le marché il fait chaud
en crisse – le début de l'été est absolument torride –,
à Montréal, à NDG, dans les immeubles en bas de la rue
Sherbrooke Ouest et dans ceux qui sont de l'autre côté
de la voie ferrée, là où les rues sont un peu plus miteuses
et où les blocs-appartements et les logements de l'après-
guerre sont entassés pêle-mêle, c'est un fait, mon vieux,
l'indice boursier n'est pas à la hausse. Il y a beaucoup
de cols bleus, beaucoup de travailleurs à temps partiel,
beaucoup de gens qui déposent leur carte de chômage
dans une boîte aux lettres le vendredi après-midi. Des
gens qui fréquentent encore de tristes petits restos
dont les enseignes portent des noms comme Jimmy's
ou Steaks ou, mieux encore, Restaurant ; qui passent
l'après-midi à la buanderie, une revue sur les genoux et
un œil sur les machines afin de s'assurer que personne
ne vole leurs serviettes ; qui font la file à la banque
pour déposer ou retirer de l'argent, certains d'entre eux
parce que se servir d'un guichet automatique, c'est trop
compliqué. Les cartes et les codes et tout. Faire la file,
c'est pas si mal quand on est parmi des connaissances
et qu'on n'est pas pressé.

Contrairement à ce qui se passe dans la plupart des grandes villes, ici le temps fait du sur-place. Les gens avaient tous fait des plans pour partir, mais ils n'y sont jamais arrivés. On dirait presque que les choses ont trop peu changé. Trop de continuité. Il y a encore des rues où vivent des générations entières, des amis et des familles qui se souviennent de tout et dont on se souvient, des histoires qui ont un début, un milieu et une fin, des vies qui parfois ne s'élèvent guère au-dessus de l'anecdote.

Tu roules en compagnie de Henry. Henry a une voiture. Toi, t'en as pas. Henry conduit comme un pied, il ne sait jamais où il va. Même quand il y est allé souvent, pour lui, chaque fois, c'est comme la première fois.

« À gauche », dis-tu en grinçant un peu des dents. Déjà, t'es sur les nerfs. Tu ajustes tes lunettes fumées et jettes un coup d'œil sur Henry. Il traverse l'intersection sans ralentir le moins du monde.

« Quand ? »

Tu le regardes de nouveau. « Il y a une seconde.

— Là ?

— Oui, là.

— Je pensais que tu voulais dire plus loin. » Il arrive à une autre intersection. « De toute façon, c'est pas ici ?

— Tu peux pas tourner ici. »

Henry cherche des yeux, s'aperçoit que c'est une rue à sens unique dans le mauvais sens.

Tu dis : « Oublie ça. Tourne à droite, on reviendra sur nos pas. »

Henry se prépare à changer de voie, mais il y a des voitures. « À droite ? demande-t-il mollement.

— Oui. Change de voie.

— Je peux pas. Y a des voitures.

— Ralentis, alors.

— Y a des gens derrière.

— Accélère, alors. »

Henry hoche la tête. « Je vois. »

Mais il ne voit pas, et vous ratez ce virage aussi.

« C'était pitoyable, ça.

– C'est pas ma faute.

– O. K. Reste dans cette voie, continue tout droit jusqu'aux lumières. »

Henry regarde au loin en plissant les yeux. « Hey, c'est *là* qu'il faut tourner à gauche. C'est *là* qu'on a tourné la dernière fois.

– Oui, parce que c'est là qu'on *s'est trompés* la dernière fois.

– T'es sûr ?

– Ton clignotant. Mets ton clignotant. »

Après qu'il a négocié tant bien que mal plusieurs virages à droite, un à gauche et encore un autre à droite, et alors que tu te trouves enfin à une distance raisonnable de ta destination, tu vois un bon endroit pour garer la voiture.

« C'est bon. Je descends ici.

– Je vais m'avancer un peu.

– C'est bon, j'ai dit !

– O. K. »

Henry braque à fond pour se garer. Il évite le bord du trottoir de justesse en tirant d'un coup sec. Une fille et son chien poussent des cris de terreur avant de se précipiter sur l'herbe devant une maison.

« Débarrasse-toi de l'auto et on se retrouve plus tard, dis-tu en bondissant de la voiture.

– Fais vite.

– Inquiète-toi pas.

– S'il te plaît, Lee, la dernière fois, c'était long.

– La dernière fois, j'étais pas seul. Je te l'ai dit.

– Bon, même s'il y a quelqu'un, fais vite.

– Inquiète-toi pas.

– Je veux pas attendre une éternité.

– J'ai compris.

— Oublie pas.

— Vas-y. Maintenant. »

Man, on aurait dit une dispute de couple. Tu en as assez. Tu feras aussi vite que possible. De toute façon, tu n'as aucune envie de traîner.

Tu grimaces en regardant Henry partir en trombe. Il déborde dangereusement sur la voie à contresens avant de ramener la voiture tout aussi violemment. Pourquoi tu l'amènes avec toi ? Eh bien, c'est parce qu'il a la couenne dure. Et qu'il est un peu fou. Et que l'idée d'y aller seul te rend nerveux. Même après tout ce temps. C'est pourquoi tu t'imposes ce rituel idiot. Henry te dépose à une certaine distance, tu fais le reste du chemin à pied, tu entres par la porte principale. Quand tu quittes l'immeuble, tu empruntes la porte du sous-sol à l'arrière. Coupant dans la ruelle, tu te diriges jusqu'à ton rendez-vous avec Henry, qui a abandonné la voiture. Si tout se passe comme il faut, vous prenez un taxi ensemble et Henry revient chercher sa voiture le lendemain.

La police aura beau guetter la porte d'entrée, tu ressortiras jamais par là. Si, au contraire, c'est la voiture de Henry qu'elle surveille, c'est pas grave non plus parce que tu n'y retourneras pas. Elle restera garée dans une rue avoisinante toute la nuit. Mais, en vérité, si les policiers ne sont pas trop cons, ils te mettront la main dessus quand même. Facilement. Ton stratagème est ridicule. Ça te rassure malgré tout.

Tes longues jambes te rapprochent rapidement de ton but. Les rues sont plus jolies dans ce quartier, les trottoirs, plus propres. C'est peut-être Lower Westmount, c'est tout de même Westmount. Bonjour l'impôt foncier. En arrivant devant l'immeuble, tu regardes ici et là, balayant du regard l'entrée et le hall à la recherche d'un truc qui sortirait de l'ordinaire. Que cherches-tu au juste ? Un policier en civil ? Bonne chance. C'est impossible de reconnaître ces gars-là. Tu veux juste t'assurer que personne n'est là pour te braquer. Que personne ne traîne dans le coin dans le seul but de prévenir ses acolytes de ton arrivée.

T'as entendu parler d'un gars - c'est à ça que tu penses en poussant la lourde porte vitrée qui débouche sur le répertoire des occupants et l'interphone - qui s'est pointé chez son dealer au milieu d'une descente. Ça s'est passé ici même, dans cet immeuble, qui jouit d'une certaine notoriété. L'endroit a fait les manchettes, comme on dit, à plus d'une occasion. Pour avoir accueilli une panoplie d'activités illicites. Mais c'était il y a quelques années, et c'est le calme plat depuis un bon moment. Toujours est-il que le gars a cogné à la porte pendant que l'escouade antidrogue passait l'appart au peigne fin. Salut! Et le nom du gars - ça ne s'invente pas - était Lucky. Ah! Rentre, mon vieux Lucky. Tu prendrais une bière? Lucky? Il a pris trois mois. Pendant un certain temps après sa sortie de prison, on l'appelait « Le dealer jadis connu sous le nom de Lucky », mais ç'a jamais vraiment collé.

Il y a une dame qui sort par les portes de sécurité intérieures. Elle se bat avec deux gros sacs en bloquant la porte avec la hanche. Tu l'aides, mais laisses la porte se refermer sans franchir le seuil. Elle te regarde, interloquée.

C'est comme ça que Lucky s'est fait avoir.

« Je ne sais pas si mon ami est chez lui. Je vais d'abord composer son code d'accès sur l'interphone. »

Elle s'éloigne en te jetant un autre regard dubitatif.

Idiot. *Je vais d'abord composer son code d'accès sur l'interphone.* Tu joues dans un téléroman maintenant? Mieux vaut rien dire. Tu te diriges vers le répertoire des occupants. Tu traces du doigt une ligne sur le panneau de verre. Tu fais semblant de chercher son nom. Derrière toi, la dame aux deux gros sacs s'est traînée jusqu'à la sortie. Tu composes le 6060.

« Oui ?

— Lee.

— Lee ?

— Lee.

— Ça va. »

Bzzz. Clic.

Dans l'ascenseur, tu repenses à Honey et au fiasco de ce matin. Aïe. Tu vas le payer. C'est si frais dans ton esprit que tu n'as pas encore eu le temps de perdre les pédales. Oublie ça pour l'instant. Concentre-toi. Reste éveillé.

Tu arrives au quinzième étage, te glisses dans le couloir et tournes à droite. Personne t'a braqué durant le trajet. C'est une bonne chose. Si quelqu'un avait osé, il aurait empoché deux mille dollars. Pas mal pour dix minutes de boulot. Tu avances le long d'un tunnel recouvert de tapis. Tu t'en vas jusqu'au bout. Deux mille dollars. C'est trois fois rien dans un endroit comme celui-ci. Tu dépasses plusieurs portes en riche bois foncé. Les numéros sont gravés sur de préten-tieuses petites plaques dorées. Des serrures massives. Des poignées chics. Tu t'attends à voir tourner une de ces poignées à tout moment et à te retrouver face à face avec l'un des occupants. Tu imagines le coup d'œil qu'il jettera sur toi en se demandant qui t'a laissé entrer. Ou peut-être le saura-t-il déjà.

Tu avances tout droit. La poitrine serrée. Le cœur battant à tout rompre. Encore. Après tant d'années.

Aucune poignée ne tourne, aucune porte ne s'ouvre. Tu te laisses aller un peu, expires, inspires. C'est curieux que dans un immeuble aussi prestigieux on sente encore les odeurs de cuisine. Tu arrives au bout du corridor, appuies sur la sonnette, attends en écoutant le bruit de pas qui approchent.

Ton dealer ouvre la porte. « T'as quinze minutes de retard.

— J'ai *cinq* minutes de retard. »

Tu passes devant lui et te diriges vers le salon. Tu n'as jamais vu autant de plantes dans une même pièce. Des plantes ordinaires, pas du cannabis. Des plantes au sol, des plantes sur des tablettes, des rangées de plantes en pot. Des arbres miniatures. Des arbustes même. Des pots en attente, remplis à ras bord de terre. Tu t'assois au bout d'un canapé en cuir, pas loin d'un cactus maigrelet.

« Est-ce que je te sers un rafraîchissement ? » Ton dealer, qui t'a suivi, boit à la paille une espèce de liquide vaseux dans un grand verre. « Du jus ? Un thé ? »

Ton dealer est un de ces gars qui veulent vivre éternellement. À plus de cinquante ans, il a toujours une nouvelle lubie. Il ne boit pas, ne fume pas la cigarette et ne mange rien qui ne contient pas de fibres, de germes ou va savoir quel autre truc qu'il nous faut. Il lève des haltères, il court, lit des magazines sur la santé et fuit le soleil comme la peste.

Il s'assoit à un élégant bureau ancien.

« Non, je veux rien. Je passais comme ça. Au hasard. »

Il ouvre un tiroir, s'empare d'un carnet, tourne quelques pages avant d'arriver à ton nom. « Qu'est-ce que tu m'apportes ?

— Deux.

— Deux », dit-il en étudiant la page. Il attrape un stylo et inscrit le chiffre.

« Et tu ne veux rien ?

— Non, j'ai tout ce qu'il me faut pour le moment. »

Tu te lèves et retires ta veste de jean. Tu la retournes pour accéder à la grande poche cousue à l'intérieur du dos. Tu l'ouvres, retires l'enveloppe épaisse qui te gruge la colonne vertébrale depuis une demi-heure. Tu la lui tends.

Il sort l'argent, ôte l'élastique et soupire. Il commence à compter.

« Je dois prendre une douche, tu peux pas rester longtemps. »

Tu hausses les épaules. « Tu sors ?

— Avec Sharon. »

Sharon, c'est son ex.

« Où ?

— Au resto. As-tu compté tout ça comme il faut ?

— Ouais.

— Comme il faut ?

— Bien sûr.

— Hum. » Ça sort un peu comme un grognement. Est-ce que c'est parce qu'il y a beaucoup de petites coupures ?

Tu le regardes compter.

Au bout d'un moment, il lève les yeux. « Sais-tu c'est quoi le problème avec le fait de vieillir, Lee ? »

Tu ne réponds pas.

Il te regarde comme si la réponse allait de soi.

« Je ne sais pas », dis-tu enfin en jouant avec les sous-verres sur la table d'appoint. Nerveux, désireux de partir au plus vite, tu suis son regard, qui s'arrête de nouveau sur l'argent. « Ta vue baisse ? »

Il secoue la tête. « Non. »

Tu ne dis rien. Il ne dit rien. Tu attends. Il te laisse mariner, continue à compter l'argent. Good Christ, comment veut-il que tu le saches ? C'est lui, le vieux.

Tu proposes autre chose quand même : « Tout le temps perdu à s'inquiéter des détails futiles de la vie ?

— Non. » Mais ses lèvres esquissent un faible sourire et une douceur s'insinue dans la pâleur de ses traits fins. Il aime ces petites joutes.

Tu te demandes où il veut en venir. L'idée qu'il s'agisse de Sharon te vient à l'esprit. Bien sûr. Celle dont la voix siffle et qui zézaie. Beuh.

« Les anciennes amours ? L'inextricable toile que nous tissons ? »

Il sourit encore. « Non. »

Il repousse quelques piles de billets, attaque le reste. Tu le regardes. C'est un ouvrier de la chose. Il détache minutieusement chaque billet de celui d'en dessous, le palpe afin de s'assurer qu'il n'en cache pas un autre. Ses gestes sont mesurés, effectués sans aucune précipitation. Il est précis et méthodique. Lent. T'aurais envie de lui défoncer le crâne avec un pot rempli de terre.

Ton dealer se décide à t'offrir une explication : « Le problème avec l'âge - il tend le bras pour attraper son sérum anti-âge -, c'est que ton cul te démange sans arrêt. » Il porte la paille à ses lèvres, aspire un peu de son liquide vaseux.

Tu joues avec les boutons de ta veste. L'atmosphère est toujours un peu tendue ici. Ces petites conversations bizarres. La peur d'entendre un coup sec à la porte. L'envie de partir dès que tu arrives.

« C'est fascinant.

— Ça démange, ça brûle. Tout le temps. Il y a toujours une quelconque démangeaison. Ça te rend fou. Parfois ça part, disons pour une semaine. Mais ça revient tout le temps. Ça gratte, ça picote. »

Il finit de compter une pile de billets, en amorce une autre.

« C'est en feu, là, dit-il en se tortillant pour de vrai. *En feu.* Mon propre trou de cul. C'est en train de me tuer. J'aurais envie de l'ôter avec un couteau à éplucher. C'est comme ça que je me sens. Je voudrais l'éviscérer. Ou le frotter au sang avec la plus vicieuse feuille de papier sablé qui existe. Le gratter à vif. Ou le geler.

M'engourdir le cul en le bourrant de la neige carbonique la plus froide que je puisse trouver. Tu comprends ce que je te dis ? C'est à ce point. Je rêve de planter une gigantesque seringue pleine de cortisone dans mon derrière. Peux-tu imaginer ? C'est une malédiction. »

Il aspire à longs traits son espèce de dégueulis, puis pousse une pile de billets sur le côté.

Tu restes muet une fois de plus en te rappelant que tu as déjà entendu ce genre de truc. Ça lui arrive de partir en furie, à ton dealer. C'est pas la première fois. Il est vrai que, cette fois-ci, c'est plus stupéfiant, plus ahurissant, plus dégoûtant, plus incroyablement weird que jamais auparavant, mais pourquoi pas ? Peut-être qu'il fallait qu'il le dise à quelqu'un. Peut-être que c'est son droit. Peut-être que c'est une bonne chose que ça soit enfin sorti du sac. Il s'est vidé le cœur. Maintenant il est soulagé. Après tout, si son cul lui fait mal à ce point.

« As-tu déjà utilisé cette crème ? » veut-il savoir. Oh, God. Tu t'écrases dans le canapé. « Ce truc transparent dans un tube ? C'est nul. Ça n'a aucun effet. C'est pour les cons. J'en ai acheté une tonne. Ça ne marche jamais. Je l'étends comme si c'était du glaçage. Ça ne fait strictement rien. Au bout de dix minutes, je me retrouve en train de creuser de nouveau mon trou de pet avec les doigts, jusqu'aux jointures. Je ne te montrerais pas mes sous-vêtements à la fin de la journée même si tu me suppliais.

– Vraiment ? Même si je te suppliais ? »

Il finit de compter les billets, pousse la dernière pile vers les autres. Il les compte. Puis les place l'une après l'autre dans le tiroir du bas du bureau, qu'il referme doucement.

Il te regarde. Où veut-il en venir ?

« Le problème lorsqu'on vieillit, c'est que tout se met à aller de travers. Ton corps commence à être usé.

Comme n'importe quelle machine, pièce par pièce. Bon à jeter. Ton dos bloque. Ton cul s'affaisse. Tes pieds te font souffrir. Tu perds tes cheveux. Tes jointures raidissent. Ta peau se distend, change de couleur et s'assèche. Ton cerveau ne veut plus rien apprendre. Il est en train de rapetisser. En fait, il devient si petit qu'il essaie de se délester d'un tas de trucs. C'est une vente de débarras. C'est pourquoi tu ne peux plus rien apprendre ni même te rappeler de vieux souvenirs. »

Il prend encore une horrible gorgée de sa mixture grumeleuse.

« Tout commence à faire mal. Pas très mal, juste ici et là. Quand t'es jeune et que tu te blesses, tu te remets rapidement. Quand t'es plus vieux, plus rien ne revient comme avant. Une douleur par-ci, un bobo par-là. Tout traîne en longueur. Juste assez pour semer le doute. Le doute sur ce qui te ronge de l'intérieur. Quel nouveau mal ? Quelle maladie ? Quel cancer se cache derrière le mal de gorge dont tu souffres ce matin ? Pourquoi ces derniers temps ai-je l'impression d'avoir un bras mort ? Quelle est la différence entre des douleurs de poitrine et une douleur aux muscles de la poitrine ? L'une de mes artères est-elle à la veille de s'affaisser ? Est-ce que j'ai une tumeur parce que j'ai passé trop d'heures au téléphone cellulaire ?

— J'en ai pas », dis-tu. Inutilement.

« Ça va me tuer. J'ai pas confiance en ces trucs-là. Des fois, quand tu prêtes vraiment l'oreille, tu peux entendre éclater un à un tes neurones. Et t'as pas idée de la taille du cellulaire que j'ai eu au début. Il aurait été plus facile de traîner une crisse de grosse brique avec moi toute la journée. Pense à la quantité de radiations qui ont dû traverser mon crâne. J'ai peut-être une tumeur en ce moment même. J'ai des maux de tête, tu sais.

— Peut-être que tu fais trop d'exercice. Peut-être que tu devrais prendre ça un peu plus relax. Mange de la pizza.»

Ses yeux se perdent au loin. C'est un air qu'il se donne quand il parle avec quelqu'un dont les facultés mentales sont clairement limitées.

« Le fait de vieillir t'oblige à prendre des décisions. Il faut d'abord se décider à apprendre à vivre avec le fait de vieillir. Les douleurs, les maux, tout ça. Les ajustements. Les compromis. Tout ça. Et après, il faut accepter la mort. C'est pas aussi difficile qu'on pense. T'es plus vieux. Plus fatigué. Quand t'es jeune, le caractère inéluctable de la chose te rend fou. La vie paraît dénuée de sens. À quoi ça rime si un jour on meurt tous de toute façon? C'est contre ça que tu te butes. Pourquoi te forcer? Pourquoi chercher à devenir riche? Pourquoi faire des sacrifices? Plus vieux, tu reviens constamment sur le passé. Les dés sont jetés. T'as joué, il a joué, elle a joué, ils ont joué et la vie a joué. Ainsi va la vie qui va. Autrefois, tout était futile. Et en même temps ça ne l'était pas. Avec l'âge, c'est moins frustrant. La mort approche, mais sans être aussi menaçante. La fatigue s'est installée. Penses-tu que je suis riche?»

Tu lèves la tête. «Quoi?» Tu t'es un peu assoupi au moment où il entamait la tirade du «jeu de dés».

«Combien d'argent penses-tu que j'ai en ce moment?

— Je sais pas.

— Devine.»

Encore ses devinettes. «J'ai dit que je le savais pas.»

Il relève un sourcil et te lance un regard qui se veut sévère. «Devine.

— Non.

— S'il fallait que tu mettes un chiffre là-dessus.

– J'ai aucune envie de mettre un chiffre là-dessus. »
Mais c'est un gros chiffre, tu penses.

« Au bas mot. »

Tu hausses les épaules.

« Vas-y, au bas mot.

– Au bas mot ?

– Oui.

– Tout ton cash ?

– C'est ça.

– Tu veux que je te dise ça, là ?

– Oui, là. » Ses yeux brillent en prévision de ta réponse.

« Non, j'ai pas envie.

– Vas-y ! »

Tu jettes un regard sur le bureau. « Deux mille piasses. »

Il te fixe des yeux. Lâche un tout petit sourire qui se veut énigmatique. « T'es un garçon brillant », dit-il doucement.

La sonnette retentit. D'en bas. God ! Ça te prend au dépourvu. Ça résonne. T'as le souffle coupé. T'es pas stressé, toi.

Il rit, attrape la télécommande et allume la télé. Une image granuleuse de Sharon apparaît à l'écran, plissant les yeux face à la caméra. La femme aux gros sacs à main et aux chapeaux ridicules. Même en noir et blanc, ses accessoires sont clinquants. Il éteint et se dirige vers le téléphone fixé au mur près de la porte.

« J'ai pas encore pris ma douche, souffle-t-il dans le combiné.

– Qu'est-ce que tu faisais ? répond-elle au-dessus des grésillements. On... »

Il écrase le bouton du doigt pour la laisser entrer, coupant court à la conversation.

Tu te lèves. Le canapé en cuir émet un grand gargouillis, heureux de s'être débarrassé de toi. Tu fléchis les genoux, décolles tes jeans de derrière tes cuisses, replaces ta chemise.

« Il faut que je parte. *Mon cul* commence à piquer.

— Ah! De l'humour. Je suis un vrai fan.»

Ton dealer traverse la pièce en labourant d'une main son arrière-train. Il ouvre un tiroir de son bureau et en retire une plaque noire, qu'il te balance. « C'est du bon. Dis-moi ce que t'en penses. Deux mille quatre cents.»

Tu attrapes le paquet, retires l'emballage, renifles le contenu, scelles de nouveau le paquet et l'enfonces dans la poche intérieure de ta veste de jean. Tu endosses ta veste. Tu sens la bosse contre ta colonne vertébrale. Tu traverses la pièce, évitant des arbustes et des arbres tout le long du trajet. Tu l'entends aspirer les dernières gouttes de son breuvage, le bruit de la paille qui tire de l'air, le crépitement des bulles. Tu arrives à la porte, puis te retournes pour lui faire face.

« Tu sais, Lee, dit-il lorsqu'il a ton attention, je suis né pauvre. La misère noire. C'étaient pas des débuts prometteurs, je peux te l'assurer. Mais tu sais quoi? Tu sais ce que j'ai compris assez vite? Que c'était par rapport à mon entourage immédiat. Que, en fait, j'avais beaucoup de chance. Que j'étais privilégié. De venir au monde en Amérique du Nord. Au XXe siècle. Comme toi. Je risquais pas de crever de faim. Y avait pas de mouches qui tournaient autour de moi dans le seul but de m'infecter d'un virus. Je risquais pas d'être victime d'un génocide. Mon pays était même pas en guerre. Mes deux mains fonctionnaient. Mes jambes fonctionnaient. Je pouvais voir, entendre et réfléchir. J'avais vraiment de la chance. Au début, je comprenais pas grand-chose, bien sûr, mais avec le temps j'ai compris que la plupart des gens comprennent pas grand-chose. Un coup de chance encore. J'ai travaillé très fort. J'ai profité au max de toutes les occasions qui se présentaient à moi. J'ai même profité de celles qui se présentaient aux autres des fois. Je suis pas devenu riche pour autant. Je me suis pas enrichi. C'est juste qu'à la fin j'en avais beaucoup plus qu'au début. »

Tu le regardes avancer vers toi avec souplesse parmi les plantes de la jungle. Pas mal pour un gars dont la machine commence à accuser son âge.

« J'en ai beaucoup plus. C'est vrai. Plus d'argent. Plus de vêtements. Plus de choses. Des goûts plus amples. Des goûts plus raffinés, certainement. Plus de connaissances. Plus d'expérience. Une plus grande compréhension de ce que le monde exige de nous, simples mortels. Les traits du visage un peu plus tirés, plus de rides, plus de gris, plus de soucis. Plus de souvenirs. »

Ton dealer t'ouvre la porte.

« Ce qui reste, c'est forcément moins qu'auparavant. Moins d'énergie. Moins de désir. Moins de vie. Moins de cheveux. » Il sourit et passe une main sur son front dégarni, caressant au passage les quelques cheveux ondulés qui refusent de se laisser vaincre. « Moins de temps. »

Il pose sa main sur ton épaule. Le contact est doux et amical, mais il t'indique que c'est l'heure de partir.

« Au moins, tu as ta fortune. »

Il fait comme si tu n'avais rien dit. « La prochaine fois, pas autant de petites coupures. O. K. ? »

Sans attendre ta réponse, il ferme la porte. Tu rebrousses chemin dans le corridor. Au moment où tu arrives au bout, les portes de l'ascenseur s'ouvrent. Sharon joue du coude pour sortir, poussant la porte d'un bras et toi de l'autre. C'est à peine si elle remarque ta présence. Tu la regardes foncer à toute allure dans le corridor, cette femme aux pieds plats et à la démarche dandinante. Son sac à main rebondit sur sa hanche à chaque pas et son chapeau se débat pour ne pas tomber. Quand tu vois Sharon, il y a toujours quelque chose qui la fait chier. Aujourd'hui, elle te fait penser à un grand canard en furie.

Tu entres dans l'ascenseur et tapes sur le bouton pour descendre. Les portes se ferment et effacent cette image. Tu ne penses qu'à une chose : sortir de cet immeuble avec ta dope, franchir la porte et passer par la ruelle pour débouler dans la rue d'à côté. Sans être vu. C'est tout ce que tu veux. C'est ce qui doit arriver.

L'ascenseur amorce sa descente. À la hâte, tu fais un certain nombre de vagues promesses à Dieu, que tu oublies aussitôt après les avoir formulées. Tu retiens ton souffle en comptant les étages.

Quatre

Plus tard, de retour à NDG, Henry et toi marchez le long de trottoirs familiers qui mènent au parc Girouard où tu retrouves si souvent ta gang. Tu dépasses un immeuble où t'as déjà été locataire. Tu partageais un demi-sous-sol avec un tas d'autres gens, quelque chose comme onze colocs en trois ans. Quel drôle d'endroit. Long, comme un sous-marin, et tout aussi sombre. Une fenêtre à l'avant et une autre derrière. Rien que ça. Tu venais tout le temps t'asseoir sur les marches du devant à la recherche de la lumière du jour. Tu essayais de parler avec des filles. Tu saluais des connaissances. Les magasins tout près garantissaient une circulation piétonne constante. Beaucoup de femelles. Si tu comptais le nombre de filles que tu as réussi à attirer en bas de ces marches et jusque dans l'appart, si tu les comptais toutes, y compris celles qui passaient par hasard et celles qui habitaient déjà l'immeuble, si tu comptais chacune d'elles, le jour et la nuit, et arrondissais la somme au cinq près, ça donnerait, hum, zéro.

« Tu te souviens de cet endroit ? » demandes-tu à Henry en indiquant l'immeuble du doigt.

Il lève la tête, jette un coup d'œil, réfléchit. « Oh ! oui.

— Il y avait des rats. Des gros rats qui traversaient l'appartement la nuit.

— Je sais.

— Je sais que tu sais. Chaque fois que je passe par ici, je pense aux rats. »

Henry laisse retomber sa tête, fixant le trottoir sous ses pieds. « C'est bien que tu aies déménagé.

— Ils terrorisaient le chat, ces rats. Ça se comprend, mais quand même. Le chat était nul. Il dormait sur le frigo. On a fini par lui faire un lit là-haut. Un paquet de nerfs, ce chat.

— Il aurait fallu un chien.

— J'ai pas l'impression qu'un chien aurait servi à grand-chose.

— C'est plus gros, un chien.

— C'est vicieux, un rat.

— C'est vicieux, un chien.

— Un chien, c'est gros. Un rat, c'est vicieux.

— Oh! non, un chien peut être très vicieux.

— Désolé, mais j'ai l'impression que tu confonds le chien et le rat. »

Henry dit : « J'ai déjà été mordu par un chien.

— Je me souviens. » Tu penses : Et puis ?

« J'ai une grosse cicatrice.

— J'ai déjà vu ta cicatrice.

— C'est une bonne cicatrice, dit-il, dépité que sa cicatrice ne t'impressionne pas.

— C'est une magnifique cicatrice.

— Fuck you. Ça fait mal quand tu te fais mordre. Plus que tu penses.

— Un chien peut pas tuer un rat. Le chien part en courant chaque fois.

— Tu peux pas en être sûr.

— On avait des rats capables de déchiqueter n'importe quel chien.

— Je sais pas comment tu peux en être aussi sûr. »

Tu l'observes. De près. La cadence irrégulière de ses pas. Sa démarche inégale. Tu te rends compte qu'il est concentré, qu'il jauge chaque enjambée. Il évite de marcher sur les craques du trottoir. *Il veut pas casser le dos de sa mère*[*].

Yeesh.

« De toute façon, c'est pas pour ça que j'ai déménagé. C'était bien comme endroit. Je sais pas pourquoi j'ai déménagé. J'ai juste déménagé. J'avais envie d'un changement. À la fin, il y avait tout le temps des disputes.

— Ce qu'il te fallait, c'est un serpent. Quand t'as un serpent, t'as pas de problème de rats.

— Non, t'as un problème de serpent.

— Un serpent *de compagnie.* »

Tu essaies de ne pas prêter attention à sa démarche. Ça ne fonctionne pas. T'as envie de l'engueuler. Ou de le basculer tête première contre une craque de trottoir.

« Qui veut un serpent comme animal de compagnie ? À part toi, je veux dire. »

Ça lui en bouche un coin. Il peut pas dire « moi », comme il brûle d'envie de le faire. Il peut pas dire qu'il aimerait ça. Parce qu'il est fou. Parce qu'il est imprévisible, parce qu'il marche sur le fil du rasoir. Depuis un certain temps, il cultive une aura de dangerosité autour de lui. *Si tout le monde pense que je suis un peu désaxé, c'est peut-être vrai.* Il suit le mouvement, fait tout son possible pour tirer un quelconque avantage de la situation. C'est le gars de tous les dangers.

« Si t'as déjà des rats qui courent partout chez toi, t'as rien à perdre.

39

───────────

[*] Allusion à une comptine populaire : « *Step on a crack, break your mother's back.* » (Si tu marches sur les fentes de trottoir, tu casseras le dos de ta mère.)

— Ça veut dire quoi, ça ? Qu'est-ce qui se passe si tu lâches un serpent chez toi le soir ? Penses-y deux secondes.

— J'ai aussi été mordu par un serpent. Plusieurs fois. Paul Bérubé avait des serpents. Dans une cage qui occupait la moitié de sa chambre. »

Tu soupires. C'est quoi, comme réponse, ça ? C'est quoi, cette conversation ?

« On a appelé des exterminateurs. Des professionnels. C'est ce que font les gens normaux.

— Je vois. »

Vous avancez en silence. Il fixe de nouveau le sol. Le trottoir avance sous vos pieds. Tu te rends compte que maintenant toi aussi tu évites les craques. Crisse de Henry. Tu t'arrêtes. Tu vois que t'es devant le dépanneur coréen. Tu entres acheter des cigarettes.

Une fois sorti, tu poursuis ta route avec Henry. Il y a une intersection et des feux de circulation un peu plus loin. Vous marchez dans cette direction.

« Est-ce que ç'a marché ?

— Quoi ? » Mais tu sais très bien de quoi il parle. Tu savais qu'il mordrait à l'hameçon.

« Les exterminateurs.

— Oh ! Non.

— Non ?

— Non, c'était pire. Après leur départ, on aurait juré qu'il y en avait plus.

— Vraiment ?

— Oh, yeah !

— Qu'est-ce qu'il a dit, l'exterminateur ? »

Le feu change. Vous traversez.

« Il nous a dit d'acheter un serpent. »

Tu le bouscules en riant. En colère, il écarte tes bras. Tu t'en fous. T'es un vrai rigolo.

Tu connais Henry depuis des années. Johnny aussi. Honey, quelques années de moins. Le père de Henry était gardien à la prison de Bordeaux. Il est mort étranglé durant une émeute quand Henry avait quatorze ans. *Mort étranglé.* On n'a jamais trouvé quel détenu avait fait ça. Henry dit qu'un jour il est rentré pour le souper, que le téléphone a sonné et que, comme ça, son père était mort. Il dit que le téléphone a sonné plusieurs fois ce soir-là, mais que sa mère ne voulait pas qu'ils répondent. Il dit qu'ils ont mangé devant la télé en regardant les nouvelles en boucle et qu'il se souvient que sa mère l'avait laissé boire de la bière avec elle dans le salon et qu'il n'avait jamais bu plus qu'une bière à la fois avant ce soir-là. Il dit qu'il a attrapé un bon buzz. Il dit qu'il a aimé la sensation, qu'il avait des frissons en buvant une bière après l'autre dans l'attente d'une réaction de sa mère. Il dit qu'il se souvient d'avoir pensé que toute l'école verrait la photo de son père aux nouvelles et que le fait que son père meure à la télé avait quelque chose de honteux. Il dit qu'au bout d'un moment il a attrapé le fou rire et qu'il s'est réfugié dans la salle de bains pour étouffer ses éclats dans une serviette. Il dit que c'est triste de se souvenir de sa première cuite comme ça. Il dit qu'il s'est endormi sur le canapé.

Il dit que le lendemain matin les journaux et la radio racontaient qu'on avait mis plus de six heures à contenir l'émeute à la prison, mais pas avant que deux gardiens et quatre prisonniers se soient fait tuer. On disait qu'il allait y avoir une enquête officielle, qu'on allait découvrir le fin fond de cette histoire au plus sacrant. *Comment se fait-il que les détenus aient été armés de la sorte?* Et ça soulève de nombreuses autres questions quant au fonctionnement de nos prisons. Quand la poussière sera tombée, il est possible qu'on soit obligé de « tout foutre à la poubelle et de recommencer ».

Quand la poussière est bel et bien retombée, que les événements étaient un peu moins frais dans l'esprit des gens, que de nouvelles atrocités ont fait les manchettes et que la vie des uns et des autres a repris un cours normal, le monde autour de Henry est redevenu ce qu'il était avant, mais pas pour lui.

Et ça, a-t-il dit, c'était une drôle de sensation. Comme si tous les problèmes qu'il avait eus jusque-là dans la vie étaient si insignifiants et si temporaires que c'en était ridicule, et que, à partir de ce moment, il faisait face à une douleur *permanente*. Et tu lui as demandé – comme un con – s'il pensait qu'il était devenu un homme ce jour-là. Il a répondu que non, qu'il avait seulement l'impression de ne plus être un garçon.

Henry n'a plus jamais été pareil, bien sûr. Non, monsieur. Plus jamais. Pour qu'il redevienne comme avant, il te dira plus tard, il aurait fallu que son père soit *vivant*. Et ce *n'était clairement pas* le cas, parce qu'*un crisse de malade* avait chassé le dernier souffle de *ses osties de poumons*. Il lui avait broyé la trachée. Et l'avait fouetté avec sa propre ceinture. Henry t'en fait le récit dès qu'il en a la chance. L'opinion de Henry sur le sujet est assez arrêtée.

Henry ne voulait pas redevenir comme avant et se foutait totalement de ce qu'on pensait de lui. Et ça n'a pas été long avant qu'on ne le voie presque plus. À vingt ans, Henry ne faisait que de rares apparitions qui donnaient lieu à des scènes obscènes et désagréables. Défoncé et jouant les idiots, il se ramenait en compagnie d'une bande de fuckés qu'il côtoyait. Son comportement bizarre rendait tout le monde fou. Ça a continué pendant des années jusqu'à ce qu'il fasse sauter toutes les cellules de son cerveau d'un coup, qu'il s'effondre dans un taxi devant la porte de sa mère, qu'il se fasse traîner à l'extérieur puis abandonner sur le perron, qu'il soit recueilli par sa mère et que, incroyablement, elle ne le laisse pas sortir pendant près de deux ans.

Et lorsqu'il est enfin sorti pour jouer, il était très différent. Une fois de plus. Il était devenu la personne que tu connais aujourd'hui, plus ou moins. Vingt-neuf ans, triste, se confondant constamment en excuses, perdu, incapable d'accomplir les tâches les plus simples, une autre victime de la drogue abandonnée chez sa mère. Le Syd Barrett des pauvres. Peu d'amis, presque jamais de copine. Une job nulle. Un homme brisé. *Shine on you crazy diamond.*

La vérité, c'est que les gens oublient ce que t'as vécu. Au bout d'un moment, tes épreuves ne provoquent qu'un haussement d'épaules. Ta malchance laisse les gens indifférents, ils en ont eu aussi. Ils s'attendent à ce que tu passes à autre chose. Ils veulent que tu mettes ça derrière toi. Les gens ont leurs propres difficultés, Henry. Peu importe les injustices ou les rêves brisés, t'es le seul qui calcule encore l'addition. Si tu joues l'idiot assez longtemps, les gens te prennent pour un idiot. Si tu fais le weirdo assez longtemps, ils te prennent pour un weirdo. Et c'est comme ça que tu deviens un crisse de fucking weirdo. C'est comme ça que ça marche. Personne ne choisit de devenir un loser. Ça arrive quand tu fais pas attention. La mort de ton père n'est plus qu'une note de bas de page.

C'est l'histoire de Henry. On a tous une histoire. Henry, c'est le gars dont le père a été étranglé durant l'émeute à Bordeaux il y a tant d'années. Ou, si tu le connais un peu mieux, c'est le gars qui n'a plus jamais été pareil après la mort de son père. Ou, pour d'autres encore, Henry, c'est le gars qui s'est explosé la cervelle à coups de tequila, de caps d'acide, de coke et de mush. C'est à peu près la même chose.

◊ ◊ ◊

Tu lui jettes un coup d'œil. Tu étudies son air de perplexité permanente. Des yeux de biche, sur la défensive. Éblouis par les phares, comme dit tout le temps Honey. Toi, Johnny, Honey, Cuz, Aaron et Maureen. C'est plus ou moins tout son univers.

Tu es presque arrivé au parc, à la veille d'aller te coucher, quand tu es témoin d'une curieuse scène qui exige toute ton attention. Des tas de gens – trop de gens pour cette heure avancée – se déversent soudain dans la rue, venant du parc, des magasins et des voitures. Tu t'aperçois que même la circulation s'est arrêtée. Tu t'arrêtes aussi. Ce qui surprend Henry, qui atterrit maladroitement à ton côté. Luttant pour maintenir son équilibre, il met brièvement la colonne vertébrale de sa mère en péril.

Tu vois que la foule s'est formée sans rime ni raison. Tout le monde veut voir de quoi il s'agit et se bouscule afin d'avoir une meilleure vue, une vague de visages curieux et de cous tendus qui avance au ralenti, compacte, pressant lentement vers l'avant. On dirait que c'est le Cinéma V, au prochain coin de rue, qui attire la foule. Cinquante ou soixante personnes se sont rassemblées. Les cris d'un homme parviennent d'on ne sait où.

Les gens près de toi accélèrent. Ils te dépassent en te bousculant et poursuivent leur route en se frayant un passage parmi le prochain groupe de traînards. Tu te tournes vers Henry, qui te regarde.

« Qu'est-ce qui se passe ? demandes-tu en avançant avec précaution vers le troupeau.

– Je sais pas », dit-il en t'emboîtant le pas. Il cherche autour, plissant les yeux à sa façon bien à lui.

Contrairement à toi, Henry est petit et plutôt enrobé. Il ne peut rien voir.

Tu glisses tes orteils vers la pointe de tes bottes, déploies ton corps sur toute sa longueur. De ton poste d'observation, tu saisis pleinement l'ampleur de l'agitation, mais ne vois rien d'autre que l'œil affolé et grandissant de la tempête.

Un fucké aux cheveux bleus, le nez percé de trois anneaux, émerge brusquement des corps pressés devant toi, s'ouvrant un chemin dans le sens contraire du mouvement.

« Il se passe quelque chose par là, dit-il.

— Whoah ! » dit Henry, excité.

« C'est quoi ? cries-tu avant que le fucké ne disparaisse. Qu'est-ce qui se passe ?

— J'sais pas. C'est comme ça depuis vingt minutes.

— Vingt minutes ! » Henry est impressionné.

Tu surveilles la scène pendant quelques secondes. Quand tu te retournes, le gars a disparu.

Henry te dit : « Il faut qu'on sache ce qui se passe.

— Pourquoi ?

— Tout le monde veut savoir. »

T'as envie de partir. « Oublie ça.

— Non, il faut qu'on sache.

— Pourquoi ? Qu'est-ce qui se passe, d'après toi ? »

Les yeux de Henry scintillent. « Quelque chose ! »

Ensemble vous foncez vers l'avant, vous mêlant à la foule, cherchant les ouvertures. Forcé à bifurquer vers la gauche, séparé de Henry, tu coupes entre les voitures garées pour atteindre l'autre trottoir. Tu poursuis ta route en contournant la foule un moment, puis tu te rediriges vers l'avant du troupeau, séparant les couples, enjambant presque les enfants, faisant des feintes aux personnes âgées, manœuvrant pour t'immiscer dans les passages les plus étroits. Pendant cinq minutes, tu es le demi offensif le plus maigre et le plus sournois que la NFL ait jamais produit. Enfin, tu sens que le centre d'attraction n'est pas loin, mais la foule forme un mur impénétrable et tu ne peux plus avancer.

« Qu'est-ce qui se passe ? » demandes-tu à un gars à côté de toi. Les cheveux bleachés, il n'a que deux anneaux dans le nez. Un modéré.

« Y a une fille à poil. Devant le Cinéma V. »

Tu te dresses de nouveau sur le bout des orteils, scrutes l'océan de têtes. « Vraiment ?

— Complètement nue. »

Vue panoramique de la foule. Il n'y a rien. Tristement, toutes les femmes qui se trouvent dans ton champ de vision portent des vêtements.

« Pourquoi ? »

Il se tourne vers toi comme si tu venais de l'espace. Comme si tu venais de lui poser la question la plus étrange qu'il ait jamais entendue. « Pourquoi ? répète-t-il.

— Ouais, pourquoi ?

— De quoi tu parles ?

— Je veux juste savoir pourquoi.

— Qu'est-ce que ça change ?

— Je sais pas.

— Pourquoi tu veux savoir d'abord ?

— Pourquoi pas ?

— De quoi tu parles ? »

Sweet Jesus. Si t'avais eu envie d'une conversation comme celle-là, tu serais resté avec Henry.

« Je me demande juste pourquoi une fille se promène à poil. C'est tout. »

Il te regarde un moment. Pas une lumière, celui-là.

« Pourquoi elle est nue ? demande-t-il enfin en te fixant des yeux comme s'il te soupçonnait d'être un pédé. Ou pourquoi elle se promène ?

— Je sais pas, dis-tu, distrait. Choisis. »

Soudain, tout le monde fait un pas en arrière en même temps. Ça te surprend. Impuissant, tu vacilles un moment, heurtant le pauvre twit derrière toi. Vers l'avant, une voix lâche un cri inintelligible. La même voix d'homme qu'auparavant. Un autre recul de masse. Tu fais deux pas de côté et écrases les pieds du bleaché. Il te repousse. Pas loin, une femme perd pied, entraînant d'autres personnes dans sa chute. Ce qui provoque une plus grande onde de choc parmi la foule.

À cet instant précis, tu entrevois un peu de chair à quelque trente pieds. Un peu de chair rose, le temps d'un clin d'œil. Mais tu la vois. Une écharde rose qui ne peut être que l'épiderme d'une femelle nue. En tant qu'homme, tu le sais d'instinct. Tu es tout de suite excité. Même si tu ne sais pas ce que tu as vu – ça aurait pu être son bras –, cette mince volute rose t'a interpellé. Toi et soixante autres personnes, apparemment. La foule se lance en avant avec une force renouvelée. Tu t'emmêles les pieds avec ceux de deux ados devant toi. Tu lèves la tête, la vois de nouveau. Cheveux roux. Petite. Potelée. Pas complètement nue, elle porte des bottes. Elle marche rapidement. Tu vois tout ça en deux secondes.

Sans raison, la foule se sépare en deux. Certains partent à gauche, d'autres à droite. Une fois de plus, tu ne vois rien. Tu choisis la droite. D'un pas lourd, ton groupe atteint le trottoir, dépasse le salon funéraire, traverse la rue en direction de la Banque de Montréal et poursuit son chemin. Tu fléchis les bras afin de protéger tes côtes des coups de coude et d'épaule donnés au hasard par des gens plus petits que toi, c'est-à-dire tout le monde. Une jolie fille atterrit à tes côtés. Il y a encore des cris, plus qu'auparavant.

À la seule idée qu'une femme parcoure des rues bondées dans le plus simple appareil – hormis des bottes –, les seins se balançant librement, des seins pleins, lourds, ton cerveau commence à tilter, les poils de son pubis offerts à la vue de tous, frisés, pressés à l'intérieur de ses cuisses, les yeux de la foule rivés sur son sexe, « poils de pubis », les seuls mots t'excitent, t'es un peu freak comme ça, si t'es en train de lire un livre ou un magazine et que les mots « pubis », « mamelon » ou « pénis » sont écrits sur la page, tes yeux vont vite les débusquer, il t'arrive de te demander s'il n'y a pas quelque chose qui ne va pas chez toi, surtout quand la seule idée d'une nymphe en balade fait mousser tes idées de la sorte. Mais la fille à côté de toi a très envie de la voir aussi, tout comme ces vieilles dames et ces enfants ainsi que d'autres personnes aussi, alors vous êtes quoi, une bande de malades ?

C'est alors que tu aperçois la caméra, en haut d'un immeuble. Et une autre en haut d'un autre immeuble. Des caméramans. Qui filment. Tu étires le cou et vois un énorme projecteur qui décrit un arc à partir du haut d'un troisième immeuble. Et tu comprends. C'est un tournage.

Ton groupe a presque cerné la fille nue. Vous arrivez derrière elle. L'autre partie de la foule arrive en sens contraire. La fille se met à courir, traverse Marcil en direction du parc. Tout le monde la suit. Tu remarques un troisième homme avec une caméra et un autre qui trimballe un micro au bout d'une perche. Ils la poursuivent aussi, leur équipement bringue-balant follement, les câbles et les cordes cliquetant au rythme du bondissement de son cul grassouillet. Ils enregistrent à la fois sa fuite et le délire imbécile de la foule.

Cinq

Et d'une certaine façon, ça gâche tout. Ce tournage. Que tout soit faux. Qu'il n'y ait rien à comprendre à cette fille. Que cette fille n'ait aucune histoire, qu'il n'y ait aucune raison valable pour expliquer pourquoi elle était dans la rue. Elle a été payée pour ça.

Et toutes ces conneries pour un film, une émission de télé ou une pub quelconque. Tout est à la télé de nos jours, ça fait vraiment chier. La pub est partout. Tout le monde veut vendre sa salade.

Tu promènes ton regard à la recherche de Henry, mais il n'est nulle part, alors tu files jusque chez Cosmos un peu plus loin. En entrant, tu rencontres la sœur d'une fille que tu connais. Vous vous parlez près de la porte quelques minutes. Elle te raconte qu'elle part bientôt pour l'Europe. Pour voir toutes ces villes extraordinaires. Elle décrit ce qu'elle fera à chaque endroit. Elle est pas mal comme fille, surtout si la beauté n'est pas un critère, et ça ne l'est pas pour toi.

Au bout d'un certain moment, il faut que tu décides si tu vas traîner avec elle un peu ou si tu vas t'en aller. La conversation n'a pas été étincelante jusqu'à maintenant. Tu te vois face à une équation familière. Quoi faire après avoir passé quinze minutes de ta vie auprès d'une fille d'une vingtaine d'années qui s'apprête à entreprendre un voyage qui coûtera quelque trois mille dollars, somme qu'elle a amassée en deux ans dans le but de visiter six pays en trois semaines, le tout divisé par le fait que tu ne l'écoutais que parce que d'ici une heure ou deux, si tu peux la convaincre de te suivre jusqu'au centre-ville, dans trois ou quatre clubs, après sept ou huit verres, une couple de joints, de la bouffe pas cher, probablement cent dollars en tout, il y a une chance sur cinq qu'elle t'accompagne jusque chez toi. C'est pas gagné.

Ça ne te gênait pas avant. Mais cette fois-ci tu passes ton tour et commandes un burger. Tu laisseras à quelqu'un d'autre le soin de trouver la solution.

Au lieu de cela, tu vas chez Stacy. Mère célibataire, un garçon de deux ans, toujours à la peine, une bonne personne, qui essaie d'être une super maman, une relation intermittente avec Graham, un gars qu'elle a rencontré l'année dernière, il t'arrive de t'arrêter chez elle pour donner un coup de main, discuter un peu, elle a de l'esprit mais, étonnamment, pas d'humour et, va savoir pourquoi, tu as dit que tu ferais un saut aujourd'hui.

La première chose que tu remarques, c'est le bruit. Le petit hurle, la télé est allumée, la musique joue et Stacy est au téléphone, essayant de parler au-dessus du vacarme. Dès que les gens ont des enfants, ils deviennent sourds. Tu te diriges vers le canapé, attrapes la télécommande et baisses le son pour t'entendre penser. Le petit te regarde. Tu as l'impression qu'il va hurler de plus belle mais, en fait, il se tait. Stacy raccroche.

C'est soudain plus tranquille.

« Tu avais dit cet après-midi, dit-elle en te balançant le téléphone. J'essaie de te joindre depuis le souper. »

Tu l'attrapes et le tends au petit qui, arrivé de son pas chancelant jusqu'à toi, te tient par la jambe.

Il prend le téléphone et le scrute en louchant comme tous les petits enfants qui fixent un objet de trop près. L'effort lui fait perdre l'équilibre. Il tombe sur le cul, poinçonnant follement les touches durant sa chute. Comme s'il suffisait de trouver la bonne combinaison pour éviter la dégringolade. Le petit est hilarant.

« Est-ce que je peux faire du café ? Tu en veux ?

— Je veux sortir. Il faut que tu me le gardes. Mais je prendrais du café aussi. »

Elle parle vite, Stacy. Des pensées confuses, qui se contredisent. Tout sort comme si ça traversait son cerveau à toute vitesse. Incohérent et sans censure. Moitié maman écolo, moitié fasciste. Il faut savoir se tenir autour d'elle, car elle est vraiment futée.

« Où veux-tu aller ?

— Nulle part. J'ai juste envie de marcher ou de m'acheter une revue. J'ai besoin d'air.

— Je t'accompagne. On emmènera Ack !

— Non, Lee. J'ai aussi besoin de m'éloigner de lui, mais pas longtemps. Et il est trop tard. » Elle t'a suivi dans la cuisine et commence à préparer le café à ta place. « Peux-tu lui donner un bain et lui lire une histoire ? Je suis vraiment pas sortie de la journée.

— Et le mettre au lit ?

— Peux-tu ? »

Tu tends le bras pour attraper le filtre dont elle a besoin. « Pourquoi pas ? Tu pars combien de temps ?

— Pas longtemps. Assure-toi seulement de le mettre au lit avant huit heures. Je suis sérieuse. »

Il y a une horloge près d'elle accrochée au mur. « C'est dans une demi-heure, Stace. Je ne réussirai même pas à sortir Ack ! du bain avant huit heures.

— Bien sûr que oui. Bon, huit heures et quart. Mais je suis sérieuse. » Elle se penche au-dehors de la cuisine. « Zachary, maman va faire une petite sortie.

Il faut que tu prennes un bain dans cinq minutes. Cinq minutes, Zachary. »

Tu grimaces quand tu entends ce nom. Zachary Chelsea Tara Brittany Meghan Dylan Brandon Rory, des noms à la mode qui te font chier comme c'est pas possible. C'est pourquoi tu refuses de l'appeler par son nom.

« Ack ! dit le petit.

— Je ne serai pas partie longtemps, chéri », assure Stacy.

Graham arrive soudain par la porte de devant. Graham, que Stacy fréquente depuis des mois sans que personne ne sache s'il l'a déjà embrassée. Graham, monsieur Je-grimpe-les-échelons-du-monde-des-affaires, jure qu'il n'a rien contre le fait de lécher des bottes pour arriver à ses fins. C'est ce qu'il faut faire de nos jours, tu comprends ? Graham le planificateur financier. Sans préavis, le voilà.

« Hey ! dis-tu, plus fort que tu aurais voulu, habité par l'envie d'engager une dispute. Comment va l'argent ces jours-ci ?

— L'argent va très bien », dit-il en se dirigeant droit sur Stacy, qu'il embrasse sur la bouche. O. K., ta théorie tombe à l'eau. « Je vais lui dire que tu lui passes le bonjour.

— Le marché est à la bai-ai-ai-aisse, déclames-tu avec des trémolos dans la voix.

— T'inquiète pas, tes vingt dollars sont en sû-û-û-ûreté », chante-t-il à son tour. Il se tourne vers Stacy. « Peux-tu sortir ? »

Stacy appuie sur le bouton pour faire démarrer la cafetière. « Je vais prendre mon café ailleurs, Lee. N'oublie pas, huit heures et quart. Zachary, viens donner un bisou à maman. » Elle passe devant toi, puis se retourne. « Oh ! il n'y a plus de lait. Pour le café. Graham, fais-moi penser d'acheter du lait. Zachary, viens ici, chéri. Merci, Lee ! »

Tu la regardes couvrir le petit ventre de bisous.
« Ack! » dit-il de nouveau. Ses yeux brillent.

« Lee, va faire couler le bain. Graham, allons-y. »

Tu la regardes partir. Tu fermes et verrouilles la porte, puis te diriges vers la salle de bains où tu fais couler l'eau pour le bain. Le petit t'a suivi. Tu bidouilles avec les robinets pour ajuster la température de l'eau. Le petit bidouille avec tout ce qui lui tombe sous la main, pourvu que ce soit dangereux. Il n'est pas encore très stable et tu as peur qu'il glisse. Un développement un peu lent, crois-tu. Quand tu vois d'autres enfants de sa taille, ils ont l'air tellement plus solides. Stacy est trop mère poule, penses-tu, et c'est là le problème.

Tu le conduis vers le salon. Il a un jouet dans les mains, une grenouille qu'on écrase pour faire cracher de l'eau. Arrivé au canapé, il la dépose au milieu d'un coussin. Tu t'accroupis, attrapes la grenouille et la déplaces de six pouces.

Ce qui capte l'attention du petit, qui ramasse la grenouille et la replace là où elle était.

Tu tends le bras et bouges de nouveau la grenouille de six pouces.

Il la déplace.

Tu la déplaces.

Il attrape la grenouille et la tient tout contre lui.

Tu essaies de la lui prendre des mains. Une lutte s'ensuit. À la fin, tu es violemment projeté au sol. Couché sur le dos, tu le soulèves dans les airs. Sa bave coule dans tes yeux. Tu grimaces et crachotes. Aveuglé, tu dois t'essuyer les yeux. Il tombe sur toi. Tu gémis sous son poids. Tu l'embrasses et ressens cette fabuleuse chaleur contre ta poitrine. Sa paume atterrit contre ton nez, le retroussant comme si c'était un groin. Tu grognes, il sourit. La grenouille tombe sur le tapis et rebondit.

Tu te retournes et tends le bras pour l'attraper. Il passe par-dessus ton bras afin d'y arriver le premier.

« Arbitre ! cries-tu. Pénalité !

— Ack ! hurle-t-il. Blick ! »

Il y a des gens qui comprennent rien aux enfants. C'est facile d'être avec un enfant. C'est les autres qui sont difficiles à supporter.

Stacy revient un peu avant dix heures. Elle a l'air à la fois heureuse et fatiguée.

« Il était comment ? » Elle referme doucement la porte derrière elle.

« Très bien. Ç'a pas été un problème. »

Graham n'est pas avec elle. Tu es content.

« À quelle heure tu l'as mis au lit ?

— Huit heures et quart », mens-tu.

Elle te regarde quelques secondes. « Il a pris son bain ? Et tu as séché ses oreilles et pris soin de ses fesses ? Avec la poudre ? Et tu lui as donné de l'eau et mis sa crème ?

— Oui, à toutes ces questions.

— À quelle heure ?

— Neuf heures moins vingt. »

Un autre mensonge.

« Je vais aller le voir. »

Elle disparaît dans le couloir. Tu attrapes la télécommande et cherches les nouvelles du sport. Avant qu'elle ait une autre idée. T'as pas envie de te retrouver en train de regarder un de ces postes consacrés à la décoration intérieure. Ils sont fous, ces gens-là. Ils peuvent réellement regarder sécher la peinture. Il faudrait que quelqu'un en fasse une parodie un de ces quatre.

Quand elle revient, elle s'assoit à l'autre bout du canapé.

« Vous êtes allés où ?

— Nulle part. On a pris un café.

— Tout ce temps-là ?

— Une de mes émissions commence bientôt. Est-ce que ça te dérange qu'on la regarde ? »

Tu ne dis rien. Tu choisis de ne pas te disputer. Elle te pique la télécommande, se promène de chaîne en chaîne. Tu peux voir à son expression qu'il n'y a que des reprises. Tu fixes ses yeux, sa bouche, la forme de sa tête. Elle est belle à la manière des filles fortes. Pas mince et sexy comme Honey, mais pas laide non plus. Il te vient soudain à l'esprit qu'elle a plus ou moins eu une *date* pendant que tu es resté à la maison avec le petit. Whatever. C'est pas de tes affaires. Soudain, tu te sens épuisé. Comment elle fait ? Jour après jour. Man. Tu vois Stacy tout autrement après une soirée comme celle-là. Entre le bain, le brossage de dents, la lecture et la crème pour les fesses, deux heures avec Ack !, c'est une vraie journée au bureau.

« Ah ! j'oubliais, Johnny a appelé pour toi. »

Tu chancelles sous le coup. « Quand ?

— Avant que t'arrives.

— Pourquoi ?

— Il te cherchait.

— Qu'est-ce qu'il voulait ?

— Je le sais pas.

— Il me cherchait. Qu'est-ce que ça veut dire ?

— Il voulait te parler.

— De quoi ?

— Il l'a pas dit.

— Quelque chose en particulier ?

— Je l'sais pas. Voulait-il quelque chose en particulier les douze mille autres fois qu'il a appelé ici ?

— Quand même. Tu aurais dû me le dire.

— J'ai oublié. Sois pas si con. »

Elle se lève et se dirige vers la salle de bains. Certaines filles, quand elles sortent les gros mots, ça te jette à terre. C'est rafraîchissant, drôle. Déstabilisé, tu ne les aimes qu'un peu plus. Stacy, tristement, n'est pas de celles-là.

Tu cherches ta veste et récupères tes cigarettes sur le balcon. Des bruits de brossage de dents et de gargarismes te parviennent de l'autre bout du couloir. La pause hygiène buccale, tu le sais, c'est le signal de départ. Tu es renvoyé. Tu t'en fous. Si c'est ça qu'elle veut, tu prendras la porte. Tu partiras. Tu pensais traîner avec elle un peu, mais tu ne le feras pas. Tu penses à Johnny. Tu penses à Honey. Tu te demandes si c'était inévitable. Le fait de coucher avec Honey. Est-ce que tôt ou tard ça devait arriver du seul fait de passer autant de temps avec une personne aussi attrayante? Était-ce inéluctable qu'elle passe à la casserole? Peu importe le temps que ça prendrait?

Ce nouveau point de vue jette une lumière sur tout. Un rebondissement inattendu de votre histoire. Il te vient à l'esprit que tu as simplement profité de l'occasion. Et tu trouves ça incroyablement nul. Tu n'avais tout simplement pas eu la chance auparavant. Tu ne faisais qu'attendre ton heure, surveillant les erreurs de Honey afin de lui mettre la main au cul.

Depuis quand connais-tu Johnny? Depuis que vous avez douze ans? Incroyable. Il n'y a pas à dire, c'est longtemps, ça. Et depuis quand Honey et lui sont-ils en couple? Six ou sept ans? Tout pourrait changer. Pour eux. Pour toi. Des fois, tu as l'impression que rien ne change dans la vie. Tout est pareil depuis si longtemps que tu as le sentiment que c'est un état permanent des choses. Et des fois tu as l'impression qu'un changement est imminent, qu'il se prépare depuis longtemps.

Tu restes immobile un instant. Tu inspires et expires. Lentement. Tu réfléchis à ce qui s'est passé. Tu te concentres. Tu te contrains à regarder tes gestes en face. Malgré tes efforts, tu n'arrives pas à t'en vouloir pour ce qui s'est passé.

Avant de quitter l'appart, tu attrapes la télécommande et appuies sur les boutons qui correspondent à ton poste de sports préféré. Tu la caches sous un des camions d'Ack! Pourquoi pas? Stacy sera obligée de la chercher. Mais tu as sans doute appuyé sur les mauvaises touches. C'est un poste local qui apparaît. Tu le sais parce que c'est une de ces émissions nulles du genre *Nouvelles en bref*. On voit un bloc-appartements. L'immeuble vacille comme si le caméraman ne s'était pas servi d'un trépied. L'image est sous-exposée et granuleuse. De vulgaires lettres dorées se glissent à l'écran. On peut lire : JEUNE FEMME DISPARUE. Hors champ, une voix féminine conclut sur un ton exagérément sombre : « La police... n'exclut pas... un acte de violence. »

Tu diriges ton regard vers le couloir. Stacy s'examine dans le miroir, l'écume aux lèvres. Tu te demandes si tu ne devrais pas l'appeler pour qu'elle vienne vite voir ça.

C'est que, l'immeuble à l'écran, tu le reconnais.

C'est celui de Henry.

Tu en es sûr. Là, à la télé.

Tu hésites un peu trop longtemps. Stacy a déjà sorti la soie dentaire. Quand tu te retournes vers la télé, c'est terminé. Il y a une pub. Encore les gars du médicament contre le rhume.

Six

Avec Henry, il faut y aller avec des pincettes. Tu dois être prudent. Tu dois rester calme. Il faut une approche diplomatique, délicate, qui ne révèle pas le fond de ta pensée. Tu ne sais jamais à quoi il songe. De nombreux circuits ont été refaits dans cette tête et très peu par un électricien agréé.

« Henry ?

– Oui. »

Hmmm. Par où commencer ? Tu as essayé de le joindre toute la journée. Tu l'as enfin au bout du fil. Tu réfléchis. Tu veux t'exprimer avec doigté.

« Es-tu mongol ? »

Il a le souffle coupé. Tu imagines ses grands yeux paniqués.

« Non.

– Est-ce que t'es complètement con ?

– Non...

– Alors, c'est juste... - ici encore, tu choisis tes mots avec soin - ... ton imbécillité ordinaire ?

– Je suis pas imbécile. Arrête. »

Le journal a décrit la fille qui a disparu comme étant la copine de Henry. Une décrocheuse toxicomane. Qui a parfois vécu dans la rue. Ou avec sa mère alcoolique qui revenait rarement à la maison le soir. Un reportage à la télé disait qu'elle n'avait pas été vue depuis cinq jours, depuis qu'elle avait quitté l'appart qu'elle partageait parfois avec une autre fille. Il est possible qu'elle se dirigeait vers le quartier de Henry. En écoutant la radio, tu as appris que la police avait interrogé Henry plusieurs fois au sujet de cette disparition, et que, terré auprès de sa mère, il ne quittait que rarement son appartement.

Le nom de la fille disparue, c'est Darlene Dobson. Dix-sept ans.

« Henry, qu'est-ce que tu fais ?!

— Je comprends pas ?!

— Dans quoi tu t'es foutu ?

— Dans rien !

— Ta "copine" a disparu ? Ta copine ? Es-tu malade ? C'est qui, cette fille ?

— C'est pas ma copine.

— Tu la baisais.

— Tout le monde la baisait.

— Est-ce que la police va t'arrêter ?

— Pour quelle raison ?

— T'es vraiment dans la merde…

— C'est pas vrai. Tu penses que j'étais son copain ? Ouais, tout comme une dizaine d'autres gars.

— Dans le journal, ça dit que t'es pas très coopératif.

— C'est vrai, j'en ai rien à foutre.

— L'article dit que tu n'as rien dit à la police.

— Je sais strictement rien.

— La police veut des indices.

— J'en ai pas.

— Ça aide pas du tout.

— Je peux pas aider. Je sais même pas quoi dire.

— Tu devrais dire à la police tout ce qui te passe par la tête. Tout ce que tu sais sur l'endroit où elle pourrait être.

– La police devrait chercher dans les toilettes du Club Oxygène une fille qui fait des pipes en échange d'une ligne de coke. »

Wow. L'image se forme à l'instant dans ta tête.

« Vraiment ? C'est comme ça que tu l'as rencontrée ?

– Non. C'est pas ce que je voulais dire.

– Attends, j'ouvre ma braguette...

– Non, non...

– Si j'ai bien compris, il suffit que je me présente dans les toilettes du Club Oxy...

– T'es dégueulasse, espèce de malade.

– Je fais que poser la question...

– Arrête. Il faut que je parte. »

Tu arrêtes de faire le con. Il faut un peu de sérieux.

« O. K., Henry. Écoute-moi...

– Non, il faut vraiment que je parte.

– Henry...

– Il faut que je parte.

– Henry. Calme-toi un peu...

– Lee ! J'ai commandé de la pizza. Il y a le livreur qui m'attend à la porte.

– Oh ! dis-tu, surpris. D'accord. Rappelle-moi tout de suite après.

– O. K. À plus tard.

– Non. À tout de suite.

– O. K. À tout de suite.

– Oublie pas.

– Il faut que je te quitte !

– Clic. Ça, c'est moi qui raccroche. »

Tu poireautes cinq minutes. Tu commences à ramasser le linge sale qui traîne partout dans l'appart. C'est immense, chez toi. Tu habites un loft dans un ancien entrepôt. Des vieilles poutres de bois, des murs de briques exposées. De vieux planchers d'usine en bois de pruche qui portent les cicatrices des années, laissées par la machinerie lourde et les talons aiguilles. Des planchers sans fin. Un lieu immense. De grands espaces. La moitié du dernier étage est à toi.

Tu ne paies pas de loyer. Tu collectes les loyers des autres locataires. À l'origine, les propriétaires voulaient tout démolir, refaire les divisions et convertir l'immeuble en copropriété, mais les fonds se sont soudain asséchés et les travaux ont été arrêtés. Quelques investisseurs ont fini par se retirer. Un nouveau gars les a remplacés au pied levé, à minuit moins une et tout ça, un jeune loup qui aimait fumer de la dope. Ta dope. Vous avez sympathisé. Il te trouvait intéressant. Il a promis de te laisser habiter ici jusqu'à ce qu'il vende l'immeuble. C'est une excellente affaire. Tu gardes un œil sur son bloc. Tu assures l'entretien. Et comme il est entendu que tu n'as pas la moindre idée de la façon de te servir d'un mode d'emploi ou d'un outil électrique, ton rôle se limite à organiser la solution des problèmes. Un simple appel à un électricien ou à un plombier. Ou rembourser les locataires pour des réparations qu'ils ont faites eux-mêmes. C'est aussi simple que ça. Il n'y a pas grand-chose à faire. Ce n'est pas ce qu'on appellerait un palais. Si on te compare à ceux qui travaillent pour gagner leur vie, on ne peut pas dire que tu te tues à l'ouvrage. Il serait difficile de vivre pour moins cher.

Ton appart est le genre d'endroit où on tourne des films. Le genre d'endroit où le personnage principal n'a supposément pas un rond, mais habite un grand espace cool afin qu'on puisse donner un look d'entrepôt négligé aux scènes d'intérieur. À la différence que tes plafonds font sept pieds. Et toi, tu mesures six pieds trois. Et le toit prend de l'âge et fuit par endroits. L'hiver, on gèle. Peu importe jusqu'où tu montes le chauffage. Et de nombreuses lattes du plancher sont pourries et affaiblies. Et la brique doit être rejointoyée, si c'est ça qu'on dit. Et il y a une odeur persistante d'huile mécanique qui t'arrive par bouffées selon l'endroit où tu marches. Encore aujourd'hui. Et tu habites cet endroit depuis des années. Alors c'est pas vrai qu'on tourne des films ici. Mais c'est grand. Et ça te plaît.

Un vieil homme habite de l'autre côté du couloir, l'autre moitié du dernier étage. Ça fait une éternité qu'il habite là. Sa femme est morte il y a quelques années. Il a décliné depuis. Il y a de plus en plus souvent de moments où vous vous mesurez d'un œil gêné devant les ascenseurs ou bien vous faites semblant de ne pas vous voir dans le hall d'entrée. Dans la buanderie au sous-sol, vous vous contournez avec méfiance. Il te donne des frissons. Et, bien sûr, il sait ce que tu fais. Il te met mal à l'aise avec sa petite taille, ses bras poilus de petit vieux et ses poignets noueux qui ont l'air de mourir d'envie de te saisir par les épaules et de te secouer pour te faire entendre raison, crisse.

La plupart des locataires sont des étudiants à temps plein ou à temps partiel. Ils sont entassés à trois, quatre et même cinq dans un appartement. Ils partent et reviennent à toute heure de la journée. Mais ils ont toujours été étonnamment propres. Il faut croire qu'ils sont fiers de leur modeste milieu de vie et ne veulent pas déranger. *Very Canadian.* Quelques-uns aiment fumer de la dope. Tu leur offres un gramme de temps en temps et en échange ils coupent l'herbe, déblaient l'entrée ou sortent les poubelles des boîtes à ordures au sous-sol. C'est un bon arrangement. Ça dure depuis des années.

Ton panier à linge est renversé sur le côté. Tu y jettes des jeans et des t-shirts, puis l'apportes près de ton lit pour le remplir. Les sous-vêtements qui traînent par terre, les draps de ton lit. Tu as la vague impression d'être en train de détruire les indices d'un crime. Et d'un souvenir. Tu vois un autre tas de linge sur une chaise. Du linge propre. Qui attend pêle-mêle depuis des jours que tu le plies. Des serviettes qui gardent la pose comme de gigantesques croustilles. T'as beaucoup de serviettes. Tu es sorti avec une fille qui s'appelait Maral pendant quelques mois, il y a très longtemps. Elle t'a acheté beaucoup de serviettes. De très belles serviettes. Pas parce qu'elle t'aimait, mais parce qu'elle prenait souvent son bain.

Tu soupires en observant le fouillis autour de toi. T'as l'impression que c'est un travail d'esclave.

Fuck it. Tu prends le téléphone et rappelles Henry.

Il répond la bouche pleine. « Oh! hey. Quoi de neuf?

— Tu m'as pas rappelé.

— Moi?

— Ouais, toi.

— Je devais te rappeler? »

Tu secoues la tête de gauche à droite. Elles laissent parfois des ecchymoses, ces conversations.

« Oublie ça. » Tu t'armes de patience. Tu veux trouver les mots justes, cette fois-ci. « Écoute, Henry...

— *Est-ce que je l'ai tuée, la fille?* C'est ça que tu veux savoir? »

Woh.

« Quoi? Non.

— Tu penses que je suis pas vite vite et que je comprends pas tout le temps les blagues, et que c'est pour ça que je suis peut-être un tueur, un violeur et, pourquoi pas, un sodomiste? Pas vrai? C'est ça?

— On dit "sodomite".

— C'est ça que tu penses?

— Henry, non...

— Honey m'a appelé aujourd'hui. Et Aaron et Mo. Et Johnny voulait passer. Et Cuz a téléphoné. Et toi maintenant. Tout à coup, tout le monde m'appelle. Tu trouverais pas ça weird à ma place?

— Pas si mon nom était dans le journal.

— Mon nom est pas dans le journal ! C'est son nom *à elle*.

— Là, tu te trompes. »

Un silence.

« Sais-tu à quel point j'ai honte ? Quand tes amis se posent des questions comme celles-là à ton sujet. Penses-tu que je vais oublier ? Oublier que vous pensez que je suis capable de faire une chose pareille ?

— C'est pas pour ça que j'ai appelé.

— Oh, fuck you ! Même ma mère est en train de freaker. Tout le monde est en train de freaker. Mais ils sont pleins de merde. Est-ce que je sais où elle est, cette fille ? Elle pourrait être n'importe où.

— As-tu dit ça à la police ?

— J'ai essayé.

— Alors c'est quand, la dernière fois que tu l'as vue ?

— Tout le monde me demande ça. Qu'est-ce que ça peut bien faire ? Le jour avant qu'elle disparaisse. O.K. ? C'est ce que j'ai dit à la police. Qu'est-ce que ça peut bien faire ? As-tu une idée à quel point elle est fuckée, cette fille ?

— Eh bien, dans la mesure où tu la baisais régulièrement, on peut pas dire qu'elle a toute sa tête. »

Il réfléchit un moment. « C'est ça ! Exactement. Merci. »

Quel con.

« O.K., mais écoute-moi. Réponds aux questions de la police et finis-en une fois pour toutes avec cette histoire. C'est pas bon d'avoir la police aux fesses. Tu comprends ? Sois pas stupide. »

Autre moment de silence. Cette fois, c'est Henry qui mène le bal.

« Et, dit-il, prie pour que cette fille nous revienne saine et sauve, n'est-ce pas ?

— Ouais, ça aussi. »

Il hésite un instant, puis dit : « Parce que sa sécurité t'inquiète au plus haut point, bien sûr. »

Il est réellement en train de se moquer de toi. C'est une étrange sensation, vu que ça vient de Henry.

« Si tu le dis.

— Parce que c'est vrai, t'as pas appelé parce que t'as pensé que j'avais fait une connerie, n'est-ce pas ?

— Non. »

Tu veux qu'il sente la sincérité dans ta voix.

« Non, c'est pas pour ça.

— Johnny et Honey et Aaron et Mo et Stacy et Cuz. Tout le monde pense que, peut-être, possiblement, on ne sait jamais, que peut-être je l'ai fait. N'est-ce pas ? C'est comme si chacun se disait qu'il ne ferait pas une chose pareille, mais que si l'un de nous en était capable, ce serait moi. C'est ça ?

— Pose-leur la question.

— Mais pas toi.

— Non. »

Tu peux entendre les ratés de l'embrayage dans sa tête. Enfin, il dit : « Non, ce qui t'inquiète, c'est que la police soit mêlée à tout ça. »

Une autre pause. La tienne, cette fois-ci.

« Je veux juste pas qu'on ait des ennuis pour rien, Henry. »

Johnny Karakis. John K. C'est comme ça qu'on l'appelle rue Sherbrooke Ouest. Le petit frère de George et de Peter Karakis. Les fils de Kostas. Un restaurateur connu. Depuis des décennies. Pour ses comptoirs et ses cafétérias, ses chaînes de restos à thème et, plus récemment, ses serveuses aux petits seins qui se rebellent contre le coton noir de leur t-shirt.

George, c'est le plus vieux. L'avocat. Celui qui a sauvé l'entreprise familiale. Celui qui a eu des *idées modernes.* Celui qui est calme et minutieux, celui qui sait *comment ça marche.* Celui qui bâtit l'*avenir de la famille.* Peter est moins intelligent mais plus extraverti. Le beau parleur. Le rêveur. Peter connaît beaucoup beaucoup de gens. Il faut qu'il soit flamboyant et il y met de l'effort. C'est son nom qui figure sur les documents officiels de l'entreprise familiale et c'est son visage qui est associé à son image.

Bien sûr, ce visage est également connu pour une sordide histoire de changement de zonage et de pot-de-vin ainsi que pour une séquence particulièrement accablante tirée d'une caméra cachée, qui a coûté un camion-remorque plein d'argent en frais juridiques avant qu'un juge ne la déclare inadmissible. Et peu de temps après, on a découvert qu'il entretenait une liaison avec une chanteuse populaire qui, aux dernières nouvelles, était toujours mariée avec le père de ses deux filles. Une saga qui a fait les manchettes et qui, de manière assez naturelle, n'a fait que dorer sa réputation. Toute publicité est bonne. Tout ce que touchent ces deux frères marche à fond. Il y a une assurance chez ces deux garçons. Qui va au-delà de la confiance. C'est le fait de savoir que tous les gens autour d'eux ne leur arrivent pas à la cheville.

John K. Johnny Kay. Cute, beau, adorable, le teint hâlé, tendre et fringant à la fois. Il ne déçoit jamais. Tu l'as vu se lever à cinq heures du matin, la tête dans le cul et les cheveux en bataille, à peine capable de faire du café pour que tous les deux vous puissiez vous rendre à va savoir quel boulot de merde que vous aviez déniché cet été-là. Tu l'as vu arriver chez lui à cinq heures un autre matin, complètement défoncé et à peine capable de se tenir debout. Et tu aurais pu prendre sa photo dans les deux scénarios et l'épingler au mur dans la chambre de n'importe quelle adolescente.

Il plaît à ce point. Un visage masculin, un physique masculin, mais dont les traits cachent une dimension subtilement féminine. Les cils un peu longs. Une barbe de quelques jours si lisse qu'on dirait qu'elle a été appliquée au pinceau. Un air à la fois exotique et familier. Le genre de visage qu'on a appris à aimer à la télé et au cinéma. Des traits proéminents mais arrondis. Des lèvres charnues. Une voix rauque, mais une douceur dans la prononciation. Quand il a fait quelque chose d'idiot, il a l'air adorablement idiot. Et quand il a fait quelque chose de mal, il a un air de culpabilité désinvolte. Mais quand il fait quelque chose de bien ou de drôle ou, à l'occasion, quelque chose de gentil, ses yeux s'emplissent d'une lumière liquide, et un sourire à la fois niais et satisfait se dessine sur ses lèvres.

Et apparemment ça plaît à tout le monde. Qu'il soit si imbu de lui-même ne fait qu'ajouter au charme. Quand tes deux frères sont George et Peter Karakis et que t'es beau comme un dieu, tout le monde veut être ton ami.

Contrairement à toi, Johnny ne passe pas ses journées à se comparer aux autres et à se demander ce qu'il doit faire pour prendre l'avantage sur le gars devant lui. Il n'a pas besoin. Il n'a jamais de journées de cul, juste des journées un peu moins merveilleuses que d'autres. Il te le dit lui-même. Johnny Karakis est fol amoureux de son reflet et croit que le sentiment est partagé. Quand Johnny se trouve à une réunion familiale, ses tantes et ses oncles ne se peuvent plus. Ils le mangeraient avec une fourchette et un couteau. Ses cousines se donnent des coups de coude quand il passe. Il est de ces garçons gâtés pourris qui ont été dorlotés par leur maman et baignés dans la lumière d'une adoration constante depuis leur naissance. La prunelle des yeux de madame Karakis, c'est Johnny. Elle aime tous ses enfants, mais celui-là lui donne envie de danser.

Johnny Karakis est le plus jeune et le plus beau des trois pétards Karakis. Et partout où ils mettent les pieds, ces trois-là, la salle leur est acquise. George, parce qu'il est puissant. Peter, parce qu'il connaît tout le monde. Et Johnny - même s'il n'a jamais rien foutu de sa vie -, parce qu'il a le style frondeur de ses frères et que c'est un si joli garçon.

Tu es dans le nouveau bar de Peter, le frère de Johnny. Ça s'appelle Q, ou parfois The Q. Des tables de billard et des serveuses haut de gamme. C'est bien situé, près de l'Université Concordia. En entrant, les clients ont droit à un verre gratuit. C'est la maison qui invite à se saouler la gueule et à dépenser tout son argent. Les filles sont sensationnelles. Des jambes jusque-là qui s'agitent dans leurs minuscules jupes. Tellement charmantes. Et toujours souriantes. Tu jurerais presque qu'elles sont sincères. Il existe un contrat tacite entre vous. Elles font semblant de vouloir être ta copine pour quelques heures et toi, tu retournes chez toi en rampant à la fin de la soirée. C'est pas si mal comme arrangement.

Tu entres aux côtés de Johnny. Tu observes les clients qui le détaillent au moment où il franchit l'entrée tape-à-l'œil. Tu vois même les serveuses qui louchent sur lui. C'est comme si on avait allumé un projecteur. Lorsqu'on le croise pour la première fois, on a une forte tendance à tomber en pâmoison. Marcher dans le sillage de Johnny, c'est un des plus grands avantages de son amitié. Et sans doute le plus gros désavantage aussi.

Au bout d'un moment, tu décroches et te retrouves quelques pas derrière. Plus grand, mais sans faire le poids. Tu connais ton rôle.

Johnny voit ses frères. Ils le voient.

« Man !

– Man !

– Man ! »

« Man », c'est un mot qui revient souvent. Ils se l'échangent encore un peu.

« Qu'est-ce que tu fais là, man ?

– J'suis là, man !

– T'étais où, man ?

– J'étais où ? Toi, t'étais où ? »

Ils finissent par te servir un « man » aussi. Tu leur rends la politesse. Tu sais t'y prendre. C'est rare que George et Peter soient ici en même temps. Plus rare encore est le fait que Johnny les rejoigne. Une réunion, en quelque sorte. John Peter George et Ringo. C'est toi, Ringo. Quelqu'un décide qu'il faut fêter ça. Encore des « man ». Suivis de shooters.

Près de la porte de la terrasse, deux filles se mettent à danser ensemble. Une autre fille, plus jolie encore, s'allume une cigarette. Tu saisis au vol la douce odeur de marijuana. Peter sait vraiment comment faire rouler sa boîte.

T'as pas vu Johnny depuis un moment. T'as hâte de partir, tu n'avais aucune intention de traîner. L'alcool a coulé à flots. Trop de bière. Une boisson nulle. Comment se fait-il que tu boives quatre bières et en pisses huit ? Avec les joints, ton niveau d'énergie est au plus bas. L'alcool et la dope, ça n'a jamais été une combinaison gagnante pour toi. Ils fonctionnent beaucoup mieux séparément. Tu as faim.

Si tu pouvais parler à Johnny seul un moment, tu partirais aussitôt. George et Peter sont plongés dans une conversation avec deux durs à cuire. Tête baissée, ils se parlent en poussant des cris pour se faire entendre par-dessus la musique. Johnny est juste à la périphérie. Tu attrapes une queue de billard qui repose contre le mur et l'aiguillonnes avec le bout en caoutchouc.

Il avance jusqu'à toi et se tire un tabouret.

Tu dis : « C'est permis de me parler, tu sais.

— T'es une fille, maintenant ?

— Je m'en vais.

— What a surprise.

— J't'appelle demain.

— Il est neuf heures et demie. Tu vas où ?

— Il y a personne ici.

— Il y a des filles partout.

— Je meurs de faim.

— Je vais te commander des ailes de poulet ou autre chose. Qu'est-ce que tu veux ? »

Tu fais signe que non, balaies l'idée du revers de la main. « Non, c'est gentil, je suis à la veille de vomir mes tripes.

« – Qu'est-ce qui se passe ?

– Rien.

– Pourquoi ce visage triste ?

– Je sais pas. Mes origines ukrainiennes ? »

Deux bières et deux shooters arrivent sur un cabaret que tient une Kate Jackson à la mode de 1976. Tu t'adosses à ta chaise, loin de la table. L'idée de boire une seule autre gorgée fait tourner ton estomac.

Johnny te regarde en faisant la moue. Il frotte sa barbe de deux jours. Good Christ, si tu étais une fille, tu serais pâmée d'admiration.

Il dit : « Quand est-ce qu'on l'a vu la dernière fois ? Il y a une semaine ? »

Tu soupires. Tu y vas un peu fort, comme si la seule pensée de Henry te faisait souffrir.

« Au moins.

– Avant toute cette merde.

– À qui le dis-tu ? »

C'est à son tour de soupirer. « Avec lui, il y a toujours quelque chose qui cloche.

– C'est vrai. Il y a toujours quelque chose. »

Une nouvelle chanson démarre. D'autres filles se lèvent pour danser. Quel endroit !

Il te demande : « Est-ce que tu lui as parlé ?

– Oui.

– Qu'est-ce qu'il a dit ?

– Sais-tu quoi ? Je suis pas sûr. Qu'est-ce qu'il a dit ? Des conneries. Est-ce qu'il sait quelque chose ? Non. A-t-il fait quelque chose ? Non. Mais quand je lui demande c'était quoi leur relation, il devient tout nerveux. Et quand je lui demande où elle est, il peut pas me le dire. Il est beaucoup plus intéressé par ce que les gens pensent et disent de lui. C'est Henry. J'ai pas réussi à tirer autre chose de lui. Et toi ?

– Quand j'appelle, personne répond. Ou je tombe sur sa mère et elle dit qu'il est pas là. Après j'allume la télé et on dit qu'il quitte presque jamais la maison.

— On dit aussi que personne a vu la fille depuis un bon bout. Aucune trace.»

Johnny hoche la tête. Il vide son shooter de tequila et entame sa bière.

Tu ne touches à rien. Une seule autre gorgée et la pièce va se mettre à tourner. Vas-y doucement. Tu te sens vulnérable. Tout ce badinage. Tu te souviens de Honey. Tu as l'impression qu'il suffirait d'une seule question de la part de Johnny à son sujet pour que tu vides ton sac. Tu as l'impression que plus vite tu bougeras d'ici, plus sûr ce sera pour tout le monde. Lorsque tu dis «tout le monde», tu parles bien sûr de toi.

«C'est quoi son nom encore? demande Johnny, même s'il le sait, tu en es sûr.

— Darlene Dobson.

— Darlene Dobson. L'as-tu déjà rencontrée?

— Non.

— Moi non plus», dit-il en prenant une autre gorgée. Il te fait signe. «Bois.»

Tu regardes les verres devant toi en hochant la tête. «Je préférerais m'enfoncer des clous dans les yeux.»

Il fait un signe de tête comme si ta réponse expliquait tout. «Ce qui est agaçant, dit-il, c'est qu'elle va se pointer. Quelque part. Dans pas longtemps. Et ce sera juste une autre histoire stupide à laquelle Henry s'est trouvé mêlé.»

Tu souris. C'est vrai.

«Il y a une journaliste à la télé, dis-tu, qui essaie d'en faire un reportage. J'ai l'impression qu'elle n'a pas réussi à avoir une entrevue avec Henry. Elle demandait à d'autres personnes ce qu'elles en pensaient. Si elles croyaient que Henry était capable de faire une chose pareille.

« — À qui elle demandait ça ?

— Des gens. Des collègues de travail, de l'entrepôt. Et les filles à la réception. Sais-tu ce qu'elle a dit, madame Fernandez ? »

Madame Fernandez, c'est sa boss. Henry travaille à l'entrepôt de Sears depuis quelques mois. Il colle des étiquettes, fait du rangement et passe le balai. C'est pas une relation employeur-employé géniale.

« Non, quoi ?

— Qu'elle avait aucun mal à croire qu'il l'avait tuée, mais de là à penser qu'il ait *planifié* son crime, ça, non.

— Planifier son crime ?

— Ouais, qu'il ait pensé à cacher le corps, et tout le reste.

— Elle a dit ça ?

— Oui, elle a dit ça.

— Oh ! ça c'est chien...

— Vraiment chien. »

Le conciliabule de George et Peter prend fin. Les mafieux s'en vont. George fait signe à Johnny de les rejoindre. Il te fait un clin d'œil. C'est amical, mais ça veut dire : Reste où tu es. Comme un signe qu'on fait à un animal de compagnie.

« Bouge pas, dit Johnny en te quittant.

— O. K.

— Ce sera pas long.

— Parfait.

— Faisons un truc ce soir. Pense à quelque chose.

— O. K.

— Quelque chose de cool. Quand je reviens.

— Parfait.

— Dès que je reviens.

— O. K. »

Seize secondes plus tard, tu pars. Il fera jour avant qu'il se souvienne que tu étais ici ce soir. Tu sors par la grande porte sans avoir réglé. Sans souci. On ne s'attend pas à ce que tu paies. C'est toujours la maison qui paie. Tu fais partie du cercle rapproché des frères Karakis. Quoique tu te demandes pour combien de temps encore.

Huit

Tu échoues dans l'un de ces restos-bars sportifs qui font dans le rétro. À mort. De vieux chandails suspendus à toutes les solives. De vieux clubs de golf, des gants de baseball et des bâtons de hockey fixés partout sur les murs. C'est également le genre d'endroit qui encourage les clients à jeter leurs écales de cacahuètes par terre. Tellement que tu soupçonnes les employés de les éparpiller sur le plancher les soirs où c'est tranquille. Le genre d'endroit miteux à souhait où tu t'arrêtes parfois avec les gars après votre match de hockey. Peter et George K. n'en reviennent pas. Que vous dépensiez votre argent dans un endroit pareil les met dans un état second. En dehors des serveuses, il n'y a pas plus de trois femmes dans le resto. Les autres clients sont tous du genre débile qu'on trouve penché au-dessus d'une assiette en plastique de poulet rôti un mercredi soir.

Tu demandes à la serveuse une table sur la terrasse à l'étage. Tu commandes un club sandwich et une bière. Tu sors tes cigarettes dès qu'elle a repris le menu. Hmmm, Il ne t'en reste pas beaucoup. Tu en choisis une dont le bout est entortillé tout en observant deux gars qui jouent à un jeu avec des capsules de bouteilles. Ils sont plus vieux que toi, la trentaine bien entamée. Pas des jeunes. Assez vieux pour avoir l'air ridicules. Ils parlent trop fort aussi. À ton avis. Il est question de cinéma. Tout le monde parle tout le temps de cinéma. La conversation tourne autour des effets spéciaux. De leurs mérites et de la tendance actuelle d'en abuser. Tu entends un des gars dire : « Autrefois le cinéma cherchait à séduire. Aujourd'hui, c'est du viol. » Oh ! quelle profondeur. Tu tires longuement sur ta cigarette. Tu envoies une grande bouffée de gaz d'échappement nicotinique en direction des deux gars et la regardes tourbillonner en volutes. Ah ! Ça, c'est bon. Comment ils font, ceux qui veulent cesser de fumer ? Que font-ils de leur temps ?

Tu te souviens d'avoir arrêté une fois. Tu étais arrivé à un point où tu te sentais vraiment pas bien. Tu avais l'impression de pourrir de l'intérieur. Certains jours, ta poitrine te faisait souffrir terriblement. C'était sérieux à ce point. Tu as fini par arrêter. Incroyable. Tu t'es senti mieux tout de suite. Les élancements ont cessé immédiatement. La congestion dans ta gorge et ta poitrine a disparu comme si tu n'avais jamais fumé. Tu étais vraiment fier de toi. Quelques semaines ont suffi pour que tu te sentes comme une nouvelle personne. Fantastique. Puis, après un certain temps, tu avais de si belles sensations dans les poumons, ils avaient si bien récupéré qu'il fallait que tu plonges de nouveau. C'est comme si tu avais purgé ta sentence et qu'on te soumettait une fois de plus à la tentation. Et, bien sûr, la sensation de la fumée qui descendait – vers un territoire qui avait recouvré toute sa virginité – était fabuleuse. Délicieuse et irrésistible.

Des télés sont fixées aux murs. Il y en a deux à l'extérieur et plusieurs autres à l'intérieur. Tu les vois par la vitre. Toutes diffusent du sport, sauf une. Tu regardes partout, passant d'un écran à l'autre. Tu n'y peux rien. C'est plus fort que toi. Tu adores les faits saillants. Même si t'as regardé tout le match, t'as pas l'impression que c'est terminé avant d'avoir vu le récapitulatif. C'est la poésie qui te plaît. Les beaux jeux, pas la marque finale. Le pointage est un simple prétexte pour exhiber les prouesses des joueurs. On montre les faits saillants au ralenti. Tout a l'air bien, au ralenti. Tu adores voir le bombement des cordages quand la rondelle touche le fond du filet, le ricochet de la balle lorsqu'elle quitte le bâton, la spirale hypnotique du ballon de football lorsqu'il traverse le ciel. Le putt qui roule puis disparaît de la vue. La rotation d'un ballon de basket lorsqu'il quitte le bout des doigts d'un joueur, le cerceau du panier qui miroite au-dessus du flou artistique de l'arrière-plan. Ils marquent avec une grâce surhumaine, ces demi-dieux, tourbillonnant et pivotant comme s'ils dansaient sur une musique secrète tout en cherchant à outrepasser leurs limites à coups de grandes enjambées. Des tours de force fantaisistes qui défilent image par image. Même lorsqu'ils entrent en collision les uns avec les autres en se frappant de plein fouet au milieu de la glace ou du terrain, il y a une élégance qui donne une beauté incroyable à la violence à l'écran. La douleur est sublime. Un très gros plan de la sueur qui perle sur le front d'un athlète au super ralenti lui donne l'air d'une star de cinéma.

Tu regardes si souvent ce genre de merde que ça n'a aucun sens. Et tu sais qu'il y a des millions de cons exactement comme toi, scotchés à ces images comme si elles avaient un quelconque sens. Une bande colossale de losers, toute la gang.

Le repas est terminé. Ton ventre maigre va exploser. Les assiettes ont disparu et la serveuse t'a apporté du café et un cendrier vide. Tu allumes une autre cigarette. Il t'en reste quatre.

Les joueurs de capsules à bière sont partis. À leur place, deux twits avec une fille qu'ils mitraillent d'un bavardage constant. Tu t'en fous. Elle a une face de cul de toute façon. Tu ne vois pas à quoi ça rime. Twit numéro un est un de ces gars qui a une tête trop grosse et des petits traits renfrognés. Et une calvitie rampante qui ne fait qu'empirer la situation. Comme si son visage était trop petit pour son gros crâne reluisant. Une caricature. À côté de lui, twit numéro deux, l'œil terne et la tête rasée, a les deux coudes solidement vissés sur la table devant lui, une vraie larve. Une belle paire de minables. Beurk. Tu frissonnes d'horreur. Des gars comme ça t'atteignent chaque fois. Ils sont tellement déconnectés. Tellement pas cool. Ça te fait réfléchir des fois à ton destin. Si ce n'était de la dope, ça pourrait être toi.

À l'écran le plus proche, il y a, étonnamment, du soccer. D'habitude, tu trouves le soccer assez ennuyeux. Pour toi, le soccer est un jeu très lent. Ce soir, par contre, après avoir observé le match depuis un peu plus d'une heure, après t'être réellement concentré sur le jeu des deux équipes, après l'avoir décomposé et en avoir fait une analyse, après avoir étudié ce duel nerveux où les adversaires se sont arraché un beau match nul pendant que tu mâchais patiemment ton club sandwich, tu te rends compte qu'il serait plus précis de dire que le soccer est le sport le plus mortellement assommant à regarder sur toute la planète. Il n'a pas son pareil. C'est au-delà du coma. Les joueurs ne font que s'envoyer le crisse de ballon dans un sens puis dans l'autre toute la soirée.

Tu termines ta cigarette et vides ta tasse de café. Tu ne sais pas quoi faire de ta peau. Tu pourrais ressortir, mais où ? Pas de nouveau au Q. Et il est hors de question d'aller voir Henry. Tu pourrais traîner chez Aaron, ce qui serait pas mal, mais comme les enfants sont déjà au lit et que Maureen aura terminé la vaisselle et préparé tout pour le lendemain, elle finira par s'asseoir avec vous et tuer ton plaisir, elle qui n'arrête pas de se plaindre de tout.

Tu pourrais faire un saut à l'Elbow Room, mais la crowd est beaucoup plus jeune et tu sais que Cuz y sera. Avec ses acolytes. Et s'il y a quelqu'un qui te fait chier en ce moment, c'est bien le cousin Cuz. Pas là.

Tu dois pisser. Tu te diriges vers le fond. Il y a une table de billard. Pas chic comme au Q. Ici, elle marche avec des pièces. Et les trous sont énormes. Il y a deux gars qui jouent et, d'après les noms inscrits au tableau noir, un tas d'autres qui attendent. Tu passes à côté d'eux, entres dans les toilettes. Vides la bête. Quand tu ressors, le king de la place a de nouveau gagné. Il esquisse quelques pas de danse malhabiles en se dirigeant jusqu'à sa table. Personne n'est impressionné. Assise près de la table de billard, sa copine a juste envie de partir. Le king pense qu'elle le trouve séduisant, mais en réalité elle s'ennuie. Ça saute aux yeux.

Tu passes à côté d'elle au ralenti. Tu as l'impression que dans son for intérieur elle sait que son copain est un idiot. On dirait une fille intelligente. Qui pourrait trouver mieux. Toi, par exemple. Mais tu sais que si vous vous retrouviez seule à seul elle te remettrait vite fait à ta place et retournerait auprès de lui en courant. Mais pourquoi?

Tu regagnes ta table. Tu attires l'attention de la serveuse en faisant le geste universel de celui qui veut l'addition: un stylo invisible à la main, tu signes un reçu invisible que tu tiens dans l'autre. Elle répond d'un signe de tête et détourne le regard. Tu es pas mal sûr que tu la vois faire le roulement universel des yeux pour signifier qu'elle a hâte que toi et tous les autres, vous foutiez le camp.

Tu te cales dans ton fauteuil tout en parcourant la foule des yeux. Tu penses à Johnny. S'est-il rendu compte de ton départ ? Tu penses à Honey. Tu l'imagines devant toi. La sublissime Honey. Tu penses à Henry. À Aaron. À Cuz. Et encore à Cuz. Tu te concentres vraiment sur Cuz. Soudain, comme si l'idée se battait pour avoir toute ton attention depuis un bon moment, tu te rends compte d'un truc. Cuz a un œil sur tes affaires.

Plus que ça, en réalité. Plus que l'œil. Les mains aussi. Les sales pattes. Il a commencé sa manœuvre. Il reluque ton territoire. C'est aussi simple que ça. Tu joues avec ton briquet en le faisant tourner sur lui-même. Tu imagines Cuz à l'Elbow Room. Entouré de sa cour. Faisant commerce. Réveille-toi. Cuz n'est ni vraiment brillant ni vraiment calculateur. Tout de même, ses intentions sont claires. Il veut jouer dans tes plates-bandes. Il en vend beaucoup et à autant de gens que possible. Pour moins cher. À un prix ridicule. Tu vois ça depuis des mois. Et il est toujours dans les parages. Toujours disponible. Contrairement à toi. Surtout récemment. Ça t'est égal. Voilà pourquoi il fait ce petit trafic. Et certains de ses clients sont supposément les tiens. Ils *sont* les tiens. Et pourtant, c'est de Cuz qu'ils achètent leur dope.

C'est pas une bonne chose.

Et le problème avec Cuz, c'est que c'est pas un gars avec qui tu peux parler. Il va te dire ce que tu veux entendre. Il va te servir n'importe quelle bullshit. Il va te dire tout sauf ce qui trotte vraiment dans son cerveau de malade. Et le lendemain il va faire comme si de rien n'était. Malin comme un singe. Il vend pour presque rien.

Et tu fais quoi maintenant de ta dope, toi ? Tu en fais cadeau à tout le monde ?

Tu te rappelles quand il se battait tout le temps. Il se faisait littéralement défoncer le crâne. Assassiner. Et revenait aussitôt à la charge. Tu as à l'esprit le nom de plusieurs gars qui lui ont arrangé le portrait à deux ou trois reprises. C'est qu'il fallait qu'il place un coup. Il le fallait. Le nombre de fois qu'il se prenait un poing sur la gueule n'avait aucune importance, si on avait eu le dessus sur lui, il fallait qu'il réplique. Même si ce n'était qu'une seule fois. Pour dire qu'il ne s'était pas laissé faire. La seule idée qu'on avait eu le dessus sur lui et qu'il s'était *fait avoir* faisait bouillir son sang.

Tu l'as vu se jeter à bras raccourcis sur quelqu'un qui lui avait cassé la gueule trois ans auparavant. *Trois ans.* Il n'a pas vu le gars depuis trois ans et soudain il le voit. Bang! Une attaque insensée au milieu d'un restaurant. Il lui a sauté dessus pendant que le gars mangeait, se débattant comme un beau diable alors que les deux tombaient par terre. Portant ses coups. Il le fallait. Naturellement, ç'a pas pris longtemps avant que l'autre commence à étamper les yeux et la bouche de Cuz avec ses grosses paluches, mais Cuz avait fait ce qu'il fallait. Le gars auquel tu penses a cassé la pommette de Cuz, si tu te souviens bien. Comme d'habitude, Johnny et toi avez arraché Cuz de là. Ça vous est arrivé souvent d'empêcher quelqu'un de s'acharner sur Cuz. Ça faisait chier. Le sang de Cuz partout. Chaque fois. S'il faut constamment tirer un gars d'une bagarre, vaut mieux se lier d'amitié avec quelqu'un qui gagne de temps en temps.

Tu ne peux pas faire confiance à Cuz. Tu le savais dès le début. Cuz n'est même pas ton cousin. C'est qu'il est sorti avec Irene, une de tes cousines, pendant très longtemps. Son vrai nom, c'est Charles, qui est devenu Chaz, va savoir comment, et après il était de toutes les réunions familiales, il était toujours là, comme un cousin en quelque sorte. À partir de là, Chaz, un surnom que personne aimait parce que c'était si idiot, est devenu Cuz.

Pourquoi tu t'es mis à fréquenter ce gars? Tu te souviens qu'au début, Johnny et toi, vous le trouviez amusant. Il sortait avec Irene, mais il traînait beaucoup plus avec vous. Il cherchait tout le temps la bagarre. C'était comme avoir un jeune rottweiler. Quel spectacle! Et Johnny et toi encouragiez ses conneries.

Mais bien sûr il n'est plus un jeune chien fou. Et Irene l'a mis dehors depuis longtemps. Maintenant il est plus vieux, plus costaud et beaucoup plus menaçant. Plus personne ne se bagarre avec lui. Ça ne vaut pas la peine. Tout le monde a vieilli et s'est assagi, mais lui, il veut encore se battre jusqu'à la mort.

C'est pour cette raison – tu mets des mots là-dessus pour la première fois – que vous avez tous un peu peur de lui maintenant. C'est la vérité. Si c'était ça son but depuis le début, alors il a gagné.

Tu jettes un œil à l'écran. Les nouvelles locales en bref. On voit une photo de Darlene Dobson. Apparemment récente. Un visage extrêmement pâle. Une peau blanc-crème. Presque translucide. Des cheveux bleachés. Du maquillage foncé pour le contraste. Des tatouages et des piercings. Du bling-bling pour le visage. Une gothique blonde, si une telle race existe. Mais de jolies pommettes et des yeux qui captent ton attention. Un long cou gracile. White trash, mais non sans espoir.

Malgré la musique ambiante, tu attrapes un bout de l'entrevue avec la coloc, qui est la dernière personne à l'avoir vue. Boulotte, elle a des sourcils épais et une de ces permanentes frisottées de rock star qui plaisent tant aux grosses filles. Elle est sûre qu'il lui est arrivé un malheur. La dernière fois qu'elle lui a parlé, c'est le matin de sa disparition. Darlene est partie de leur appart à Pointe-Saint-Charles en direction de NDG.

Elle s'en allait retrouver Henry Miller. Pour prendre un café. Est-ce Henry qui lui avait donné rendez-vous ? C'est possible. Elle plisse le front en ressassant ses souvenirs, les grosses chenilles poilues au-dessus de ses orbites se rapprochant dangereusement du périlleux monosourcil.

Pendant qu'elle continue à jacasser, un fondu enchaîné fait apparaître une autre photo de Darlene. Cette fois, un portrait en pied en compagnie de quelques amis. Tu n'as jamais vu cette fille avec Henry, de ça, tu es sûr. C'est clair qu'ils ne se sont pas fréquentés beaucoup. Quoiqu'il soit tout aussi vrai que tu n'as pas beaucoup fréquenté Henry ces derniers temps non plus. On zoome sur l'image, qui devient de plus en plus granuleuse à mesure que Darlene est isolée sur l'écran. Le zoom progresse jusqu'à ne devenir qu'une série de points. À la fin, tu as l'impression qu'elle est morte.

Pour conclure, un porte-parole de la police dit qu'il est encore trop tôt pour tirer des conclusions. Un numéro de téléphone apparaît à l'écran. C'est pour que les gens appellent. Ou que Darlene Dobson appelle. Le policier ajoute qu'après tout, il s'agit d'une jeune femme de dix-sept ans qui aime faire la fête et qui pourrait rentrer à tout moment.

Eh bien, bonne chance. Tu ne peux pas t'empêcher d'imaginer le pire. Ces deux nénettes-là ressemblent beaucoup à ces filles un peu tristes qui invectivent tout le monde et crachent sur les caméras durant les tournages de ces nouvelles émissions de téléréalité policières. Qu'est-ce que ça peut bien faire si l'une d'elles disparaît de la surface de la Terre ? Il ne manque pas de figurantes.

Autour de toi, personne ne regarde la télé. Ça ne leur fait pas un pli. Tu t'en foutrais aussi si ce n'était de Henry. Tu réfléchis froidement à toutes les possibilités. Il est coupable. Il n'a rien fait. C'est quelqu'un d'autre. Elle a fait une fugue. Elle a été enlevée. Elle se cache. Elle s'est perdue, va savoir comment. Elle peut réapparaître n'importe quand. Henry sait où elle est. Il ne le sait pas.

La serveuse arrive à ta table. « T'as terminé ?

— Oui.

— Tu regardais cette histoire à la télé. J'espère qu'on lui coupera les couilles, à ce gars-là.

— Les couilles à qui ?

— Le gars. Son chum.

— Tu penses qu'il est impliqué ?

— Mais oui.

— Pourquoi ? »

Elle déchire l'addition de son carnet et la place devant toi.

« Parce qu'ils sont toujours impliqués, mon vieux. »

Elle tourne sur ses talons et repart. O. K. C'est l'heure de régler et de t'enfuir de ce trou. C'est ce que tu t'apprêtes à faire quand twit numéro un - qui te lance des regards furtifs depuis son arrivée - se lève soudainement et se dirige vers toi. Good Christ. Tu repousses ta chaise et te lèves.

« Hey, quoi de neuf ? » dit-il comme le twit qu'il est. Ils savent pas vivre, ces gens-là.

« J'en sais rien. Il y a du neuf ?

— Moi et mes amis, on a envie de s'amuser un peu. » D'un geste de la main, il indique l'autre gnome, qui ne s'est même pas rendu compte de son absence. « On prend un verre ou deux.

— Ouais.

— Tu sais, comme ça.

— Ouais, comme ça. »

Il est tout petit à côté de toi. La plupart des gens sont tout petits à côté de toi.

« Toi ?

— Moi, quoi ?

— Tu fais quoi, là ?

— De quoi tu parles ?

— Rien ? Tu ne fais rien en ce moment ? »

Oh ! oh ! Là tu comprends.

Twit numéro un adoucit sa voix et adopte un ton de conspirateur que tu as déjà entendu un million de fois. « Je me demandais si tu pouvais, euh, nous filer un petit quelque chose. Tu sais. Pour mon ami et moi. »

Tu regardes autour de toi. Comme si tu t'ennuyais. Tu prends ton temps. Enfin, tu poses tes yeux sur lui. Tu ne dis rien.

Il dit : « Juste un gramme. D'accord ?

— Je sais pas de quoi tu parles.

— Come on.

— Non. »

Tu détournes le regard, curieux de voir si quelqu'un vous observe. C'est pitoyable. Même au resto, t'as l'air d'un vendeur de dope. Est-ce que c'est si évident que ça ? Ce clown pense que tu te balades avec de la dope au milieu du restaurant. Petite note : ne pas oublier de te faire couper les cheveux cette année.

« Je te connais. »

Ou une autre théorie. Tu as déjà rencontré ce gars quelque part.

« Non, tu me connais pas.

— Oui, j'étais avec un autre gars. On t'a déjà rencontré au parc. Il connaît Johnny et Aaron. Tu te souviendrais pas de moi. J'ai pas parlé.

— C'est vrai. Je me souviens pas de toi. Et je sais pas de quoi tu parles.

— Peux-tu juste me vendre un p'tit bout ? » supplie-t-il. Ces gens-là sont toujours en train de supplier. « On peut sortir dehors si tu veux. »

Tu glisses ton paquet de cigarettes et ton briquet dans ta poche. « Je sors, mais toi, tu restes ici. Retourne voir ton copain. Et cette fille avec sa face de cul.

— Come on, fais pas chier, dit-il avant de revenir à son chuchotement insistant. Je te jure. C'est cool ici. Tu peux m'en vendre. On s'en crisse. S'il te plaît. »

Tu te diriges vers la porte.

Il gambade à ta suite. « Alors laisse-moi te donner mon numéro. Tu peux m'appeler et on peut se rencontrer un autre jour. »

Le temps qu'il lâche ces mots, c'est-à-dire le même temps que ça te prend pour ajuster tes pas et dépasser le gars en le frôlant, tu as pris une décision. Tu serres tes poings et retrousses tes lèvres en grimaçant. S'il continue, le gars, tu lui rentres dedans. S'il te laisse pas tranquille, tu vas lui fermer la gueule.

Tu remarques la serveuse qui vous regarde fixement de l'autre côté de la terrasse.

« Je m'en vais maintenant, dis-tu tout bas.

— S'il te plaît...

— Va t'asseoir avec tes amis.

— C'est pas mes amis.

— Moi non plus. »

Tu descends l'escalier jusqu'au rez-de-chaussée. Tu navigues entre les tables jusqu'à la sortie. Le twit numéro un te suit à une distance respectueuse. Tu ouvres les portes et descends quelques marches jusqu'au trottoir. Tu te retournes. Debout dans l'entrée, il manque de courage pour te suivre. Tu attends qu'il te supplie encore afin de le remettre à sa place une dernière fois.

Contre toute attente, il dit : « Je voulais pas te déranger. Oublie ça. Je suis désolé. »

Tu es décontenancé. Tu ne sais pas quoi dire. Tu lui jettes un regard mauvais même si tu n'es pas vraiment fâché.

Il dit : « Je suis désolé. Excuse-moi.

— Ça va.

— Excuse-moi. Désolé. »

Tu avances au milieu de la rue Sainte-Catherine, le bras levé afin de héler un taxi. Tu en interceptes un qui s'apprête à prendre un couple. Tu montes à bord. Tu es un peu ébranlé. Tu ne sais même pas quelle adresse donner au chauffeur. Finalement, tu lui dis de t'amener à l'Elbow Room. Pourquoi là ? Pourquoi pas ? Sinon, où ? L'air frais t'a insufflé un soudain regain d'énergie. Le twit numéro un a éveillé quelque chose en toi. Tu iras à l'Elbow Room à la recherche de Cuz. Et s'il est là, peut-être qu'il est grand temps de remettre les pendules à l'heure. De lui expliquer les choses comme elles sont. De lui servir le revers de ta main s'il le faut.

Ou pas. Est-ce une bonne idée ? Pas vraiment. L'air frais t'a peut-être insufflé des idées de grandeur. Tu n'es pas en état de te battre. Pas ce soir. Pas avec Cuz. Pas entouré de ses amis, même pas pour argumenter.

« Elbow Room ? dit le chauffeur de taxi avec un curieux retard. C'est juste à quatre coins de rue.

— Et puis ?

— Quatre coins de rue ? Pourquoi tu prends un taxi ?

— Pourquoi ? Parce que c'est là que je veux aller. » C'est quoi son problème ?

Il grogne. Ne démarre pas.

« Vas-y. »

Le chauffeur te lance un regard meurtrier. « J'aurais pu embarquer le petit couple. Et me rendre pas mal plus loin.

— Fais vite alors et reviens les chercher.

— Ben, là ! Ils vont avoir trouvé un autre taxi.

— D'accord. Oublie ça. »

Le chauffeur te regarde dans le rétroviseur. Il te fixe quelques secondes. Il ne dit rien. Enfin, il repart.

Il pilote son taxi quelques rues plus loin puis freine brusquement. Précipité vers l'avant, tu réussis tout juste à ne pas écraser ton visage contre l'appuie-tête.

Le chauffeur donne un coup sur le compteur, qui arrête pile-poil à quatre dollars.

« O. K. Out. »

Par la vitre, tu vois l'entrée de l'Elbow Room. L'idée d'aller là-dedans te semble soudain ridicule. L'envie de fuir est énorme. Tu imagines tous les losers que tu trouveras là. Tu imagines le face à face avec Cuz. Le moment précis. La tension. Tu as la gorge sèche, mais la dernière chose que tu veux, c'est un verre. Même si tu ne trouveras le sommeil que dans plusieurs heures, tu te sens soudain très fatigué. Sans énergie. Nauséeux.

Tu te retournes vers le chauffeur de taxi.

« Je pense qu'il faut que tu m'amènes à l'hôpital. »

Neuf

« Oh ! non, dit le chauffeur.

— Oh ! non, quoi ?

— Toi, tu sors.

— Amène-moi à l'hôpital.

— Quel hôpital ?

— Le Royal Victoria.

— T'es même pas malade.

— Je me sens pas bien. J'ai mal à la tête.

— Out !

— On se calme !

— T'as mal à la tête ? Moi, j'ai mal au cul !

— Sais-tu qu'il y a une excellente crème pour ça ?

— C'est assez ! Tu sors !

— Vas-y. C'est quoi ton ostie de problème ?

— Je veux plus rien savoir de toi.

— Eh ! bonhomme, je veux juste m'en aller à l'hôpital.

— Est-ce qu'il faut que j'appelle la police ?

— Quoi ?

— Es-tu sourd ?

— Quoi ? Pourquoi tu veux appeler la police ?

— Ils vont t'obliger à sortir de mon char.

— Non. T'es un chauffeur de taxi, crisse. Ils vont t'obliger à m'emmener. »

Le chauffeur croise les bras. Il te lance un regard furieux dans le rétroviseur.

Tu lui jettes un regard tout aussi furieux et balances un billet de vingt dollars sur la banquette avant. « Tu penses que j'ai pas d'argent ? C'est ça, le problème ? Come on, let's go. »

Il décroise les bras. Il regarde le vingt et le ramasse. Il démarre.

Apparemment, c'était ça, le problème.

Il t'emmène en se plaignant entre les dents tout le long du trajet.

Il s'arrête aux feux, devant le Royal Vic. Tu sors.

Tu prends ta monnaie et t'en vas. Une fois que tu te trouves à une distance respectable, il te crie par la fenêtre.

« Fais-toi faire un gros rayon X de la tête ! » À sa manière de lancer cette flèche, tu sais qu'il y a pensé pendant tout le trajet.

« Merci. C'est une bonne idée.

— Oui, fais-le !

— C'est noté. Tu as raison.

— Vérifie ça tout de suite !

— O. K. Je le ferai.

— Ben, oui ! Tu vas le faire !

— Wow, tu m'as vraiment envoyé au tapis avec tes uppercuts.

— Pour vrai ? »

Tu entres par la porte des urgences. Tu passes devant le gardien en te dirigeant vers la salle d'attente du bureau d'enregistrement. C'est un zoo, comme d'habitude. Des hurlements, des rugissements et des cris s'élèvent de partout. Des créatures de toutes les couleurs et de toutes les tailles sont entassées sur les chaises. Au bout du couloir beugle une vache à demi consciente qui déborde de sa civière. Deux chacals derrière des bureaux tapent frénétiquement sur leur clavier, les oreilles dressées pour capter les renseignements que transmettent des voix chevrotantes au-dessus du vacarme.

D'autres portes s'ouvrent en chuintant pour laisser passer deux chimpanzés en blouses blanches poussant un vieil orignal dans un fauteuil. Quand personne ne te regarde, tu franchis ces mêmes portes pour accéder aux couloirs intérieurs.

Tu avances rapidement à la recherche d'un corridor qui mène aux autres départements. L'hôpital a été construit à flanc de montagne et possède plusieurs structures attenantes qui communiquent à différents niveaux. Ce qui signifie que tu peux quitter un édifice au rez-de-chaussée et arriver dans un autre au troisième étage. Tu peux également monter dans un ascenseur, changer d'immeuble et te retrouver à un étage inférieur.

En d'autres termes, cet endroit, c'est un fucking labyrinthe. Et c'est vieux. Tout tombe en ruine. La peinture est vieille, la tuyauterie est plus vieille encore, l'air sent le moisi. L'éclairage est mauvais. Il y a des coins où la climatisation se limite à un ventilateur de quatorze pouces. C'est une honte. L'hôpital a besoin d'une intervention chirurgicale. Et c'est pas le seul hôpital à Montréal qui a été malmené de la sorte.

Tu traverses plusieurs corridors avant d'arriver à un passage qu'un écriteau désigne comme étant strictement réservé au personnel. Une bonne idée, ça, les gros panneaux pour faire fuir la racaille.

Tu t'engages dans ce couloir et marches jusqu'à l'ascenseur qui t'attend au bout.

À cet instant précis, une porte s'ouvre, livrant le passage à un gros rhinocéros brun en habits d'entretien. Il s'arrête en te voyant.

« Où vas-tu ?

– Je monte quelques étages, dis-tu en t'engouf-frant dans l'ascenseur comme si de rien n'était. Je m'en vais voir une infirmière qui travaille là-haut.

– C'est qui ?

– Honey Zamner. »

Il se tourne maladroitement vers toi, son énorme corne faisant saillie au milieu du front. « T'es pas censé prendre ces ascenseurs.

– Ouais, je sais, mais comme je suis là de toute façon. »

Les portes commencent à se refermer. Il soulève un de ses grands sabots et bloque leur fermeture.

« T'es vraiment censé prendre ceux près de la salle d'attente.

– Ouais, mais comme je suis là de toute façon.

– Oui, mais tu devrais vraiment prendre...

– ... mais c'est juste au-dessus. »

Ses yeux sont rivés sur toi. Tu le vois peser le pour et le contre, aux prises avec un procédé laborieux. Peu de gens savent que, parmi les mammifères, le rhino-céros est dans la tranche des vingt pour cent les moins intelligents. Un fait que tu viens d'inventer.

Les portes se remettent à fermer. Il les laisse aller cette fois.

Tu arrives à l'étage où travaille Honey. Tu bloques instantanément ton nez et respires par la bouche. L'âcre odeur de merde qui emplit l'air te suivra tout le temps que tu passeras ici. Elle imprégnera même tes vêtements quand tu partiras. Tu le sais. Ce n'est pas la première fois que tu viens ici. Tu connais le terri-toire pour y avoir travaillé pendant presque deux ans. Il y a des gens dans cet hôpital qui se souviennent de toi.

Tu avances jusqu'à la station des infirmières. C'est le désert. Tu regardes autour de toi. Tu ne vois personne. Il y a des chaises à l'intérieur du bureau, mais tu hésites à t'y asseoir. Tu ne sais pas qui travaille avec Honey. Ce ne sera peut-être pas cool.

Des sons te parviennent de la porte ouverte d'une chambre tout près. Des froissements, puis des bruits de heurts. Une lumière s'allume dans la chambre. Les heurts s'arrêtent, les froissements se poursuivent. Ce sont des pantoufles qui glissent sur le dur plancher lors d'une sortie nocturne aux toilettes. C'est une activité perpétuelle pour ces vieilles stars de l'âge d'or. Un de ces petits voyages peut prendre dix minutes ou plus. Des fois, elles arrivent à destination et doivent appeler à l'aide pour se relever. Ou bien elles s'endorment sur le siège.

Bien sûr, le pire, c'est quand les patients tombent. Vieux comme ils sont, fragiles et confus, ça arrive. Le claquement soudain d'un corps qui s'effondre de tout son long sur le sol donne envie de vomir. Tu ne l'oublies pas de sitôt. C'est comme ça qu'ils se brisent la hanche. Et une fracture de la hanche, c'est comme ça qu'ils meurent, tout rabougris dans leur lit mois après mois. Ils dépérissent, un goutte-à-goutte dans le bras et des médicaments plein la tête. Même le mensonge d'un retour à la santé se perd dans la mémoire.

Honey arrive, suivie de Margaret. Margaret t'aime bien. Tu aimes Margaret. Margaret est plus vieille, pas loin de la retraite. Elle aime te piquer une cigarette chaque fois qu'elle te voit. Margaret aime croire qu'elle est encore une délinquante. Elle sourit en te voyant.

« Regarde qui est là.

— Hey, Margaret. »

Honey n'a pas l'air de frissonner de joie. « Qu'est-ce que tu fais là ?

— Je suis venu te voir quelques minutes. Veux-tu aller fumer une cigarette ?

« — Non, je veux pas aller fumer une cigarette. Il est presque minuit.

— Ça veut dire que c'est trop tard ou que c'est trop tôt ?

— Ça veut dire qu'est-ce que tu fais ici ?

— *Moi*, je prendrais une cigarette, dit Margaret en tendant la main. Ne parlez pas si fort. Allez prendre un café à l'intérieur. »

Tu glisses la main dans la poche de ta chemise et tends tes cigarettes et ton briquet à Margaret. Quand elle part, vous entrez, Honey et toi, à l'intérieur de la station. Vous faites du café. La radio joue doucement.

« Tu en fais beaucoup, des shifts de nuit, dernièrement.

— C'est mon dernier. »

Tu ne l'as pas vue depuis le matin où elle est venue chez toi, il y a déjà plusieurs jours. Elle a un horaire variable, travaillant cinq ou six jours de suite, suivis de plusieurs jours de congé. Le jour, le soir et la nuit.

« T'as congé après ça ?

— Pour trois jours.

— C'est super.

— C'est bien. Mes parents veulent qu'on aille les voir, Baby et moi. » Baby, c'est sa sœur. La plus jeune des trois filles. La plus vieille est retournée en Europe. Honey, c'est la fille du milieu. Ses parents habitent les Cantons-de-l'Est.

« Ils ont une jolie maison, tes parents. » Une belle grande maison avec plusieurs chambres. C'était un bed and breakfast avant qu'ils l'achètent. « Tu m'as emmené une fois.

— Je me souviens. On était plusieurs. » Elle prend une gorgée de café. « Avec qui es-tu sorti ce soir ?

— Avec personne.

— Du tout ?

– Johnny, un peu. Mais pas longtemps. »

Elle baisse les yeux, mordille le bâtonnet de plastique dans son café. « T'aurais pas dû venir.

– J'avais envie. »

Le téléphone sonne. Honey se lève pour répondre. Elle tend l'oreille, puis dépose le combiné. Elle va consulter ses dossiers. Quand elle reprend le téléphone, elle est calme, précise, très professionnelle. Voir ce côté d'elle te fait toujours un effet.

Elle parle encore plusieurs minutes. Margaret revient entre-temps. La nuit, tout le monde fume à l'extérieur du même édifice, sur une petite terrasse oubliée, pas loin d'ici. Déserte jusqu'au matin. Il suffit d'empêcher la porte de se verrouiller à l'aide d'un caillou et tu peux t'en donner à cœur joie.

Margaret te redonne tes cigarettes et ton briquet et s'écrase dans une chaise. Honey dépose le téléphone au même instant et referme le dossier.

Personne ne dit rien. La chanson à la radio s'arrête. Sans raison apparente, le DJ se met à parler d'un insecte qui s'accouple sans arrêt. Vous écoutez tous les trois, ne sachant pas comment poursuivre la conversation.

Au bout d'un certain temps, Honey dit : « O. K., on s'en va deux minutes. » Elle repousse sa chaise et se met debout. « Si Linda rappelle, le dossier est là. »

Elle te fait signe de te lever. Margaret te sourit.

Tu avances en silence à côté de Honey. Tu te souviens des nuits où tu arpentais ces couloirs, un télé-avertisseur à la ceinture, chemise blanche, pantalon blanc, chaussures blanches. Oui, toi aussi, t'as déjà été un singe. Tu nettoyais la merde, transmettais les résultats de prises de sang, tournais les patients dans leur lit. Des crêpes, tu les appelais. Tu avais une fausse plaque d'identité sur laquelle était inscrit Gerry Atrie. Quel boute-en-train ! Tu étais ami avec McIntyre, un autre garçon de salle, qui voulait tout le temps emmener tout le monde au numéro 7 Ouest parce qu'il y avait là une dame, madame King, qui criait « Taxi ! » chaque fois qu'on passait devant sa porte. Elle était hallucinante. McIntyre emmenait tous les nouveaux la voir.

Vous traversez une salle d'attente vide, puis franchissez des portes vitrées qui mènent à un escalier crasseux. Tu t'apprêtes à tourner le coin et à poursuivre ta route jusqu'à la porte de la petite terrasse isolée quand Honey prend soudain ton bras, pousse une porte et te conduit à l'intérieur. Elle ferme derrière vous et t'appuie contre la porte. Surpris, tu sais qu'il vaut mieux te taire.

Il fait noir, mais elle n'allume pas. Tu te rends compte que vous êtes dans une chambre semi-privée, vide, hormis deux lits frais aux draps propres. Ils sont baignés par la douce lumière des réverbères du stationnement.

« Alors, pourquoi t'es venu ? » Honey s'approche. Son front n'est qu'à quelques pouces de ton menton.

« Je suis juste venu.

— Parce que tu t'ennuyais de moi ?

— Non ! répliques-tu, comme un adolescent.

— Avoue.

— Quoi ?

— Que tu pensais à moi.

— C'est vrai que j'ai pensé à toi, mais est-ce que ça veut dire que tu me manques ? »

Elle se rapproche encore plus, réduisant de moitié la distance qui vous sépare. Quelques centimètres maintenant.

« C'est tellement sweet, que tu aies eu besoin de me voir, taquine-t-elle.

— Je pensais qu'il fallait qu'on se parle. Tu comprends ? »

Sa main est agrippée à ta ceinture. Elle cherche à défaire la boucle. Holy Jesus. Est-ce que ça arrive pour vrai? Encore?

« De quoi fallait-il qu'on parle? demande-t-elle en t'obligeant à la regarder droit dans les yeux et non pas plus bas.

— À vrai dire, je suis un peu... confus.

— Confus?

— C'est ça.

— Tu ne sais pas ce que tu veux?

— Je ne sais pas ce que *tu* veux. »

Elle te plaque contre le mur. Tu n'offres aucune résistance.

« J'ai tout ce que je veux pour l'instant, dit-elle d'une voix rauque.

— Wow. Tu sais que tu joues vraiment avec ma tête? »

Wow. Viens-tu vraiment de dire ça?

« Qui, moi? » Elle défait ton bouton, ouvre ta braguette.

« Hum...

— Est-ce que c'est Johnny qui t'inquiète?

— Oui...

— C'est bien. Moi aussi.

— Dans quel sens?

— Je ne sais pas.

— Mais c'est toi qui l'as dit. »

Elle se frotte contre toi. En ce moment, on peut dire qu'elle a toute ton attention. Tu avances pour l'embrasser en envisageant la possibilité de la traîner jusqu'au lit. Elle te repousse avec l'avant-bras. Un avant-bras d'une force surprenante.

Puis elle tombe à genoux.

Oh my God!

Ta tête tombe à la renverse, tes yeux montent au plafond. Ses mains baissent tes jeans et tes boxers jusqu'aux genoux. Tu sens monter la tension. Tu as hâte que ses doigts te libèrent.

Au lieu, ils s'arrêtent un moment, et tu l'entends poser une question d'en bas : « Ce serait comment, être ta copine ? »

Une question. Elle te pose une question.

Ce serait comment, être ta copine ? Est-ce que c'est à toi qu'elle parle ou est-ce qu'elle ne fait que réfléchir à voix haute ? Dois-tu répondre ?

C'est une bonne question.

De ton point de vue, ce serait génial. Et triste. Et autre chose aussi. De son point de vue, tu n'en sais rien. Peut-être pas génial. Il faudrait qu'elle aime beaucoup traîner partout à ne rien faire. De son point de vue, ce serait très différent. Être la copine d'un homme laid.

Mais peut-être que ce serait hilarant. Et cool. Et amusant et sexy et tout le bastringue. Tout serait nouveau. Parce qu'il suffirait de fréquenter une fille comme Honey pour que tout soit nouveau. Tout redeviendrait amusant. Rouler en voiture. Faire les courses. Ou simplement marcher dans la rue...

Oh !

Oh God !

Elle s'est mise à l'ouvrage. Et c'est horriblement gênant, car tu sens déjà que tu ne feras pas long feu. Tu es si bien et sa bouche est tellement chaude, et il ne faut pas que tu regardes vers le bas, mais tu le fais quand même, espèce de crétin, ses cheveux sont déployés en éventail sur son uniforme, qui est doux et d'une blancheur satinée, elle a perdu une de ses chaussures, ses mains sont agrippées à tes hanches alors que sa tête te pousse contre le mur, tu as le sentiment d'être entièrement sous son emprise...

Oh !

Et tu pars. Incroyable. Tout tendu, tu es secoué par saccades. Bwit bwit. Ah ! Et encore. Bwit. Tu détournes les yeux, fixes le plafond. Tu redonnes une poussée, une dernière fois, sentant confusément que, à un certain moment, elle s'est subtilement décollée de toi et a retiré sa tête même si tu ne te sens pas moins prisonnier de son étreinte, déjà, la profonde sensation physique s'estompe à mesure que monte un sentiment de tristesse, comme un high qui arrive à son point culminant et amorce sa chute. Tout s'est passé si rapidement. Comme un éclair. Un éclair. Ça dit tout. Est-ce que c'est une bonne chose que d'être rapide comme l'éclair ? Difficile à dire. Tu ne te sens pas terriblement viril après avoir lâché le morceau en moins de temps qu'il n'en faut à une personne normalement constituée pour se peigner les cheveux. Non, il n'y a pas de quoi être fier.

À moins que, on ne sait jamais, à moins que tout aille pour le mieux. C'est peut-être le cas. Est-ce possible ? Au lit, c'est clair, il faut prendre son temps. Mais ici ? Peut-être qu'il faut y aller le plus vite possible, peut-être qu'elle t'en est même reconnaissante. Peut-être que c'est entendu. Mais il faut avouer que ton expérience en matière de sexe oral dans une chambre d'hôpital est limitée.

Honey remue. Tu entends un bruissement. Tu baisses les yeux et la vois qui tient sa main devant elle, tu vois que, pour une raison ou une autre, elle porte un gant, un de ces gants blancs d'hôpital en latex qui laissent de la poudre blanche sur la main quand on les retire, et que, va savoir comment, elle a enfilé pendant que tu comptais les panneaux acoustiques au plafond et que tu t'es rendu jusqu'à trois, et que c'est ton foutre qu'elle a attrapé.

Et, oh boy ! c'est pas joli joli à voir.

Good Lord. Est-ce qu'elle est folle, cette femme ?

Elle se lève, retire délicatement le gant de sa main et le laisse tomber dans une poubelle quelques pas plus loin. Tu frissonnes en la regardant. Elle se tourne vers toi. Tu es debout dans toute ton ignominieuse splendeur. Ce ne sont jamais de grands moments pour toi, mais tu as l'impression que celui-ci devrait être consigné dans son propre journal intime de la honte. C'est comme si toutes ces années de désir étaient maintenant exposées comme autant de pièces à conviction.

Elle s'avance vers toi, prend tes poignets dans ses mains et les place à tes genoux, où t'attendent tes jeans.

Tu les remontes. Elle caresse ta joue où figure une barbe clairsemée d'adolescent malgré tes vingt-huit ans.

« Là, j'ai envie d'une cigarette, dit-elle doucement comme si de rien n'était. Pas toi ? »

Tu replaces ta chemise, boucles ta ceinture. Hoches la tête stupidement.

Elle avance jusqu'à la porte, l'ouvre et sort. Tout droit, sans chercher des yeux, sans étirer le cou à l'extérieur du cadre pour voir s'il y a quelqu'un.

Tu fais quelques pas, mais dans une tout autre direction, jusqu'à la corbeille près du lit. Tu regardes à l'intérieur. Il y a un sac-poubelle, blanc aussi. Brillant et industriel. Le gant est là, suspendu par les plis du sac, ton ardeur figurant en bonne place au centre de la paume, blanc sur blanc sur blanc. Ugh. Vas-tu tout simplement le laisser là ? Quelle autre possibilité as-tu ? Tu pourrais retirer le sac au complet, l'attacher et le fourrer quelque part. Où ? Dans ta poche. Le garder avec toi jusqu'au moment opportun et t'en débarrasser. Le transporter secrètement jusqu'à ce moment-là.

Euh, non. Jamais de la vie.

Au lieu de cela, d'un seul geste brusque, tu attrapes le sac et fais un nœud, puis, en le tenant comme s'il s'agissait d'une éprouvette de plutonium en ébullition, tu l'emportes vers les toilettes adjacentes. Là, tu l'enfouis au fond de la poubelle, déchires des bandes de papier toilette que tu froisses et déposes sur le tout comme une garniture. Si quelqu'un prend la peine de fouiller à l'intérieur, il mérite sa trouvaille.

Tu quittes la chambre, creusant ton chemin tête baissée le long du couloir tout en retenant ton souffle. Dans un hôpital, il y a de nombreux dangers qui circulent dans l'air, dont le commérage n'est pas le moindre. C'est pas parce que Honey s'en fout que toi, tu t'en balances. Tu fixes le sol jusqu'à ce que tu arrives à la porte qui mène à l'extérieur, le caillou déjà solidement en place.

« Penses-tu que je suis fâchée contre Johnny ? » demande-t-elle pendant que tu allumes ta cigarette.

Elle retire la sienne de ses lèvres. Tu remarques la 101 fine poudre blanche sur ses longs doigts fins.

« J'ai une idée là-dessus.

— Tu penses que je veux me venger pour quelque chose ? C'est ça ?

— Est-ce que c'est le cas ?

— Est-ce que c'est ça que tu penses ?

— Peut-être.

— Pourquoi je chercherais à me venger ?

— Je le sais pas.

— Pourquoi ?

— Comment veux-tu que je le sache ? »

Elle envoie ses cendres dans la crasseuse boîte en étain vissée au mur. « C'est tellement une réponse de gars. »

Tu envoies tes cendres dans la crasseuse boîte en étain vissée au mur. « Il se trouve que je suis un gars.

— Les gars pensent que s'ils baisent avec quelqu'un, il faut qu'il y ait, je sais pas, une intrigue. Une raison profonde. Je te connais depuis longtemps et je sais que tu m'aimes bien. Penses-tu que j'ai jamais songé à t'embrasser ? »

Tu ne dis rien. Des fois, il vaut mieux ne pas répondre. Même toi, tu te souviens de ça de temps en temps.

« T'es tellement hypocrite. Depuis combien d'années tu me regardes avec tes gros yeux tristes comme si tu donnerais le ciel si seulement je portais sur toi le même regard que je porte sur Johnny ? Depuis le début, Lee. Tout le temps. Tu me regardais quand tu pensais que je te voyais pas. Tu dévisageais Johnny comme si t'en revenais pas de son coup de bol. Comme si ton plus grand souhait était d'être lui. Alors le jour que je t'embrasse et que je me pointe chez toi et me glisse dans ton lit, je suis la seule responsable ? Est-ce que je suis la seule qui ait du courage ? As-tu jamais fait quoi que ce soit, Lee ? Non. T'as même rien dit, jamais. Vous êtes des poules mouillées, les gars.

— Je suis venu à l'hôpital. Ce soir. C'est déjà ça.

— Je pensais que tu viendrais plus tôt.

— Je voulais venir.

— Je t'ai attendu.

— J'aurais dû.

— Quand je rentrais chez moi le matin, je pouvais pas croire que t'étais pas passé.

— Je suppose que c'est parce que Johnny, c'est mon meilleur ami... »

Un éclair traverse ses yeux. « Lee, Johnny, c'est *mon* meilleur ami.

— Bien, je...

— C'est pas toi, son meilleur ami. T'es pas au courant ? Es-tu aussi naïf ? T'es juste un ami parmi tant d'autres pour Johnny, Lee. Celui sur qui il peut compter pour se procurer un peu de hasch. Le grand maigre. Son faire-valoir. »

Tu ne dis rien, détournes les yeux. Honey n'emploie pas les mots « grand maigre » sans savoir ce que ça signifie pour toi. Elle t'a blessé. Elle l'a fait exprès. Elle le sait très bien.

Honey retourne à l'intérieur. Tu la suis.

Quand elle arrive aux ascenseurs, elle s'arrête. Pour te dire au revoir.

« J'ai attendu, Lee. T'es pas venu.

– Je sais.

– C'était un genre de test. Ta note est pas excellente. »

Tu ne réponds pas.

Un autre gardien passe dans le couloir. Il ralentit afin de s'assurer qu'il n'y a pas de problème entre cette infirmière et ce gars habillé en civil. Il te jauge de ses yeux de reptile avant de retourner en ondulant vers un autre coin de la jungle.

« Va-t'en, dit Honey en appuyant sur le bouton au mur pour toi.

– Tu diras au revoir à Margaret de ma part. »

Les portes s'ouvrent. Heureusement, il n'y a personne derrière. Tu entres dans l'ascenseur. Quand tu te retournes, elle n'est plus là. Les portes se referment. Ta réflexion embrouillée te regarde bouche bée.

Comment ce serait, être ta copine ? C'est ça qu'elle voulait savoir. Comme si, à ce rythme, vous aviez une chance d'en arriver là. Quel comportement bizarre. *Weird scenes inside the gold mine.* Tu penses à Johnny. Tu essaies de l'imaginer. Tu le vois sous un tout autre jour. Un gars dont la copine s'envoie en l'air dans son dos. Un gars qui ne sait pas garder une femme près de lui. Comme un tas d'autres gars. Il a perdu son auréole. Il vous ressemble un peu plus. Wow. Des idées noires. T'es vraiment un trou de cul. Et quelle femme étrange, Honey. Qui l'eût cru ?

Tellement de questions. Des réponses étonnantes. Si tu pouvais lui poser une seule autre question, quelle serait-elle?

Que veux-tu savoir à tout prix?

Hmmm.

Une seule question?

O. K.

C'était quoi, ce gant?

Tu descends jusqu'en bas et traverses en sens contraire les couloirs menant au bureau d'enregistrement et au freak show de la salle d'attente. Tu sors par la porte des urgences, fais un signe de la tête au gardien que tu salues de la même façon depuis deux mille ans sans que vous ayez jamais échangé la moindre parole et traverses le stationnement jusqu'à la station de taxis. Tu en choisis un et montes à bord.

Le conducteur te sourit. Au moins, ce gars-là, notes-tu avec satisfaction, n'est pas en train de perdre les pédales. Il s'engage dans l'avenue des Pins et s'éloigne rapidement de l'hôpital. Comme tous ceux qui sont passés à l'hôpital ce soir, tu repars sans vraiment avoir recouvré la santé.

Dix

Tu t'affales dans la pénombre de la banquette arrière tandis que le taxi dévale la montagne. Tu n'es pas loin de chez toi. Au bout de dix minutes, les vieilles demeures victoriennes en pierre grise cèdent la place à de petites maisons faméliques, des duplex en rangées, des immeubles à appartements.

Chaque fois que tu croises un réverbère, l'intérieur du taxi s'illumine un instant puis replonge dans le noir. Tu regardes par la vitre. On dirait qu'une maison sur trois est à vendre ou à louer. Que se passe-t-il, cet été ? Il y a un malaise dans l'air, une vague tension lointaine. Est-ce la chaleur ? La reprise des conflits linguistiques ? Va savoir. Tu te tiens loin de toute cette merde. C'est pour les morons. Les nombrilistes et les losers qui mettront sept ans pour terminer leur cégep. Si jamais tu commences à te soucier de ces choses, avec un peu de chance, quelqu'un te mettra une balle dans la tête avant que ça dérape.

Tu es presque arrivé chez toi quand tu te rends compte qu'il ne te reste que deux cigarettes. Tu laisses le conducteur dépasser ta rue et te déposer deux ou trois feux plus loin, près du seul dépanneur encore ouvert à cette heure-là. Tu te bats pour extraire ton portefeuille de ta poche de pantalon et tu paies.

Il prend ton argent sans vraiment te remercier. Un autre pourboire de trente cents jeté par la fenêtre.

En marchant, tu allumes le reste d'un joint que tu as récupéré au fond de ton paquet. Ah ! oui. Ça adoucit l'atmosphère. Ça calme. La marche devient une promenade. Les lumières des commerces brillent, les portes d'entrée s'embrasent. Ton esprit vagabonde alors que les immeubles défilent. Il t'apporte du réconfort, ce vieil ami. Il faudrait que tu reviennes à tes quinze ans pour trouver l'époque où tu ne fumais pas d'herbe tous les soirs. C'est pourquoi tu te donnes tant de mal pour ne pas devenir accro.

Tu prends ça cool. Pourquoi tu te presserais ? Tu ne vas nulle part. Tu glisses les mains dans les poches de tes jeans et poursuis ta route.

Avant d'entrer dans le dépanneur, tu jettes un coup d'œil dans la rue transversale. C'est Madison, la rue où habite Henry. Au bout, c'est chez Henry. Lui et sa mère vivent dans le même immeuble.

Au même moment, une fourgonnette arrive à ta hauteur en ralentissant pour négocier le virage. Elle passe devant toi en douceur. Pas pressé non plus, le conducteur. Tu reconnais l'indicatif sur le côté. C'est un véhicule appartenant à l'une des chaînes de télévision de Montréal. Des nouvelles *lite*, des célébrités locales, de courts reportages sur l'actualité régionale. Sans doute sur le chemin du retour après une longue journée à l'usine de gloire et fortune.

Tu t'apprêtes à entrer dans le dépanneur, mais hésites encore une fois. Tu attends. Tu observes. Le véhicule s'arrête devant chez Henry. Dans l'obscurité, tu perçois l'ouverture des portières arrière et le déchargement d'équipement. La fourgonnette est garée sous l'unique réverbère de la rue.

Tu lances ton mégot, expires la fumée et pars plutôt en direction de chez Henry, sans accélérer le pas. La fille nue devant le Cinéma V, tu te souviens que c'est cette chaîne qui la filmait. Est-ce qu'il s'agit de la même fourgonnette ? Ça change quelque chose ? C'est ridicule. On filme n'importe quoi de nos jours. Mais comme tous les autres losers, tu n'arrives pas à passer outre et à continuer ton chemin.

Tu finis par amorcer ton approche. Devant la fourgonnette, une femme vient brusquement à ta rencontre, micro à la main. Tu la reconnais. Son nom t'échappe.

« Bonsoir, est-ce qu'on peut vous aider ? » Elle te sourit. Elle te fixe, droit entre les deux yeux. Sa main libre repose sur sa hanche.

Derrière elle, un jeune, petit et baraqué, installe sur un trépied une caméra au-dessus de laquelle il fixe une petite lampe. Ils ne sont que deux.

« Non, dis-tu. Qu'est-ce que vous faites ?

— Rien. On tourne.

— Vous tournez ?

— C'est ça. Rien de plus.

— Rien de plus.

— Et rien à voir. »

Elle sourit encore. Ça ressemble davantage à une menace cette fois-ci.

« Je vois.

— Parfait. O. K. Alors vous pouvez vous en aller.

— Ouais, d'accord. Merci. »

Mais tu ne bouges pas.

Le caméraman se tourne vers toi. « Y a rien à voir, mon vieux. Pas de glamour. » Son ton est exagérément cool, comme s'il voulait tout de suite que tu saches qu'il n'est pas le genre de gars qui accorde une quelconque importance au fait d'être caméraman.

« Wow. Es-tu sûr ?

— Oui, j'en suis sûr.

— Vraiment ? Parce que ç'a l'air tellement *glamour*. »

Il plisse les yeux. Décontenancé.

« Peux-tu sortir une autre grosse boîte lourde de la van ? Peux-tu ? Une seule ? Et peux-tu faire ça avec feeling ? »

Le caméraman se tourne vers la femme. « Veux-tu que j'appelle des renforts ? »

Elle hausse les épaules.

Liz Hunter, ça vient de te frapper, c'est son nom.

« Vous savez, il ne se passe vraiment rien d'important ici, dit Liz Hunter.

— Ça, c'est clair.

— On fait juste notre boulot.

— Je le sais.

— Vous le savez ?

— Oui, je vous connais. »

Tu es cucul au possible. Tu en beurres épais. « Vous... êtes... une sorte de star de cinéma.

— Je suis reporter, dit-elle, exaspérée. Vous voyez le micro ? C'est un indice.

— Et vous avez de l'esprit aussi. »

Les deux te regardent. Le téléphone de Liz Hunter sonne. Elle répond et se retourne d'un seul mouvement coulant maintes fois répété.

Le caméraman dit : « C'est juste que c'est difficile pour nous de faire notre boulot quand t'es là. Il est tard, tu sais. On aimerait rentrer.

— C'est clair. Mais t'as pas besoin d'un permis pour faire ça ? »

Le caméraman promène son regard, soulève la caméra et le trépied, les déplace de quelques pas, puis les dépose. Il porte un système d'alimentation à la ceinture et un enregistreur audio à l'épaule. « Pour quoi faire, un permis ? »

Tu avances du même nombre de pas. « Pour tourner. Ici. Ce soir.

— Oublie ça. Non. On peut faire ce qu'on veut. T'inquiète pas. »

Tu l'observes pendant qu'il ajuste son cadrage. « Qu'est-ce que tu filmes ?

— L'immeuble.

— L'immeuble ? Il est tout sombre.

— Il est pas si sombre que ça.

— Tu vas pas l'éclairer ?

— Non. C'est bon comme ça.

— J'ai vu un tournage l'autre jour. Il y avait quatre gros spots. Et c'était même pas la nuit. »

Le caméraman retire une cassette du sac noir en cuir à ses pieds et la glisse dans une fente sur le côté de la caméra. « Vois-tu des prises autour d'ici, mon ami ? Où veux-tu que je branche l'éclairage ? Dans mon cul ? »

Ah ! la délicieuse arrogance de l'employé syndiqué. Tu te souviens avec nostalgie de tes belles années à l'hôpital. Du sentiment d'impunité qui gouvernait le moindre de tes gestes. De ta manière de traiter tout le monde comme de la merde parce que tu savais que ton syndicat était prêt à monter aux barricades au moindre prétexte. Tes yeux s'embuent de larmes au seul souvenir de ce temps-là.

« Tu pourrais raccorder deux ou trois rallonges à partir du hall d'entrée.

— De quoi j'ai l'air, moi ? De cinq gars ? C'est juste les nouvelles.

— Quelles nouvelles ?

— *Les* nouvelles.

— À quoi sert la petite lumière sur la caméra ?

— C'est pour elle.

— Oh ! elle va s'adresser à la caméra ?

— Pourquoi tu penses qu'elle est là ?

— Bien, c'est quoi, le but ? Qu'est-ce qu'elle va dire, au juste ? Que la fille manque toujours à l'appel ? C'est pas des nouvelles, ça. Pourquoi vous faites perdre du temps à tout le monde ? »

Liz Hunter termine son appel et revient vers vous.

Elle te regarde. « Vous n'étiez pas sur votre départ ? »

Avant que tu répondes, le caméraman te désigne d'un geste. « Non. Il reste. »

Liz Hunter sourit, la curiosité se lit sur son visage. Elle t'étudie.

« Il sait pourquoi on est là, dit le caméraman. Il sait qui habite cet immeuble. »

Tu sens la chaleur t'envahir, tes joues, tes oreilles se mettent à brûler. Honteux, tu te sens coincé. Pourquoi ? Parce que t'es tombé dans un piège, voilà pourquoi. Même si tu ne connais pas la nature du piège.

Liz Hunter te tend la main. Inexplicablement, tu la prends.

Elle te guide vers la chaleur du spot.

« On fait ça rapidos, dit le caméraman. On reviendra à l'intro. Dans trois, deux, un... »

Elle porte le micro à ses lèvres, dégage sa main de la tienne et embraye.

« Nous voici... au plus profond de la nuit... tandis que dans cet immeuble, de l'autre côté de ces murs... Henry Miller, vraisemblablement endormi... refuse encore tout commentaire. La jeune fille, Darlene Dobson, est toujours portée disparue... » Elle reprend son souffle. « Près de moi, un observateur intéressé... ou peut-être un ami... » Elle se tourne vers toi. « C'est ça ? Vous êtes un ami de Henry Miller ? » D'un petit mouvement, elle place le micro juste en dessous de ton menton.

Ton visage est en feu. Tes oreilles brûlent. Tes couilles fondent. Ta bouche est pâteuse à cause du hasch. Tu fixes la caméra, la bouche grande ouverte. Pendant cinq, dix secondes. Mother of God. Quel moron. Les gens vont croire que c'est toi qui l'as tuée. Johnny et Honey vont rire comme des malades quand ils verront ça à la télé.

Liz Hunter attire ton attention de nouveau sur elle. « Quel est votre nom ?

— Lee.

— Lee comment ?

— Goodstone. »

Hmmm. Était-ce une bonne idée de donner ton vrai nom ? Tu te rappelles ton dealer. Qu'est-ce qu'il va penser ?

« Vous êtes un ami ?

— Si on veut.

— Alors vous avez sûrement quelque chose à dire... »

Tu respires profondément. Tu réfléchis à la question. As-tu quelque chose à dire ?

Sûrement. La copine de dix-sept ans de Henry a disparu. Ces deux cruches sont convaincues qu'il est impliqué. Mais elles ne le connaissent même pas. Toi, tu le connais. Henry ne ferait de mal à personne. Jamais. Tu y crois à mille pour cent. Enfin, O. K., à soixante-cinq pour cent. Une blague. C'est une blague. Tu dis quoi, alors ? Étrangement, tu as l'impression d'arriver à un moment décisif dans ta vie. Il y a une caméra, un micro, de l'éclairage. Ou du moins un petit spot. Qu'est-ce qu'il est paresseux, ce gars ! Quelle connerie ! Quel boulot ! Peut-être qu'il pourrait te trouver un truc à temps partiel. Ç'a l'air simple. Tu regardes la caméra, puis Liz, puis de nouveau la lentille. Il faut que l'un de vous deux parle. Et la tâche te revient tout naturellement. C'est pas comme si tu t'étais porté volontaire. On te l'a demandé.

Tu souris, te racles la gorge, puis regardes droit devant.

« J'aimerais remercier l'Académie. J'aimerais remercier mes fans. J'aimerais remercier mon professeur d'art dramatique, Illich Latouffe. Sans son apport... »

Liz Hunter retire brusquement le micro, qu'elle laisse pendre au bout du fil. Elle se tourne vers le caméraman. Il éteint l'appareil. Il s'écoule trente secondes pendant lesquelles ils se consultent des yeux, jettent un regard sur toi, que tu leur renvoies, puis se consultent de nouveau. Personne ne parle.

Enfin, Liz Hunter reprend le micro. Le caméraman redémarre la caméra.

« Trois, deux, un..., dit-il doucement.

— Je suis ici... avec un ami de Henry Miller. Vous êtes nombreux à savoir que la police a interrogé ce dernier au sujet de la disparition de la jeune Darlene Dobson. Dites-moi, Lee Goodstone, les gens n'arrivent pas à comprendre... la police est frustrée... peut-être pouvez-vous éclairer notre lanterne ?... »

Tu réfléchis à la question. Tout à fait légitime. Peut-être qu'en effet tu peux jeter une lumière sur la situation.

Tu regardes au-delà de la caméra, attires l'œil du caméraman. « Hey, elle est large comment, ta prise de vue ? »

Tu te grattes les couilles.

« Est-ce que je peux faire ça à la télé ? M'as-tu vu ? » Tu te grattes de nouveau. Avec entrain.

Le caméraman tend la main pour ajuster la lentille. Il refait son cadrage. Est-ce qu'il agrandit ou rétrécit la prise de vue ?

« Whoah, mon vieux. Est-ce que tu agrandis ou rétrécis la prise de vue ? Pas de gros plans, pas avec cet éclairage. » Tu regardes autour de toi et t'adresses à la foule invisible. « Est-ce qu'on peut avoir un peu de maquillage par ici ?... »

Nouveau silence.

Oh boy ! Ils savent les exploiter à fond, ces gens, les silences lourds de sens.

La caméra tourne toujours.

Tu vois Liz hausser un sourcil. Pour que tout le monde sache à quel point t'es nul. Tu as toujours voulu soulever un sourcil comme ça. C'est efficace au possible. Est-ce que ça prend de l'entraînement ou est-ce que c'est un don que se partagent seuls quelques élus ?

Elle se tourne vers toi. Péniblement. « Depuis quand connaissez-vous Henry ? »

Tu te caresses le menton. Pour te donner un air pensif. « Très longtemps.

— Connaissez-vous Darlene Dobson ?

— Non.

— Vous ne l'avez jamais rencontrée ?

— Je ne l'ai même jamais vue.

— Jusqu'à tout récemment.

— C'est ça. En photo. À la télé.

— Est-ce que Henry est un homme violent ?

— Non.

— Jamais ?

— Non.

— En êtes-vous sûr ? Comment pouvez-vous l'affirmer ?

— Si vous doutez de ma parole, pourquoi me posez-vous la question ?

— L'avez-vous déjà vu frapper une femme ?

— Non. Mais je l'ai déjà vu vomir tellement de bière que ç'a coulé vingt pieds dans la rue avant d'arriver à une bouche d'égout. »

Un silence. Puis ceci : « Pourquoi il ne dit rien ?

— Pourquoi devrait-il dire quelque chose ?

— Pour prouver son innocence.

— C'est ce que vous lui offrez ? »

Tu essaies de soulever un sourcil. Au lieu de cela, ta narine droite se dilate et ta lèvre retrousse, exposant tes dents. Tu es pas mal sûr d'avoir l'air de quelqu'un qui s'est fait piquer par une abeille.

Liz dit : « Henry sait-il que vous êtes là ?

— Oui.

— C'est vrai ?

— Bien sûr. »

Ses yeux scintillent. « Est-ce parce qu'il a quelque chose à déclarer ?

— Oui.

— Vraiment ?

— Non.

— Essayez de rester concentré.

— J'essaierai.

— Vous compliquez inutilement la situation.

— Désolé.

— Alors Henry... ne vous a pas envoyé ?

— Non.

— Il ne sait pas que vous êtes là ?

— Seulement s'il nous observe par la fenêtre. »

Tu jettes un coup d'œil sur l'immeuble. Liz se retourne. Le caméraman fait un panoramique.

Rien ne bouge dans l'obscurité.

« Je vois rien », dit le caméraman.

Tu dis : « C'est peut-être une question d'éclairage. »

Liz soupire. Elle se caresse le front avec les doigts, essuie la poudre du maquillage qui est restée sur ses doigts. Tu repenses à l'hôpital et à Honey.

Elle dit : « Vous comprenez qu'il s'agit de la disparition d'une jeune fille ? Elle a dix-sept ans.

— Si vous le dites.

— Vous le niez ?

— C'est pas ça...

— Elle est peut-être morte.

— Je suppose...

— Vous savez que la police suit le moindre déplacement de votre ami ? »

Tu roules des yeux. « Il n'a pas quitté la maison depuis trois jours. Il passe du canapé aux toilettes avant de revenir au canapé. Surtout à cause de vous. Qu'est-ce qu'il y a de si palpitant dans tout ça ?

— La police le considère comme le principal suspect.

— Vraiment ? J'étais pas au courant.

— Vous pouvez me faire confiance.

— Euh, j'ai l'impression du contraire.

— Vous croyez que je suis injuste ? Vous croyez que tout ça, c'est une blague. Vous croyez que j'ai tort de m'inquiéter pour cette pauvre fille ? »

Tu regardes directement dans la lentille. Tu observes Liz Hunter depuis un moment. C'est ainsi qu'elle arrive à se montrer si convaincante.

« Je pense que vous serez une fille fort déçue s'il se trouve que Henry ne l'a pas découpée en petits morceaux et fourrée dans des sacs Ziploc. »

Elle baisse le micro de nouveau. Elle porte les doigts au front encore, défaisant son maquillage.

« O. K., dit-elle au caméraman. J'ai un mal de tête depuis ce matin. Maintenant, ça fait vraiment mal. On arrête un moment. Peux-tu couper, s'il te plaît ? Il faut que je réfléchisse. »

Tu es entièrement d'accord. « Bonne idée. » Tu te grattes une fois de plus l'entrejambe un bon coup. « Ça me pique toujours. Si vous voulez savoir. Si on continue à tourner, il me faudra peut-être de la poudre pour mes couilles. Si vous en avez. C'est pas ma faute. Je suis nerveux. Est-ce qu'il y a de la poudre pour couilles moites ? Et un de ces gros pinceaux bouffis pour le maquillage ? »

Le caméraman emballe son équipement. Il a tourné une séquence avec Liz. Seule. Sans toi. Après il a filmé l'immeuble. Tu as offert ton aide au cas où il aurait changé d'avis et voudrait raccorder quelques lumières. Il n'avait pas changé d'avis.

Entre-temps, Liz Hunter a reçu plusieurs appels et en a fait plusieurs autres. L'un était pour un taxi afin qu'elle puisse laisser la fourgonnette et les derniers détails au caméraman. Peut-être qu'ils ne sont pas si liés que ça, elle et lui.

Tu allumes ton avant-dernière cigarette. Le caméraman te demande la dernière. Sans savoir pourquoi, tu la lui lances. Il l'attrape et l'allume en tirant dessus comme s'il ne lui restait plus qu'une minute à vivre, aspirant la fumée par grandes bouffées.

Tu vois luire le taxi, qui approche. Tu interpelles Liz avant qu'elle compose un nouveau numéro. « Ç'a très bien été, je crois... »

Elle se retourne, te fixe. Comme si déjà elle ne se souvenait plus de toi.

« Vous êtes une excellente intervieweuse, dis-tu. Très professionnelle. »

Elle fait une grimace. « Allez-vous finir par partir ?

— Non, franchement. J'ai l'impression que, grâce à vous, j'ai livré tous les secrets de mon âme.

— Hum. C'était un grand moment pour nous tous.

— Nous devrions manger ensemble un de ces quatre. Je vous laisserai régler l'addition. »

Elle éteint son téléphone. « Savez-vous quoi ? Je pense que vous êtes tout simplement un malade. Comme votre ami.

— Vous ne connaissez même pas mon ami.

— Ne soyez pas si sûr.

— Ne soyez pas si arrogante.

— Écoutez, mon petit chéri. Je ne m'occupe pas de ceux qui n'ont rien fait. Vous comprenez ?

— Wow. Tellement cool.

— Peut-être que c'est trop pour vous, tout ça.

— Ne vous inquiétez pas pour moi.

— Il cache quelque chose.

— Tout le monde cache quelque chose.

— Il est étrange.

— C'est sa plus grande qualité.»

Elle hausse de nouveau les sourcils. «La violence faite aux femmes, c'est un sujet grave.

— Les fausses allégations aussi.»

Elle hoche la tête tristement. «Vous auriez pu donner un coup de pouce ce soir. Au lieu de ça, vous avez fait le con.

— Un coup de pouce à quoi? À votre carrière?

— À l'enquête.

— Quelle enquête?

— Vous verrez.

— Oooh, tellement cool, dis-tu encore, feignant une profonde déception. Quelle réplique assassine.»

Elle tourne les talons. Le taxi est là. Tu la regardes ouvrir la portière.

«Appelez-moi quand vous voulez, dis-tu beaucoup trop fort en faisant le signe universel du téléphone à l'aide de ton pouce et de ton petit doigt. C'est fou comme j'ai du temps en ce moment...

— Rentrez chez vous, Lee Goodstone.»

Le taxi démarre. Tu regardes le caméraman. Il a presque terminé. Tu repars dans la direction d'où tu es arrivé. Laisses tomber le dépanneur. Laisses tomber les cigarettes. C'est l'heure de te coucher.

Quelque part, au loin, un enfant pleure.

En toute probabilité, du moins.

Onze

À six heures trente, par un matin gris et humide qui ploie sous la menace de la pluie depuis la levée du jour, la fourgonnette d'Aaron s'engage sur l'autoroute Décarie à soixante-dix milles à l'heure avec à son bord votre quatuor disparate en route pour un dix-huit trous de golf. Johnny est devant avec Aaron, Henry est sur la banquette arrière à côté de toi. Les haut-parleurs diffusent le fou rire des animateurs du matin de Q92. C'est toujours le même numéro, mais ça vous amuse quand même.

Ton cerveau est encore tout embrouillé à cette heure impossible. Sans rime ni raison, les mots RADIO POUR MALENTENDANTS sont peints à la bombonne sur le mur anti-bruit. Les lettres sont épaisses, en or avec le contour noir, ombragées comme si c'était du 3D. Très élégantes. Ils se sont beaucoup améliorés, les graffiteurs.

Aaron tourne la tête pour voir de quoi il s'agit, la main tenant solidement le volant. Il lit le graffiti, puis se concentre de nouveau sur la route.

Henry voit le graffiti aussi et fronce les sourcils. « Je comprends même pas ce que ça veut dire. »

Tu dis rien. Johnny dit rien. Tu prends une gorgée de café de la tasse que tu tiens entre les genoux.

Maureen prépare toujours un thermos de café qu'Aaron vous sert les matins comme celui-ci. Il garde des tasses dans la fourgonnette ainsi que du sucre et du lait si vous en voulez. Va savoir comment, c'est toujours incroyablement chaud.

« Danseuses érotiques sans arrêt », dit Aaron en ne s'adressant à personne en particulier.

Johnny et toi lui adressez un léger sourire. DANSEUSES ÉROTIQUES SANS ARRÊT. C'était écrit sur l'enseigne de l'Amazon Club. De grandes lettres noires en plastique placées sur un de ces hauts panneaux blancs qu'on ne peut atteindre qu'avec une échelle si on veut changer le message. Toujours mal espacées, inégales, comme de la soupe alphabet. C'est resté là tout un hiver.

Tu te tournes vers Henry. Un air maussade est gravé sur son visage depuis l'instant où tu l'as vu ce matin. L'idée était de le sortir de son appartement. Ton idée. Ça n'a pas été facile. Henry ne voulait pas sortir. Sa mère ne voulait pas qu'il sorte. Ça a pris beaucoup d'efforts. Ce n'est pas facile de convaincre cette femme-là de quoi que ce soit. Il fallait que tu acceptes de ne pas mentionner la fille. Il fallait que tu acceptes de le ramener à la maison tout de suite après. Beaucoup de négociations – tu penses à ça en le voyant recueillir la chaleur de sa tasse de café avec les doigts, l'air bougon et le regard perdu au loin – pour quelque chose qui, jusqu'à présent, ne ressemble pas à l'idée du siècle.

« Je comprends pas pourquoi on s'en va jouer au golf sous la pluie, dit-il. À quoi ça sert ? »

Aaron se retourne pour le regarder. « Arrête d'être aussi grognon.

– Tout va être mouillé. »

Johnny dit : « Il pleut même pas. Ferme ta gueule.

– C'est ça. Il va se mettre à pleuvoir dès qu'on arrivera. »

Johnny boit une gorgée sans répondre.

Tu dis : « Tu te sentiras mieux une fois que t'auras envoyé deux ou trois balles dans le bois. Ou fait quelques éclaboussures. Et joué un peu dans le sable. »

Aaron hoche la tête. « Tout ira pour le mieux une fois que t'auras inscrit ce premier neuf sur ta carte de score. T'as juste hâte de commencer. »

Ce n'est pas qu'Aaron soit un si bon golfeur que ça. Tu es meilleur. Et Johnny est encore meilleur que toi. C'est la raison pour laquelle, lorsque vous formez des équipes, c'est toujours Johnny et Henry contre Aaron et toi. Là où Henry est un très mauvais golfeur, Aaron est un très mauvais tricheur. C'est plus dur en réalité d'être le partenaire du tricheur. Les journées sont longues. Vos rares victoires sont entachées. Quand Aaron annonce son score, tu ne peux pas t'empêcher de grimacer. Johnny te jette toujours un coup d'œil furtif avant d'inscrire quoi que ce soit sur la carte de pointage. À ce moment-là, il faut que tu décides si tu vas demander à Aaron de recompter ses coups ou lui indiquer le nombre de coups de pénalité qu'il a omis d'inscrire. Ça peut être chiant.

Vous êtes en train de vous faire botter le cul, Aaron et toi. Johnny joue comme un dieu et Henry refuse d'exploser. Il joue des six et des sept et a même fait trois bogeys consécutifs à un certain moment. Aaron et toi devez au moins trente dollars chacun et venez de proposer de doubler la mise. À leur tour, ils ont proposé de la quadrupler. Soudain, honneur, gloire et fortune dépendent d'un seul trou. Le dix-huitième.

Un trou moyen de quatre cent quatorze verges. Long. Traversé par un large ruisseau après quelque cent soixante-dix verges. La normale, pour beaucoup de gens, c'est un cinq.

Henry n'est pas de ceux-là. Pour lui, la normale tourne autour de huit. Il plisse les yeux pour voir au bout de l'allée en se léchant les lèvres et en clignant sans cesse des paupières. Son front est traversé de sillons. Il y a de la tension dans l'air. Le golf est un jeu qui, à la base, exige de la part du joueur qu'il apprenne, répète et perfectionne les mêmes mouvements. Le golf demande concentration et discipline. C'est un sport qui récompense la force mentale. Qu'Aaron, Henry et toi soyez même propriétaires de bâtons de golf relève donc du mystère.

Mais aujourd'hui, Henry est debout sur l'aire de départ, un bois 5 à la main.

« Oooh, ça sent le petit coup sournois », dit Aaron.

Henry hoche la tête. « C'est en plein ça.

— Je peux pas le croire.

— Crois-le.

— Toi, tu aurais peur de la Rivière de la mort ? Mais tu tentes ta chance à chaque fois.

— Pas cette fois-ci. »

Au lieu de chercher à survoler l'eau, Henry a en tête de se rapprocher du ruisseau au premier coup, puis de passer par-dessus au deuxième.

« Pas con, dit Johnny. Si tu tombes pas dans la Rivière de la mort, on gagne ce trou. »

Tu essaies de l'en dissuader. « Mais Henry, au-delà de la Rivière de la mort, il y a les Plaines de la sainteté. *Tu es déjà passé par là.* À partir du té. Pense un peu à la gloire qui t'attend. »

Henry fait non de la tête. « Non. Je vais juste taper la balle droit au centre. »

Aaron retire le capuchon de son driver, qu'il agite dans les airs. « Il te faut la grosse mailloche, mon vieux. Ça marche pas si tu retiens ton swing. Tu le sais. Tu vas l'envoyer directement à gauche ou pire. T'es le genre de gars qui doit donner de la puissance à son swing. T'es un *homme*. Et tu veux vraiment pas l'envoyer à gauche sur ce trou. Repense à ton affaire, je t'en supplie.

« Aaron a raison, Henry, préviens-tu. Si la balle part à gauche, tu tomberas dans les Arbres de la perdition.

— Je peux la frapper de trois quarts et l'envoyer tout droit quand même.

— Es-tu sûr ? demande Aaron. Les Arbres de la perdition sont sans merci.

— En fait, ils sont pas si terribles que ça quand tu apprends à les connaître.

— Henry, tu t'es déjà promené sur les Plaines de la sainteté, supplie Aaron une dernière fois. Elles t'appellent. Tu peux réussir. Montre-nous.

— Non, non. Je vais me contenter de mon bois 5. » Il plie les genoux et monte les bras vers l'arrière.

Il frappe la balle. Elle s'envole. C'est un bon coup. Elle ne part pas à gauche comme l'avait prévu Aaron mais légèrement à droite. Un coup en flèche, pas tout à fait l'effet que cherchait Henry, sans doute. La balle vole cent vingt verges dans les airs, atterrit et poursuit sa route en roulant. Tu vois qu'il n'y a aucun danger qu'elle tombe dans le ruisseau.

C'est pas ça, le problème. Le problème, c'est qu'à cet endroit du dix-huitième trou le sol est couvert d'une sorte de broussaille inextricable. C'est gros, au moins vingt pieds de tour, avec des feuilles, des vignes et toutes sortes de trucs merdiques qui pendent de partout dans le seul but de bouffer votre balle. Et même si vous *trouvez* votre balle quand vous arrivez à cet endroit, la sortir de là, c'est une tout autre histoire. Ça mène parfois à des deuxième et troisième coups encore plus ratés. Des coups qui détruisent votre ronde de golf en quelques minutes à peine.

« Oh ! oh ! murmure Aaron alors que la balle de Henry bondit vers la broussaille. C'est l'Arbuste de malheur.

— Good God, c'est l'Arbuste de malheur... », dis-tu en retenant ton souffle.

Les yeux de Henry lui sortent de la tête.

« Pas le câlisse d'Arbuste de malheur ! »

Il pousse un cri en voyant sa balle disparaître dans les broussailles et lance son bâton violemment au sol. Le bâton rebondit, une fois, deux fois, fait un ricochet et vient se poser contre le chariot de golf de Johnny.

Tu jettes un coup d'œil à Johnny. Il tend le bras, ramasse le bâton et le redonne à Henry sans dire un mot au moment où il le croise sur le départ. Henry a les yeux rivés au sol et n'a aucune envie de soutenir son regard.

Tu regardes Johnny préparer son élan. Johnny est un de ces rares athlètes qui jouent bien à tous les sports. Sans exception. Johnny se déplace avec souplesse. Même dans la rue, il avance comme une panthère. Sur un terrain de baseball, il se déplace avec une agilité qui tourne en ridicule les efforts des joueurs aguerris. C'est le fait d'avoir eu de bons gènes, deux frères aînés et la prudence de ne jamais laisser sa passion pour les sports être déraillée par les autres passe-temps de la vie tels que les études ou la recherche d'un emploi rémunéré.

Il prépare son élan, frappe la balle et poursuit sa rotation. Il lance les bras vers sa cible, comme il se doit. Il regarde sa balle prendre son envol. Alors qu'elle est encore dans les airs et survole le ruisseau en route vers un point à gauche du centre de l'allée, il s'est déjà penché pour retirer son té de l'herbe. Les gens réellement doués n'ont pas besoin de suivre du regard la trajectoire de leur balle comme le reste de la plèbe. Vous lorgnez vos jolis coups jusqu'à la dernière rotation de la balle. Parce qu'il le faut, parce qu'il n'y en aura peut-être pas d'autres comme ceux-là. Mais Johnny sait que son prochain coup sera tout aussi joli.

« Les Plaines de la sainteté, roucoule Aaron en s'approchant du té. Nice. Et en voici un autre. »

Tu grimaces alors qu'Aaron se dresse en transférant chaque livre de sa grosse charpente à son pied arrière. Ça va mal tourner. Il y a trop de pièces mobiles. Le bâton part vers l'avant, un coup vicieux dans les airs. Un crochet brutal qui ne monte pas plus haut que trente verges avant de plonger en piqué et de rebondir un million de fois en route vers les Arbres de la perdition, précisément ce contre quoi il avait mis Henry en garde. Par bonheur, la balle s'arrête à moins de dix verges de l'obstacle.

Tu passes à côté de lui. « Joli coup, dis-tu en le lui tapant dans le dos.

— Merci », dit-il, tout simplement heureux de n'être pas tombé en enfer.

Tu examines avec attention l'endroit où s'est arrêtée la balle de Johnny, te prépares et puis, après une profonde respiration, frappes avec toute la force dont tu es capable. Tu suis la balle qui démarre vers le centre de l'allée, vole haut dans le ciel, flotte paresseusement au-dessus de l'eau, puis tombe et finit sa course tout près de celle de Johnny. Wow.

Calmement, tu quittes le départ, conscient des yeux posés sur toi. Tu ne souris pas et ne croises pas leurs regards. C'est comme si tout à coup tu étais devenu Joe le golfeur professionnel, trop concentré sur ton jeu pour te laisser distraire par leur étonnement, qui est attribuable au fait qu'au dix-huitième trou, par un incroyable coup de chance, *avec l'issue de la partie encore en jeu*, dans une situation où la pression est à son max et où ton partenaire a envoyé un sac de merde dans les broussailles, tu n'as pas choké. Tu as atteint les plaines sacrées.

Tu commences à marcher, Johnny t'emboîte le pas. Aaron vous dépasse brusquement afin d'atteindre sa balle avant vous, impatient de se sortir d'une position intenable sans subir le poids de votre regard scrutateur.

Henry vous rattrape, le cliquetis de ses vieux bâtons annonçant son arrivée. « Jolie balle, dit-il en te dépassant.

— Merci. »

Il part en direction de l'Arbuste de malheur.

« Courage !

— Va chier ! »

Johnny allume une cigarette et t'en offre une que tu refuses d'un geste de la main. T'as moins envie de fumer, ces derniers temps. Vous traversez l'herbe en tandem, la promenade victorieuse de ceux qui ont réussi des coups de canon. Aucun arbre à éviter. Aucun étang à contourner. C'est une belle sensation.

Tu plisses les yeux pour voir où ont atterri vos balles. Tu te rends compte que son boulet se trouve en fait à une bonne vingtaine de verges au-delà du tien. Man, même quand tu tapes la balle avec toute la force dont tu es capable. C'est comme ça qu'ils font, les gars comme Johnny, toujours exactement au point de frappe idéal. Pour les battre, il faut vraiment que tu te concentres pour réussir chacun de tes coups. C'est une tâche presque impossible.

« Je parlais avec Honey », dit Johnny à voix basse. Il te regarde droit dans les yeux.

Ton cœur sursaute. Et se met à battre à tout rompre. Tu as soudain des picotements dans les doigts. Les gouttelettes de sueur qui coulaient dans ton dos figent à mi-descente.

« À quel sujet ? » dis-tu d'une voix rauque.

Holy fuck. Toute la journée, même durant le trajet ce matin, même au lit cette nuit, tu te demandais s'il en savait quelque chose. S'il avait des soupçons. Tu redoutais de passer toute la journée avec lui. C'est à chier de penser ça. De ton meilleur ami. Va savoir ce que Honey a pu raconter. Était-ce une blague quand elle a dit qu'elle lui avouerait tout ? Peut-être lui a-t-elle débité des demi-vérités plutôt que ce qui s'est vraiment passé. Non ?

Mais si c'était le cas, Johnny n'aurait-il pas déjà dit quelque chose ? N'aurait-il pas déjà fait quelque chose ? Comme te tuer à mains nues ? Ou se saisir de ton cou de poulet et te réduire en une masse informe et sanguinolente ? Comme l'assassin du père de Henry. Ou peut-être que non. Johnny n'est pas comme ça. Un autre aurait déjà défoncé ta porte. C'est pas le style de Johnny. Johnny est tellement crissement cool, n'est-ce pas ?

« Au sujet de Baby, dit-il.

— Baby ? Qu'est-ce qu'elle a fait, Baby ?

— Baby et moi. »

Baby. La conversation tourne autour de Baby. Tu réprimes un soupir de soulagement.

Baby, la sœur de Honey. Fins cheveux blonds, une sorte d'enfant sauvage. Frivole et égoïste jusqu'à la moelle. Passant sans cesse d'un drame à un autre. Vaniteuse. Pas une lumière. Et pourtant irrésistible. Surtout en ce qui te concerne. Honey est plus grande, plus ronde, plus forte. Plus jolie. Baby est plus blonde, plus pâle et plus mince. Plus étourdie. La petite sœur. Mais elle a quelque chose, cette fille. Des hanches étroites, un cul étonnamment rond. Des petits seins fermes comme des pommes. Là où Honey est la revue de mode, Baby est la bande dessinée. Tu as commencé à poursuivre Baby des yeux dès la première rencontre.

« Pourquoi Honey et toi parliez de Baby ?

— C'est elle qui parlait de Baby. De sa façon de flirter avec tout ce qui bouge et tout. Tu comprends ?...

— Non, pas vraiment. » T'aimerais ça en crisse.

« Ouais, mais..., soupire-t-il, mais tu comprends ? Ce qu'elle disait. Hein ? Alors, va savoir pourquoi, c'est juste sorti.

— C'est juste sorti ?

— Ouais. »

Vous vous tournez vers Aaron, qui cherche sa balle. Il n'a pas l'air content. De l'autre côté de l'allée, Henry a lâché son chariot de golf et farfouille le périmètre de l'arbuste avec son bâton. On dirait qu'il va devoir sortir une nouvelle balle.

« Qu'est-ce que tu lui as dit ?

— Tu te souviens quand Honey est partie pour une formation. Toute une semaine. Un truc d'infirmière.

— Ça fait comme trois ans.

— C'est ça. Et tu te souviens que Baby était tout le temps là. À cette époque. Je dis bien tout le temps.

— Euh, je suppose.

— Elle l'était. Tu peux me croire. »

Johnny fronce un seul sourcil en guise d'accent. Jesus Christ. Es-tu le seul à ne pas pouvoir faire ça ?

« D'accord, je te crois.

— C'est ça. Eh bien... voilà. »

Tu te tournes vers Johnny. « Pardon ? Voilà quoi, exactement ? »

Henry a déposé une nouvelle balle et frappe un coup vacillant qui passe par-dessus l'eau, mais guère plus. Puis Aaron trouve sa balle, ou du moins *une* balle, et, avant que qui que ce soit puisse protester, il frappe un coup droit qui franchit à peine l'eau.

Johnny te regarde.

— Qu'est-ce que tu veux dire ? Qu'est-ce que tu me racontes ? Tu me dis que... Baby et toi ?

— Deux ou trois fois. Peut-être un peu plus.

— Un peu plus ? » Fuck ! Quand tu penses à tout le temps que tu as mis à lui courir après, à tous tes efforts. Tout ça pour rien. Et voilà que Johnny te raconte ces conneries-là.

« Il y a trois ans ?

— C'est ça.

— Et Honey vient de l'apprendre ?

— Il y a deux ou trois semaines. »

Tu le regardes. Tu sondes ses yeux. Mais es-tu vraiment si surpris ? Maintenant qu'il le dit. En fait. Ça tombe sous le sens. Avec du recul.

Tu le scrutes à la recherche de signes de fierté. Sur le visage de n'importe qui d'autre, il y aurait un air de suffisance, un élan d'amour-propre, en larguant une telle bombe. Se taper une nénette comme Baby. Peu importe à quel point cette idée s'est révélée être incroyablement stupide, n'importe quel autre gars aurait une lueur de triomphe dans l'œil en arrivant à ce point de son récit. Mais pas ce gars-là. Avec lui, ce sont juste des faits.

À la queue leu leu, Johnny et toi vous engagez sur le pont qui traverse le ruisseau à la recherche de vos balles.

Tu hoches la tête. « Comment l'a-t-elle appris ? C'est Baby qui le lui a dit ?

— Non. Moi. Baby est même pas au courant.

— Toi ?

— C'est ça.

— C'est toi qui le lui as dit ?

— Ouais.

— J'ai pas l'impression que c'était une idée géniale.

— C'était pas une idée géniale.

— J'ai l'impression que c'était une très mauvaise idée.

— C'était une très mauvaise idée.

— J'imagine.

— Non, t'as pas idée… »

Et il rit. Doucement au début. Puis un peu plus fort. Et plus encore, au point où tu souris et rigoles à côté de lui. Quoique tu ne saches pas pourquoi.

« Pourquoi as-tu fait ça ? »

Et comme de raison, il rit un peu plus. Les larmes aux yeux. Parce qu'il ne le sait pas. Parce qu'il a été con. Ou en colère. Ou qu'il brûlait d'envie de le raconter à quelqu'un. Il fallait cracher le morceau. Avait-il quelque chose à prouver ? Qui sait ? Qui sait, crisse ? Le carnage qui en résultera, ce qui l'a motivé, jusqu'où ça va le mener. La réelle stupidité de ce qu'il a fait.

Mais toi, tu as une vue exceptionnelle de la situation, n'est-ce pas ?

Tu arrives au point où est tombée ta balle. Johnny se positionne sur le côté.

Tu choisis ton bâton et le glisses hors de ton sac. Tu jettes encore un œil sur Johnny. Il s'essuie les yeux, le rire s'estompe. Le sourire s'efface.

Tu détournes le regard, baisses les yeux, inspires profondément et frappes la balle. Un fer 5. Le contact est solide, et la balle part en ligne droite. Doucement, elle s'élève, voyageant plus loin et plus haut que tu avais prévu, quoiqu'elle fuie un peu vers la droite.

Johnny commence à marcher. Tu continues à regarder ta balle. Elle retombe, mais parce que tu visais à gauche, elle se dirige toujours vers le vert. On dirait même qu'il lui reste assez de jus pour franchir le bunker et aller se reposer du côté droit du vert.

C'est le cas. Elle roule jusqu'à l'arrière du vert et s'arrête à la lisière.

C'est-à-dire que tu vas pouvoir putter.

Good Lord ! Quel beau spectacle.

Tu marches jusqu'à ton sac et y ranges ton bâton. Réprimant l'envie de courir nu sur l'allée. Au lieu de cela, tu traînes ton chariot jusqu'à l'endroit où attend Johnny.

« Qu'est-ce que tu vas faire ?

— Faire ? Il n'y a rien à faire. »

Tu le regardes mesurer le défi qui l'attend. C'est un guerrier. Il n'y a pas de doute. Si tu pouvais miser sur lui, tu le ferais. Tu penses à Honey. Tu te demandes ce qu'elle fait en ce moment. Pense-t-elle à toi? Tu vois Aaron et Henry qui observent depuis le bord de l'allée. Henry est-il dans la merde? Est-ce toi qui es dans la merde? Tout le monde fait remonter ses racines à l'amitié qui existe entre Johnny et toi. La vôtre est la plus ancienne. Deux décennies? Presque. Quoique, d'une certaine façon, Henry et toi êtes plus proches. Vous connaissez tout l'un sur l'autre. Johnny est plus impénétrable, plus solitaire – mais vous semblez tous juger de votre valeur à la lumière de l'estime qu'il a pour vous.

Il sort un fer 7.

Tu plisses les yeux en le regardant. « Un 7? »

– C'est ça.

– Tu y arriveras jamais avec un 7.

– Tu penses?

– Oui.

– Regarde bien. »

Tu lèves les yeux sur le drapeau. « Le vent est contraire. Tu le sais, non? »

Il prend position en faisant fi de toi. Tu l'observes. Une élégance absolue émane de ses préparatifs. Sa façon de remplir une chemise de golf, sa large poitrine, ses bras à la fois tendus et relâchés. Les muscles des cuisses qui rongent le tissu noir de son pantalon. La manière dont il porte ses vêtements, même un pantalon de golf, tu tuerais pour avoir l'air de ça rien que pour une journée.

Il effectue sa montée. Calmement, lentement, mais avec méthode. Puis ramène son bâton comme un fouet en poursuivant son élan, les bras complétant leur rotation, la cheville droite pivotant à la fin. La balle jaillit en direction du vert. Elle reste suspendue dans le ciel pendant quelques secondes avant d'amorcer sa descente en direction du drapeau, plus droit et plus précis que ton coup, presque directement au-dessus du trou, retombant, retombant, puis, soudain – tu lui as dit que son bâton ne suffirait pas – arrêtant avant d'avoir atteint le vert, rebondissant en arrière et disparaissant dans le Bunker du désespoir.

Douze

Dans la vie, du moins à ton sens, la moindre rencontre suppose une quelconque confrontation. Des grandes, des moyennes et des petites. Des confrontations sournoises. *Surtout* des sournoises. Le simple fait d'acheter du pain dans une épicerie. De commander un repas dans un restaurant. De rencontrer un ami ou de croiser un inconnu. L'interaction humaine sous-entend une décision inconsciente, celle de dominer ou de se laisser dominer. Il faut s'imposer ou acquiescer. Ou bien on lève les yeux pour croiser le regard de l'autre gars ou bien on ne le fait pas.

Et c'est tout simplement comme ça que tu perçois les choses. Dans ta vie, il y a eu 72 910 confrontations. Jusqu'à maintenant. Parmi celles-ci, à ton avis, tu en as perdu 41 694. Et gagné 31 200 autres. Il y a eu 16 matchs nuls. Un niveau de succès de quarante-deux pour cent. D'après des chiffres que tu es en train d'inventer à l'instant même.

Malgré cela, t'as l'impression de ne pas t'en sortir trop mal. C'est pas tout le monde qui gagne plus qu'il ne perd. Il est vrai que, dans ton cas, il y a place à l'amélioration. Il faudrait juste que tu cesses d'essayer tellement *moins* que les autres.

La musique bat son plein. Les corps circulent. Tu vois s'ouvrir la porte des toilettes, révélant Johnny. Ce sont les toilettes d'Aaron et Maureen. Au rez-de-chaussée de leur duplex. C'est encore un de leurs barbecues. Ce n'est pas encore la fin de juin et déjà il y en a eu une demi-douzaine.

Johnny éteint la lumière et s'esquive sans jeter un œil dans le miroir. La porte se ferme paresseusement derrière lui. Johnny ne regarde jamais dans les miroirs. Tu le connais depuis assez longtemps et l'as côtoyé dans à peu près toutes les situations imaginables pour savoir que c'est la pure vérité. C'est pas juste une de ces phrases creuses qu'on sort en parlant de quelqu'un. C'est à peine s'il jette un coup d'œil sur son reflet en sortant de la maison le matin. Si on l'arrête au milieu de la journée pour lui demander la couleur de son t-shirt, il doit d'abord vérifier avant de répondre.

Tu le vois entrer d'un pas nonchalant dans la cuisine, puis ralentir quand il aperçoit Honey debout, les mains sur les hanches, le ventre appuyé contre le comptoir. Sur celui-ci, il y a deux sacs d'épicerie en papier pleins à craquer. À en juger par le regard de Honey, Johnny avait pour tâche de tout ranger.

« Johnny, pourquoi ces sacs sont encore sur le comptoir ?

— Je sais pas, chérie. Les lois de la gravité ? »

Il passe à côté d'elle en poursuivant son chemin jusqu'au frigo. En sort une bière et une autre pour toi, même si tu n'as rien demandé.

Honey se retourne et le suit. « Eh bien, range tout ça. »

Maureen entre et se glisse à côté de Honey. « Allez, je vais le faire. »

Johnny hausse les épaules et lui sourit. « C'est juste que je sais pas où tout mettre, Mo. »

Honey barre le chemin à Maureen avec son bras. « Ouais, dit-elle, Johnny sait pas où mettre la laitue. Ni les tomates. Ni la viande. Ni le lait. » Elle sort un article après l'autre. « La réponse à tout ça, c'est *dans le frigo*, Johnny. » Elle ouvre le frigo, y range quelques articles. « Les trucs froids vont dans le frigo. Si c'est pas froid, ça va pas dans le frigo. » Elle ouvre la porte du garde-manger et pose des sacs de pains à hamburger et de croustilles sur une tablette. « Mais Maureen comprend, bien sûr. N'est-ce pas, Mo ? Ça sème la confusion dans l'esprit de Johnny. On comprend. C'est là où vont les choses d'habitude, mais ici, j'imagine qu'il croit que ça se passe autrement. Ici, il dit qu'il n'a aucune idée. Peut-être qu'ici on met la viande dans le four. Ou dans l'évier. Peut-être qu'on range le fromage dans le lave-vaisselle. Est-ce que c'est ça, Johnny ? » Elle a vidé un sac au complet, qu'elle plie en lissant les coins avec les paumes. C'est une opération bruyante. « Ou peut-être qu'ici on laisse les sacs d'épicerie sur le comptoir au milieu de la cuisine toute la semaine. Et que les gens viennent se servir au besoin. Peut-être qu'ici ça marche comme ça. C'est une combinaison de sens pratique et de conservation d'énergie que toi, Johnny, tu as découverte par le plus heureux des hasards. Est-ce que c'est ça ? Peut-être que c'est même très bien que tu aies tout laissé sur le comptoir. Qu'en penses-tu ? »

Honey soutient son regard encore un moment, puis se tourne vers vous. Elle se met à vider l'autre sac.

« Une infirmière sur la drogue, te souffle Johnny. Ça donne la frousse. »

Honey s'arrête et le regarde en plissant les yeux. « Ou peut-être que c'est ce visage. Peut-être qu'il croit qu'il est si joli qu'on lui pardonnera n'importe quoi. Est-ce que c'est ça ? Croit-il vraiment qu'il est si beau ?

— Tiens, dit Maureen, qui a calmement soutiré le sac à Honey. Je vais le faire. Assieds-toi.

— Non, je peux le faire. Mais c'est lui qui devrait
le faire.

— Je t'aime, poupée, lui dit Johnny. Tu es ma seule
raison de vivre.

— Je pense qu'il est trop beau, dis-tu inexplicablement. Je suis d'accord avec ça. »

Aaron entre et se met à farfouiller dans un tiroir
à la recherche des outils du maître du barbecue. Il en
retire ses pinces, sa spatule et le long machin pour
allumer le feu. Il attrape aussi une mitaine de four à
moitié brûlée, un couteau, une fourchette et un 7UP.

« Gabrielle est au lit et attend que tu lui lises une
histoire, et Danielle regarde une cassette vidéo, dit-il
à Maureen.

— Aaron ? dit Honey. Johnny devrait-il faire sa
part ? Ou est-il trop beau ?

— Quelqu'un devrait préparer les burgers, dit
Aaron, et me les apporter dans à peu près cinq minutes.
Et quelqu'un d'autre devrait couper des tomates et des
oignons.

— As-tu besoin de quelqu'un qui fume à côté de toi
et se moque de tout le monde ? s'enquiert Johnny.

— Oui.

— O. K., je peux le faire. »

Honey dit : « Oh ! et maintenant tu vas dehors ? »

Johnny avance à pas feutrés, se glisse avec délicatesse vers elle et bloque sa seule issue. « Non, attends.
Bouge pas. J'ai changé d'idée. À la place, sortez tous
avec Aaron. Honey et moi allons baiser ici, dans la
cuisine. »

Elle fait quelques pas en arrière. « Dégage ! »

— Allez, bébé... T'es toujours en train de dire que
tu aimerais qu'on baise dans la cuisine de Maureen.

— J'ai jamais dit ça...

— Bien sûr que oui. Allez. C'est maintenant ou
jamais. »

Honey roule des yeux en direction de Maureen. *Il ne faut pas le croire.* Johnny l'encercle de ses deux bras forts, la ramène vers lui et essaie de lui lécher le cou. Maureen les regarde comme s'il s'agissait d'une télésérie qu'elle a déjà vue. Elle est en train de ranger un pot de moutarde d'un jaune insensé sur une tablette. Aaron est impatient de repartir. Il a trouvé ce qu'il cherchait. Il attrape une longue boîte d'allumettes et la glisse dans la poche de sa chemise sans prêter la moindre attention à la conversation. Toi, bien sûr, tu es enchanté.

Honey se libère de l'étreinte. « Lâche-moi, espèce de porc. Tu me fais freaker. »

Ah ! Tu ris presque à voix haute. *Tu me fais freaker.* Ça lui ressemble tellement, cette phrase. Si parfaite.

« Mais c'est ce que tu as toujours dit. » Johnny se tourne vers Maureen et plaide sa sincérité en lui faisant les yeux doux. « Elle en parle tout le temps, Mo. De son envie de s'envoyer en l'air sur vos comptoirs. Elle adore les comptoirs. C'est à cause du bois, je pense. »

Honey pivote pour s'éloigner de lui. « Va-t'en.

— Si Johnny et Honey baisent dans la cuisine, dis-tu encore plus inexplicablement, il me semble que nous serions en droit de les regarder. »

Beurk. Qu'est-ce que t'as, ce soir ? Maureen se tourne vers Honey. Honey te regarde comme si tu venais de la faire freaker.

Aaron s'adresse à Johnny. « De toute façon, j'ai l'impression que l'idée de baiser sur nos comptoirs vient de toi, mon vieux.

— C'est une idée de malade.

— Mais tu m'en a parlé souvent.

— Eh bien, je suis malade.

— Tu m'as dit la même chose », ajoutes-tu.

Maureen dit : « À moi aussi. »

Aaron se tourne vers Maureen. « À toi aussi ? »

— Et puis, qu'est-ce que ça fait ? Tu me l'as dit aussi, Aaron. Tu m'as dit que tu voulais faire exactement la même chose. » Elle se tourne vers vous. « C'est vrai. »

Aaron rougit. Ou peut-être que non. Il est difficile de le savoir à cause de sa peau foncée. « Ouais, mais moi, c'est moi. J'ai le droit de dire ce que je veux. Nous habitons ici. Ce sont mes comptoirs. » Il se tourne vers Johnny en grimaçant. « Pourquoi tu lui racontes des choses pareilles ?

— Je fais partager mon expérience à tous ceux que ça intéresse. »

Aaron se tourne vers Maureen : « Et ça t'intéresse ?

— Non, j'ai jamais laissé croire ça. Pour l'amour de Dieu, Aaron. »

Johnny dit : « Il faut avouer que je lui ai raconté une tonne de niaiseries. Une quantité phénoménale de trucs tout à fait déplacés. »

Maureen acquiesce d'un mouvement de la tête.

Tu regardes Aaron qui reprend ses esprits en s'appuyant sur le comptoir et en s'essuyant le front. Avec lui, on ne sait jamais s'il joue le jeu ou pas.

Honey se tourne vers Maureen maintenant. « Ce n'est pas que j'ai quoi que ce soit contre vos comptoirs, c'est pas ce que je voulais dire. Vous les avez très bien choisis. Mais est-ce que j'ai envie de me mettre à poil sur vos comptoirs ? C'est pas ça que j'ai dit. Tu comprends ?

— Je comprends, dit Mo.

— C'est que, j'avoue que le bois m'allume. Mais est-ce que c'est ça que je voulais dire ? Est-ce qu'ils sont si sexy que ça, vos comptoirs ? J'ai pas cette impression.

— Faisons le test, lance Johnny. C'est là où je voulais en venir. » Il s'avance vers Honey.

« Je comprends, répète Mo.

— C'est que, je vois Johnny et je me dis que la chambre nous suffit largement, et que c'est très bien ainsi, dit Honey. Tu comprends ? »

Mo rit. « Et moi, je vois Aaron et je me demande ce qu'il y a à la télé. »

Tu jettes un coup d'œil sur Maureen. Wow. C'est rare qu'elle se prête au jeu de cette façon. Et d'habitude il lui faut un peu plus de vin rouge et c'est beaucoup plus tard dans la soirée. Maureen n'est pas le genre easygoing. Elle n'aime pas beaucoup le badinage, ce n'est pas celle qui vous renvoie la balle ni vous cloue le bec, si je puis dire. Elle n'a pas la répartie facile. Pas du tout. Les conversations futiles, c'est pas son truc.

Soudain, Johnny attrape Honey par les hanches et la retourne de moitié, dos face à lui. Il l'attire contre ses cuisses, referme ses mains avides sur son ventre, remonte le long de sa taille, fait gonfler ses seins par en dessous et l'embrasse dans le cou.

« Qu'est-ce que tu fais ? !

— Relaxe. C'est cool.

— Euh, sais-tu quoi ? Je pense que non. » Son coude part en arrière et s'écrase sauvagement contre la poitrine de Johnny. Il lâche prise afin d'éviter un second coup.

« Vous voyez ? » Le sourire fendu jusqu'aux oreilles, il se tient à une distance respectable de Honey. « Comment est-ce que je savais qu'elle ferait ça ? C'est ça, être un couple. C'est le lien sacré. Un truc spécial entre nous. On se connaît, c'est tout. C'est aussi simple.

— Ne t'approche pas de moi, crétin.

— Crétin ! Vous voyez ? Comment est-ce que je savais qu'elle dirait ça ? C'est inouï. »

Honey croise les bras et, abruptement, te regarde. « Et toi, Lee, tu vas rester planté là à ne rien dire ? »

Tu essaies d'avoir l'air cool en attendant de trouver une réplique virile. Johnny s'est placé à côté d'elle, là où elle ne peut pas le voir. Il sourit comme un con.

Tu dis : « Pourquoi ? Sur quel pied veux-tu que je danse ? »

Elle te jette un de ces regards. O. K., pas drôle. C'est à ton tour de rougir. Parce que tu réfléchis : Maintenant ? Tu la regardes longuement. Croit-elle que tu vas faire une déclaration ici, ce soir ? Maintenant ?

Est-ce qu'elle est tombée sur la tête ?

Pourquoi devrais-tu faire ça ? Pourquoi voudrais-tu faire ça ? Tu baisses les yeux. Tu te sens weird parce que Johnny est témoin de cet échange. Tu n'as même pas l'ombre d'une idée de ce qui est en train de se tramer en ce moment entre Honey et toi. Tu essaies de penser à tout sauf à ça, effrayé à la seule idée de croiser le regard de Johnny pendant plus d'une seconde. Tu commences à gratter l'étiquette mouillée de ta bière. Et c'est dangereux d'avoir de telles idées, couine une petite partie de ta cervelle. Ça t'arrive parfois et tu te demandes si ça arrive aux autres. C'est comme si soudain tu envisageais la possibilité que la personne en face de toi puisse réellement lire dans tes pensées. Rien qu'à la façon dont elle te regarde. Ça t'arrive dans le bus et dans le métro, un picotement dans le cou qui, l'espace d'une seconde, rend tout à fait plausible l'idée que les gens puissent lire dans tes pensées. Ce qui te pousse parfois à imaginer des trucs obscènes pour les tester. Du genre : *Et si j'écrasais mon poing dans ta figure ?* ou, à l'intention d'une femme : *Et si je me penchais pour t'embrasser ?* Tu le cries presque dans ta tête pour voir s'ils l'entendent. Mais ils ne l'entendent pas, bien sûr.

Ou ils font semblant. N'est-ce pas ? C'est ça, le truc. Comment peux-tu le savoir pour vrai ? S'ils savent à quoi tu penses, alors ils sauront aussi… que tu attends pour voir comment ils vont réagir. N'est-ce pas ?

Dans le bus, il y a quelques semaines, tu observais une fille et un garçon pendant le trajet en direction du centre-ville. Une fille superbe. Peut-être quinze ans. Mulâtre, si on a encore le droit d'utiliser ce mot. Un de ces mélanges étonnamment gracieux, un visage du ciel. Des traits généreux mais d'une finesse exquise, une femme blanche mais si évidemment noire. Une fossette au milieu de son menton parfait. Une teinte légère, couleur de caramel. Des petites boucles blondes jaillissant d'un chapeau de toile funky. Tu lui jetais sans cesse des coups d'œil furtifs, trouvant constamment des prétextes pour la regarder de nouveau. Elle était avec un gars. Ils se tenaient par la main, assis au fond du bus. Ils faisaient des bêtises derrière le dossier du siège devant eux. Se chamaillant doucement des pieds et des mains. Le gars avait seize ou dix-sept ans. Un frame de chat, comme toi. Mais avec de plus beaux cheveux. De magnifiques cheveux, en fait. Épais et tout hérissés. Et de plus beaux yeux. Et il n'avait pas un drôle de nez, comme toi. D'accord, il était plus beau que toi dans l'ensemble. Mais il ne boxait pas dans la même catégorie que la fille. Elle, c'était un pétard. Superbe. Si tu étais ce gars-là, tu ne pourrais pas regarder cette fille sans te demander quand elle te quitterait, sachant qu'un jour, forcément, tu te réveillerais tout seul, condamné à pleurer le reste de ta vie le souvenir de l'ange que tu avais connu jadis.

Mais ce gars-là n'était pas du tout ce genre de gars. Et elle avait l'air assez heureuse de traîner avec lui. Pour l'instant. Quelle fille incroyable. Et après, ils t'ont plus ou moins surpris en train de les espionner et tu ne pouvais plus vraiment les regarder, jusqu'au terminus. Quand ils sont sortis du bus et entrés dans la station de métro, tu es resté en arrière, pour les observer encore un peu. Ils étaient tout simplement en train de marcher, mais sans plus se câliner ni même se tenir la main, debout dans l'escalier mécanique, discutant non-chalamment quand, soudain, l'incroyable différence entre ta génération et celle qui l'a remplacée t'a frappé une fois de plus, la vitesse à laquelle elle grandit ainsi que sa maturité, dont tu n'as jamais fait preuve.

Quand tu avais cet âge, tu ne comprenais pas qu'on puisse simplement être l'ami d'une fille. Et tes amis étaient pareils. Sauf Johnny. Le reste d'entre vous étiez intimidés et à moitié débiles. De jeunes chiens excités et maladroits. Et si incapables d'aligner convenablement trois mots qu'il valait mieux rester à la maison avec vos chansons, vos films d'action préférés et vos revues porno.

Maintenant, les deux sexes traînent ensemble comme de vrais amis, si tu ne te trompes pas. Les garçons grandissent entourés de soutiens-gorge à armature et de ventres nus de filles sophistiquées qui s'habillent à la dernière mode, des filles qui sont déjà de jeunes femmes fringantes à quinze ans. Et malgré cela, les deux sexes réussissent d'une manière ou d'une autre à contrôler leur rage hormonale, interagissant sans heurt, dans le calme et la sérénité. Assouvissant à l'occasion leurs bas instincts sans témoigner le moindre attachement émotif pour ensuite revenir comme si de rien n'était à la relation d'amitié.

Ou c'est juste une impression.

La mulâtre et le garçon ont fini par se séparer après un dernier bref échange. Tu voyais qu'il avançait déjà vers un groupe de jeunes à l'autre bout du quai. Elle a passé seule devant toi. Elle s'est retournée et t'a dévisagé, sans même ralentir. Tu as soutenu son regard, un sentiment de culpabilité t'empêchant de détourner le visage. Que représentais-tu à ses yeux à ce moment-là ? Un loser ? Un pervers ? Ni l'un ni l'autre, espérais-tu. *C'est pas mon cas*, as-tu essayé de lui dire avec les yeux. *Tu m'aimerais peut-être si tu me connaissais.* Lis dans mes pensées.

Et puis la fille, cette déesse adolescente, t'a souri. À ce moment précis. Comme si elle savait que tu ne lui voulais aucun mal. Comme si elle avait compris. Que tu étais le genre de gars qui tombe tout le temps amoureux des filles dans le bus. Des filles comme elle.

Ce qui n'a strictement rien à voir avec la manière dont Johnny t'observe en ce moment. Ni avec la télépathie. Comme d'habitude, il ne s'agissait que d'un nouveau déraillement de ta pensée. Où en étais-tu ? Quelle était la question ?

Et ce qui est encore plus fucké, c'est que, lorsque tu es arrivé ici cet après-midi, tu te souviens clairement d'avoir fixé cette même large surface de comptoir au beau milieu de la pièce – un de ces îlots en fini pin qu'Aaron a installé lui-même après avoir abattu la cloison qui séparait la cuisine de la salle à manger, un projet qui s'est déroulé sur cinq fins de semaine et qu'il a mené à bien avec l'aide de son frère Alex, et parfois celle de Johnny, mais sans le moindre coup de main de ta part, une entreprise d'envergure à la fois impressionnante et un peu idiote, vu qu'ils ne sont même pas propriétaires mais locataires, une entreprise qui a tout de même fait de leur appart un lieu de rencontre beaucoup plus agréable –, et tu étais là une heure auparavant en train de te demander comment ce serait de te retrouver seul avec Honey, nue, étendue sur cet immense bloc de boucher érotique pendant que tu savourerais ses délices culinaires les plus secrètes.

Tu regardes Johnny. Peut-être que c'est le moment idéal pour aborder le sujet. Il suffirait de le glisser dans la conversation. En guise d'enchaînement. Un ingrédient à incorporer au mélange. Vas-y. Fais sauter le couvercle de la marmite, comme on dit.

Mais Johnny ne s'intéresse plus à la conversation et s'éloigne. Et Honey observe Maureen, qui s'est avancée jusqu'à l'embrasure de la porte où, du haut de ses six ans, se trouve Danielle.

« Je pense que quelqu'un devrait lire une histoire à Gabrielle », dit Danielle qui, vêtue de son pyjama, a pris sa grosse voix de grande petite fille pour parler de sa sœur de quatre ans.

Maureen dit : « O. K. J'arrive, chérie. »

Elle part avec Danielle tandis qu'Aaron se dirige vers le jardin, ce qui met plus ou moins un terme à tout ça, car tout le monde quitte la pièce pour faire ce qu'il a à faire, ta tâche étant de rester aussi diablement loin que possible de Honey, en qui tu n'as aucune confiance ce soir. Elle a un air sadique.

Tu longes le couloir. La sonnette retentit, annonçant l'arrivée de Stacy et Graham. Suivis de Baby et d'un rouquin couvert de taches de rousseur, que tu n'as jamais rencontré. Et enfin, de Henry.

Treize

Tu es en train de distribuer de la dope à droite et à gauche. De la dope de barbecue gratuite. Des petits morceaux d'un demi-gramme qui proviennent d'un lot médiocre que tu traînes depuis le début de l'été. Tu fais ça parfois, lors de soirées comme celle-ci. C'est pas grand-chose, tu en vends aux mêmes personnes semaine après semaine. Et à leurs amis aussi. Et aux amis de leurs amis. Tu fais une tonne de cash avec eux. C'est des relations publiques. Ça te fait rien. Tu t'en fous. Ça te fait plaisir. Ils pourraient tout de même offrir de payer de temps en temps. Ostie de profiteurs.

Tu regardes Henry préparer un petit laboratoire de roulage de joints sur la table de pique-nique. Sa casquette de baseball, déposée sur le côté, sert d'abri contre le vent léger, et son paquet de cigarettes, de table d'opération. Il brûle le morceau de hasch sur un bord, puis râpe quelques copeaux et de la poussière, qu'il fait tomber dans du papier à rouler. Il ajoute des brindilles de tabac extraites d'une cigarette qu'il entortille puis glisse derrière l'oreille. Du bout de l'index, il mélange le noir et l'or, prend ensuite le papier entre les doigts, qu'il tient en équilibre comme un canot sur l'eau, jusqu'à ce que ses pouces expérimentés le transforment en un petit cylindre blanc qui laisse sortir le tabac par les bouts. Il le mouille d'un coup de langue, le scelle le long de la ligne de colle, puis referme une extrémité.

Enfin, pendant que Johnny observe et qu'Aaron salive, Henry ramasse son paquet de cigarettes et déchire un petit rectangle de carton du rabat, là où on ne remarquera rien. Il forme un cylindre, qu'il glisse en guise de filtre dans l'extrémité. Il allume le joint, tire dessus, puis l'offre aux autres. Johnny le lui prend. Henry se laisse aller en arrière et expire doucement. La fumée épaisse s'échappe de sa bouche comme de la vapeur qui flotte au-dessus d'une bouche d'égout.

Ça prend effet au bout de quelques secondes à peine. Parce que Henry est celui qui en a le plus abusé par le passé, il semblera le moins affecté. Henry peut ingérer des quantités industrielles sans que cela modifie en rien son comportement. Il n'a plus besoin de la drogue pour décrocher, comme aime le dire Honey. Il lui suffit de se lever le matin. C'est un état permanent.

Johnny est différent, plus fort mentalement. Il fumera tous les jours sans jamais perdre la tête, rivalisant avec n'importe qui en matière de consommation, puis soudain refusera d'y toucher pendant une semaine. Il t'engueulera si tu oses même lui en offrir. C'est sa façon de se discipliner.

Aaron est un tout autre animal. Père de deux enfants, marié à Maureen depuis qu'ils ont tous les deux dix-huit ans. Une pièce d'homme, environ deux cent cinquante livres. Épuisé après une semaine de quarante heures à charger et à décharger des camions de fruits et légumes. Couvert de la crasse des palettes et des chariots, empestant les tomates pourries et les baies rancies. Et les fins de semaine, lui et son frère opèrent une petite entreprise de déménagement grâce à un camion cube dont ils sont copropriétaires. Des petits déménagements, des déménagements de courte distance, des déménagements à minuit. Durant la haute saison, ils peuvent travailler le samedi et le dimanche. Ce qui laisse Aaron épuisé et endolori au bout de sa fin de semaine aussi. Et malgré cela, Maureen et lui manquent encore d'argent. Les filles ont besoin de vêtements. La fourgonnette a besoin d'une nouvelle transmission.

Aaron est un alcoolique qui ne boit plus. Contre son gré. Depuis l'âge de vingt-six ans. C'est chiant, vraiment. Parce que si vous devez passer le reste de votre vie à désirer ardemment une chose, il faudrait au moins que vous en ayez joui pleinement avant. Aaron s'est brûlé trop vite. Du jour au lendemain, il a fallu choisir entre les joies de la vie de famille et la débauche, la violence et les trous de mémoire. Il faut avouer, en passant, que ça n'a pas été une décision facile. Mais au moins, il a pris la bonne. C'est juste que, maintenant, à la fin d'une journée chaude et humide, il n'y a pas de bière fraîche qui l'attend. Il serre discrètement les dents et embrasse les enfants sur le front. Il s'endort devant la télé. Avec la certitude que tout est à recommencer le lendemain matin.

Il y a, bien sûr, la dope. Dont il est un ardent partisan.

Le joint arrive presque entièrement consumé. Il en reste juste assez pour une dernière paire de lèvres, les tiennes. Parfait. Là où c'est très important pour Aaron de démarrer comme un troupeau de tortues, toi, tu as toujours été du genre butineur et touche-à-tout. Tu aimes l'ouverture de la conscience, mais pas la perte de contrôle. Ce joint te suffira pleinement pour quelques heures. Au contraire des autres convives, tu n'as rien fumé encore. Tu le gardais pour plus tard. La première bouffée frappe le plus fort. Comme tout le monde le sait. Les autres ne font que suivre. La première, c'est la vraie source du bonheur.

Tu tires sur le joint. Remplis tes poumons. Sens la brûlure.

Ce hasch est meilleur que dans ton souvenir. Une bonne sensation. Tu reconnais les effets rapides. L'axe de la Terre s'est déplacé de quelques degrés à gauche. Tu vois apparaître les molécules. Partout. Voilà ce que tu vois. L'air est soudain rempli de cent mille millions de points en mouvement. Tout autour. Dans toutes les directions. Dans chaque rayon de lumière, chaque coin de l'espace. Dans l'air. Des parcelles de matière en mouvement. Soudain, tu peux réellement voir les molécules de vie. Rassurantes, chaleureuses. Tu te laisses envelopper. Tu as demandé à d'autres, par le passé. S'ils les voyaient aussi. Vois-tu les points ? Ils sont nombreux à avoir répondu que oui, ils les voyaient. Mais tu n'y crois pas. Pas comme toi tu les vois.

« Lee ! »

Si tu ne te trompes pas, c'est toi, ça.

« quOI ?

— Ça va ?

— çA rouLe », dis-tu trop rapidement.

Aaron te regarde d'un drôle d'air. Une pulsation d'énergie te traverse, avec une pointe de paranoïa. C'est fou à quel point ça t'atteint encore. Des fois. Après toutes ces années. Un bref moment de panique, une perte absolue de confiance. L'espace d'un instant, t'es gelé comme une balle. Tu ne sais pas trop quoi dire, convaincu que tout le monde a les yeux rivés sur toi. Tu cherches Aaron et Henry du regard, mais tu as trop peur de vérifier si Johnny t'observe ou pas.

« riEn, dis-tu à Aaron en réponse à une question qu'il n'a pas posée. QuAND est-Ce qu'ON manGE ? tout LE MonDE a FaIM... »

Il fait comme si tu n'avais rien dit. Retourne devant son barbecue. Près de lui, il y a une assiette de boulettes bosselées. Trop cuites et prêtes à servir beaucoup trop à l'avance, comme d'habitude. Un amoncellement de petits disques noirs. Il ne manque que les logos de la LNH.

Sur le gril, un des steaks a pris feu. Tu regardes Aaron, qui réfléchit. Il allume une cigarette afin de se préparer au combat. Henry est témoin de la scène, tout comme Johnny. Aaron s'empare soudain de la spatule de métal et donne des coups au morceau de viande, attaquant les bords en premier, avant de le retourner d'un côté puis de l'autre. Encore et encore jusqu'à étouffer les flammes. Une seconde plus tard, le steak adjacent se met à flamber. Aaron punit celui-ci aussi en le tailladant et en le raclant par en dessous, arrachant des morceaux de viande jusqu'à l'extinction des flammes. Précisément au moment où le prochain s'allume. Ses épaules s'affaissent visiblement alors qu'il dirige son attention vers ce nouvel incendie. Et puis le premier steak repart de plus belle.

Vous trois, vous observez la scène sans dire un mot. Pendant tout ce temps, les yeux vitreux, Aaron fume en essuyant la sueur de son visage. Henry tend enfin le bras et lui retire sa cigarette. On dirait un acte de clémence. La cendre tombait en cascade sur la viande. Tu détournes le regard. La scène est difficile à soutenir.

Johnny se retourne aussi. Il parcourt le jardin des yeux. À la recherche d'une classe de gens un tantinet plus raffinée. Ça te rappelle soudain les fois où tu l'accompagnais à des concerts. Et un show en particulier. Il y a plusieurs années. Tu te souviens vaguement de la musique, le retour sur scène d'un groupe de glam-rock. Les membres vieillissants de la troupe s'étaient réunis pour reprendre les vieux succès. C'était un de ces spectacles qui ont l'air si géniaux en théorie, mais qui le sont beaucoup moins en réalité.

Il y avait des gens mur à mur. À part toi et Johnny, il y avait Aaron et Maureen, et Henry et même Cuz. Honey n'était pas là, mais Baby, oui. Tu commençais tout juste à sortir avec une fille qui s'appelait Dagmar, et elle était là aussi. Une vraie madeleine, celle-là, qui pleurait pour n'importe quoi. Tous ensemble vous avez fait de votre mieux pour vous frayer un chemin dans les couloirs sans vous disloquer, une petite bande d'amis fonçant dans une foule hostile. Johnny menait la charge. On aurait dit que chaque personne dans l'auditorium de Verdun tenait un verre de bière en plastique dans la main, les vagues incessantes de mousse envoyaient des éclaboussures tout autour. Les gens avançaient d'un point d'arrêt à un autre, comme du bétail. Le vrombissement métallique sourd du premier groupe sur scène suintait le long des murs. Maureen était agrippée au bras d'Aaron, si tu te souviens bien, tout le temps que vous avanciez. Elle tirait très fort sur son bras. C'était avant qu'Aaron cesse de boire. Pour elle, ces soirées pouvaient parfois être longues et difficiles.

Tu t'étais glissé auprès de Baby, faufilé exprès. « Je ne sais même pas pourquoi je suis là », avais-tu dit avec une certaine désinvolture, ou quelque chose de tout aussi nul. « Pourquoi on vient à ce genre de concert ? Ces gars ont pas écrit une nouvelle chanson depuis dix ans. Ils vont jouer quatre tounes qu'on a entendues un million de fois à la radio et une vingtaine d'autres dont on n'a rien à foutre. Et se faire beaucoup de cash. Y a-t-il quelque chose à comprendre là-dedans ?

— Je vais m'acheter un t-shirt ! » a crié Baby en se frayant un chemin devant toi.

À l'intérieur de l'aréna, il faisait nuit noire. Vous avez frappé un mur humain en arrivant au parterre.

Vous n'aviez pas d'autre choix que de vous séparer. Le branle-bas de combat d'une admission générale. Cuz a disparu. Aaron et Mo sont partis dans une direction. Henry et Dagmar se sont brièvement serrés l'un contre l'autre dans un coin. Incapable de te repérer, chacun avait trop peur de se retrouver seul. Tu aurais dû les rejoindre, mais tu ne l'as pas fait. Au lieu de cela, sous le couvert de l'obscurité, tu as longé la bande à la poursuite de Baby. Quand enfin tu l'as rattrapée, Johnny était auprès d'elle. Tu as provoqué un malaise. Tu dérangeais par ta seule présence.

Tu as fait comme si tu les rencontrais par hasard et feint la surprise en constatant que Dagmar n'était pas avec eux. Un éclat soudain de lumière blanche a jailli à ce moment-là, suivi d'une explosion assourdissante qui a secoué l'aréna. Le premier groupe se lançait dans sa dernière chanson. Tu te souviens du regard avec lequel Baby t'a foudroyé avant de se retourner vers la scène. Rien de moins que du dégoût, et l'envie que tu partes. Et celui de Johnny. Il pouvait lire dans tes pensées. Il avait pitié de toi. Il était irrité. Et en colère parce que tu étais si stupide et si transparent. Gêné que tu plantes ta copine là et partes si cruellement à la poursuite de Baby. Ça t'a transpercé comme un couteau.

Il y a toujours eu un accord tacite entre Johnny et toi. Il plaît aux filles. Beaucoup. Toi, pas tant que ça. Il n'y a pas de litige. Et personne pour affirmer le contraire. Tu essaies de ne pas trop te plaindre et lui ne s'en vante jamais. C'est l'entente. Et dès qu'il en a la possibilité, il dirige un prospect vers toi. Si ça tombe sous le sens. C'est votre arrangement. Ça permet de maintenir la relation sur un quasi pied d'égalité, et l'amitié perdure. Bien sûr, il faut que tu te comportes avec une certaine dignité, ça aussi, ça fait partie de l'entente.

Et il faut aussi que tu t'arranges pour que des situations comme celle-là ne se produisent pas.

Il ne te restait plus qu'à repartir la queue entre les jambes et te cacher dans la foule. Tu te souviens encore de la douleur de la honte dans ta poitrine. De la manière dont tu as fourré tes poings dans les poches de tes jeans, de ton départ à reculons et de ta démarche chancelante. Tout en sachant qu'ils t'observaient et échangeaient des regards. Tu y as pensé mille fois depuis.

Durant l'entracte, tu as retrouvé Dagmar, mais déjà elle était furieuse et en pleurs, et la soirée était foutue. Elle a sangloté encore pendant que vous sortiez et elle refusait de te parler. Puis, ensemble, vous êtes tombés sur Henry dans le stationnement, dans une drôle de situation avec une fille qu'il avait rencontrée et qui voulait partir rejoindre ses amis – nouvelle que Henry n'accueillait pas de bonne grâce. Pas méchamment, mais de manière insistante et collante, cramponné désespérément au bras de la fille. Il l'avait coincée entre deux voitures. Il a fallu que tu t'approches d'eux, que tu détaches doucement sa main du bras de la fille et que tu la libères. Que tu empêches Henry de s'emporter avec des paroles rassurantes. C'est en te voyant pour ce que tu étais vraiment que Dagmar s'est calmée. Un trou de cul, certes. Mais moins que Henry. Dieu le bénisse. Peut-être qu'on pouvait encore te sauver. Et en fait, ça t'a remis sur le droit chemin pour un temps. Tu as eu beaucoup de mal à être désagréable avec Dagmar pendant un bon bout après ça.

Tu t'en rappelles comme si c'était hier. Tu te crispes au seul souvenir, que tu essaies de chasser de ton esprit. Tu veux penser à autre chose. Purger ce moment de ton cerveau. Mais pas avant de te rendre compte – cette fois – que c'est précisément ce dont parlait Johnny sur le terrain de golf. Johnny et Baby étaient ensemble ce soir-là.

◇ ◇ ◇

Tu aperçois Honey à l'intérieur, près de la cuisine. Tu gravis l'escalier. Tout en sachant que c'est une erreur. Tu te glisses jusqu'à elle. Tu vois tout de suite qu'elle a pris quelques verres. Elle t'adresse un sourire mal articulé et se rapproche furtivement.

« Salut, mon chou, dit-elle.

— Ça roule ?

— Je te cherchais.

— T'as pas cherché très fort. J'étais ici.

— J'attendais que tu sois seul. »

Tu hoches la tête. « J'étais avec d'autres gens.

— Mmm. Tu l'étais.

— Mais plus maintenant.

— Non. »

Stacy et Graham passent à côté de vous. Vous ne dites rien, le temps qu'ils s'éloignent.

Honey te susurre une question : « Pars-tu avec moi ce soir ?

— Partir avec toi ?

— Oui.

— Retourner chez toi ?

— Oui.

— Tu travailles pas ?

— Non. »

Tu regardes autour de toi. « Même si Johnny est là ?

— Surtout si. »

Tu as le souffle coupé. Tu avales la boule dans ta gorge. « Vraiment, ce soir ?

— Oui.

— Ensemble ?

— Oui.

— On se faufile jusque chez toi ? »

Ses yeux se rétrécissent. Son visage se rembrunit. « On se faufile pas. On retourne à pied. On sort par la porte de devant.

— Avec toi ?

— Avec moi. »

Le défi. Encore, elle lance un défi.

Elle attend en t'observant.

Tu te concentres. Pour formuler une réponse. Et puis, de manière mesurée, tu dis : « Mais je peux pas, Honey.

— Mais oui, tu peux.

— Je peux pas.

— T'as plus envie de moi ?

— Oui, j'ai envie de toi.

— Tu t'en fous.

— Non, je m'en fous pas. Justement.

— C'est quoi ça, *justement* ? As-tu peur de Johnny ?

— Non.

— C'est pas ça ?

— Non... je le fais pour toi.

— Je pense que non.

— Oui, c'est ça. C'est pour te protéger.

— *Me protéger ?* C'est une blague, Lee ? ».

Tu t'es surpris toi-même. Tu pensais pas faire ça ce soir. Jouer avec sa tête de la sorte. Mais comment t'en sortir autrement ?

C'est pourquoi, taquin, tu dis : « Mais, Honey, chérie. S'il te plaît. Écoute-moi. Je ne supporterais pas de te voir blessée... encore une fois. »

Elle te regarde. Avec la présence d'esprit de ne rien dire.

« C'est que, si je partais... et que tu partais... »

Elle te regarde intensément.

« ... c'est Johnny... et Baby... qui se retrouveraient seuls. »

Elle te regarde.

Longtemps.

Un de ces regards où on sait que l'autre a besoin d'un petit moment pour formuler une réponse adéquate. Tu lui donnes tout le temps qu'il faut.

Enfin, elle ouvre la bouche : « C'est que c'est pas si simple. »

Tu ne dis rien. Incertain de tes vrais sentiments.

Elle prend une gorgée de vin, t'observe de nouveau. Un autre long regard. Celui qui cherche à te faire plier, à te convaincre, à te séduire, à te convertir. Et ça marche. Il y a, sans le moindre doute, un pouvoir dans sa beauté. Tu l'as peut-être déjà mentionné. C'est difficile de résister à ses avances. Tu te demandes si, parce qu'elle est saoule, la probabilité qu'elle te mente est plus ou moins grande. Et est-ce que vous parlez de la même chose ? Parce que tu aimerais qu'elle te le dise. Elle est pressée tout contre toi, ses seins frôlant tes coudes sans défense. Tu veux savoir si elle fait tout ça uniquement parce que Johnny a couché avec Baby. Ou est-ce que c'est plus que ça ?

Et puis un cri déchirant traverse la maison. Un vrai cri. On dirait Baby. Et un deuxième cri. Et là tu sais que c'est Baby. Moins hystérique la deuxième fois. Plus excité.

La crainte crispe ton corps. Honey attrape tes bras. Vos yeux font le tour de la pièce. Ça donne le frisson. C'est comme si Baby vous écoutait. Ou que tout le monde vous écoutait. Tu entends des gens grimper l'escalier à toute vitesse, entrer dans la maison et se diriger vers le salon. Stacy et Graham arrivent en courant. Maureen et Aaron. Johnny. L'ami rouquin de Baby, le roi de la tache de rousseur. Quelle tête ! On dirait que quelqu'un lui a balancé une tasse de café à la figure. Même Cuz, tu remarques avec consternation, est encore là. Avec ses acolytes, Sanderson et Dane.

Quels idiots! Va savoir comment, ils se sont joints à la fête quand tu avais le dos tourné.

Honey et toi vous glissez à l'arrière du salon. À temps pour voir Baby au milieu de la pièce qui pointe la télé du doigt.

Ton visage.

Ta tête et tes épaules remplissent l'écran. Tu te vois en train de sourire et dire : *Non. Mais je l'ai déjà vu vomir tellement de bière que ç'a coulé vingt pieds dans la rue avant d'arriver à une bouche d'égout.*

La caméra fait un zoom arrière, révélant Liz Hunter à ton côté. On distingue l'immeuble de Henry en arrière-plan.

Elle soupire, fixe la caméra et dit : « Malheureusement, dans l'immédiat, nous n'aurons pas d'éclaircissements. »

L'image fige un instant puis fond au noir.

Suivie d'une publicité.

Quatorze

Le reste de la soirée, bien sûr, c'est un classique. En ce qui te concerne. Tu flottes sur un nuage, une tape dans le dos par-ci, une poignée de main par-là. Un sourire t'accueille à tout instant.

Tu es une vedette. Baby est sincèrement impressionnée. Johnny est jaloux. Aaron trouve ça amusant. Tout comme Stacy et, à un moindre degré, Graham. Maureen est celle qui a l'air le moins enchantée. Henry s'est glissé à l'arrière-plan. Et le rouquin est encore, enfin, furieusement couvert de taches de rousseur.

Baby te fait le compte rendu de tout ce que tu as manqué. Son ami Tim – il paraît que c'est son nom, un gars un peu hyperactif – se met de la partie. Ils ont vu des clips de toi entrecoupés de photos de Darlene et d'images de Henry prises de loin. Ainsi que des bouts d'une entrevue avec la mère de Darlene et son amie, la fille à la permanente, qui s'appelle Naomi Byrd. Toutes deux affolées. Implorant le public.

Et tout de suite après, c'était toi. Et ton sourire de débile.

Blaguant à qui mieux mieux avec Liz Hunter.
Oh !

Tu souris à tous les invités. *Ah, mais c'est exactement ce que tu voulais faire*, expliques-tu. Tu voulais montrer à quel point toute cette histoire est ridicule. En agissant de la sorte. Ça faisait partie du plan.

Tim fait oui de la tête, prompt à marquer son accord. « Il faut avouer que tu avais l'air stupide.

— Très », convient Baby.

Ils te racontent les autres choses que Liz Hunter a dites. Elle croit que, en général, les gens ne suivent pas ce genre d'histoire parce que, après tout, il ne s'agit que d'une fille de la rue et qu'il y en a tellement. C'est pas noir sur blanc. Personne ne sait exactement ce qui s'est passé. Et la police n'a pas le temps. Mais elle, Liz Hunter, elle a tout son temps. Elle ne lâchera pas le morceau. Y a quelque chose qui cloche là-dedans.

« C'est une émission à petit budget, dit Tim, produite par une chaîne spécialisée d'ici. Mais elle croit que c'est avec de tels cas qu'on peut faire bouger les choses.

— Wow. Elle a dit tout ça ?

— Tim étudie en communication, explique Baby. Il va peut-être travailler dans le domaine de l'information quand il aura terminé ses études. Ou bien dans le cinéma.

— Wow. Vous m'en voyez ravi.

— Tout est dans le montage, dit Tim. Ils tournent des kilomètres de pellicule, mais n'en gardent qu'une infime partie. Découpée et juxtaposée à d'autres morceaux. Et après, le tout est lié par des éléments de dialogues – *il semblait nerveux, comme s'il voulait absolument jeter de la confusion dans mon esprit* – auxquels ils ajoutent une musique plus ou moins originale, au point où ce que tu as voulu dire et ce qui sort à l'écran sont deux choses complètement différentes.

— Je vois, dis-tu, cherchant à fuir.

— Tout est une question de cotes d'écoute. C'est ça qu'il faut savoir. Les chiffres. L'histoire n'aura d'importance que si les téléspectateurs décident qu'elle en a. C'est pas un système pour rendre la justice.

Il est strictement intéressé par la nouveauté. Ce qui est *hot*. Ou bien ce qui est *vieux*, pourvu qu'il y ait un minimum de célébrité. Il faut juste qu'on se souvienne de toi depuis la dernière fois. Au point où il suffit de passer à la télé pour y repasser. La télé n'existe que pour elle-même, en somme.

— Je vois, oui. »

À ce stade de son discours, tu caches à peine le fait que tu as cessé d'écouter. Yeesh. Tous ces cheveux roux. Ça explique sans doute l'éruption d'opinions et de taches de son. *Tout est une question de cotes d'écoute.* Oooh! Quel expert! Combien de fois as-tu entendu ça? Une question de cotes d'écoute. Gang de caves. C'est comme si en lâchant cette seule phrase obtuse ils avaient tout dit sur la télévision. Et livré toute leur science. C'est comme ces gens qui disent : « C'est juste du business. » Ou : « C'est une question de contacts. » Ou : « Tout tourne autour de l'argent. » Il se trouve, bien sûr, que c'est précisément ces gens-là qui comprennent le moins les choses.

Du haut du balcon, Baby et Tim aperçoivent Henry, qui vient d'apparaître. Déclenché par le détecteur de mouvement, un spot éclaire ce bout de jardin. Henry est près des arbres le long de la clôture, sur la pelouse. Il lève les yeux et vous voit, l'air triste et délaissé. Impossible de savoir s'il était là tout ce temps ou s'il a vu les nouvelles et s'est réfugié dans le jardin. Tu sais que tu devrais aller le voir.

Mais avant que tu fasses quoi que ce soit, tu entends – toi et tous les autres – Maureen engueuler Aaron. « Non. Il faut qu'il s'en aille, Aaron! Je m'en fous. » Au bout du corridor, à ta gauche, tu vois Aaron et ses deux cent cinquante livres en train de se faire mener par le bout du nez. Il saute sur un pied puis sur l'autre, tourne autour d'elle, les bras tendus droit devant, suppliant Maureen de se calmer.

« Tout de suite ! » crie-t-elle, encore plus fort. Tu n'as pas l'impression que ça marche. En regardant désespérément autour de lui, Aaron voit que tu es témoin de la scène. « Je veux qu'il parte ! »

Tu t'éclipses. Il n'y a pas grand-chose à faire. Maureen, comme tout le monde le sait, est une maman ourse. Elle sort du lit chaque jour convaincue qu'un malheur va arriver à l'une de ses petites filles. À l'affût du moindre signe de danger, elle ne baisse jamais la garde. Elle en est même paranoïaque. Et voilà que nous avons une fille disparue, Henry, et ta fraise à la télé. De quoi provoquer des tremblements d'ordre sismique dans la colonne vertébrale d'une personne comme Maureen. Ces choses-là n'ont même pas le droit d'exister à proximité de Gabrielle et Danielle.

Maureen est du genre catégorique. Par exemple, elle ne parle plus à sa sœur. Jamais. Même pas un tout petit peu. La sœur s'appelle Pamela. Il y a six ans, quand Maureen et Aaron ont eu Danielle, Pamela a eu son fils Ivan. Elles étaient les plus grandes copines du monde. Deux mamans qui faisaient tout ensemble, absolument tout, y compris conclure un pacte pour tomber enceintes d'un deuxième enfant tout de suite. Eh bien, quinze mois plus tard, Maureen a eu Gabrielle, et Pamela, hum, des doutes. Au début, elle a fait comme si ça ne fonctionnait tout simplement pas, mais de fil en aiguille Maureen a appris la vérité. Ils n'en voulaient plus d'autres. Howard, le mari de Pamela, avait reçu une promotion qui l'amenait à voyager davantage et ils avaient changé d'idée.

Maintenant, chaque mois, Aaron et Maureen se débrouillent pour régler leurs comptes, crachant huit cents dollars par mois pour habiter un logement qui ne leur plaît même pas, élevant leurs deux petites filles, épuisés à la fin de chaque journée, s'endettant davantage à la fin de chaque année. Tandis que Pamela et son mari viennent d'acheter une jolie maison dans un bon quartier sécuritaire et partent vers les Caraïbes tous les ans. Et ça ne fait pas l'affaire de Maureen.

Tu descends l'escalier vers le jardin. Le spot s'est éteint. Henry traverse la pelouse en se dirigeant vers toi. Il est pâle, même dans la demi-obscurité. À l'exception de la partie de golf, il n'a pratiquement pas quitté la maison depuis des jours. Il s'est tenu loin de tout, des caméras comme des amis. Ce soir, il a osé sortir, comme s'il voulait vérifier qu'il avait encore sa place. Il a retenu son souffle et s'est mêlé à la foule. Toute la soirée il s'est montré avenant. Faisant la conversation, même s'il ne fait jamais la conversation. Dégustant son verre à petites gorgées, même s'il ne déguste jamais rien. Souriant et hochant la tête, humant l'air frais.

Et maintenant ceci.

Aaron s'avance jusqu'au bord du balcon. Hésite avant de descendre les marches, juste assez pour que tu le retiennes d'un signe de la main. Il lève les mains au ciel, hausse les épaules et plisse le front. Le geste universel de celui qui s'est fait botter le cul par sa femme.

Tu te tournes vers Henry. La vérité, c'est que Maureen ne fait que dire tout haut ce que les autres pensent tout bas.

Les invités arrivent aux fenêtres pour le regarder de haut. C'est clair sur tous les visages que personne ne sait quoi penser de Henry et de ces rumeurs sordides. Peut-être ne l'observent-ils en ce moment que pour se faire une idée.

Tu emmènes Henry vers la barrière à ta droite. La sortie la plus proche. Un autre crisse de spot s'allume. Tabarnac! Qu'a-t-il tant à protéger, Aaron? Une fourgonnette vieille de douze ans? Il n'a rien. C'est chiant de se retrouver sous les projecteurs comme ça.

Derrière toi, tu entends la voix de Cuz : « Bon débarras. Qu'ils s'en aillent. »

— Osties de fuckés ! » crie Sanderson.

Tu avances sans sourciller et soulèves le loquet métallique de la barrière.

« Crissez votre camp, les gars ! dit Dane.

— Ça va, Mo, crie Cuz, comme s'il était un proche ami de Maureen. Ils partent. Salut, les trous de cul ! »

Ce qui t'arrête sur-le-champ. Tout juste avant de quitter le jardin.

Tu te retournes pour regarder Cuz en sachant très bien qu'il te dévisage.

Et c'est le cas. Il te fixe des yeux. Les dents serrées, la mâchoire fermée. Reniflant comme un chien enragé.

Sanderson et Dane, de sinistres présences à ses côtés.

Tu es parfaitement conscient qu'il suffit d'un mot de ta part – un seul mot – et Cuz va dévaler les marches et te sauter à la gorge. Suivi de près par Sanderson et Dane. Et tu sais que tu en auras plein les mains sans compter l'effet de la bière, du vin et du joint. Et que Henry ne sera d'aucun secours. Il est clair que Johnny viendra vous séparer, mais sans se presser et pas avant que tu aies avalé quelques-unes de tes propres dents. Tu fais tous ces calculs vite fait dans ta tête en sachant que le temps file.

Enfin tu fais une moue et lui tournes le dos, envoyant la main pour avoir l'air d'être au-dessus de tes affaires. Mais rien de plus. Tu ne veux pas prendre de risques. Et puis Henry et toi vous sauvez en tournant le coin pour revenir devant la maison, là où est garée l'auto de la mère de Henry.

41 695 défaites en carrière.

Tu montes dans la voiture à côté de Henry. Attends qu'il démarre. Il avance son siège, se tortille et règle ses miroirs. Comment ces choses-là ont-elles pu se désajuster depuis qu'il est arrivé? Tu sens monter en toi l'impatience. La colère. Tu te rappelles qu'il faut garder ton calme, qu'avec Henry ça ne sert à rien de péter ta coche.

Tu attends d'avoir parcouru quelques rues.

« O. K., craches-tu. Dis-moi la vérité. Sais-tu ce qui lui est arrivé? »

Une pause. Puis: « Non.

— Lui as-tu fait mal?

— Non.

— Sais-tu où elle est?

— Non. »

Il négocie le virage et passe tout près d'accrocher un camion de la voirie. Il récupère et se remet en route pour te déposer chez toi.

« Henry, est-elle morte?

— Non! »

Tu t'enfonces dans ton siège, regardes droit devant. Vous croisez plusieurs rues.

« C'est bon. On oublie tout ça. »

Il hoche la tête doucement et ne dit rien.

« Désolé. »

Il acquiesce, regarde droit devant. Il mord sa lèvre inférieure comme s'il refoulait des larmes. Il ne se détourne pas. Parfait. Tu préfères qu'il garde les yeux sur la route.

Quinze

Sam Spade te réveille avec les petits couinements qu'elle lâche en descendant les marches. Une semaine a passé. Tu te rends compte que tu as encore oublié de fermer la porte qui mène au toit. Tu l'as laissée ouverte toute la nuit. Ce n'est pas comme si quelqu'un allait entrer par là, mais il est vrai que ton toit jouxte ceux des voisins. Et il y a un escalier métallique accessible depuis le trottoir. Mais de quelle autre façon cette stupide chatte entrerait-elle si tu ne laissais pas la porte ouverte de temps en temps ?

Elle saute sur le lit et se fraye un chemin parmi les creux et les bosses de la couverture, par-dessus vos corps et jusqu'à vos visages. Elle renifle ton nez. Se dirige vers Honey, qu'elle renifle aussi. Honey soulève un bras paresseux et la caresse derrière l'oreille, là où elle aime ça.

Sam. Le meilleur chat du monde.

Elle vous quitte et vous vous étalez sur toute la largeur du lit. Honey rejette la couverture d'un coup de pied et croise les bras derrière la tête. L'autre jambe se dégage du drap et vient se poser sur ton ventre.

Tu prends sa jambe dans tes mains et embrasses le joli mollet. « Honey ?

– Mmm…

— Si nous étions sur une île déserte, disons que...
tu sais, imagine que toi et moi sommes naufragés sur
une île déserte, tout seuls...

— Mmm...

— Et qu'y a rien. Pas de civilisation. Pas de nourriture, ni d'abris, ni de huttes, ni rien. »

Elle t'écoute. Elle est à moitié endormie, mais elle
écoute. Tu es encore en train de pétrir son superbe
mollet, glissant doucement la langue le long du galbe
charnu.

« Et on est sur une minuscule île déserte, couverte
de sable et brûlée par le soleil.

— Ouais...

— Rien que nous deux.

— Mmm. » Elle te sourit rêveusement.

« Enfin, j'ai pensé que... Je voulais juste dire...

— Oui ?

— ... que...

— ... oui...?

— ... tu serais délicieuse. »

Et tu fais semblant de mordre dans son mollet. Elle
pousse un cri, rit et essaie de se dégager. Mais tu as
une bonne prise.

« T'es malade.

— Non.

— Oui, c'est vrai !

— Mais, chérie, il n'y a vraiment rien à manger sur
l'île... »

Tu prépares le petit-déjeuner. Elle lit ton journal,
assise en tailleur sur ton lit, perchée au-dessus de la
poussière et du désordre. Elle a trouvé le seul endroit
ici qui n'est pas encombré par les déchets physiques
de ta vie.

Tu vas la séduire avec une omelette aux trois fro-
mages. Tu n'as qu'une sorte de fromage, mais tu en

mettras trois fois plus. C'est un de tes rares talents ménagers. Savoir cuire des œufs. Préparer une sauce à spaghetti de la mort. Débloquer n'importe quelle toilette. Ça s'arrête plus ou moins là.

Tu es debout devant la cuisinière en train de casser des œufs. Tu ne portes qu'une paire de jeans. Torse nu, pieds nus. C'est audacieux. D'exposer ton corps de la sorte. Même tes orteils sont maigres. Tu sens qu'elle te regarde. Ça te fait plaisir. Sam arrive à pas feutrés. Tu lui ouvres une boîte de nourriture et la vides dans sa gamelle. La nourriture conserve la forme de la boîte. Tu vas jusqu'à l'évier, ouvres l'eau et rinces la boîte afin de la mettre au recyclage. Tu te sens vachement branché. Tu recycles. Qui l'aurait cru? C'est Honey qui t'a poussé à le faire. Tu savonnes tes mains. Tu les passes sous l'eau. Tu les sèches et les renifles. Tu les relaves en les frottant comme il faut, jusqu'à ce qu'elles sentent la fraîcheur et la propreté. Tu reviens enfin à tes œufs. Tu sais que Honey a suivi le moindre de tes gestes sans en avoir l'air. Ou bien tu frottes tes doigts comme un chirurgien, ou bien Honey ne touchera pas à ton omelette, ça, tu le sais. Les filles sont comme ça.

Vous mangez les œufs. Tu ne fumes qu'une seule cigarette pendant toute la matinée. C'est pas mal. Excellent, même. Tu fumes beaucoup moins. Elle en fume au moins huit. Tu trouves que ça commence à sentir un peu mauvais ici. Vous mangez et vous lisez, surtout en silence. D'habitude, quand tu entames une relation avec une fille, ça fait peur quand vous ne parlez pas pendant de longs moments. Tu connais Honey depuis trop longtemps pour que ce soit votre cas, peu importe les changements dans votre relation. Ainsi vous formez un drôle de couple. Quelle curieuse sensation. Toutes les quinze minutes, ça te frappe. Honey Zamner. Et toi. Après tout. À la fin.

C'est trop.

Comme si un jour quelqu'un venait sonner à la porte pour vous annoncer que vous veniez de gagner à la loterie, sauf que vous n'achetiez plus de billets depuis longtemps. C'est comme ça que tu te sens. Et c'est encore plus vrai ici à la maison, vous deux en train de faire strictement rien. C'est d'un ennui si mortel que c'est excitant. C'est si relax que c'est intense.

Vous mangez, vous vous douchez et vous sortez. C'est une belle journée. Vous n'avez pas sa voiture parce que Johnny l'a encore. T'as l'impression qu'il l'a tout le temps. Tu t'en fous, c'est mieux comme ça. À pied. Ça vous prendra plus longtemps pour vous rendre là où vous allez.

Honey cherche ta main avec la sienne, ses doigts attrapent tes doigts et les emmêlent. Elle porte de grosses bagues. Le genre de bagues qui ont l'air de ridicules jouets en plastique dans le magasin jusqu'à ce que tu les voies aux doigts d'une fille comme elle. Elle bondit en marchant. Un petit peu, de haut en bas. C'est amusant. C'est chouette. Il faut parfois que tu t'empêches de bondir comme elle.

Quel jour on est? Jeudi. Qu'est-ce qu'on fait? Elle veut se faire un cinéma. Se faire un cinéma. La tournure de sa phrase t'amuse. Qui parle comme ça? C'est chouette. C'est amusant. Tout ce qu'elle fait est chouette. Elle est superbe. Elle a une légère malocclusion qui fait que ses dents ne sont pas tout à fait droites. Elles ont l'air encore plus fabuleuses aujourd'hui. Tu adores la manière dont elles font ressortir légèrement sa lèvre supérieure. C'est son truc. Tout le monde a son truc. Henry a un père qui est mort étranglé. Honey, c'est les dents. La femme avec la malocclusion de un million. C'est ce qu'on remarque la première fois qu'on la rencontre, et chaque fois après ça.

Elle nomme les films qu'elle veut voir. Ils sont tous stupides. Tu le lui dis. Elle rit, mais insiste tout de même.

« Mais pourquoi on ne peut pas aller voir une comédie romantique ? Pourquoi on ne peut jamais aller voir une comédie romantique ? J'aime ça.

— C'est juste pas possible.

— Un jour, je trouverai un gars qui aime les comédies romantiques.

— Oui. Et ce sera le chum de ton frère. »

Ce qui est un commentaire parfaitement idiot. Et elle n'a même pas de frère.

« Je suis désolé. C'est juste qu'il est hors de question que je me tape une comédie romantique. Je magasinerai avec toi toute la journée s'il le faut. Je referai ma coiffure pour toi. Je jetterai la moitié de mes meubles et les remplacerai par du Ikea. Mais je peux pas faire semblant d'aimer les films idiots. C'est plus fort que moi. »

Elle te donne un coup de poing à l'épaule. Ça fait mal. Tu aimerais qu'elle arrête ça. Johnny fait ça souvent. Elle prend cette manie de lui.

Mais vous ne vous retrouvez pas au cinéma. Vous ne faites pas grand-chose, en réalité. Sauf aller prendre un café. Et louer un film que vous regarderez peut-être plus tard. Et acheter des bagels que personne ne veut traîner. Et tout ce temps-là, tu as cette fille incroyable à ton bras et c'est un pur bonheur.

Vous aboutissez dans le Vieux-Montréal. D'une cabine, elle a appelé sa mère, qui a suggéré qu'elles se rencontrent pour le dîner. Sa mère vient rarement en ville, il est difficile de dire non.

« Viens-tu avec moi ?

— Je suis pas sûr de vouloir m'asseoir pendant une heure dans un resto avec ta mère et toi.

— Viens pas alors.

— Mais j'ai pas envie de m'en aller non plus. »

Tu lui donnes un bec sur la tête. Vous vous embrassez à la dérobée depuis ce matin.

« Je veux passer chaque moment de la journée avec toi.

— Reste alors.

— Tu pourrais la voir un autre jour. »

Elle se passe la main dans les cheveux pour dégager son front.

« Non, Lee. On a rendez-vous. Je vais la voir aujourd'hui. »

La famille de Honey est riche. C'est une des raisons pour lesquelles Honey est si sûre d'elle-même. Elle a du nerf. Ils viennent d'Europe. Les Zamner. Elle se nomme en réalité Hanni. Et le vrai nom de sa sœur, c'est Babette. Honey dit que ce n'est pas parce que ses parents sont riches qu'elle est si sûre d'elle, mais tu sais que ça compte pour beaucoup. Les gens qui ont du fric n'avoueront jamais que c'est à cause de l'argent.

En ce qui concerne Honey, c'est un peu différent. Son père est déjà vieux et grincheux. Il dit qu'elles n'auront pas un sou avant sa mort. Il croit que plus elles seront vieilles quand elles toucheront l'argent, plus ça va leur rendre service. Plus elles en feront bon usage. Ça rend Baby folle, mais ça n'a pas l'air de déranger Honey. Elle dit qu'elle est assez d'accord avec lui et tu n'as aucune raison de ne pas la croire. Elle affirme que le seul fait que cet argent existe lui donne une plus grande paix que si elle l'avait entre les mains – et en plus, elle n'a pas à craindre d'en faire un mauvais usage. Le père de Honey a dit qu'il ne veut pas qu'elles héritent de quoi que ce soit avant que lui et sa femme meurent, mais en fait tu es assez certain que la mère de Honey lui a déjà dit où il pouvait se la mettre, cette idée. Tu sais qu'elle détourne déjà des fonds au profit de ses filles.

Baby, au contraire, croit qu'il n'y aurait aucun problème à toucher l'argent tout de suite ni à décider quoi en faire tout de suite parce que la seule bonne chose à faire avec l'argent, c'est... le dépenser! C'est tout à fait la façon de penser de Baby. Elle a généralement tort et Honey a généralement raison.

Vous marchez le long de la rue Saint-Paul. C'est pittoresque et touristique, mais surtout touristique. Les voitures sont presque immobiles parce qu'elles suivent une calèche qui avance doucement au milieu de la rue. Un cabriolet muni de grosses roues en bois tiré par un cheval n'est pas le mode de transport le plus moderne, et c'est sans mentionner le cheval, qui a l'air d'avoir l'âge de monsieur Zamner. Il faut être maso pour être propriétaire d'une voiture dans ce quartier. Si vous n'êtes pas pris derrière un cheval, les rues sont bloquées pour accommoder le tournage d'un mauvais film américain. Qui est censé se dérouler en Europe. Ses rues étroites recouvertes de pavés et ses vieux édifices lui permettent de passer pour Paris ou Moscou ou nombre d'autres sites au XIXe siècle. L'architecture est remarquablement bien préservée. Si tu plisses les yeux, tu peux presque voir les paysans en train d'échanger des fruits et des fourrures sur les bords du Saint-Laurent. Enfin, si tu plisses les yeux et que tu fumes un gros joint.

Honey tire sur ton poignet tandis qu'un klaxon pousse une plainte en guise d'ambiance sonore. «Donne-moi un bagel.

— T'as déjà pris un bagel. Good God. Comment peux-tu manger autant?

— Allons prendre un café, alors.

— Un autre café? T'es même pas de garde. Comment peux-tu en vouloir un autre?»

Elle allume une autre cigarette. Et ne t'en offre même pas. C'est pas poli.

Tu la prends de nouveau par la main. « Dis-moi pourquoi », murmures-tu soudain à son oreille.

Vous arrivez à un coin de rue. Vous traversez les pavés. Un homme coiffé d'un béret ridicule attend près d'une rue réservée aux artistes. Il est assis sur un tabouret près d'un chevalet, ses caricatures exposées derrière lui.

« *Nice hat* », dis-tu.

Il te regarde d'un air interrogateur. Comme s'il ne comprenait pas. Est-ce possible ? C'est vrai que pratiquement toute la ville parle français. Et que vous, les anglos, formez une véritable minorité. Alors il existe une mince possibilité qu'il ne parle pas anglais, mais c'est sûrement pas le cas. C'est pas possible. Pas dans le Vieux. Pas avec tous ces dollars américains à portée de main.

Honey est demeurée silencieuse tout ce temps.

« Allez... », insistes-tu.

Elle fait comme si tu n'avais rien dit. Vous continuez à marcher.

« O. K., donne-moi un argument. Un seul. Pour moi. Ou contre lui. Tu choisis. »

Elle roule des yeux, mais tu sais qu'elle va répondre.

« Ce que je suis prête à t'expliquer, c'est la grosse différence entre vous deux. Ce qui te différencie de lui.

— La grosse différence entre Johnny et moi ?

— Oui.

— Euh, non merci.

— T'es plus doux. Johnny est plus dur, plus agressif. Et quand t'es avec quelqu'un depuis longtemps, tu as le temps de te faire une idée, tu comprends ? Plus doux, c'est pas une mauvaise chose. Agressif, c'est un peu trop quand ça n'arrête jamais.

« – Agressif ?

– Je ne veux pas dire agressif. Je veux dire brusque. Sévère. Il faut toujours qu'il gagne. Même quand on discute. Je ne te vois jamais faire ça, t'acharner sur quelqu'un même quand l'autre a déjà perdu.

– Je fais ça. Tout le monde fait ça.

– Non. T'es plus doux. Toi, tu te soucies des problèmes des autres. T'es quelqu'un de vulnérable. C'est plus difficile pour toi d'être méchant.

– Il est pas méchant, Johnny.

– T'as un fond plus doux. Un côté féminin.

– O. K., s'il te plaît, arrête... » Tu dis ça d'une voix rauque. Tu sens remonter tes couilles. Tu les as dans la gorge. « Je veux pas être monsieur doux et vulnérable. »

Vous posez le pied sur le dernier bout de trottoir. Au fond de la rue se trouvent les bons restaurants.

« T'es différent, Lee. Et c'est une bonne chose. T'es triste et désespéré et toujours en train d'essayer de tout comprendre à ta façon.

– À ma façon douce et vulnérable.

– Johnny n'essaie pas de comprendre quoi que ce soit.

– Il n'a pas besoin de le faire. Il a déjà tout compris.

– C'est ce qu'il croit, oui.

– Où est le problème ? dis-tu en lui reprenant la main. C'est pas du sarcasme. Qu'est-ce qu'il y a de si terrible à être sûr de soi ? Ça te dérange, je suppose. »

Une moto sort de l'embouteillage, accélère et dépasse le cheval et ses passagers. Ses pneus sont larges et mouillés sur les pavés chauffés par le soleil.

« Peut-être que t'as raison. Penses-tu que t'as raison ?

– Il a pas le temps de s'arrêter pour faire des calculs. Il est un de ces gars qui ne reviennent jamais sur leurs pas. Poussés par l'instinct et l'adrénaline. J'ai pas besoin de te l'expliquer.

— Peut-être que non. C'est ce que tout le monde dit. » Elle serre tes doigts dans sa main. « Mais c'est difficile de trouver sa place auprès de Johnny, des fois. Il y a tellement de gens qui gravitent autour de lui. Ses frères et sa mère et son père tout le temps et tous les gars de ses équipes sportives. Et vous. » Elle fait un geste circulaire de la main. Elle parle de toi, de Henry, d'Aaron et des autres. « Mais avec toi, c'est différent. T'es toujours un peu en retrait. J'imagine que tu le fais exprès. Je pense que tout le monde sait que t'es comme ça. Personne n'a l'impression de bien te connaître, savais-tu ça ? Et pourtant, chaque fois que je suis venue te voir, j'ai eu l'impression que tu m'accordais toute ton attention.

— On est comme ça, nous, les solitaires efféminés. Nos horaires sont généralement assez flexibles. »

Tu penses : Toute ton attention ? Qui ne la lui accorderait pas ?

Un homme portant deux valises vous dépasse. Il monologue tout haut dans une langue qui ne peut tout simplement pas exister. Honey attend qu'il s'éloigne avant de partager de nouveau ses pensées. C'est pas nécessaire, tu crois, parce que ni elle ni toi ne parlez le zorgon.

« Viens. » Elle te prend le bras. Vous vous trouvez devant un bistro qui sert des grosses salades et des paninis végétariens, et tu sais pertinemment que c'est ici qu'elle va rencontrer sa mère. « Tu veux savoir pourquoi exactement ? Je peux pas te le dire. Je peux te raconter des choses et tu peux décider ou non si elles vont t'aider à comprendre ce qu'on fait ensemble. Et si tu finis par le découvrir, tu pourras me le dire. »

Elle plisse les yeux en regardant à travers la vitre pour voir si sa mère est à l'intérieur.

« Manges-tu avec nous ou pas ? Peut-être que tu devrais juste ne pas manger avec nous. Ou peut-être que oui. C'est toi qui décides. Hey, veux-tu que je te dise autre chose ? » Elle te regarde droit dans les yeux. « Une autre raison ? Tu embrasses mieux que lui. »

Tu ne sais pas quoi dire. Qui le saurait ?

Elle fait un signe de la main à sa mère par la vitre. « Viens-tu ou pas ? Elle est déjà arrivée. »

La mère de Honey est debout devant l'accueil. Elle est, comme on dit, une beauté mûre. Comme le sera Honey un jour. Elle s'attend à un paisible dîner en tête-à-tête avec sa fille. C'est le moment tout indiqué pour tirer ta révérence.

Seize

Alors, bien sûr, tu accompagnes Honey. Le maître
d'hôtel vous guide vers une immense terrasse à
l'arrière. Madame Zamner n'a pas l'air le moindrement
dérangée par ta présence.

Honey allume une cigarette. Sa mère allume une
cigarette. Toi aussi tu allumes une cigarette, pourquoi
pas ? Ils fument comme des cheminées, ces gens. N'ont-
ils jamais entendu parler du cancer des poumons, en
Europe ?

« Maman, dit Honey. Tu connais Lee.

— Bien sûr, répond Heidi Zamner.

— Tu te souviens de lui. Pas de boulot. Concierge de
son immeuble. Ne fait rien de ses journées. Le copain
de Johnny depuis l'école secondaire.

— Oui. Certainement. Comment aimes-tu ça ?

— Quoi ? Ne pas avoir de boulot ? Ou être l'ami de
Johnny ? »

Tu jettes un œil sur Honey. Malgré toi.

« Ne pas avoir de boulot.

— Oh ! Eh bien, c'est pas facile. On n'a jamais
d'argent.

— Je suppose que non.

— Et c'est pas très excitant.

— Non.

— Et c'est humiliant. Quand les gens t'en parlent. »
Tu lui souris.

Madame Zamner te retourne ton sourire.
« J'imagine.

— Je ne lâcherai pas pour autant.

— Merveilleux. Fais-nous honneur. »

Honey commande du saumon. Sa mère commande du saumon. Les deux femmes à la table à côté mangent du saumon. La serveuse a l'air de quelqu'un qui commanderait du saumon si elle était assise avec vous. Pour une quelconque raison, tu te rappelles une blague que tu as entendue souvent à l'Elbow Room : il y a deux choses dans la vie qui sentent le poisson et l'une d'elles, c'est le poisson. Tu commandes une grande salade qui vient avec du bacon, du fromage, de petits morceaux d'œuf et sans doute ces bizarres petits épis de maïs. La serveuse désire savoir quelle vinaigrette tu veux sur ta salade. Tu demandes une épaisse sauce à la viande. En souriant. Tu te contentes d'une vinaigrette Ranch sans le moindre sourire en retour.

« Tu étais à la télé, dit Heidi Zamner. Est-ce que tu t'es autant amusé que tu en avais l'air ?

— Non, avoues-tu en écrasant ta cigarette.

— Étais-tu nerveux ?

— Oui. »

Il est étrange que tu choisisses de répondre honnêtement à cette question.

Elle cherche à te cerner. Elle parcourt ton visage à la recherche de signes de sincérité. « Tu ne veux pas en parler ?

— Non, j'ai pas envie. » Et c'est vrai.

Elle n'insiste pas. C'est une des grandes qualités de madame Zamner.

Vous parlez plutôt de Honey. De son boulot. Madame Zamner pose des tas de questions au sujet de l'hôpital et de la profession d'infirmière, mais veut surtout savoir si ça plaît ou non à Honey. Tu es certain qu'elle sait que sa fille n'est pas une infirmière dévouée. Mais elle ne peut pas le dire à brûle-pourpoint. Elle ne peut rien dire de négatif. Madame Zamner ne dit que des choses positives. Elle a un beau sourire. Elle est pleine d'indulgence.

Et en fait, Honey fait ce boulot depuis un bon bout maintenant. Plus de cinq ans. Peut-être qu'elle le fera encore longtemps. Il est difficile de la cerner. À ton sens, une infirmière, ce n'est pas quelqu'un qui adore les boîtes de nuit ni danser, boire et parler fort. Ni quelqu'un qui veille jusqu'à quatre heures du matin puis entame une garde de douze heures avec deux heures de sommeil dans le corps. Mais elle est comme ça. À l'époque où elle étudiait pour devenir infirmière, tu te souviens que plus d'une fois elle a assisté à ses cours complètement gelée. Et maintenant, au boulot, on dirait qu'elle cherche tout le temps à travailler à l'étage le moins exigeant et à s'octroyer les tâches les plus légères. Elle aime boire du café et discuter avec les filles. Aime rigoler avec les gars. Les promotions et le perfectionnement ne l'intéressent pas. Elle continue pourtant d'être très appréciée de ses supérieurs parce qu'elle ne se plaint jamais de son horaire et accepte sans rechigner toutes les gardes de nuit qu'ils lui assignent. Il y a moins à faire la nuit, et donc moins de choses à faire de travers. Elle a récemment montré un certain intérêt pour l'aile psychiatrique, mais c'est seulement parce que les infirmières y portent leurs propres vêtements.

En regardant Honey et sa mère discuter ensemble, tu soupçonnes que l'homme assis à la table derrière elles les écoute. À sa façon de tendre l'oreille. Il est extrêmement maigre, comme toi. Pas beau, comme toi. Mais d'une autre façon. Il est plus vieux. Ses cheveux sont d'un gris métallique uniforme, parfaitement en place. C'est un de ces hommes qui ne perdent pas le moindre poil durant toute leur vie. De petites boucles serrées cousues à son crâne. Comme une brosse métallique. Une chevelure que convoiterait un gorille. De grands favoris et une moustache gris métallique. Tout est dans ses cheveux. Et pour cause. Son nez part presque violemment à la dérive. Les cernes sous ses yeux de raton-laveur ne sont que partiellement obscurcis par ses verres teintés. Sa peau est couverte de boutons. Tu aimes repérer les hommes laids. Ça te donne de l'espoir. Es-tu plus beau que celui-là? C'est la question que tu te poses en secret tout le temps.

Tu le regardes par-dessus les épaules de Honey et de sa mère. Un journal à la main, il trempe sa cuillère dans sa soupe sans se presser. Tu peux voir qu'il est très grand, tout comme toi. Il porte un habit beige avec une chemise et une cravate colorées. Des chaussures tape-à-l'œil. Tu as déjà vu ce genre de gars. De nombreuses fois. Ça pullule dans les salons de l'auto et les réunions de commission scolaire.

Tu changes de vitesse et ramènes ton vaisseau spatial à la table. Honey et sa mère parlent d'homosexualité maintenant. De gais dans les hôpitaux, plus précisément. Semble-t-il. Apparemment, Heidi connaît un brillant médecin gai qui travaille aussi au Royal Vic. Heidi Zamner connaît un tas de gens brillants. Tout le monde est brillant.

Honey interrompt sa mère et se lance dans une histoire à propos d'un voyage que Johnny et elle ont fait à la Barbade. Quand ils ont commencé à se fréquenter. L'évocation soudaine de ce voyage te prend au dépourvu, et tu ne saisis pas son intention.

« Alors on s'en va à la Barbade. C'est un endroit qui coûte super cher. Mais Johnny a mis un peu d'argent de côté, et ses frères – ou juste George, je m'en souviens plus – lui en ont donné ou prêté. Et moi, j'en avais de toi et de papa. Alors on y va et ça coûte la peau des fesses, mais c'est absolument génial. La plage, la mer et le soleil. Tout le temps le soleil. Les gens étaient beaux. Et c'était il y a des années et on était au début de notre relation même si c'était déjà sérieux et tout, mais Johnny voulait m'impressionner et voulait que je tombe amoureuse de lui de manière plus officielle – je pense que le seul but du voyage était de me décider à l'aimer pour vrai –, en tout cas, c'était complètement malade, et bien sûr Johnny rencontre tout le monde et on est tout le temps avec d'autres couples en train de fumer du Bob Marley, parce qu'il y en a beaucoup par là si tu sais te faire ami avec les gars de la plage.

« Mais il y a aussi deux gars de la Grande-Bretagne à l'hôtel, et rien qu'à les voir, Johnny devient fou. L'un d'entre eux n'a pas plus de vingt-deux ans et ressemble à un gamin, l'autre, je ne sais pas, peut-être soixante. Et ils sont tous les deux teints en blond. Alors vous pouvez imaginer à quoi ils ressemblaient. Mais – et c'est hilarant –, à la fin de la première journée, et croyez-moi on les remarquait tout de suite parce qu'ils parlaient fort et prenaient beaucoup de place, surtout le plus jeune, qui avait une voix de crécelle et courait partout, mais Johnny pour une raison ou une autre ne comprend pas qu'ils sont gais, peut-être qu'il croyait qu'ils étaient juste vraiment très contents d'être en vacances, donc après le repas du soir, on traîne tous à table et Johnny demande soudain à tout le monde si "l'Anglais et son fils" ne les font pas autant chier que lui. *L'Anglais et son fils.* Les gens éclatent de rire. Ils se tordent. Je n'en peux plus. Parce que c'est incroyable que lui, surtout lui, ne comprenne pas. Et après il a compris, et c'était clair comme de l'eau de roche, mais, va savoir pourquoi, il était complètement à côté de la plaque au début et les autres couples pissaient de rire en pensant à Johnny en train de regarder le petit garçon anglais appliquer de la crème solaire au dos de son papa... »

Honey s'arrête, reprend son souffle. Tu lorgnes du côté de sa mère. Jusque-là, elle a l'air tout à fait enchantée par l'histoire. Honey te regarde. Tu détournes les yeux, trifouilles la table à la recherche d'une autre cigarette. Tu sais que tu as déjà entendu cette histoire, mais tu ne sais pas où ça s'en va. Johnny devient un héros ou quelque chose comme ça. Tu scrutes le visage de madame Zammer. À ton sens, ce n'est pas le genre d'histoire qu'une fille raconte à sa mère, et ce n'est certainement pas le genre d'histoire qu'une mère aime entendre. N'est-ce pas ? Est-ce possible d'être indulgent à ce point ?

« Alors, les jours qui suivent, ces deux pauvres gais rendent Johnny complètement fou. Rien qu'à les voir. Il fallait voir le jeune se ramener au bar près de la piscine et se glisser jusque sur les genoux du plus vieux. Johnny avait les yeux qui lui sortaient de la tête. Et ils parlaient tout le temps trop fort avec toutes les vieilles dames qui étaient devenues leurs grandes copines, et ils avaient de grandes serviettes à fleurs qu'ils attachaient à la taille comme des jupes, et un grand matelas gonflable jaune en forme de téléphone qu'ils traînaient partout. Johnny était pris au dépourvu. Il hésitait entre les dévisager et ne pas les dévisager. J'ai même eu pitié de lui. Il avait l'air si misérable. Je lui ai dit : "Ils sont en train de bousiller ton fichu voyage." Et après, il a commencé à être un peu méchant quand ils étaient là et il leur lançait des regards pleins de haine, vraiment terribles. Et il faisait des remarques aussi. Et alors ils ont commencé à se sentir mal à l'aise, parce que jusque-là ils ne faisaient que s'amuser follement.

« Alors un soir on se retrouve dans une boîte de reggae, Johnny et moi, quelques autres couples et des Bajans du coin. Et les deux Anglais sont là aussi. Et je me rappelle pas exactement, mais quand il n'est pas à l'arrière en train de fumer, Johnny les traite comme de la merde. Au bout d'un moment, je veux partir parce qu'il est tard, mais lui ne veut pas, et alors, même si on ne devrait pas, une autre fille et moi, on embarque dans un taxi – les gens prennent le taxi partout – et Johnny et le chum de la fille disent qu'ils vont nous rejoindre plus tard. Et je lui ai dit que j'avais pas envie de prendre un taxi pour retourner à l'hôtel seule avec cette fille et le gros chauffeur noir que je ne connaissais même pas, mais Johnny me laisse tout de même partir. Quoique, pour être honnête, je ne suis même pas sûre qu'il m'ait vue partir. J'étais un peu fâchée. Alors on s'en va et soudain le chauffeur s'arrête à mi-chemin et embarque un ami et après on part dans une tout autre direction, pas droit vers l'hôtel, mais au marché aux poissons, là où il y a des restos pas cher, de la musique et des étals avec des tas de trucs à vendre. Mais tout est fermé parce qu'il est si tard, et il y a juste de la musique triste qui sort d'un haut-parleur accroché à un poteau, et ils arrêtent l'auto et veulent qu'on sorte et qu'on danse avec eux, mais il y a pratiquement personne autour. Surtout pas de filles.

— Oh, mon Dieu, dit madame Zamner, mais avec calme.

— Et puis l'autre fille et moi, on commence à freaker. On essaie d'être calmes et cool et de ne pas s'effrayer, mais ça ne marche pas et alors on jure qu'on va hurler s'ils ne démarrent pas la voiture. Alors ils la démarrent, mais pour des raisons obscures on ne peut pas partir tout de suite et ils veulent qu'on fume ensemble, mais on veut pas, et puis l'autre fille – Meredith – crie deux ou trois fois, elle commence vraiment à perdre la carte. Personne autour ne réagit, c'est incroyable. Personne! En fait c'est pas vrai parce que deux autres gars se ramènent et ils sont pires encore que le chauffeur de taxi et son ami mongol qui a tout commencé. Ces deux-là font peur et ont l'air méchants. Puis on se retourne vers les deux premiers trous de cul pour nous protéger tellement les deux nouveaux font peur. »

Madame Zamner sourit encore et boit son vin à petites gorgées tout en prêtant sans sourciller l'oreille à ce récit. Peut-être qu'elle a déjà entendu cette histoire. Peut-être que Honey ne se souvient pas de lui avoir déjà raconté le bout où elle a failli être victime d'un viol collectif par des Noirs la nuit dans un marché aux poissons. Il n'y a que deux choses qui sentent le poisson. Tu penses tout de même que, à sa place, chaque fois que tu entendrais cette histoire au sujet de ta fille, tu serais un peu plus ébranlé que cette femme de cinquante ans qui a le sang-froid d'un tueur à gages. C'est un truc européen?

« Et après? demande gentiment madame Zamner.

– Ils vous ont assassinées? » risques-tu.

Honey ne te prête même pas un regard.

« Entre-temps, les deux gais ont quitté le club un peu après nous et sont retournés en taxi à l'hôtel, et pour une raison ou une autre le plus vieux pense à demander autour de lui si on est arrivées, comme c'est pas le cas, il attend encore quelques minutes avant de reposer la question, et pour une raison ou une autre – je vous jure que je ne sais pas comment – comprend qu'il s'est passé quelque chose, et puis les deux gais retournent chercher Johnny à la boîte de nuit en taxi. Johnny arrête de faire le con et attrape Carson, un gars du coin, assez baraqué, qui fournit la dope à tout le monde, et Carson – va savoir comment – finit par comprendre où chercher, et alors lui, Johnny et les deux Anglais rejoignent le chauffeur de taxi et ensemble les cinq traversent le village en vitesse jusqu'au marché aux poissons, là où on est! »

Les yeux d'Heidi Zamner s'ouvrent d'un millimètre.

« Comme les freins sont finis, le taxi heurte le poteau auquel est accroché le haut-parleur en essayant de se garer. Mais on n'est pas loin et on entend la collision, et la musique s'arrête à l'instant où le haut-parleur s'écrase au sol, et après on entend plus rien sauf le bruit des pas de Carson qui arrive en courant un pistolet à la main, suivi de près par Johnny, qui le dépasse et qui se jette en hurlant sur les deux gars avec qui nous étions. Il frappe plusieurs fois le chauffeur à la tête et botte le cul de son ami, encore et encore – moi aussi, d'ailleurs –, entre-temps les deux gars qui avaient l'air si menaçants sont partis, et Carson nous pousse, moi et la fille, et enfin Johnny, dans leur taxi et monte lui-même dans l'autre en compagnie des deux Anglais, et on décolle du marché aux poissons et retourne à l'hôtel à trois cents milles à l'heure dans une voiture qui, j'y pense pendant tout le trajet, n'a pas vraiment de freins. »

La serveuse apporte les pavés de saumon et ta salade.

Le silence vous enveloppe pendant que vous manipulez vos couteaux et vos fourchettes et jouez dans vos assiettes. Heidi Zamner réfléchit à l'histoire abracadabrante de sa fille, y voit la perfidie potentielle de la jeunesse. Mais aussi la grâce du destin. Elle plonge ses yeux dans ceux de Honey, plus profondément que toi, Johnny ou n'importe quel autre être sur cette Terre ne pourrait le faire afin de contempler cette enfant qui, loin de tout danger, a pris la parole pour raconter cet épisode en riant, assise dans un élégant fauteuil en fer forgé sur la terrasse ensoleillée d'un restaurant des années plus tard.

Le plaisir à peine déguisé que procure à Honey sa capacité de scandaliser sa mère, au point de se lécher les babines avec une fierté enfantine, est évident.

Et pour elle - tu l'observes alors qu'en vraie brute elle se taille une portion d'homme de saumon qu'elle recouvre d'une sauce couleur beige Macintosh Plus -, ce n'est qu'une histoire, vous parliez d'homosexualité et c'est l'histoire qu'elle avait à raconter où deux gais jouent un rôle de premier plan. Et, dans son esprit, le but de cette histoire, le bout hilarant, c'est que Johnny a plus ou moins été obligé de manger de la merde pour le reste du voyage. Après ça, il a fallu qu'il fasse bien attention aux Anglais.

Pour toi, cette histoire a un tout autre sens. Pour toi, c'est différent.

Plus simple. Plus précis.

C'est Honey qui se souvient du moment où, de fait, elle est tombée amoureuse d'un garçon du nom de Johnny Karakis.

C'est ce moment précis.

L'ostie de salade est excellente. Soudain affamé, tu plonges ta fourchette dans le gros bol bien rempli. Honey détache un autre morceau de saumon, qu'elle enduit de béarnaise. Madame Zamner porte délicatement une fourchette de riz brun à la bouche.

Tu te rappelles qu'à l'époque Johnny t'avait raconté sa version des faits. Il avait dit à quel point ça le rendait malade d'être obligé d'être gentil avec ces deux *malakas poustis*. Mais il n'avait pas le choix. Et il avait trouvé que le plus vieux des deux, le gars qui avait sauvé Honey, était tout à fait correct. Mais pas le boy toy Conrad. Et il a également trouvé qu'ils étaient, en dépit des petits cris de fillettes et des mains qu'ils levaient constamment dans les airs, rien de plus qu'un autre triste couple d'Angleterre, ni plus heureux, ni plus épanoui, ni plus gai que le reste.

Madame Zamner jette un œil sur sa fille, puis sur toi. Elle cherche à comprendre ce que vous faites là. Ensemble. Elle ne posera pas la question. Elle est trop polie. Trop positive. Elle attrape encore une fourchette de riz.

La mère de Honey est au courant pour vous deux, penses-tu.

Ton attention se tourne vers l'homme laid à l'arrière-plan. S'il est possible que la conversation l'ait intéressé avant, ce n'est plus le cas. Son journal est plié et il cherche à attirer l'œil de la serveuse afin de régler la note. Tu regardes autour de toi et la repères près des fenêtres. Elle est en train de t'observer. Tu te demandes si elle te reconnaît de l'émission de Liz Hunter. Elle se dégage du mur et se fraye un chemin parmi les tables jusqu'à lui.

Dix-sept

Ensoleillé, doré. Encore. Quel été incroyable. Il fait trop chaud, mais tu aimes la chaleur. Il y a des gens qui suent comme des cochons mais pas toi. Par contre, tu gèles en hiver. Tout est dans tes jambes. Des jambes maigres, sans chaleur corporelle. En été, tu supportes sans problème des chaleurs de fournaise. En hiver, tu portes des caleçons longs comme d'autres portent des coupe-vent. Tu les enfiles au moindre coup de froid. C'est la seule façon de te convaincre de quitter la maison.

Tu es en train de promener le petit dans sa poussette. Il n'y a pas dix minutes, Cuz et Sanderson t'ont croisé dans la ridicule Honda Civic modifiée de Sanderson. Ils t'ont envoyé une série de longs klaxons et de fous rires à la figure. Les lunettes fumées vissées à la tête et les écouteurs fixés aux oreilles, tu as fait comme si tu n'avais rien remarqué. Ils ne t'ont sûrement pas cru, mais au moins ils ne se sont pas arrêtés.

Tu décides de quitter la rue Sherbrooke et d'emmener Ack! au parc Girouard. Tu scrutes du regard les alentours, qui miroitent dans la chaleur. Ce parc est à toi. Tu y as passé un nombre d'heures absolument fou. Et c'est encore le cas, mais moins qu'avant.

Tu penses à tous ces jours et à toutes ces nuits quand tu étais plus jeune. Vous tous. Tout l'été, et encore. Longtemps après la fête du Travail, longtemps après la rentrée scolaire pour certains d'entre vous, vous vous rencontriez chaque soir. Pour ne pas laisser filer le sentiment que vous teniez entre les doigts. Des soirées frisquettes d'automne, une gang d'irréductibles grelottant en t-shirt. Après minuit, vous allumiez des morceaux de carton arrachés à des caisses de bières vides et à des boîtes de pizza et vous vous serriez les uns contre les autres pour profiter de trois minutes de chaleur. Personne ne voulait partir parce que c'était amusant et fou et que vous ne vouliez rien manquer. Vous ne vouliez pas apprendre le lendemain qu'il s'était passé quelque chose d'incroyable ou d'hilarant et que vous n'étiez pas là. Aaron traînait sa chaîne stéréo tous les soirs, et s'il ne venait pas, quelqu'un d'autre la traînait à sa place. Ainsi, chaque merveilleux soir avait sa trame sonore, sa dope, ses ballons de football et ses conversations absurdes. Vous regardiez le ciel passer du jour au crépuscule puis à la nuit noire, les réverbères jetant une lumière ambiante qui dansait autour de vous comme des molécules brillantes. L'air parsemé d'éclats de magie. Les gens arrivaient à tout moment, des amis d'amis, des gars qui savaient qu'ici ils avaient une chance auprès des filles, le sans-gêne des filles à la recherche d'un sentiment d'appartenance. Le genre de filles qui à quatorze ans sont déjà des femmes, qui atteignent la fleur de l'âge à dix-sept, puis déclinent à vingt. À vingt-cinq ans, elles sont cuites. Tu te souviens de folles nuits où tu as ri et crié si fort que même à ce moment-là tu avais conscience de vivre des moments historiques qui déjà s'estompaient dans ton souvenir. Couleur sépia et gelés comme une balle. Des souvenirs d'été brûlés par le soleil, dégringolant l'un après l'autre en un interminable montage.

Tu guides le petit le long des sentiers en direction du parc des enfants. Stacy est sortie – retenez votre souffle – pour passer une entrevue. Alors Ack! est de nouveau avec toi. Il vient de poser son petit cul dans la poussette même si ça ne fait que dix minutes que vous êtes partis. Ack! n'est pas ce qu'on appellerait un adepte de la marche rapide. Il aime se donner à fond sur une quarantaine de pieds, puis se la couler douce en faisant le reste du chemin tranquillement assis dans sa poussette. Tu entretiens très peu d'illusions quant à sa capacité de se tailler une carrière de médaillé olympique.

Le parc est presque désert. Il fait trop chaud, trop humide. L'après-midi, il y a parfois des matchs de baseball. Des bons matchs. On joue à la balle dure, pas à la balle molle. La balle molle, c'est pour les fillettes. Si vous arrivez plus tard qu'une heure, il y a des chances que les équipes soient déjà formées. C'est un des trucs vraiment super de la rue Sherbrooke Ouest. Tous ces excellents joueurs. Avec beaucoup de temps libre. Le but inexprimé de tous étant de traverser la vie en faisant le moins d'efforts possible. Si ce n'était pas le cas, ils seraient déjà partis pour Toronto. Peut-être que c'est ça, être anglo à Montréal. La conséquence d'avoir choisi de vivre en anglais dans une ville francophone. On se tient à l'ouest de tout ce qui n'est pas connu. On évite d'aller à l'est. On célèbre la fête du Canada, mais on reste tapi à la maison à la Saint-Jean. On lit la *Gazette*, on écoute CHOM et on regarde des téléséries américaines. Ou des conneries locales en anglais comme l'émission de Liz Hunter. On se plaint et on se lamente, mais on n'ose jamais s'aventurer trop loin de son quartier. Et du coup, on se coupe de toutes ces incroyables filles québécoises. C'est peut-être ce qu'il y a de pire. C'est mongol, mais on est si nombreux à le faire.

Alors il t'arrive de prendre part à des matchs de temps en temps, en compagnie de Rocco, Boiler, Ace et Weemer ainsi que de tous ces autres personnages de bande dessinée. Il suffit de te pointer à temps avec ton gant et ton bâton pour être choisi par une équipe. Il y a beaucoup de joueurs sérieux dans le coin. À moitié saouls avant même le début du match, mais bourrés de talent. Ils attrapent les balles au sol au milieu des cailloux, des capsules de bière et des morceaux de vitre brisée, cigarette au bec, les jeans coupés en shorts, torses nus, et parfois même pieds nus. Il suffit d'un coup d'œil pour voir qu'il y avait là un vrai potentiel à un certain moment. Lorsque certains de ces gaillards frappent une balle rapide, ils peuvent encore l'envoyer deux cent soixante-quinze pieds plus loin, jusque dans les arbres qui protègent les voitures garées.

Les jours où il y a un match, les gradins sont occupés par les copines et les amis des joueurs qui, assis par petites grappes, parlent sans arrêt et ne regardent le match que de temps en temps, ne dressant l'œil que si une dispute ou une bagarre éclate. Il y a des jours où le match dure vingt-cinq manches, jusqu'à l'heure du souper et plus tard encore et, rendu là, tout le monde est complètement défoncé et fait le con. Tu ne t'immisces jamais dans ces disputes, tu laisses ça aux mâles alpha. Tu n'es peut-être pas le roi de la séduction, mais ça ne fait pas de toi un bagarreur pour autant.

C'est ici que Johnny a séduit Honey. C'est ici qu'Aaron a rencontré Maureen. C'est ici que Henry a commencé à perdre les pédales. C'est ici aussi que Cuz s'est pointé un peu plus tard, un garçon étrange, intense, compétitif, qui dansait à la périphérie du groupe, vous lançant des coups droits de l'extérieur, faisant des feintes et se faufilant jusqu'au cœur même de votre bande.

Tu arrives à destination. Le petit titube jusqu'au bac à sable. Au même moment, le téléavertisseur de Stacy sonne. Dans son sac. Elle a insisté pour que tu le prennes avec toi. Elle veut sans doute te rappeler de donner de l'eau ou un fruit au petit ou de lui mettre un chapeau ou de la crème ou de vérifier son ostie de couche. C'est épuisant, les tâches que tu dois accomplir. C'est pas un boulot pour toi. Tu es de mauvais poil.

Tu trouves le téléavertisseur et te diriges vers la cabine téléphonique près de la clôture, loin d'Ack!, qui joue en compagnie de deux petites filles et de leur nounou.

Tu décroches le combiné et composes distraitement le numéro. « Quoi ? » dis-tu.

C'est le silence à l'autre bout. Et puis une voix assez peu féminine dit : « Eh bien, c'est pas le plus chaleureux accueil que j'ai reçu dans la journée. »

Surpris, tu dis : « Comment vas-tu ?

— Occupé, dit ton dealer. Avec très peu de temps pour parler. Il faut que je sorte. Sharon m'attend déjà en bas dans l'auto.

— Super. Alors salut et fais bien attention à toi.

— Ah! de l'esprit. Une denrée rare de nos jours. Du moins le genre intelligent. Je voulais simplement te dire deux mots. Il se peut qu'on ne revienne que très tard, Sharon et moi. »

Tu ne dis rien.

« Il se peut qu'on sorte toute la nuit, précise-t-il, et qu'on manque les nouvelles. »

Tes antennes sont déployées maintenant. De quoi s'agit-il ? Tu jettes un œil sur Ack! pour t'assurer que tout va bien.

« Bien sûr, dit ton dealer, j'arrive généralement à voir les nouvelles. La plupart du temps. »

Tu ne dis toujours rien. Tu tends l'oreille.

« Ça me frustre quand je ne peux pas voir les nouvelles. J'aime savoir ce qui se passe. Comprends-tu ce que je veux dire ? »

Ne dis rien. Écoute.

« Qui sait ce qui se passe dans le monde ? Des incendies. Des inondations. Des accidents. Des bombes. Des menaces de bombes. Des alertes à la bombe. Des nouvelles internationales. Et nationales. La politique. Tout m'intéresse. Il m'arrive même de regarder les nouvelles locales si le sujet a un je ne sais quoi de mystérieux. »

Ne dis rien.

« J'aime les histoires d'intérêt local de temps en temps. S'il y a un petit côté bizarre. Comme ton copain Harry. Il est très divertissant.

— Henry, dis-tu doucement.

— C'est vrai, Henry. Je sais. *Henry Miller – The Quiet Killer ?* C'est pas comme ça qu'ils l'ont décrit dans la *Gazette* ? C'est pas ça, l'accroche qu'on pouvait lire au début de l'article ? C'est ton copain, non ?

— C'est le fait d'une seule journaliste idiote. Et de quelques articles de journaux écrits au commencement de l'affaire.

— Elle a l'air assez intéressée.

— C'est une chaîne spécialisée. Personne ne regarde ça.

— C'est ce que tu penses ? »

Et maintenant tu entends sonner un autre téléphone. Tu l'entends dans son téléphone, et après tu l'entends répondre, écouter, grogner, écouter encore un peu et puis dire à Sharon : « Eh bien, je sais que t'es dans l'auto et je sais que t'es fatiguée d'attendre, mais je ne vois pas de quelle manière tu vas partir sans moi parce que *tu sais même pas conduire, crisse,* alors bouge pas, j'arrive… » Il ferme le téléphone puis redirige sa lourde respiration vers toi.

Et il attend, et attend. Mais cette fois tu ne mords pas à l'hameçon.

Il soupire. « Crois-moi, Lee, s'il te plaît, quand je te dis qu'à un certain âge presque toutes les joies de la vie s'atténuent à force de surexposition. Pratiquement toutes. Et les tristesses de la vie aussi. Et presque toute la curiosité face à la vie. Rien ne peut plus jamais être nouveau, et rien ne peut plus jamais réellement être original. As-tu jamais pensé à ça ? Ou peut-être que t'es encore trop jeune.

— Je...

— Parce que ce ne sont pas les expériences qui ont vieilli. Vraiment, c'est pas ça. Certaines, oui, mais le problème est ailleurs. Tu peux toujours partir à la recherche de nouvelles expériences. Non. Ce sont tes émotions qui ont vieilli. Devenues trop familières. Tes réactions. Tu ne peux pratiquement rien faire qui procure *une sensation toute nouvelle*. Le sexe, la drogue, l'amour et même l'argent ont depuis longtemps cessé de provoquer en toi des sentiments qui ressemblent même de loin à ceux qui t'habitaient quand tu étais jeune. Même la douleur, jusqu'à un certain degré, ne jouit plus de la même notoriété. »

Il se permet une petite pause.

« Et pourtant, il y a une exception. Une seule. Sais-tu ce que c'est ? *La frustration*. Ce sentiment, cet enfant de chienne qui te tord le ventre et te serre la poitrine, n'a pas diminué d'un cheveu. En fait, c'est pire. Ça te déchire en lambeaux. Si rien n'est fait. Cette émotion devient en quelque sorte plus puissante et plus insidieusement destructrice à chaque année qui passe. Si jamais je tue quelqu'un, ce sera sûrement dans une rage de frustration. C'est la seule chose qui peut encore me faire sortir de mes gonds et disjoncter. Je ne peux toujours pas la contrôler. Et ça me rend plus fou que jamais que je n'arrive pas à la contrôler. Comprends-tu ? C'est intéressant, non ? »

Ta gorge se serre. Tu laisses passer un nombre approprié de secondes. « O. K., j'ai compris, t'es contrarié.

— Contrarié ? Pourquoi je serais contrarié ?

— T'es pas contrarié ?

— Non, j'aurais pensé que c'est toi qui aurais été contrarié.

— Moi ?

— Oui.

— Pourquoi ?

— Eh bien, ça n'a rien de bon pour toi si, entre toi et moi, ça ne va pas. »

Il faut que tu réfléchisses un instant. D'une part, il semble dire que ça ne va pas entre vous deux parce qu'il est contrarié et, d'autre part, il dit qu'il n'est pas contrarié.

« Alors t'es fâché ?

— Je ne suis pas fâché.

— Préoccupé ?

— Non, pas préoccupé.

— Mécontent ?

— *A priori*, je ne suis jamais très content.

— Peut-être que c'est de l'insatisfaction ?

— Je suis pleinement satisfait.

— Inquiet ?

— Non.

— Perturbé ?

— Rien de la sorte. »

Tu vois Ack ! qui cherche soudain autour de lui, pris de panique parce qu'il ne te voit pas. Tu lui fais signe de la cabine.

« Mais t'es frustré. »

Ton dealer marque une pause. Tu as l'impression qu'il boit quelque chose. Sans doute une pleine gorgée d'un formidable élixir quelconque.

« Je suis frustré, en effet.

– Je suis désolé. »

Ton dealer fait quelques clics avec sa langue. Tu sais qu'il formule sa pensée, qu'il est à la veille de prononcer ses prochaines et – tu l'espères – dernières paroles sur le sujet. Tu es content d'apercevoir de la lumière au bout du tunnel, même si, comme ils disent, c'est un train qui approche.

« Sais-tu ce qu'il y a de pire dans le fait de perdre ses cheveux ? »

Good Christ. Ça recommence.

« J'imagine que l'éventail est assez large.

– Eh bien, c'est – fuck you – de te rendre compte que tu les perds cinq ans après que tout le monde le sait. Tu peignes tes cheveux et les fais gonfler et bouffer comme avant, mais derrière ton dos tes amis roulent les yeux en riant. Et puis un jour tu vois une photo ou une réflexion dans un miroir ou une cassette vidéo à l'anniversaire de mariage d'un de tes amis et tu te rends compte de ce que tout le monde sait depuis des années, que tes cheveux ont battu en retraite jusqu'au milieu de ton crâne.

– Wow, dis-tu, faute de mieux.

– J'ai un copain qui s'appelle Michael que je connais depuis des années. Sais-tu comment il m'appelait quand j'ai commencé à perdre mes cheveux ?

– Aucune idée.

– Ozone. »

Tu ris poliment.

« Tu trouves ça drôle ?

– Non. Bien sûr que non.

– Avoue que c'est drôle.

— O. K.

— C'est très drôle.

— D'accord.

— Et tu comprends que c'est également frustrant. Non?

— Euh, oui?

— Très frustrant, non?

— Oui.

— Non, pas vraiment.

— Non, certainement pas.

— Pas vraiment, vois-tu, parce que je ne peux rien y faire. Comprends-tu? Je n'y peux rien.

— Il y a la microchirurgie et les pilules...

— *Il n'y a rien à faire.* Alors je m'y résigne. Et avec cette prise de conscience, sachant cela, ma frustration s'atténue. Il le faut, et c'est ce qui arrive.

— O. K., alors tout est parfait.

— Mais pas quand on peut encore agir. C'est différent. C'est une tout autre situation. Et parfois, on peut faire quelque chose. Oh! oui. Et ça me tue, et ça me déchire de penser que je ne ferais pas tout mon possible pour arrêter ce qui est en train de se passer. Tout mon possible. Tu saisis?»

Tu ne réponds pas.

«Comprends-tu?

— Oui.» Et c'est vrai.

«Bien sûr que tu comprends. Alors comment je fais pour redresser la situation?

— Eh bien...

— Rapidement. Immédiatement.

— Ce n'est pas plutôt la réponse à *quand* il faudrait redresser la situation?

— Non. La réponse à quand, c'est maintenant. Cet appel.»

Le petit est à tes genoux. Il t'a retrouvé. Il enfouit affectueusement sa tête dans ton entrejambe. Tu places ta main libre sur son front afin de le dégager doucement.

« Je préférerais, dit ton dealer en usant maintenant d'un curieux mélange de délicatesse et de finalité, ne plus jamais revoir ton visage à la télé de mon vivant. »

Tu veux désespérément changer de sujet. « Comment as-tu fait pour me joindre ?

— Est-ce que tu m'écoutes ?

— Qui t'a dit que j'aurais cette pagette avec moi ?

— Je ne sais même pas à qui appartient cet appareil.

— Cuz ? Est-ce que Cuz t'a donné le numéro ?

— Là, tu me poses une question dont tu connais déjà la réponse.

— Pourquoi t'es si ami avec lui ?

— On est amis, lui et moi ?

— J'ai l'impression que oui.

— Vraiment ? Alors ça doit être vrai.

— Pourquoi tu acceptes qu'il vienne te voir ? Avant, c'était juste moi.

— On dirait une femme jalouse », dit ton dealer, et tu sais que ça lui rappelle que Sharon attend en bas. « Et là il faut que je parte. Ça fait déjà trop longtemps. Elle a sans doute déjà pété sa coche.

— Chaque fois que tu acceptes qu'il vienne te voir, ça me fait mal. Je sais que tu sais ça. »

Tu entends des pas traînants au téléphone et reconnais le bruit d'une porte qui se referme. Tu imagines ton dealer en train de longer le corridor jusqu'à l'ascenseur. Sa voix est de plus en plus distante.

« Tu sais qu'on a déjà abordé ce sujet, Lee. *Primo*, je ne me mettrai pas à discuter de ça avec toi en ce moment. *Secundo*, et une fois de plus, je me trouve face à ce récurrent problème de perspective qui t'afflige. Tu crois que ce qui t'importe m'importe également. C'est clairement pas le cas. Il faut que tu le comprennes.

Et il faut que je parte. Sharon ne parlera que de ça pendant tout le repas, tu te rends compte. Elle ne lâche pas facilement prise. »

Tu entends la cloche de l'ascenseur au-dessus du grésillement du téléphone.

« Tu peux pas dire à Cuz qu'il doit passer par moi ? » demandes-tu vigoureusement.

Il y a de la distorsion et le signal faiblit.

« Souviens-toi ! crie-t-il comme s'il n'avait rien entendu. Souviens-toi de ce que je t'ai dit !

– Quoi ? » hurles-tu pour conclure la conversation sur une note de confusion dans le vague espoir de te faire pardonner tes futures transgressions.

C'est drôle d'entendre ton dealer parler de cette façon, mais pas du tout rare. C'est un petit homme, peut-être cinq pieds six. Loin d'être une présence physique. Mais avec une grosse voix de baryton. En personne, il ne serait jamais aussi agressif, mais au téléphone il donne toujours l'impression d'être plus sévère. Crisse de téléphones. Et d'ordinateurs et de fax et de codes numériques et toute cette merde. Les armes du pouvoir du petit homme. Tu balances le télé-avertisseur de Stacy dans le sac, plies ton corps pour t'écraser dans l'herbe et attires Ack ! vers toi.

« Petit homme. Sois mon ami. J'ai besoin d'un ami. »

Ack ! s'écroule avec joie sur toi, heureux de pouvoir rendre service, laissant couler sa gratitude de crapaud dans ton cou et jusque dans l'échancrure de ton t-shirt.

Tu le serres contre toi. Un vrai copain.

Dix-huit

Toute cette histoire, à ton avis, est une vraie blague. Si tu ne t'abuses. Tu as vu ses capsules plusieurs fois depuis deux semaines. *Liz Hunter.* Ses stupides montages. Ses voix hors champ. Avec rien à dire. Aucun nouveau développement, aucun signe de la fille. Une paire de chaussures de course attachées par les lacets et suspendues à un fil de téléphone tout près de là où le chemin Upper-Lachine et la rue Saint-Jacques se séparent. Personne ne sait si elles ont même appartenu à Darlene. Même les journaux ne passent plus que des entrefilets. Il n'y a que Liz pour rabâcher l'histoire.

Il y a un gars à la radio qui aborde ces choses de temps en temps. Il dit que des filles comme Darlene Dobson disparaissent tout le temps de la circulation. Il dit que c'est triste, mais qu'une histoire comme celle-là dans le journal ne vous semble vraiment terrible que jusqu'à ce que vous lisiez une histoire deux fois plus révoltante à la page suivante, et après vous ne vous souvenez même pas de la première. Il se passe trop de choses pour qu'on se donne la peine de se tenir au courant. Il dit que si on découvrait son cadavre ce serait plus simple. Qu'on pourrait au moins se rallier autour d'une cause. Il dit que s'il se trouve qu'elle va bien, qu'elle est saine et sauve, ce sera encore plus décevant. À bien y penser. Qui s'en préoccupera ? Une fille white trash de plus dans la rue. Super.

Il a des opinions arrêtées. Les gens aiment ça.

Tout est une question de cotes d'écoute, vois-tu.

◇ ◇ ◇

Le caméraman n'est pas doué, en passant. Dénué de toute aptitude. Jusqu'à un degré vraiment sidérant. Tu t'es revu à la télé plusieurs fois. Tu as la tête coupée la moitié du temps et tu es toujours à la limite du champ. Tandis que Liz Hunter, cette femme belette, se met tout le temps au premier plan. Toujours en train d'essayer de se faire remarquer. Elle vole le peu de lumière qu'il y a, laissant une partie de ta poitrine et de ton épaule drapée dans l'ombre. C'est vrai. Ça saute aux yeux quand on regarde de plus près. C'est uniquement parce que tu mesures une tête de plus que tu es un tant soit peu éclairé. Ainsi tu es un visage luisant, des cheveux de paille pointant dans toutes les directions, perché au haut d'une fraction de ton corps qui, au départ, a toute la solidité d'une tringle de douche. Tu as l'air vaguement extraterrestre.

Par contre, on ne se méprend pas sur les origines terriennes de Liz Hunter. C'est une femme tout en rondeur. Doux visage, douces épaules. Douces mains. Pas la lionne endurcie si typique du genre. Du moins sur le plan physique. Douce et plantureuse. Sans doute plus près de la quarantaine que du début de la trentaine, mais avec une sexualité décontractée qui fait encore de l'effet. À la caméra, elle est souple et pimpante, tandis que toi, tu as le teint cireux et l'air crispé. Ce que souligne l'éclairage empoisonné du caméraman.

La prochaine fois que tu le verras, tu lui feras part de ta profonde insatisfaction.

Tu croises Cuz à l'extérieur des guichets automatiques près du boulevard Cavendish. Il y a des gens qui se promènent autour de vous. C'est une bonne chose. Ça restera poli.

Il t'interpelle : « Hey, Superstar ! T'es tellement cool ! »

Les gens se retournent. Tu ne dis rien.

« Hey ! La star ! dit-il en te jetant un regard mauvais à travers des lunettes de soleil enveloppantes bleues. Wow ! Je t'ai encore vu à la télé, man. Une couple de fois. Incroyable. Et érudit ! Tsé veux dire ? Cool au possible.

— Vraiment ? Tu trouves ?

— Oh ! ouais.

— Cool ?

— Ouais.

— Érudit ?

— Ouais.

— C'est un peu étrange comme description.

— C'est que je sais même pas ce que ça veut dire "érudit". »

Tu n'as jamais pu faire confiance à Cuz. Tu le savais dès le début. Tu te sens stupide aujourd'hui de n'avoir pas prévu qu'un jour ou l'autre vous en arriveriez là.

« Une fois, quand je te regardais aux nouvelles, j'étais avec Dane et Sanderson. Fuck, c'était drôle. On était pas mal stones, tsé veux dire ?

— Génial.

— Tu nous as vraiment fait rire.

— Super.

— T'étais toujours au bord de l'écran, man. Sanderson devenait hystérique !

— Sanderson est un crisse d'abruti.

— Hey, as-tu parlé avec la fille, après ? » Il te fait un clin d'œil comme si vous étiez de bons vieux copains. « J'aimerais me la faire. Pas toi ? Et dis pas non. Est-ce que vous avez, comme, fumé un gros *bat* ensemble, après ?

— Oh yeah ! *On a fumé un gros bat.* Et après on s'est roulé encore quelques joints. Et après, *on était comme complètement défoncés*, tsé veux dire ? »

Ses yeux rapetissent derrière le plastique teinté. « Tu me fais chier, crache-t-il. Sais-tu ça ?

— Tu vends tout à des prix ridicules. Tu vends à tout le monde. Tu vends à *n'importe qui.* T'as pas la moindre idée de ce que tu fais. T'es juste en train de tout foutre en l'air.

— Je sais parfaitement ce que je suis en train de faire.

— T'es un petit branleur.

— Tu ferais mieux de t'ôter de mon chemin, Lee.

— *Ton* chemin ? »

Tu regardes Cuz jeter des regards nerveux autour de lui. Tu vois qu'il évalue la situation. Serre les poings. Grince des dents. On est en plein jour. Il y a beaucoup de gens autour. Des témoins. Il a déjà un dossier pour avoir fait ce genre de choses. Il ne peut pas se le permettre et vous le savez tous les deux.

La mère de Henry fait le ménage du hall d'entrée de l'immeuble. Elle ramasse les publicités qui traînent et le courrier abandonné. Elle croise les bras en te voyant. Elle est propriétaire de l'immeuble. Elle l'a acheté avec l'argent des assurances. Il comprend huit logements. Elle occupe l'un d'eux, et Henry, un autre. Ils vivent confortablement des revenus des six autres.

« J'aimerais le voir, madame Miller. »

Madame Miller ne dit rien. Tu sais à quel point c'est difficile pour elle. Toutes ces années passées à prendre soin de lui, et voilà ce qui arrive. Tu voudrais lui dire quelques mots réconfortants, mais tu sais qu'elle le prendrait mal. La sympathie la met en furie. Elle n'a que la peau, les os et des yeux perçants, une petite femme épuisée qui vit une vie de renoncements, mais de la manière la plus égoïste possible. À défendre les erreurs de son fils. Une vie de déni et de rationalisations. Et de doutes.

Vous avez tous pris les mêmes drogues au début, ça, elle le sait. Vous avez tous expérimenté les mêmes trucs et avez évolué vers des substances plus dures. Chacun de vous. Mais seul Henry a été brisé. Tandis que vous vous en êtes sortis indemnes. Vous autres, elle croit que vous vous en êtes tirés à bon compte.

Et elle vous en veut.

« Pas aujourd'hui, Lee.

— S'il vous plaît, madame Miller.

— Reviens demain, peut-être.

— Laissez-moi lui parler, madame Miller. » Tu appuies sur l'interphone de l'appart de Henry, frappant le bouton plusieurs fois de suite du doigt en une ponctuation irrégulière. « Je veux juste le voir. »

Elle te fait des *chut* en agitant vivement la main. Tu appuies encore sur le bouton. Elle te lance des regards noirs.

« Laissez-moi monter, ce ne sera pas long, madame Miller. »

Tu marques chacune de tes phrases de son nom. Sans savoir précisément pourquoi. Tu t'apprêtes à écraser de nouveau le bouton de l'interphone avec le doigt si elle ne se laisse pas fléchir. On dirait que ça marche. Elle fait une grimace, pivote sur ses talons en grommelant et te conduit en haut d'un escalier, le long d'un couloir, puis en haut d'un second escalier et le long d'un autre couloir, et enfin jusque dans l'appart de Henry en franchissant le seuil d'une simple poussée de la porte.

Henry n'est pas du tout surpris de te voir.

Tu jettes un œil autour de toi. Tu ne t'attendais pas à ça. Ou peut-être que si. Henry est en train de manger des rôties aux raisins luisant de beurre, qu'il grignote comme un lapin. Il y a des miettes partout. Des assiettes sales. Des tasses de thé à moitié remplies. Des journaux et des revues. Il porte un t-shirt et un pantalon en coton ouaté dans lesquels tu es sûr qu'il a dormi ainsi qu'une robe de chambre.

Au lieu de quitter la pièce, madame Miller passe à la cuisine et se met à rincer la vaisselle qui traîne partout.

Henry te sourit, laissant entrevoir des dents tachées. « Sais-tu ce qui s'est passé ?

— Non.

— La police s'est amenée ce matin.

— La police ?

— Ils voulaient jeter un coup d'œil.

— Ce matin ?

— Ils sont partis il y a à peine vingt minutes. Ils viennent de partir. Tu les as ratés de peu. Ils sont déjà venus. Deux fois. Avec un mandat de perquisition. Aujourd'hui, ils n'en avaient pas. Ma mère les a laissés fouiller quand même.

— Vraiment ? » Comme un moron, tu parcours l'appart des yeux à la recherche d'un signe de la fouille. « Où est-ce qu'ils cherchent ?

— Dans les tiroirs de ma commode.

— Tes tiroirs ?

— Et aujourd'hui, c'était mes chaussures. »

Tu regardes ses chaussures. Elles sont alignées près de la porte.

« Ils te posent des questions ?

— Plus beaucoup, maintenant.

— Et qu'est-ce que tu réponds ?

— Je répète tout le temps la même chose. Je leur demande s'ils vont m'arrêter. »

Cette interaction, cette intrigue, te fascine. Tu ne t'en étais pas rendu compte.

« Et qu'est-ce qu'ils disent ? Est-ce qu'ils te répondent ?

— Ouais. Ils sont très polis. Ils disent : "Pas aujourd'hui." »

Encore une fois, tu n'avais aucune idée. Tu avais l'impression que cette affaire avait disparu dans la brume. Tu pensais que Liz Hunter et l'idiot avec la caméra étaient les seuls qui s'en souciaient encore. Tu pensais que l'histoire avait plus ou moins été balayée sous le tapis.

Soudain, madame Miller quitte la cuisine. Elle fixe longuement Henry en passant, mais sans te prêter la moindre attention. Elle sort de l'appartement en fermant la porte et vous laisse seuls.

Même si c'est toi qui es venu faire un tour, tu n'as rien de particulier à dire. Tu te laisses aller en arrière dans ton fauteuil.

C'est Henry qui se met à parler : « Y a plus grand monde qui passe. »

Tu hausses les épaules. « Eh bien, que veux-tu ?

— Plus personne passe. »

Tu retiens une grimace. « Les gens appellent.

— Pas beaucoup.

— Mais oui. C'est ta mère qui répond. T'es difficile à joindre.

— Elle me fait les messages. Il n'y en a pas beaucoup. »

Tu hoches la tête en guise de réponse.

« Aaron appelle. Presque chaque jour. On a jamais été si proches, Aaron et moi. J'étais beaucoup plus ami avec toi, Johnny et Honey. Mais maintenant je parle avec Aaron plus que jamais. »

Tu fais encore un signe de la tête.

« Je ne sais pas tout à fait pourquoi. »

Tu passes la main dans tes cheveux, te frottes l'œil. C'est le moment où tu dois lui dire que t'es désolé. Que tu vas l'appeler demain, et après-demain. Tu devrais dire que tu passeras plus souvent. Tous les jours. Pour voir comment il va. Mais tu en es incapable. T'as pas la tête à ça. C'est triste, mais c'est vrai. Quoi dire ? Tu avais d'autres chats à fouetter. Aussi étonnant que cela puisse paraître, tu as été - roulement de tambour - occupé. Il se passe beaucoup de choses en ce moment. Après tout, tu es en train de baiser Honey. Et Johnny aussi. Et Cuz est en train de te baiser. Et tu es passé à la télé, et ça, c'était fucking weird. Ainsi tu n'as pas vraiment suivi les aventures de ce pauvre vieux Henry. C'est aussi le bout où tu te demandes si tu es quelqu'un de bien ou non.

Tu fais un décompte dans ta tête. Qui pense qu'il est coupable ? Johnny, non. Probablement. Honey, oui, probablement. Baby, oui. Maureen, oui. Cuz, oui. Sanderson et les autres cons, oui. Tu aurais dit oui pour Aaron aussi, mais depuis qu'il appelle Henry tous les jours tu n'en es plus certain. Quoique ce ne soit pas dans la nature d'Aaron de penser différemment de Maureen.

Henry dit : « Tu te souviens de la fois où on a loué cette maison dans le nord ? Ce chalet ? Et tout le monde est parti le dimanche soir et j'étais le dernier et je devais tout verrouiller et revenir en ville avec la clé ? » Il prend une petite bouchée de son pain aux raisins. « Mais au lieu de ça, j'ai réussi à mettre le feu au balcon.

– Ouais. »

Tu le regardes. Fais encore un signe de la tête. Où veut-il en venir ? Vous avez déjà discuté de cette histoire de nombreuses fois. Y a-t-il une nouvelle source d'angoisse? Quelque chose de plus à dire sur son rôle dans cette histoire.

« Eh bien, tout le monde était en crisse à ce moment-là aussi, dit Henry. Mais pas pour longtemps. Au bout d'un moment, les gens ont tout oublié. »

Madame Miller entre de nouveau, les bras chargés de draps et de vêtements propres, effort physique dont elle fait tout un plat en traversant l'appartement. Ses dents sont serrées et son front est plissé au point où tu pourrais croire que le panier est en fonte. On dirait qu'elle est engagée dans un jeu privé de torture médiévale.

Henry se balance sur les pattes de derrière de sa chaise. « Maman, peux-tu nous faire du café?

— Lee n'a pas besoin de café, Henry. Il part bientôt.

— Eh bien, j'ai faim.

— Ne t'inquiète pas. Je vais te préparer quelque chose dans quelques minutes. » Elle soulève la lessive avec effort et la dépose sur le comptoir tout en lâchant, tu en es presque sûr, un petit pet. « Dès que Lee sera parti. »

Vous ne dites rien, ni l'un ni l'autre. La télé est allumée dans le salon; tu peux voir les pubs qui passent du coin de l'œil. Tu t'attends presque à voir surgir le visage de Henry dans un bulletin de nouvelles. Ensemble vous écoutez sa mère ouvrir et fermer des tiroirs pour ranger les articles.

« J'ai rencontré une fille que j'avais pas vue depuis dix ans la semaine dernière. Elle m'a reconnu à la pharmacie avec ma mère. Elle a craché à mes pieds. Elle m'a dit qu'elle espérait que je mourrais. Elle m'a dit que même ça, c'était trop bien pour moi. »

Tu jettes un œil sur madame Miller. Elle fait semblant de ne pas écouter.

« Elle a dit que lorsque des gens comme moi se tuent, c'est même pas un suicide. »

Tu clignes des yeux. « Ah oui ?

— Non. »

Tu attends une explication. Il n'en offre aucune. Naturellement. C'est curieux que même lorsque t'es vraiment désolé pour lui, t'as encore envie de le frapper. Il est à ce point énervant.

« C'est quoi, alors ?

— Un insecticide.

— Un insecticide ?

— Ouais.

— Elle a dit ça ?

— Ouais. »

Tu réfléchis. Il te regarde.

« Un insecticide ?

— Ouais.

— C'est pas mal bon.

— C'est pas mal. »

Il t'adresse un large sourire. Tu souris à ton tour. C'est bien de le voir heureux.

Madame Miller se retourne en se raclant la gorge.

« Je vais partir, là, dis-tu.

— D'accord.

— Je vais revenir. Et je vais t'appeler. Tu veux que je t'appelle ?

— O. K.

— Quand est-ce qu'il appelle, Aaron ?

— Sur l'heure du midi, d'habitude.

— Je t'appellerai à l'heure du souper alors. Comme ça, tu auras un appel à chaque repas. »

Tu te lèves. Avances vers la porte. Madame Miller est déjà là, qui attend.

Tu te retournes. « Henry, il faut bien qu'il y ait quelque chose que tu puisses dire à la police. Quelque chose que tu sais. Quelque chose que tu peux raconter qui va tirer tout ça au clair. Pour que tu puisses te sortir de cette merde. »

Il jette un regard furtif sur sa mère. Tu vois que madame Miller commence à trépigner d'impatience.

« Oh! moi, je vais rien dire à la police. »

Tu es pris de court. « Tu ne peux rien dire? Ou tu ne veux rien dire?

— C'est en plein ça, mon vieux.

— Quoi?

— J'ai refusé de leur dire quoi que ce soit », répète-t-il avec un air de défi jusqu'à ce qu'il voie le regard noir de sa mère. Il s'écroule dans son fauteuil, la ceinture de sa robe de chambre balayant les miettes au plancher. « Si j'en savais quelque chose, je veux dire. »

Le visage de madame Miller est pincé. Elle tambourine ses hanches de ses doigts. « Je te demande encore de partir, Lee », dit-elle, même si ce n'est pas absolument vrai, puisque ce n'est que la première fois qu'elle te le demande.

Tu observes ton ami pendant encore quelques secondes. Tu n'arrives pas à comprendre pourquoi il dit ces choses ni même comment il peut les dire. Y a-t-il quelque chose à comprendre ou est-ce juste dans ta tête?

Mais Henry détourne les yeux. Et madame Miller ouvre grande la porte.

« Lee, pars. S'il te plaît. »

Dix-neuf

Alors tu pars. Tu passes la porte, longes les couloirs, descends l'escalier, traverses le hall d'entrée et sors dans la rue. Tu pars en direction de la rue Sherbrooke. Tu te rends compte qu'on t'observe.

Tu t'arrêtes. Et fais demi-tour pour faire face au caméraman qui a braqué sa caméra sur toi.

« T'es pas sérieux... »

Campé derrière sa lentille, il t'adresse un sourire ironique.

Tu demandes : « Où est Liz ? »

Il pointe le doigt derrière toi. Tu te retournes et tu l'aperçois. Au coin, qui attend. Elle avance vers toi.

« Que voulez-vous ? dis-tu.

— De quoi parliez-vous là-dedans ? » Elle indique l'immeuble de Henry d'un signe de la main et se rapproche.

« De rien.

— De Darlene Dobson ?

— Non. »

Ses yeux rapetissent pour ne devenir que deux fentes. Le caméraman capte tout, effectuant des allers-retours entre ton visage et le sien.

« Est-ce qu'il vous a dit ce qu'il a fait d'elle ? »

Tu soupires longuement et te frottes les yeux. « Pourquoi ne pouvez-vous pas juste laisser tomber ?

— Parlez-nous. Vous en savez clairement quelque chose.

— Ouais, clairement. » Tu te tournes vers le caméraman. « Hey, banane. Sa Royale Nullité. Est-ce que je suis flou ? Dors-tu ? As-tu encore coupé ma tête ? Peux-tu au moins me voir dans ta lentille ? »

Tu agites tes mains devant lui comme s'il était Helen Keller. Ce sera hilarant une fois à la télé.

« Oh ! non, vous avez fait ça la dernière fois. Parlez-moi. Discutez avec moi. Vous ne pouvez pas faire comme s'il ne s'était rien passé.

— Rien ne s'est passé.

— Écoutez-moi, vous avez dérangé un tas de gens la dernière fois. Le saviez-vous ? Ils ont réagi. Nous avons reçu des coups de téléphone. Au sujet de votre indifférence. Vous, son meilleur ami. Les gens se demandaient quel était votre problème. Il y en a qui étaient dans tous leurs états. Savez-vous ce que ça veut dire ?

— Qu'ils ont une vie intérieure extrêmement riche.

— Ça veut dire qu'ils étaient en colère. Mais ça veut aussi dire qu'il y a de l'espoir. Les gens ne sont pas indifférents. On peut encore agir. Il n'est pas trop tard. Les gens ne sont pas insensibles.

— Chérie, tu lui dis, lentement, avec condescendance, en exagérant la prononciation avec tes lèvres, tout au profit de la caméra. *Personne ne regarde.* Vos petits reportages. Vos cinq minutes de gloire à la fin de chaque demi-heure. *The Hunted.* Qu'est-ce que c'est ça ? Est-il possible d'être plus insignifiant ? Tout le monde est passé à autre chose. Vous vous trompez de suspect. Il est possible que vous vous trompiez même d'histoire. À l'heure actuelle, Darlene Dobson est allongée sur un matelas quelque part en train de passer du ciel à l'enfer avec une seringue plantée dans le bras, pour autant que vous sachiez. » Tu commences à t'éloigner en reculant de quelques pas. « Vous faites perdre du temps à tout le monde.

— Je vous fais perdre votre temps ?

— Surtout le mien.

— Je ne pense pas. » Elle avance vers toi à pas de loup, comme si tu étais sa proie. « Vous avez l'air pourtant d'y prendre plaisir.

— Ha ! Moi, je...

— Est-ce que vos amis vous regardent autrement parce que vous êtes passé à la télé ?

— Non, ils...

— Et Henry, qu'est-ce qu'il en pense ? A-t-il l'impression que vous le défendez, ou sait-il à quel point vous y prenez plaisir ?

— Pourquoi vous...

— Vous passez bien à la télé. L'avez-vous remarqué ? Je suis sûre que oui. Je le vois dans vos yeux. Vous êtes mieux qu'en personne. Plus large d'épaules. Moins maigre que dans la vraie vie. Je suis sûre que vous aimez ça. Si grand. Avec cette grosse tête. Dites-moi, voyez-vous un gars plus cool dans le miroir quand vous vous levez le matin ?

— Écoutez, je...

— Il y a une fille de dix-sept ans que personne n'a vue depuis des semaines, Lee Goodstone. Est-ce que vous comprenez à quel point c'est sérieux ?

— Arrêtez...

— Sa mère est morte d'inquiétude.

— Et puis...

— Et vous vous en foutez. Vous ne...

— Hey ! Darlene Dobson vivait parfois dans la rue, poupée. Vous l'avez dit vous-même. Vous en avez fait un reportage. Elle habitait avec n'importe qui. Elle dormait n'importe où. Qu'est-ce que ç'a à voir avec mon ami Henry, et pourquoi sa mère n'était-elle pas morte d'inquiétude avant ? »

Liz maintient le micro devant toi, suspendu en une pause hautement dramatique. « C'est tout ce que vous avez à dire ?

— C'est tout ce que j'ai à dire. »

Ses yeux rapetissent une fois de plus. « Vous en savez quelque chose... »

Tu lèves les bras au ciel. « Je sais strictement rien !

— Donnez-moi quelque chose de bon – ses yeux brillent – et vous ferez partie du montage d'ouverture.

— Quelque chose de bon ?

— Oui. »

Tu regardes autour de toi. Jetant un œil sur le caméraman, tu réfléchis à sa question. Tu remarques l'approche de quelques badauds. Tu te retournes pour lui faire face.

« D'accord. Une fois, quand Henry était plus jeune, trois chiens ont été tués dans la même rue. Dans la même semaine. Tous les trois avaient eu la gorge tranchée. Et Henry déteste les chiens, vous comprenez ? Il ne les supporte pas. Il aime les serpents. Mais ça, c'est une autre histoire. Toujours est-il qu'il connaissait chacun de ces chiens. Ils étaient les animaux de compagnie de ses voisins. Chaque chien est mort avec un couteau planté dans la poitrine, laissé là par le meurtrier. Et Henry possédait une grosse collection de vieux couteaux, tout le monde savait ça. Il en était très fier. Plus tard, quand ils ont vérifié, il lui manquait exactement trois couteaux.

— Vraiment ? dit-elle, les yeux grands ouverts.

— Non. Mais vous vous souvenez il y a quelques années, lorsqu'il était question dans les nouvelles de toutes ces entrées par effraction ? L'été qu'il a fait si chaud, comme cet été ? L'été où les gens dormaient les fenêtres ouvertes et découvraient au réveil que quelqu'un avait pénétré dans leur résidence pendant la nuit ? Et que tout ça n'a jamais été résolu ? Vous souvenez-vous ? »

Malgré elle, Liz acquiesce. Elle se souvient parfaitement de ces histoires.

« Les tiroirs de sous-vêtements féminins mis sens dessus dessous de manière mystérieuse, la lingerie fine éparpillée ici et là dans le salon au petit matin. Puis ç'a dégénéré. Des messages cryptiques sont apparus sur les miroirs des salles de bains. Des images perverses tracées au rouge à lèvres sur les écrans télé. Que la victime habite au rez-de-chaussée, au deuxième ou au troisième étage, le malade finissait toujours par arriver à ses fins. Et il ne choisissait que des femmes vivant seules. »

Tu inspires profondément, prends un air de conspirateur : « Eh bien, il y a des gens qui soupçonnent Henry d'être l'auteur de ces méfaits.

— Vraiment ?...

— Non. Mais quand il était ado, Henry gardait deux petits enfants qui s'appelaient Marshall et Morgan. Un garçon et une fille. Gentils. Je les connaissais aussi. Très mignons. Henry les a gardés de très nombreuses fois. Leur mère lui faisait vraiment confiance. Il était son gardien numéro un, celui qu'elle appelait en premier. Les enfants l'adoraient. Et puis, un jour, boom, il ne les a plus jamais gardés. C'était terminé. Elle ne l'a plus jamais rappelé. *Plus jamais.* Voulez-vous savoir pourquoi ? »

Elle soupire. « Pourquoi ?

— Eh bien, ils ont déménagé. »

Elle te regarde, l'air absent.

« Ouais, dis-tu, en hochant la tête. Ils ont déménagé très loin. À Detroit ou dans ce coin-là. »

Soudain, au prochain coin de rue - miraculeusement, incroyablement -, tu vois Honey dans sa voiture.

Elle attend au feu. Lunettes fumées et musique dans le tapis. Ses doigts tambourinant sur le volant au rythme de la musique.

Tu avances dans sa direction. Elle lève les yeux et te gratifie d'un sourire incertain.

Liz dit : « Lee, restez !

— Il faut que je parte.

— Restez et parlez-moi. Soyez sérieux pour une fois.

— Je pars. En fait, je suis déjà parti. »

Tu lui fais au revoir de la main, elle te lance un regard furieux.

« Eh bien, continuez à regarder les nouvelles, dit-elle, la colère dans la voix. Vous verrez. Ça va finir par aboutir. Et plus vite que vous pensez ! »

Tu lui fais un doigt d'honneur, que tu laisses tendu un moment afin de permettre au caméraman de régler sa mise au point. Tu ne t'es jamais senti aussi grand de toute ta vie. Le menton relevé bien haut. Tu te félicites pour ton esprit. Tes impressionnants réflexes. Ta cinglante repartie. Tes mensonges de première qualité. Formulés sur le champ, sous les projecteurs, comme si de rien n'était. Ça, c'est de la bonne télé.

Tu traverses la rue à grandes enjambées et jettes un dernier coup d'œil sur Liz.

Continuez à regarder les nouvelles. Pour qui elle se prend ? Pourquoi tu regarderais les nouvelles ? Pense-t-elle réellement que tu as le temps de les regarder ?

Bien sûr que tu regarderas les nouvelles.

Tu adores regarder les nouvelles.

Tu passes bien à la télé. Elle a raison. Le petit écran t'aplatit comme il faut et te rajoute quelques livres, exactement comme ils disent. Tu n'as jamais été aussi beau. Et les regards que les gens te jettent parfois dans la rue. Et les coups d'œil furtifs. Tu les as remarqués. C'est trippant.

Tu tires sur la portière. Elle s'ouvre dans un grincement.

Honey est heureuse de te voir. Elle se penche vers toi et te donne un gros baiser mouillé. Elle te prend dans ses bras et t'embrasse encore. Elle passe sa main dans tes longs cheveux puis, le pied sur l'accélérateur, vous fait traverser l'intersection, les vrombissements de la vieille Firebird résonnant contre l'asphalte. Une sortie remarquée s'il en est. Tu te demandes si le caméraman capte tout ça, si son objectif est assez puissant, mais tu n'oses pas te retourner pour vérifier.

Vingt

Bien sûr, tu n'as même pas songé à lui demander où elle s'en allait. Elle s'arrête quelques minutes plus tard devant la maison des parents de Johnny. Johnny sort de la maison. Il attendait son arrivée. La tienne, un peu moins.

« Qu'est-ce que tu fais là ?

— Ma conductrice... » Tu souris, fais une révérence et désignes d'un geste la sublime beauté à côté de toi. « Vous vous souvenez de la belle et talentueuse mademoiselle Zamner ? »

Mais Johnny ne trouve pas matière à sourire aujourd'hui. Il avance vers Honey. « J'en veux pas.

— Eh bien, j'ai tout apporté quand même », répond-elle en se dirigeant vers le coffre de la Firebird.

Elle soulève la poignée et laisse s'ouvrir le couvercle. Elle en extrait la guitare de Johnny et deux sacs de buanderie d'hôpital remplis de vêtements pliés. Elle attrape une paire de bottes et des revues de rock. Ainsi qu'un manteau de cuir, mais pas son préféré. Elle place le tout sur le bord du trottoir.

« Chérie, garde tout pour l'instant.

— Même ta guitare, John ? » Son ton exsude le sarcasme. Johnny est toujours en train de parler de sa guitare. Où est sa guitare ? Il ne faut pas qu'il oublie sa guitare, parce qu'il faut qu'il s'exerce un peu plus. Comme si, un jour, cette guitare aura une réelle importance dans sa vie, voilà ce qu'il faut comprendre, voilà la connerie que vous le laissez répéter, la blague privée, la tape sur l'épaule et le clin d'œil, la prétention qu'il est un vrai musicien. « Sûrement, il te faut ta guitare.

— Chérie...

— Non...

— Honey...

— Essaie même pas...

— Bébé...

— Non... » Elle agite son index directement devant son visage. « Ne m'appelle pas comme ça. »

Jesus. Si c'était à toi qu'elle s'adressait, tu aurais déjà mouillé ton pantalon. Mais Johnny, qui ne fait que hocher la tête, a l'air d'être sur le point de rire.

Tu t'éloignes en direction de la maison des Karakis.

Tu entends Johnny dire tout bas : « C'était il y a trois ans, Honey. On en a parlé chaque crisse de fois depuis des jours. Je peux rien y changer. Je peux pas l'expliquer. Est-ce qu'on peut juste passer à autre chose ?... »

Johnny habite une garçonnière au sous-sol de la maison de ses parents. On y accède par une porte à côté du garage. C'est pas mal, comme appart, plus grand qu'on ne le croirait. Sombre, par contre. Et tout le temps froid. Mais de toute façon, il y passe très peu de temps. Quand il est chez lui, il est toujours à l'étage en train de manger à la table de cuisine de ses parents.

Tu t'arrêtes. En levant les yeux, tu vois madame Karakis qui vous observe de la fenêtre. Honey et son fils. Et toi. Tu vois arriver derrière elle monsieur Karakis, qui s'étire pour regarder par-dessus son épaule. Il est plus petit qu'elle. Tu imagines à quoi doit ressembler cette scène. Le fait que tu sois là. Johnny et

Honey qui se disputent. Ça ressemble presque, eh bien, à ce que c'est. Aujourd'hui, c'est le fruit du hasard, mais la vérité n'est pas bien loin.

Johnny et toi êtes les meilleurs amis du monde depuis toujours. Vous avez survécu à l'école secondaire ensemble. Tu as même habité avec la famille de Johnny pendant la dernière année de l'école. La mère de Johnny te dorlotait comme si tu étais son fils. Les frères de Johnny te tombaient dessus comme sur un frère. Voula, la sœur de Johnny, criait pour qu'ils te laissent tranquille, exactement comme le ferait une grande sœur. Seul Kostas, le père de Johnny, n'arrivait pas à te voir de la même façon. Il était incapable de te traiter avec dureté. Grognant et jappant, il menaçait ses fils chaque fois qu'il perdait patience, mais pas toi. Depuis le début, avec toi, il mettait des gants blancs. Il en était incapable. Tu n'étais pas grec. Et tu n'étais pas son fils. Et tu n'étais pas grec. Trois raisons. Il semblait tout de même t'apprécier. Il n'a jamais dit un mot contre toi. Mais vous saviez tous les deux qu'il ne te faisait pas confiance.

C'était étrange que de venir habiter avec une autre famille que la tienne, mais à l'époque il y avait peu d'autres options. Le mariage de tes parents avait volé en éclats, ta sœur avait suivi ta mère en Floride. Et ton père était à peine capable de prendre soin de lui-même. Pour un garçon de ton âge, il était difficile d'imaginer un dénouement plus déstabilisant. C'est ainsi que la famille Karakis est venue à ta rescousse. Qui sait si elle t'aurait accueilli dans des circonstances moins extrêmes? Ça n'a aucune importance. Tu leur étais et tu leur seras toujours éternellement reconnaissant.

Kostas se retire de la fenêtre, mais madame Karakis ne bouge pas. Plus intuitive que son mari, elle comprend sans doute qu'il ne s'agit pas d'une dispute ordinaire entre son fils et sa copine. Elle les observe attentivement, les narines reniflant les signes du danger. Ce qui t'amène à songer aux rencontres qu'il y a eu entre madame Karakis et madame Zamner au fil des ans. Elles sont si différentes l'une de l'autre. Deux saveurs très différentes de l'Europe. La mère de Johnny se demande sans doute quand Johnny et sa bande finiront par devenir des adultes. À ses yeux, vous êtes encore des enfants. Ou des ados. Des couples qui se séparent et de l'alcool, des après-midi au parc et de la mari. Henry, par exemple, aura trente ans à Noël. Et les autres, vous n'êtes pas loin derrière. À bien y penser, quand est-ce que vous allez enfin vous décider à grandir?

Tu te souviens quand Johnny et toi aviez quatorze ans. Vous descendiez dans la cave des Karakis et regardiez en secret la collection de vieux *Penthouse* de Kostas. Vous essuyiez la poussière et regardiez ces touffes poilues et ces seins naturels. Et vous lisiez toutes ces hallucinantes lettres érotiques. Vous les adoriez. Vous croyiez qu'elles étaient authentiques. C'étaient les meilleures lettres du monde. Elles étaient écrites par de plantureuses femmes au foyer à la touffe poilue qui rencontraient des garçons de quatorze ans dans les grands magasins et les ramenaient à leur élégante maison afin de les baiser à mort.

Ces histoires vous laissaient en nage. Vous deveniez fébriles. Vous passiez des après-midi entiers chargés comme des pistolets. Ç'a fini par vous déformer l'esprit au point où vous alliez au centre-ville vous promener sans but dans les rayons des grands magasins alors que vous auriez dû être en classe. Vous vous sépariez et vous baladiez dans les rayons de La Baie en vous demandant laquelle de ces plantureuses femmes au foyer allait vous ramener chez elle. Vous traîniez vos pieds dans le rayon de la lingerie, déambuliez dans le rayon cuisine et vous teniez trop près des femmes devant les étalages de linge de maison. Vous posiez des questions innocentes. Vous ajoutiez des petits regards enjoués. Des remarques entendues de garçons de quatorze ans. Vous n'avez pas eu le succès escompté. Vous avez essuyé des regards noirs. Des répliques assassines. Le seul souvenir de ce temps-là te fait frémir. Vous séchiez vos cours pour faire ça. Ç'a jamais marché. Une fois, c'était si pitoyable que tu ne t'es même pas donné la peine de retrouver Johnny à la fin de la journée. C'était à ce point futile. Au lieu de cela, tu es allé seul au cinéma. C'était nul. Et malgré tout, vous l'avez refait encore et encore. Quelle belle paire de zouaves vous faisiez.

Tu regardes Johnny qui plaide encore sa cause auprès de Honey. Il jette un œil sur toi aussi. Tu vois Honey reculer et se laisser dériver vers la portière, qui est restée ouverte. Elle sait s'y prendre avec lui, calmement, le sourire pincé et les gestes mesurés. Ses gestes à lui sont tout aussi calculés, tout aussi restreints. Tu as l'impression d'être un enfant qui les espionne. Clairement, Johnny n'est pas encore au courant. Et c'est presque incroyable qu'il ne le sache pas - que personne ne le sache -, mais tout le monde est si habitué à voir Honey et toi traîner ensemble comme de vieux copains, depuis toutes ces années, à passer le temps pendant que Johnny est parti sur une nouvelle lubie, que ce n'est pas si différent d'avant. De l'extérieur. Mais quand Johnny l'apprendra. Oh boy!

Il y a quatre ans, George, le frère de Johnny, a enfin épousé Christina. Après le repas, pendant que tout le monde dansait, Johnny, son frère Peter et toi êtes entrés dans la chambre nuptiale et avez recouvert le plafond de pornographie gaie. Vous l'avez absolument placardé. Des queues et des culs et des corps huilés, engagés dans des actes très précis, scotchés ensemble dans les plus horrifiques collages érotiques de culs et d'épées qui soient, curieusement émoustillants, te rappelles-tu non sans honte, collés juste au-dessus du lit. La destination finale des festivités de la soirée. Un tour splendide. Un classique. En levant les yeux, Christina allait complètement freaker. George aussi allait peut-être freaker. Pendant vingt minutes incroyablement stressantes, vous avez coupé, collé, rigolé et raconté des blagues pendant que Peter filmait le tout, narrant vos faits et gestes à voix basse comme s'il était tout près d'un vert au Tournoi des maîtres à Augusta.

Une superbe soirée. Un beau souvenir pour toi. Un sentiment d'appartenance à la famille. Et ce qu'il faut retenir, c'est que Johnny et Peter auraient pu jouer ce tour à leur frère tout seuls. Ils n'avaient pas besoin de toi. Aucun des amis de Peter et George n'a été invité à se joindre à vous. Mais Johnny t'avait amené parce qu'il savait toute l'importance que ça aurait pour toi. Il savait à quel point tu trouvais ses frères cool et tu les admirais tous. Il savait que ça ferait une histoire géniale à raconter une fois que tout le monde en aurait entendu parler. Et Christina a bel et bien freaké, poussant des cris et se précipitant hors du lit presque au signal pendant que vous écoutiez à la porte, et c'était bel et bien génial. Un succès retentissant. Par la suite, vous aviez même organisé des projections privées où vous riiez comme des malades en revoyant les scènes, l'étape de la planification, les opérations furtives, où vous racontiez encore et encore les mêmes histoires, où même George s'est laissé prendre au jeu.

Tu pétris ton front avec tes doigts. Tu ne sais plus quoi penser de toi en ce moment. Par prudence, tu gardes les yeux rivés au sol, loin de la fenêtre des parents de Johnny. Tu ne veux même pas savoir ce qu'une femme comme madame Karakis dirait si elle savait ce qui se trame. Ou un homme comme Kostas. *Hopa!*

Honey monte dans la voiture et ferme doucement la portière. Elle se tourne vers toi. « Tu viens, Lee... »

Tu savais que ce moment s'en venait et avais décidé que cette fois tu n'allais pas te défiler comme une moumoune. Alors tu pars au trot en passant devant Johnny. Tu lui lances un grand sourire en espérant qu'il ne démêlera pas les fils de l'intrigue tout de suite.

« Désolé, mon vieux. Il faut que je parte.

– Où vas-tu ? » veut-il savoir.

Mais tu es trop pressé pour lui répondre convenablement.

« On s'appelle, dis-tu en sautant dans la voiture du côté du passager tout en faisant le signe universel du téléphone à l'aide de ton pouce et de ton petit doigt, et on déjeune. »

Les pneus de Honey mordent dans la chaussée une fois de plus et vous catapultent en avant. Tu t'agrippes à la portière pour maintenir ton équilibre. Honey est une conductrice imprévisible. Tu as tout de même choisi de la suivre. Tu acceptes de rester en mouvement, de presser vers l'avant, de te lancer dans le vide, de passer d'une idée évanescente à une autre, confiant que Dieu ne frappera pas une cible mouvante.

Quelque part au loin, un chien jappe.

Du moins sur le plan statistique.

Vingt et un

Bien sûr, il y a ce toi qui es laid comme c'est pas permis. Ça va sans dire. Du moins dans ton esprit. Quoiqu'on ait déjà suggéré que tu as parfois tendance à être un peu sévère à ton égard. Cela dit, tu n'as pas la gueule d'un chanteur de charme, c'est le moins qu'on puisse dire.

Mais – à l'occasion, parfois, rarement, mais cela arrive – il y a ce toi à la beauté inquiétante. Celui qui, sous le bon éclairage, sous exactement le bon angle, portant la bonne chemise, bronzé, les cheveux comme il faut, s'ils tiennent en place ce matin-là et qu'il n'y a pas beaucoup de vent, est une version séduisante de toi. Un autre toi. Avec la fascinante laideur d'une rock star, pourrait-on dire. Le bassiste, disons. Ou le claviériste.

C'est celui-là que tu regardes en ce moment. À la télé. Ta dernière entrevue. Enregistrée il y a à peine deux jours. Ils travaillent vite, ces gens-là. Ton dealer va faire un caca nerveux. Et il est vrai que l'écran t'aplatit. Il ajoute quelques livres et adoucit les angles. Tu ne t'en plains pas. Lorsque tu vois apparaître à l'écran un chouette lettrage qui dit Lee Goodstone, ami de Henry Miller, il faut avouer que ça te fait bander. Le caméraman, malgré le cadrage maladroit et la mise au point douteuse, a fait un meilleur boulot. Il faudrait le féliciter.

Tu regardes la télé en compagnie de Honey. Vous riez ensemble en te voyant sortir de l'immeuble de Henry, surpris par la caméra, niant tout de go la culpabilité de Henry. Faisant le pitre. Forçant ton rôle pour la caméra. Remettant Liz à sa place.

Les gens étaient dans tous leurs états. Savez-vous ce que ça veut dire ?

Qu'ils ont une vie intérieure extrêmement riche.

Ha ! Honey glousse. Tu lui souris. Tu adores qu'elle te comprenne.

Vous êtes chez toi. Un après-midi à rien faire. Honey a apporté une housse pour ton canapé, qui scelle les poils de chat et vous en protège. Tu es affalé dessus. Elle est assise près de toi dans un fauteuil qui bénéficie de la même protection. Ton appart est beaucoup plus propre depuis qu'elle dort là certaines nuits. Elle a apporté de l'ordre. Elle est tout simplement arrivée en coup de vent dans ta vie. Vous n'avez jamais parlé des raisons qui ont amené Johnny à faire ce qu'il a fait avec Baby, et peut-être que vous n'en parlerez jamais. Vous en avez fait abstraction. Ça n'a aucune importance. Tout est juste et bon. Dans ton monde. Tu adores le fait que chaque moment passé avec elle semble volé. Ça te fait vibrer rien qu'à y penser. Tu n'as pas beaucoup d'expérience en la matière. En fait, tu n'as jamais joué au jeu de l'infidélité. Jamais trompé personne, jamais été trompé.

Tu n'avais aucune idée à quel point ça pouvait être enivrant.

Ce n'est pas lourd. Tu aurais pensé que ce serait lourd, mais ce n'est pas le cas. Ça donne des ailes. C'est trippant. Vous ressemblez plus à des braqueurs de banque qu'à un duo de menteurs. Honey and Clyde. C'est aérien, supérieur. Vous bourdonnez d'une activité à l'autre, chaque rencontre nourrie par un sentiment d'urgence clandestin. Quelle incroyable sensation ! En général, les laiderons de ton espèce ne vivent pas de telles expériences. Là où tu te trouves en ce moment, c'est l'autre côté de la track, l'autre bord du lac. Tu habites le chalet d'été d'un homme riche, si luxueux que ta petite bicoque fait pitié à voir. Tu es le péquenaud dans le restaurant de luxe, trop préoccupé à regarder autour de lui pour goûter aux mets. Le vieux rentier saoul qui dépense sans compter à la vente de métaphores bon marché.

Elle te dit d'éteindre la télé. Le reportage n'est pas encore terminé, mais tu le fais quand même. Dans l'espace de quelques semaines, elle s'est vite imposée comme l'homme du couple. C'est tout nouveau pour toi. D'habitude, tu es tellement occupé à passer du coq à l'âne en essayant d'être à la fois drôle, spirituel et divertissant – n'importe quoi pour détourner l'attention de la fille qui a accepté de se retrouver seule avec toi de peur qu'elle change d'idée – que tu domines chaque phrase et remplis chaque silence. Honey a tout en main. C'est très réconfortant. Il y a moins de pression pour jouer à l'otarie de cirque.

Plus tard, elle fait la sieste. Les gens qui travaillent selon des horaires variables dorment beaucoup. Comme toi autrefois. Tu traverses l'appartement. Il s'agit d'une aire ouverte, mais tu l'as subdivisée au fil des ans. Une cuisine de bonne taille, une salle à manger avec une table de pique-nique au centre, une chambre, un gigantesque salon, et un coin débarras où tu ranges le vieil équipement sportif, les machines d'exercice, les vélos, les livres, les boîtes et n'importe quoi d'autre.

Ces divisions ont été créées à l'aide de caisses de bière soigneusement empilées les unes sur les autres pour former des murs épais. Elles varient en hauteur de trois pieds au bord de la cuisine à six de part et d'autre de ta chambre à coucher. Les bouteilles vides ont toutes été méticuleusement lavées et séchées avant d'être rangées dans les caisses, et les caisses sont dans un état impeccable. Tu n'acceptes aucune boîte abîmée. Johnny, Aaron, Henry, Cuz et toi avez monté ces murs il y a plusieurs lunes, l'année de ton déménagement, délimitant les zones du canapé, de la télé et de la stéréo. Ça prend une saison complète de beuveries pour monter un mur d'une taille respectable. Le coin débarras n'est pas encore complètement délimité. La production a baissé quand Aaron a commencé à faire ses premiers pas vers une vie de sobriété. Il est très difficile de garder un bon employé.

Tu grimpes les quelques marches qui mènent à la porte du toit. Tu l'ouvres et sors sur la miteuse terrasse en bois. Tu siffles Sam Spade. Regardes autour de toi. Redescends en laissant la porte ouverte pour elle.

Tu entres dans la cuisine. Vas vers le frigo et ouvres le congélateur. Tends le bras au-delà des légumes surgelés décoratifs à la recherche des barres de hasch enfouies à l'arrière. Tu les touches. Tu les comptes. Tu te rassures, elles sont là. Tu refermes le congélateur. Tu fais ça plusieurs fois par semaine. Ça te soulage.

Tu entends de vagues bruits. Venant de derrière ton frigo, de l'autre côté du vrai mur qui sépare ta cuisine de celle du vieux. Il est là en ce moment, tu l'entends qui farfouille dans les placards. Tu le fréquentais auparavant. Avant que sa femme meure. D'une crise cardiaque, dans les marches de l'entrée. Pauvre petite vieille. C'était un spectacle navrant. À cette époque, il arrivait que tu leur rendes des services. Tu montais des trucs, essayais de réparer des choses. Ils te faisaient entrer chez eux au moins une fois par semaine sous un prétexte ou un autre. Ils formaient un couple mignon. Elle acquiesçait à tout ce qu'il disait malgré qu'elle sût qu'il était à moitié fou. Après avoir fait les courses, il étalait toute l'épicerie sur le comptoir. Elle l'observait sans rien dire. Il mettait toutes les conserves d'un côté, ouvrait chaque pot, puis le refermait avant de le placer dans le frigo. Avec ses grosses mains. Des confitures, des cornichons, la moutarde, la relish, les olives. Tout ce qui se met en pot. L'un après l'autre. Tu l'as vu faire à de nombreuses occasions. Pourquoi ? Pourquoi faisait-il cela ? Tu le lui as demandé, bien sûr. Parce que – et ici il pointait l'étiquette avec un de ses gros doigts noueux et te souriait comme si tu étais idiot – c'était écrit noir sur blanc : *Réfrigérer après ouverture.*

Après qu'elle est morte, tu pensais qu'il allait jeter l'éponge, mais ça ne s'est pas passé comme ça. Il s'est agrippé. Il a la couenne dure. Il s'est repris. Mais il est devenu aigri. Et amer. C'est comme ça. Quand les gens vivent assez longtemps, ils deviennent aigris et amers. Ce n'est pas leur faute, c'est ce qui arrive.

Et maintenant, entre vous, c'est tendu. Il t'appelle ouvertement « le revendeur de drogue ». Il le répète à tous ceux qu'il croise dans l'immeuble. Et le marmonne entre les dents quand vous vous rencontrez dans l'ascenseur. Et si tu laisses des pièces de vingt-cinq cents dans les machines au sous-sol pour ta lessive, il te les pique. Il fait passer ses brassées avant les tiennes aussi.

Ça te rend nerveux qu'il te déteste tant. Il est vieux et sans doute inoffensif, mais tu as l'impression qu'il s'agit d'un mauvais augure. Bien sûr, ça laisse à penser que – et cette idée te travaille de plus en plus – si le vieux le sait, si pratiquement tous les gens dans ton immeuble le savent, si des étrangers qui ne connaissent que ton nom le savent, alors il faut que tu te poses la question – et ça n'a rien à voir avec la police, car il y a longtemps que tu t'es réconcilié avec ça –, il faut que tu réfléchisses à ce qui trotte dans la tête de tous ces gens et, de manière plus précise et plus déconcertante, à la possibilité que l'un d'eux se donne la peine de réfléchir à la question pendant plus de deux secondes.

Parce que si tel était le cas, il y a une question que cette personne pourrait se poser.

Où est l'argent ?

Après tout, comment pourrais-tu vendre toute cette dope depuis tant d'années et à tous ces gens sans avoir mis un sacré paquet de côté ? Un sacré paquet. Et pourtant, parmi tous les gens avec lesquels tu traînes, personne ne t'a jamais posé la question.

Tu n'as pas de voiture. Tu n'as pas de maison. Tu ne pars pas en voyage. Tu n'as presque jamais de copine. Tu ne dépenses presque rien pour acheter des vêtements. Tu dépenses un peu d'argent sur la bouffe. Et la bière. Et un film de temps en temps.

Il faut qu'il y ait quelque part un pactole. Il le faut. Ce n'est pas comme si tu payais un loyer. Ou de l'impôt.

Alors, c'est où ?

À la banque ?

Fucking peu probable.

Avec un ami ?

Ouais, c'est ça.

Qui ?

D'accord. C'est pas ça.

Alors il faut que ce soit ici. Dans l'immeuble, non ?

O. K., oui. C'est ça.

Où ?

Tu ne le diras pas.

Et voilà. C'est cela, ta plus grande source d'inquiétude. C'est ce qui te rend si nerveux. Combien de temps reste-t-il avant que quelqu'un, un jour, se pose sérieusement la question ? La mauvaise personne.

Ça pèserait sur n'importe qui.

◇ ◇ ◇

« Amène-moi au resto », dit-elle un peu plus tard.
Réveillée, douchée, pomponnée. Elle est radieuse.

« Amène-*moi* au resto, pour une fois.

— Oh ! mais tu es mon homme, dit-elle en s'écroulant contre toi, ce qui t'oblige à l'entourer de tes
longs bras. Un homme comme toi n'est jamais pris au
dépourvu. Réfléchis pour nous deux, darling. Choisis
un restaurant qui a de la classe. Où nous pourrons
dîner. Et boire jusqu'à pas d'heure. Tu as du fric. Tu as
des moyens. Je ne suis qu'une fille de la campagne, mes
besoins sont limités.

— Et pourtant amoureuse de restos chics...

— Nous sommes plus nombreuses que tu ne le
penses.

— Mais je suis sans le sou.

— Mais tu es riche à craquer.

— Je n'oserais jamais faire une telle dépense.

— Comment oserais-tu ne pas faire une telle
dépense ?

— Mais où irons-nous ? »

Aussi simple que ça, tu as déjà capitulé.

« Oh ! je ne sais pas », dit-elle, même si les noms de
trois ou quatre endroits dansent déjà dans sa tête. La
vérité, c'est que tu as flambé plus d'argent pour votre
pur plaisir dans les dernières semaines que tu en as
dépensé pour te nourrir depuis trois mois. Elle porte
le revers de la main à son front. « C'est vraiment trop
compliqué. Sûrement, tu pourras nous transporter
vers un ailleurs plein de promesses, intime et idéal.

— Sûrement pas.

— Un endroit à la fois exotique et érotique. Exquis et virginal.

— Tu as veillé trop tard, murmures-tu dans son oreille en te blottissant contre sa peau de porcelaine, à lire ton dictionnaire de synonymes.

— Oh! réfléchis, Lee... Je n'en peux plus.» Elle prend un air de tragédienne éplorée. «Je ne peux plus le supporter.

— Mais je ne sais pas.

— Réfléchis!

— Attends...

— Oui...

— Je pourrais...

— Quoi...

— Est-ce que...? ·

— Oui...

— Aimes-tu la cuisine écossaise?»

Enveloppée dans tes bras, elle médite sur ta question, souriante, heureuse, curieuse, puis se met à froncer les sourcils en devinant lentement tes intentions jusqu'à ce qu'elle se libère soudain de ton étreinte à l'aide d'un coup de coude dont elle seule a le secret et se retourne pour te faire face.

«Je ne mets plus les pieds au McDonald!»

Vingt-deux

Sorry is a board game. Henry a déjà eu un t-shirt sur lequel on pouvait lire cette phrase. Tu t'approches de son bloc. Encore une fois. L'idée, c'est de le sortir de là et de le ramener à la civilisation pendant quelques heures. L'emmener au centre-ville. Ou jouer à des jeux vidéo. Il aime ça.

Mais alors que tu t'apprêtes à t'engager dans l'avenue Madison, tu stoppes net. Plusieurs véhicules sont garés au bout de la rue. Une foule grouille autour de l'immeuble et il y a de l'équipement ici et là. Tu vois la fourgonnette de Hunter Films, Liz, le caméraman ainsi qu'un tas d'autres gens que tu ne reconnais pas. Tu observes tout ce branle-bas depuis une distance respectable.

Est-on en train d'arrêter Henry ? Il n'y a aucune voiture de police en vue. Jusqu'à maintenant. Ou peut-être la police est-elle déjà passée. Tu ne sais quoi penser. Une chose est pourtant claire : il ne sert à rien de traîner dans les parages. Tu devrais partir. Et rapidement, avant que quelqu'un ne fixe son téléobjectif sur toi.

Et puis tu entends un petit bruit, un klaxon discret. Ça vient de derrière toi, d'une main expérimentée.

Tu pivotes sur tes talons, surpris de voir Cuz au volant d'une BMW flambant neuve.

« Embarque », dit-il, le coude posé sur le rebord de la vitre.

Tu avances vers lui. Tu ne peux t'empêcher de loucher sur la voiture.

Cuz te fait signe d'ouvrir la portière. « Allez, embarque. Il veut te voir. »

Tu jettes de nouveau un œil sur l'auto. Bien sûr. Elle doit appartenir à ton dealer.

Il veut te voir. Et ce singe a été envoyé pour te livrer.

À bien des égards, c'est plus inquiétant encore que la présence des médias devant chez Henry.

Tu montes à bord. Tu te laisses conduire hors du quartier, sur l'autoroute Ville-Marie, puis jusqu'au bout de la rue Atwater. Près du marché, là où la piste cyclable longe le canal. Là où ton dealer t'attend, à côté de son vélo de course.

Il porte un maillot rouge et or en tissu extensible ainsi qu'un cuissard assorti, moulant à souhait, dégoûtant petit renflement des testicules en prime, qui mène à des genoux blancs comme l'os et à des mollets effroyablement poilus. Sur sa tête, il y a un de ces casques à coquille à bout pointu qui transforment les hommes en garçons de six ans. Ses gants, assortis à son ensemble, laissent sortir des doigts qui agrippent le guidon d'un vélo qui vaut trois mille dollars et pèse sans doute dans les environs de neuf onces. Ses poignets sont enrubannés. Ses énormes lunettes de soleil enveloppantes masquent son petit visage ratatiné. Sa peau est pâle et desséchée à côté du riche moule de plastique qui recouvre ses yeux.

« Tu fais un peu peur à voir, dis-tu en guise de salutation. T'as l'air d'une grosse bestiole.

— C'est une tenue de vélo, idiot. Sais-tu pendant combien d'heures je roule ? Sais-tu à quelle vitesse ?

— On dirait que t'as un gros caillou collé sur la tête. Je ne m'arrêterais pas près d'un enfant si j'étais toi. Tu risques de provoquer des cris de panique.

— Je roule par-dessus les enfants s'ils ne vont pas à la bonne vitesse. »

Près de toi, Cuz attire l'attention de ton dealer.

« D'accord. Très bien. Va garer la voiture. »

Cuz s'éloigne.

Ton dealer te dit : « Sais-tu à quel point il est difficile de rester en forme ?

— J'en ai pas la moindre idée. À vrai dire.

— C'est la force du mental. C'est la seule façon. Pour éloigner la mort.

— La mort approche tout de même.

— Je t'enterrerai.

— Si tu le dis. »

Ton dealer pince les lèvres et fronce les sourcils comme s'il venait de mordre dans un citron. « Je vais lui donner une run. »

Tes yeux sortent à moitié de leur orbite. « Tu vas faire quoi ? Tu peux pas faire ça !

— Je vais lui donner une run.

— C'est comme si tu m'enlevais la mienne.

— Je pensais justement t'enlever la tienne. »

Une run. Ton dealer avait une run de journaux quand il était jeune. À l'époque où Ben Franklin a inventé la voiture. Ce qui fait que lorsque quelqu'un qui travaille pour lui joue bien ses cartes et se retrouve dans une position telle qu'il mérite de grandes quantités, des prix de gros, une plus grande marge de crédit et surtout une part de tous les arrivages, ce qui signifie que même lorsque les temps sont durs - et ça arrive -, cette personne a droit à une part de ce qui reste pour satisfaire sa clientèle, peu importe ce qui arrive, il appelle ça « avoir sa run ». C'est un moment de pur plaisir.

Il arrive qu'on perde sa run. Pour toutes sortes de raisons. Comme le non-paiement. Comme la négligence. Comme la faute professionnelle, par exemple être assez stupide pour se retrouver à la télé. Quoique ça exigerait un manque de jugement de proportion herculéenne.

« C'est pour ça que tu m'as fait venir ici ?

— Oui.

— C'est pour ça que tu lui as demandé de m'amener ici ? Ce petit trou de cul ?

— Il était important que nous parlions.

— Je vais le tuer.

— Vas-y, et t'es cuit.

— Je vais lui mettre mon poing dans la gueule dès qu'il arrive.

— Si tu fais ça, c'est terminé.

— C'est n'importe quoi, ça. Cet ostie de Cuz est un rat et un menteur, et la plupart des gens à qui il vend étaient autrefois mes clients. Et d'autres m'en achètent moins parce qu'il leur en vend en douce. Je le sais. Je m'occupais de tous les clients à l'Elbow Room avant que lui, Sanderson et Dane s'y installent. Et le gym et la salle de quilles. Et d'autres endroits encore, comme ces nouveaux endroits sur Monkland.

— Oui, c'était comme ça avant.

— Il sème à tout vent. Il vend à n'importe qui. Il vend au rabais.

— Eh bien, il n'a pas de rabais de ma part, mon gars. Il est peut-être temps que tu ajustes ton tir.

— Donne-lui l'avenue Walkley à la place. Laisse-le se faire sauter la cervelle, fuck. »

Ton dealer tressaille. Personne ne veut entendre parler de Walkley.

« Depuis combien d'années est-ce que je travaille pour toi ? C'est pas juste. Il me semble qu'autrefois mon ostie de territoire était clairement délimité.

— Alors j'imagine que maintenant tu feras des efforts pour maintenir ce qui reste. Et que tu te conduiras de manière plus appropriée.

— Je t'ai demandé de ne pas le rencontrer. Dès le début. N'est-ce pas ? Je savais que c'était une erreur.

— C'était pas une erreur pour moi.

— Je vais lui sauter dessus !

— Tu seras cuit. Ficelé.

— Et si je m'en fous ? Ça vaut peut-être la peine. Que feras-tu ? Peut-être que je vais tout simplement donner une leçon à ce petit crisse et que ni lui ni moi n'écoulerons plus ta marchandise. Qu'est-ce que tu vas faire ? »

Il se retient de rire. « Je t'en prie... Tu vas, quoi... réellement lui faire mal ? Et me mettre au défi ? C'est ton plan ? Tu vas lui en faire manger toute une ? S'il te plaît. Tu ferais aussi bien de le tuer, Lee. D'ailleurs, ce serait mieux. Parce qu'il te pourchassera comme un chien, celui-là. Jusqu'au dernier souffle. S'il te plaît. Ne me fais pas rire.

— Tu le connais même pas ! Fuck off.

— Tu sais que j'ai raison. »

Tu craches par terre, tournes en rond quelques secondes sur le gazon en réfléchissant.

« Lee, pèse tes mots, ne complique pas inutilement la situation.

— C'est de la bullshit, voilà ce que c'est.

— Des fois, dans la vie, il y a de la bullshit. »

Tu entrevois Cuz traversant la pelouse.

Tu reviens à ton dealer. Il a hâte de se remettre en selle, ça saute aux yeux. Des gens à vélo roulent à toute vitesse derrière vous, d'autres traversent le pont à la course. Des bouteilles d'eau et un tas de sandwichs pointent hors de son petit sac à dos mal fermé. Il est déjà prêt à revisser son cul sur cette petite selle dure et inconfortable afin de dompter cette journée à grands coups de pédales. C'est pas étonnant qu'il ait tout le temps mal à l'arrière-train.

Tu tentes ta chance une dernière fois : « Ne fais pas ça. Penses-y une dernière fois. Je suis désolé.

— Il y a des choses qu'on ne peut pas demander.

— Depuis combien d'années est-ce qu'on travaille ensemble ?

— Ça n'a aucun rapport avec toi.

— Je t'en supplie.

— Certaines choses ne se demandent pas.

— S'il te plaît. »

Cuz est tout près. À moins de cinquante pieds.

« Demande au gouvernement s'il est d'accord que tu paies pas tes impôts. Demande au maire si tu peux garer ta voiture où tu veux. Reviens me dire ce qu'ils t'ont répondu. Comprends-tu ? Me demande pas ça. C'est déjà fait.

— T'es un vrai trou de cul de me faire ça. Je te connais depuis longtemps.

— On est de bons vieux copains, toi et moi ?

— C'est pas le cas ?

— Je suis plus proche de bien d'autres. »

Cuz arrive. Son regard passe de toi à ton dealer. Il est au courant de tout, le fin crapaud. Il veut voir jusqu'où tu iras dans l'humiliation.

Il se permet un léger sourire. « Tout va bien ? »

Ton dealer te regarde. Te prévient.

Tu hausses les épaules. Il n'y a rien à dire. À ce moment.

Tu vois ton dealer et Cuz échanger un regard complice. Tu t'es fait avoir jusqu'à l'os. Il est vrai que tu n'en vends pas autant qu'auparavant. Mais tu n'en as plus autant envie. Et rien ne t'y oblige, à vrai dire. Tu as eu de très bonnes années. Les gens ne s'en rendent pas compte.

Ton dealer s'adresse à Cuz : « O. K., va chercher la voiture.

— Quoi?

— Va chercher la voiture.

— Mais je viens tout juste de revenir.

— Va. Chercher. La. Voiture.

— Tu me niaises.

— Non. Raccompagne-le. »

Tu lèves la main. « J'ai pas envie de me faire raccompagner.

— Il a pas envie de se faire raccompagner!

— Va chercher. La voiture.

— Fuck off. Je retourne à pied. »

Ton dealer t'arrête en appliquant son index sur ta poitrine. Même si tu le dépasses d'une bonne tête, tu es entièrement sous son emprise.

Ses yeux ne sont plus que des fentes lorsqu'il s'adresse à Cuz. Il chuchote presque. « Va chercher. Reviens. Embarque Lee. Accompagne-le. Là où tu l'as trouvé. Vas-y maintenant. » Il lui fait signe de disposer.

Cuz part la queue entre les jambes. Après son départ, une apparition extraordinaire point à l'horizon. C'est Sharon. Nulle autre que Sharon. Vêtue du même ensemble de vélo rouge et or moulant, beaucoup plus moulant dans son cas, bien sûr. Assorti du même équipement, casque à bout pointu, gants et lunettes.

Sharon pèse pas loin de cent soixante livres et mesure peut-être cinq pieds cinq. Elle a les bras et les jambes comme d'énormes saucissons gaéliques. Quoique tu ne saches pas vraiment ce que ça signifie. Et elle avance, en ce moment, à bon train. Comme un gros boulet de canon. Un moteur à piston de chair humide et de gros os, haletant, grognant.

Elle est - tu le vois à la manière dont elle louvoie entre les cyclistes moins rapides avec une implacable conviction et du fait que d'autres se rangent dès qu'ils la voient arriver - une arme redoutable.

Elle quitte la piste et emprunte la pelouse bosselée pour vous rejoindre. Elle s'arrête, retire ses lunettes de soleil et son casque. Des cheveux détrempés de sueur tombent en cascades sur ses épaules. Ses joues sont du même rouge écarlate que son ensemble.

Elle attend qu'on la présente, même si tu sais qu'elle te connaît.

« C'est Lee. Tu l'as déjà rencontré, Sharon. »

Elle te fait signe de la tête. Tu lui rends la pareille.

« Je ne savais pas que vous vous étiez réconciliés, dis-tu. De manière officielle, je veux dire. »

Sharon t'observe, fait de nouveau un signe de la tête. Léger cette fois-ci.

Ton dealer dit : « On est si bons copains, toi et moi. Es-tu certain que je ne t'en ai pas parlé ? »

Il retire une bouteille d'eau du sac à dos de Sharon et la lui tend. Elle se met à la descendre sur-le-champ, les muscles de sa gorge se contractant au rythme de ses profondes et bruyantes gorgées. Son cou ferait pâlir d'envie n'importe quel secondeur de la NFL.

Ton dealer est un homme frêle et a l'air fragile à ses côtés. Pour la première fois, tu comprends l'étrange attirance qu'il éprouve pour elle. Elle est forte et toujours prête à se battre, des qualités qu'il a toujours eues en estime. Et même si son visage est large et joufflu, ses traits ne sont pas sans charme. Elle a un petit nez et des yeux d'un vert profond. Son cul est énorme, mais ses seins aussi. Tu connais des gars qui sont tout aussi friands de ce combo. Tu te vois en train de la baiser par-derrière, image que tu chasses rapidement de ta pensée.

C'est triste pour toi, ce qu'il a fait aujourd'hui. Tu es en colère, mais tu es également blessé. Tu croyais vraiment que vous étiez copains. Tu le connais depuis presque dix ans, depuis l'époque où tu as rencontré son fils pour la première fois.

Son fils s'appelle Matthew. Tu as traîné avec lui un moment. Un été. Un bon garçon. Un garçon ordinaire. Le fils oublié d'un père passablement connu. Ton dealer était autrefois une sorte de vedette, une voix à la radio. La voix du matin. Une personnalité. Une époque où ton dealer ne dormait jamais. Le matin à la radio, le soir dans les bars. Entre les deux, il brassait de grosses affaires et traînait partout en ville en quête d'argent, de voitures, de repas au resto et de manteaux de cuir gratuits. Pas de temps pour sa femme. Pas de temps pour ses enfants.

Matthew et toi avez travaillé ensemble cet été-là, poinçonnant des billets dans un mini-putt et remplissant les machines de balles dans les cages des frappeurs. Vous avez passé d'autres moments ensemble, les fins de semaine et les soirées, chez lui. C'est grâce à lui que tu as connu son père. Qui t'a bien aimé. Tu lui as plu. Comme on dit. Il semblait aimer la manière dont tu posais des questions et écoutais attentivement les réponses. Ton dealer était encore une sorte de vedette à l'époque, mais déjà sur le déclin. Pour toi, cependant, il semblait branché, et tu adorais qu'il te laisse traîner aussi longtemps que tu le voulais dans leur grande maison, que Matt soit là ou pas.

Ça n'a pas été long avant qu'il te laisse vendre son hasch en douce. Il n'était pas encore un homme établi, il le faisait en amateur. Avec le temps, cependant, sa carrière a poursuivi sa pente descendante et les fonds se sont asséchés, c'est ainsi qu'il a glissé vers le trafic des grandes quantités de drogue que les gens au-dessus de lui – des vedettes dont l'étoile n'avait pas encore pâli, contrairement à la sienne – étaient tout à fait prêts à payer.

Ça s'est avéré une décision opportune, prise de manière rusée et calculatrice. Et il avait du charme, ton dealer. Il a misé sur ce côté de sa personnalité. Sa voix.

Le succès ne s'est pas fait attendre. Il a entrepris une campagne d'expansion musclée. C'est ainsi que tu as eu ta run - comme bien d'autres aussi -, une fois qu'il s'était vraiment établi, vous l'aviez aidé à se tailler une belle part du marché avant qu'il ne se retire dans l'ombre et ne laisse ses subalternes poursuivre le sale boulot.

Sharon dit : « On devrait pas y aller ? »

Ton dealer acquiesce. Il te mesure du regard, referme les pochettes de son sac à dos et l'endosse. Il ajuste les velcros de ses chaussures d'astronaute. Sharon met son casque sur sa grosse tête et glisse ses lunettes de soleil en place.

La BMW klaxonne de la rue. Au bon moment.

Ton dealer te regarde sévèrement. « Je ne veux pas d'ennuis, prévient-il. Je te le dis là. Encore une fois. S'il y en a, c'est fini. Je lui ai dit. La même chose. Vous êtes mieux de m'écouter. »

Tu jettes un regard sur Cuz. La voiture ne bouge
pas. Tu salues Sharon d'un signe de tête. La bouche ouverte, elle a le regard glacé du tortionnaire, l'expression bovine de celui qui croit tout comprendre, mais qui ne comprend rien.

Tu dis au revoir à ton dealer en le regardant à peine. Tu l'envoies paître avec un dernier geste subtil.

Le pas lourd, tu traverses le gazon jusqu'à l'auto.

Pendant que Cuz conduit, tu as l'impression d'être dans un état second. Tu ne te souviens plus où tu allais. Puis tu te souviens que tu allais voir Henry. Tu te souviens aussi de l'avertissement de ton dealer. Pas d'ennuis. Ni de Cuz ni de toi.

Alors tu dis : « Tu me laisseras près du parc, espèce d'enfoiré. C'est correct comme ça. »

Cuz se tourne vers toi. Comme si tu avais perdu la tête en lui parlant ainsi.

Tu dis : « Tu m'as compris, espèce de débile. Espèce de tas de merde. Crisse de gros porc. »

Cuz agrippe le volant, cherchant à mettre de l'ordre dans ses idées. La BMW ronronne doucement. Il cligne des yeux. Il se demande si tu peux réellement dire ces choses. Est-ce que c'est permis ? Pourquoi tu fais ça ? Tu le vois évaluer chaque nouvelle parcelle d'information. Il est en train de se dire : J'ai tout ce que j'ai demandé. J'ai eu ma run. Je le raccompagne maintenant. Et il me cherche. Peut-il réellement faire cela ? Est-ce que j'ai le droit de me défendre ? Est-ce que je peux me battre contre Lee ?

Non, je ne le peux pas. Je ne peux plus jamais me battre.

Maintenant, c'est moi qui ai tout à perdre.

Tu vois se formuler cette prise de conscience.

« Tu as toujours été un pauvre imbécile, dis-tu, quoique j'aie l'impression que tu es devenu un peu moins bête dernièrement. Mais on a toujours pensé que tu étais un crétin. Le savais-tu ? On riait de toi, Johnny et moi. Honey et Baby et Aaron et Mo. Même Henry. On a tous ri de toi. Tout le temps. Quand vous vous êtes quittés, ma cousine et toi, je l'ai emmenée au resto. C'était la fête. Irene et moi avons bu à ta petite vie misérable et trinqué à ton avenir sans promesse. On a ri de tes vêtements. Honey pense que tu as toujours l'air sale et que tu as une drôle d'odeur. Et Maureen n'aime pas quand tu t'approches de ses filles. Tu leur fais peur, avec ta face de cul et tes dents pourries. Le savais-tu ? »

C'est incroyable. Tu peux tout te permettre. C'est complètement malade.

Cuz est impuissant.

« T'es une fucking sangsue. Personne ne t'a jamais aimé, espèce de tas de merde. Ça faisait chier rien que de te voir chaque jour. Personne avait envie que tu sois là. Mais tu ne décollais pas, alors on s'est servi de toi et on t'a ridiculisé. Même lui – tu indiques la voiture de ton dealer –, il est juste furieux contre moi. Ça n'a rien à voir avec le fait d'aimer ou de faire confiance à un triste petit gnome à moitié idiotifié de ton espèce. »

Cette tirade, qui chasse la dernière bouffée d'air de tes poumons, te laisse essoufflé.

« Arrête-toi ici », dis-tu d'une voix rauque alors qu'il quitte la rue Sherbrooke et revient à l'avenue Madison. Tu te rends compte que tu seras dangereusement proche de la mêlée médiatique qui se trouve encore devant l'immeuble de la mère de Henry. « Gare-toi ici, espèce de nul. »

Mais Cuz ne semble pas vouloir s'arrêter. Au lieu de cela, il vise les feux de la rampe au bout de la rue. Il a l'intention de te déposer droit devant les caméras.

« Gare-toi, fuck ! »

Tu constates qu'il est nettement moins idiot que ne le laissaient entendre tes dernières remarques.

Tu cries une dernière fois : « Gare-toi ! »

Il serre ses poings sur le volant, les bras tendus.

Tu arriveras devant le troupeau. Ils vont t'encercler. Tu te feras mitrailler. On verra encore une fois ton visage aux nouvelles. Ce ne sera pas une bonne chose. Ton dealer ne sera pas compatissant.

Il va t'enlever ta run.

Tu passes le pied gauche par-dessus les jambes de Cuz et écrases la pédale de frein avec toute ta force. Il essaie de t'arrêter. Au même moment, tu attrapes le volant. Instinctivement, il donne un coup dans le sens contraire, précipitant la voiture dans un virage serré.

Mais il n'y a aucun espace pour manœuvrer. Le devant de la BMW se déporte brusquement à gauche et s'écrase contre le nez allongé d'une Volvo familiale garée le long du trottoir.

Le bruit est assourdissant.

Au moment où le pare-brise éclate, l'arrière de la BMW glisse en travers du chemin et vient percuter le flanc d'une deuxième voiture, qui est aussi garée. Encore du bruit. Encore de la vitre brisée.

Le coussin gonflable éclate au visage de Cuz. Tu te jettes par-derrière entre les deux sièges, évitant de justesse le déploiement de ton propre coussin. Quelque chose te lacère la joue tandis que ta tête se cogne contre la ceinture de sécurité et la portière.

Tu dégages tes jambes et étires désespérément le bras afin d'atteindre la poignée de la portière et de l'ouvrir. Tu rampes tête première jusque sur le trottoir et te redresses sur tes genoux.

Tu restes au sol. Accroupi, tu regardes par les glaces de la BMW. Tu vois des têtes se retourner dans ta direction, un caméraman se mettre à courir et quelqu'un d'autre sauter dans une fourgonnette.

Cuz est couvert de plastique et de vitre. Tu ne sais pas s'il est sévèrement blessé ou pas. Tu ne vois même pas sa tête. Le temps manque.

Tu pivotes et pars en courant. En restant près du sol. Dans la mesure du possible, vu ta taille. Tu traverses une pelouse, fonces au travers d'une allée d'arbustes et aboutis dans une entrée qui longe en pente descendante un immeuble à logements. Au fond, il y a trois marches qui mènent à un sentier qui s'ouvre sur une série de clôtures et de haies que tu franchis sans problème. Tu pourrais sauter par-dessus une maison tellement tu es survolté.

Tout cela t'amène à West Hill. Super. Tu regardes autour de toi. Tu n'es pas plus avancé. Tu traverses cette rue à toute vitesse et t'engages dans une allée coincée entre deux immeubles. Il y a des déchets partout. Tu te faufiles entre les obstacles, accélères le pas et escalades une autre clôture, traverses cette rue aussi en prenant tes jambes à ton cou, et arrives à la rue Benny.

Ici, tu tournes sans même reprendre ton souffle et cours comme un beau diable jusqu'à Sherbrooke.

Tu passes devant une suite de petits magasins délabrés où il arrive que tu achètes tes cigarettes. Tu en fumerais bien une pour te calmer, mais ce n'est peut-être pas le moment tout indiqué pour faire des emplettes. Une autre rechute évitée de justesse. Tu poursuis ta course en longeant Benny, coupes sur Godfrey et vises Grand-Boulevard, qui t'amènera jusque chez Honey.

Une fois rendu, tu t'arrêtes et te penches en avant, les mains sur les genoux, reprenant difficilement ton souffle, tremblant, le sang te montant à la tête.

Personne ne semble t'avoir vu. Personne ne semble te poursuivre.

Tu te regardes dans le rétroviseur d'une jeep rouge vif.

Ta joue est entaillée, mais ce n'est pas très profond. Ce n'est qu'un peu de sang. Et tu as une petite entaille sur le front. C'est tout. T'es chanceux. Deux petites égratignures.

Tu avances péniblement en direction de l'appart que partagent Honey et Baby. T'es sérieusement à bout de souffle. Tu te souviens de l'époque où tu pouvais courir de la sorte sans même transpirer. C'était il y a dix ans. Le temps s'envole quand on s'amuse.

Vingt-trois

Tu sonnes depuis le hall d'entrée. L'interphone grésille et la porte s'ouvre en émettant un bourdonnement. Tu grimpes l'escalier. Ça prend toute ton énergie. Baby ouvre la porte. C'est chiant qu'elle soit à la maison. Elle baisse les yeux en te voyant.

Elle te dit que Honey est dans la salle de bains. Qu'elle est occupée pour l'instant. Il y a du vacarme derrière elle dans l'appartement.

Tu la suis à l'intérieur, te rends compte que Aaron est là, mais sans Mo. Et Tim, le roi des taches de rousseur, est là aussi. En train de préparer de la sangria pour tout le monde. Pourquoi ? La télé est allumée et la stéréo joue en même temps. Comme chez Stacy. Tu inspectes les meubles à la recherche de traces de lait.

Tout le monde roucoule en te voyant. Les blessures que tu portes au visage te donnent un certain cachet, bien sûr. Tu te rends compte aussi que ta chemise est déchirée à l'épaule et qu'une manche pend librement. Ta plus belle chemise. Et tu boites. Et il y a du sang qui transparaît à travers le tissu au niveau du coude, une blessure que tu n'avais pas remarquée.

Honey sort de la salle de bains, étouffe un cri. Elle fait demi-tour en t'attirant près d'elle afin de nettoyer tes plaies. Tu comprends qu'elle veut te parler. Qu'elle a quelque chose à te dire. Ton cœur poursuit son solo de percussion dans ta poitrine. Tu revois l'accident dans ta tête pour la dixième fois. Rejoues la sensation de l'impact. L'impact qui a ébranlé tes os. La manière dont le pare-brise s'est fissuré comme un éclair et dont la lunette arrière a explosé en mille échardes gommées.

Tu veux jeter tes bras autour de Honey, mais il y a toujours quelqu'un dans les parages. Il est même difficile de parler. C'est d'abord Baby et Aaron, puis c'est Tim, puis de nouveau Baby. Tout le monde veut savoir ce qui s'est passé. Tu as décidé de livrer une version censurée. Il te semble plus simple de dire que tu t'es battu avec Cuz dans la rue. C'est ce que tu racontes. Tu décris l'incident en termes très vagues, inventes un passant qui vous a séparés. Tu passes sous silence la voiture de ton dealer. Personne ne te croit entièrement. Tu quittes la salle de bains, évites de répondre à de nouvelles questions.

Ça sonne en bas. Une fois de plus, Baby appuie sur l'interphone. Tu as peur que ce soit Johnny. Tu jettes un œil sur Honey. Tu veux lui demander ce qu'elle a fait pendant les quelques heures où vous n'étiez pas ensemble. Tu veux savoir comment elle a passé chaque minute. Pensait-elle à toi ? Tu pensais à elle.

C'est Stacy. Et le petit.

« Pourquoi Ack !? demandes-tu.

— Baby le garde parfois, explique Aaron.

— Je le garde le mardi et parfois le vendredi, dit triomphalement Baby en arrivant au milieu du salon bondé.

— Vraiment ? »

Baby acquiesce. Honey et Aaron acquiescent. Tout le monde le sait sauf toi.

Stacy relâche Ack ! Il part comme une fusée en direction de Baby. Tu éprouves un malaise en voyant le petit faire des gargouillis et se tortiller comme un ver dans les bras de tantine Baby. Il bave partout sur ses joues et son cou, de la bave qui te revient de droit.

« C'est seulement parce qu'il savait qu'on venait ici, te glisse Stacy à l'oreille. Il devient tout excité à l'idée de la voir. Qu'est-ce que t'as au visage ? »

Tu lui racontes ce qui s'est passé. Du moins une certaine version des faits. Elle ne fait aucun commentaire. Elle finit par soutirer le petit aux autres et le diriger vers toi. Tu enveloppes son petit corps de tes longs bras, soucieux de ne pas l'étouffer, mais peu enclin à le laisser partir une fois qu'il se met à se tortiller. Tu sais qu'il est comme un chiot qui doit renifler tout le monde dans la pièce avant de s'installer tranquillement.

Tim, le serveur de sangria, dépose des verres devant tout le monde et donne un 7UP à Aaron. Les gens se laissent aller dans leur siège. Honey baisse la musique. Aaron met ses pieds sur la table basse, Maureen n'est pas là pour les lui pousser en bas. Tu vois qu'il inspecte ton visage. Tu remarques que Stacy et Baby font la même chose. Le silence s'est installé. Tout le monde te regarde.

Aaron dit : « Alors, ça va, t'es pas trop blessé ?

— Ça va.

— Tu vas bien ?

— Je vais bien.

— C'est good. » Tu détectes une étincelle un peu ironique dans ses yeux, un accent presque maléfique dans son sourire. Un comportement étrange pour Aaron. Inhabituel.

Tu prends une grosse gorgée de sangria. Pas mauvais. Tu remercies Tim d'un signe de tête et jettes un œil sur les gens autour de toi. Ils sont encore en train de t'observer.

« Quoi... ? »

Ils se regardent tous. Sauf Honey, dont les yeux fixent le plancher.

Baby se lève. Fait quelques pas et ramasse la télécommande.

Aaron dit : « T'as pas entendu ?

— Quoi ?

— Tu sais pas ?

— Qu'est-ce que je devrais savoir ? »

De nouveau, il esquisse son sourire à la con. « Ce qu'ils disent.

— Aaron, je vais te faire avaler ce crisse de verre à l'horizontale – ce qui est absurde parce que tu réussiras jamais et il pourrait te démolir en une seconde si jamais il s'énervait –, encore rempli d'alcool, si tu me racontes pas ce qui se passe. »

Tim répond à sa place. « Baby a tout enregistré. »

La télé s'allume. Liz Hunter remplit l'écran, figée en demi-plan, micro à la main. Elle est debout à son endroit habituel, la masse de l'immeuble de Henry en arrière-plan. On s'attendrait à ce que le caméraman trouve une nouvelle prise de vue de temps en temps, le crisse de paresseux.

Baby se tourne vers toi et part l'enregistrement.

« Ainsi, entonne Liz Hunter de manière que tout le monde comprenne à quel point il est important de rester à l'écoute, la police a enfin arrêté Henry Miller. Elle est intervenue il y a à peine un instant, sortant l'homme de vingt-neuf ans de son appartement et le plaçant en garde à vue. »

Des images de Henry. Tête baissée, les poignets menottés. Escorté jusqu'à la voiture de police. Terrifié, tu le vois bien. Tremblant. Au bord des larmes.

« Madeleine Miller, sa mère, a également été emmenée au poste pour répondre à des questions. La police n'a émis aucun commentaire. »

Des images de la mère de Henry. La caméra effectue des plans rapprochés chaque fois, cherchant à exploiter à fond la nature hargneuse de ses traits.

« Entre-temps, la mère et les amies de la jeune fille ont exprimé leur soulagement. Elles croient depuis le début que Henry Miller est impliqué dans la disparition. »

Des images de la mère de Darlene Dobson. À jeun pour une fois, endimanchée. Elle a l'air de s'être prise en main depuis les dernières semaines. En pleurs. Et des images de Naomi Byrd, l'amie de Darlene, celle qui a le plus insisté sur la culpabilité de Henry.

« Dans le voisinage, les réactions sont partagées. Plusieurs se demandent pourquoi les autorités n'ont pas réagi plus tôt, tandis que d'autres aimeraient savoir ce qui les a poussées à intervenir maintenant. Quels nouveaux indices ont fait surface ? »

De vieilles séquences tournées à l'entrepôt Sears où travaillait Henry, sa patronne madame Fernandez, ses collègues, et ensuite une prise de la première entrevue que tu as accordée à Liz. Tu souris comme un moron. Et ensuite, la deuxième. Y compris le moment où tu t'es éloigné de Liz après avoir vu Honey arrêtée au feu. On te voit monter dans la voiture.

Et, bien sûr, on voit le baiser.

Oups.

Tu te tournes vers Aaron, puis les autres. Jettes un œil sur Honey.

Tous te dévisagent.

Tu regardes de nouveau la télé de Baby. La Firebird démarre en trombe. La scène passe au super ralenti et on y a rajouté une musique cheap au synthétiseur alors que l'image fond progressivement au noir.

Et puis l'émission de Baby débute. Son téléroman. Celui qu'elle ne rate jamais. Ce qui explique pourquoi elle a enregistré ce bulletin de nouvelles. *Lovers and*

Other Strangers. Avec ses décors en carton-pâte et ses personnages encore plus superficiels, des tragédies hors écran et un scénario qui s'apparente à une peinture à numéros. De beaux pétards qui entrent sans cesse dans des pièces meublées avec goût et en ressortent aussitôt. Comme s'il s'agissait d'une parodie, d'une satire du genre en quelque sorte. Est-ce bien le cas?

Personne ne parle. Vous attendez que Baby éteigne la télé.

Tu regardes tout autour de toi, lèves les bras dans les airs. «Ils ont arrêté Henry? Ç'a pas de sens. C'est injuste!» Tu t'exprimes avec beaucoup trop d'enthousiasme. Puis, après une pause appropriée: «Parlez-moi un peu des Expos...»

Comme on pouvait s'y attendre, personne ne répond.

«Aaron, as-tu regardé ça hier soir? Le match était pourri à pleurer.»

Autre silence insoutenable.

Finalement, Tim dit: «Qui veut de la sangria?»

Lentement, Baby et Stacy tendent leur verre. Honey aussi. Et toi.

Mais pas Aaron. Au lieu de cela, il dit: «Good Christ, Lee. Voyons, qu'est-ce que tu fais à la télé? Penses-tu vraiment que ça aide? Pourquoi t'as pas laissé Henry tout seul dans son caca?

— J'ai pas passé une audition pour ça, Aaron. Ils me sont tombés dessus sans que je les voie arriver, fuck.

— Pourtant t'as l'air de bien t'amuser.

— C'est vrai, approuve Tim.

— Eh bien, c'est pas le cas. Ne vous en faites pas.»

Des regards dubitatifs fusent de partout.

«Il me semble, dit Stacy, qui se tourne vers toi, puis vers Honey, qu'il y a une autre question qui se pose ici. Qu'en dites-vous?»

Honey lui demande : « Que veux-tu savoir au juste, ma chérie ? »

Baby répond à sa place. « Quand est-ce que tu vas tout avouer à Johnny. Est-ce qu'on peut poser la question ? Ou est-ce que ça risque de te mettre à l'envers ? »

Un éclair passe dans les yeux de Honey. « Ce qui pourrait bien me mettre à l'envers ? C'est ça qui t'inquiète ?

— Regardez, elle grimpe déjà aux rideaux.

— Tu ferais mieux de te taire.

— Je m'inquiète pour Johnny.

— J'en doute pas une seconde.

— Où est le problème ?

— On s'est quittés, Johnny et moi. »

Silence.

Baby ajoute : « Eh bien, ce serait quand même bien qu'il le sache.

— Peut-être que toi, tu devrais le lui dire.

— D'accord, je lui dirai.

— T'es trop généreuse. Une vraie sainte.

— Sangria ? dit Tim. Il en reste encore un peu. »

La sonnerie du hall d'entrée vous fait tous sursauter. Il n'y a que Ack ! qui reste indifférent.

C'est Johnny. Tu reconnais sa voix à l'interphone, entends l'arrivée de ses grosses bottes trente secondes plus tard, piaffant d'impatience derrière la porte.

Baby lui ouvre.

Johnny fige sur place en vous voyant tous réunis. « Whoah ! C'est toute la crisse de gang qui est là. »

Tu vois Ack ! courir dans ses bras. C'est quoi ça ?

Johnny le soulève. Lui donne un gros câlin et te regarde. « El Gé, claironne-t-il. Qu'est-ce que tu fais là, mon vieux ? J'essaie de te joindre depuis ce matin. Oh ! et tu t'es fait une beauté ! Ah ! Aaron est là aussi. Baby, Stacy et le gars aux taches de rousseur. Tout le monde est là. Une minute, là, est-ce que c'est une fête ? Est-ce que c'est une surprise-party pour moi ? »

Il dépose le petit. Il te regarde encore.

« Man, tu fais dur. Comment tu peux sortir avec cette face-là ? Honey, pourquoi tu lui dis rien ? Fuck, si c'était moi avec ma chemise à moitié arrachée, elle ne me lâcherait pas. Tu nous fais honte. Et t'es coupé de partout. Où as-tu eu toutes ces égratignures ? Un tournoi de boulingrin ? As-tu été atteint par le cochonnet ? » Il se tourne vers Baby. « Il ne joue même pas au boulingrin. J'aime juste dire le mot "boulingrin". Pas toi ? Vas-y, dis "boulingrin". »

Il avance vers Honey et l'embrasse. Sur la bouche. Tout le monde a le souffle coupé, pas juste toi. Il part en direction de la cuisine.

« Qui veut une bière ? Moi, Lee, Honey, Baby. Ça fait quatre. Quelqu'un d'autre ? Tommy ? »

Tim dit : « On boit de la sangria. Prends de la sangria.

— Je vais d'abord prendre une bière. Je prendrai une sangria plus tard. Dès que ma bite sera tombée et que des boules m'auront poussé. »

Il revient avec deux bières.

« Hey, savez-vous quoi ? » Il sourit à vous tous, écarte les bras et te tend ta bière dans la foulée. « Un pro du golf ! C'est ça. Vous avez devant vous un pro. À temps partiel, pour le reste de l'été. Au terrain d'exercice. Silvio m'a engagé. Je récupère les enfants et les dames âgées quand Silvio et Dave Kirkwood sont occupés. Trente osties de piasses de l'heure. Ils demandent soixante-dix aux clients. Pour mes services. Il me revient la moitié. C'est du cash, trente piasses de l'heure. Et c'est simple comme bonjour. »

Aaron aspire bruyamment les dernières gouttes de 7UP qui restent parmi les grenailles de glaçons au fond de son verre. « Les gens vont vraiment payer soixante-dix dollars de l'heure pour que tu leur enseignes quelque chose?

— Écoute, c'est des femmes de cinquante ans qui tiennent des bâtons de golf entre leurs mains pour la première fois de leur vie. Et des adolescents qui paient avec des chèques que leurs parents ont signés. J'ai déjà donné une leçon aujourd'hui. En fait, Silvio et Dave Kirkwood pourraient très bien accompagner deux personnes à la fois parce qu'en gros ils ne font que leur montrer un truc ou deux puis leur dire de frapper un millier de balles. Mais, bien sûr, ils peuvent pas donner l'impression qu'ils conseillent deux personnes à la fois, alors ils m'en laissent une. Je leur montre comment tenir le bâton dans leurs mains ou tendre le bras gauche. Je leur fais plier les genoux. J'essaie de leur montrer comment transférer le poids d'une jambe à l'autre. Silvio arrive après ça, les observe et fait quelques correctifs. Il s'assure que je ne suis pas en train de faire un massacre. C'est pas dur. Et je suis pas mal bon. »

De nouveau, Aaron dit: « Soixante-dix piasses? Pour une leçon avec toi?

— C'est quoi le problème avec ça?

— Avant, tu me donnais des conseils gratis et je voulais quand même ravoir mon argent.

— En fait, tu *devrais* passer. Quand c'est pas trop occupé. Quand il y a pas grand monde. Viens et on tapera quelques balles ensemble.

— Vraiment?

— Bien sûr!

— J'ai qu'à venir? Avec mes bâtons?

— Ouais. Et soixante-dix piasses. » Il sourit à Honey et à Stacy. « Je suis également l'assistant du chef de ventes. »

Tu te lèves et commences à traverser la pièce. Le petit dépose les sous-verres avec lesquels il joue et te tend la main. Il marche à pas hésitants à tes côtés. Il aime accompagner les gens, peu importe où ils vont. C'est très mignon.

Tu arrives à la porte. Tu te retournes pour regarder tes amis. Tu regardes Honey.

Johnny dit : « Où vas-tu, man ?

— Je m'en vais.

— Mais je suis en train de parler de ma job au terrain d'exercice. Et j'ai une bonne histoire. Et il faut que je te voie. Et qu'est-ce qui t'es arrivé, au juste ?

— Je me suis battu avec Cuz. Je faisais que passer. Il faut que je m'en aille. Appelle-moi plus tard. »

Le petit lève les yeux et te regarde une dernière fois, puis retourne en clopinant vers tantine Baby. Elle le prend dans ses bras.

« O. K., mais attend. » Johnny hausse les épaules et regarde autour de lui comme si on le suppliait de poursuivre son histoire. « Alors écoutez ça. Ce matin, un gros gars et sa blonde sexy sont arrivés. Le gars dit qu'il veut juste frapper quelques balles pendant que quelqu'un regarde sa technique. Silvio m'a dit de le prendre. Je croyais que j'allais pouvoir impressionner un peu la fille et peut-être montrer deux ou trois trucs au gars. Lui expliquer les bases. J'ai même dit à la fille pendant qu'on se dirigeait vers les tapis avec nos balles : "O. K., voici mon premier conseil, tu vois ces pantalons que tu portes" – ils lui collaient à la peau, elle avait un cul incroyable –, "il faut que tu les portes autant que possible. C'est de la dynamite. Voilà mon conseil." C'est ce que je lui ai dit. C'est pas génial, ça ? J'essayais d'être drôle. Même son chum a ri. »

Il vous gratifie d'un sourire. Vous le lui rendez.

« Toujours est-il que je dis au gars d'aller s'échauffer et il sort un fer. Savez-vous quoi ? Il se met à tirer des roquettes de deux cent trente verges qui partent en ligne droite. Avec un fer 4. Il fallait les voir.

Des flèches. Il se trouve que c'est un amateur qui veut passer au circuit professionnel cette année et qu'il avait juste envie que quelqu'un observe ses mains et lui dise si elles allaient trop vite ou pas ou si elles partaient trop en avant. Eh bien, je pars tout de suite en courant comme un malade chercher Silvio ou Dave. Je ramène Silvio de force. Je crois que le gars avait tout compris. Alors Silvio a été obligé de venir le voir s'exécuter. Et ensuite de frapper des balles avec lui. Et moi, il fallait que je sorte de là au plus crisse. Tout de suite. La fille riait. C'est clair qu'elle était au courant. Même Silvio riait. Mon premier client, fuck. Plus tard, je suis retourné voir le gars frapper des balles. Quel élan ! »

Tu es appuyé au cadre de porte. Johnny t'envoie un clin d'œil. Tu hoches la tête. Souris avec chaleur encore une fois. Tu l'aimes vraiment, ce gars.

Il va te manquer.

« Henry s'est fait arrêter, dis-tu. Le savais-tu ? »

Le sourire de Johnny disparaît. « C'est ce que j'ai entendu. Est-ce que c'est vrai ? C'est pour ça que je suis venu.

— Ils l'ont amené au poste.

— Est-ce que tu lui as parlé ?

— Non.

— Est-ce qu'il y a des preuves ou quelque chose ?

— Je sais pas.

— Ç'a passé à la télé ? »

Tu regardes les autres autour de toi. Ils te fixent. Même Honey. Surtout Honey.

Tu dis : « Baby l'a enregistré. Elle pourra le jouer pour toi. »

Johnny se tourne vers Baby. Baby attrape la télécommande. La télé s'allume. Tu glisses hors de l'appartement et longes le couloir avant que qui que ce soit ne dise quoi que ce soit.

Vingt-quatre

Le premier jour, ton dealer a appelé six fois pour te dire que tu n'aurais plus rien de sa part et que tu devais lui payer tout ce que tu lui dois et ne plus jamais même penser à l'appeler ou à venir le voir. Le deuxième jour, il a appelé pour dire que Cuz s'était cassé un poignet dans l'accident – et que pensais-tu de cela? Une autre fois, il a appelé pour te dire que le garage lui avait donné un Pathfinder pendant qu'il réparait sa voiture, et savais-tu quoi? Il était pas mal. Il se voyait même en acheter un un jour.

Une fois, tôt le matin, il t'a appelé pour te dire que les médecins allaient lui diagnostiquer un cancer un de ces jours, il en était sûr. Comme ça, dans un petit bureau aux murs dénudés, ils allaient nommer un cancer quelconque et lui annoncer qu'il l'avait. La peau, le cul, les os, les poumons, le cerveau. Quelque chose. Et *la frustration* que ça provoquerait en lui allait achever de lui faire perdre la tête, l'amère et implacable iniquité du destin, doublée de l'audace dont faisait preuve le cancer en le désignant, lui, l'idée envahissante qu'il allait dépérir tandis que d'autres, avec beaucoup moins de mérite, avaient le droit de vivre. En fait, cette seule idée pouvait le tuer avant même le cancer.

Mais si le cancer ne l'achevait pas, et si lui se soumettait aux rayons X et à la chimio et ingurgitait tous les cocktails imaginables en s'agrippant à la vie par le bout des doigts et qu'il résistait cinq mois, peut-être même des années, et qu'il survivait au cancer et vivait une vie raisonnablement longue et satisfaisante jusqu'au jour où surviendrait le moment naturel de vérité et qu'il n'aurait plus d'autre choix que d'affronter la mort une fois pour toutes, à la fin, sa mort imminente, la pure terreur de rendre son dernier souffle, la sensation de faire enfin face à la mort et de l'accepter, de regarder sa vie droit dans les yeux, comment réagirait-il ? Comment réagirait n'importe qui ? Ainsi, après de longues délibérations, il avait décidé que, peu importe le chemin, il allait invoquer la mémoire de John Lennon. Pas pour la première fois, rassure-toi. Il allait se souvenir de John Lennon. Que Dieu ait son âme. Et ainsi n'avoir aucun autre choix que d'accepter son destin. *John Lennon.* Est-ce que tu comprenais ? John Lennon avait quarante ans quand il est mort. John Lennon a été assassiné par un ostie de con. John Lennon était plus jeune que ton dealer ne l'est maintenant, et à ce moment-là il était en train de se redécouvrir et d'embrasser le changement et de faire face aux nouveaux défis de la seconde moitié de sa vie, et ton dealer ne pouvait pas en dire autant de lui-même. John avait donné beaucoup plus aux autres que n'importe qui. John Lennon avait toute sa vie devant lui et méritait de vivre beaucoup plus longtemps que n'importe qui d'autre. Il avait un jeune enfant. John était l'espoir au fond de chacun de nous. Et malgré cela, Dieu l'a laissé mourir. *Imagine. All the people. Living life in peace.*

Que pouvait-il dire, ton dealer, devant cette immensité ? Sous cet éclairage, pouvait-il s'estimer la victime d'un traitement inéquitable ? Non. C'est pourquoi, au moment venu, il allait penser à John Lennon.

Il a appelé une autre fois pour dire que sa préoccupation pour la mort tenait de son incapacité à ne pas ressasser sa vie et de son étonnement face au peu qu'il avait accompli. Il a dit que, dans sa plus simple expression, la mort le dérangeait parce qu'il la ressentait comme une humiliation. On se sent tellement loser à côté de ceux qu'on a laissés derrière nous. Il a dit que la mort nous prive de notre potentiel. Elle emporte avec elle la mince possibilité qu'un destin fabuleux et merveilleux nous attende. Au lieu de cela, la mort tamponne notre dossier et déclare que notre vie est futile.

Il a appelé deux ou trois fois, dans le délire le plus incompréhensible, et – même si tu aurais juré autrefois qu'il ne buvait pas – sa voix respirait le fond de tonne. Avais-tu une idée des problèmes qu'il avait avec sa compagnie d'assurance auto ? Comprenais-tu à quel point c'était emmerdant ? Avais-tu une idée du temps que ça prendrait avant que tout soit réglé ? À quoi avais-tu pensé ? Il ne t'aurait jamais cru capable d'un geste aussi irresponsable. Et après il t'a rappelé que tu n'aurais plus rien de sa part et que tu devais lui payer tout ce que tu lui dois et ne plus jamais même penser à venir le voir.

Une fois, au milieu de la nuit, il t'a réveillé pour te dire que John Lennon était sans aucun doute le plus grand Américain de tous les temps. Aucune comparaison.

Malgré ton demi-sommeil, tu as voulu le corriger : « John Lennon n'était pas américain. »

Il t'a réprimandé : « On est tous américains, mon ami. »

La dernière fois qu'il t'a appelé, c'était pour t'expliquer qu'il y a trois catégories de gens. Ceux qui vénèrent l'argent. Ceux qui vénèrent le plaisir. Ceux qui vénèrent le temps. On est tous esclaves de l'une ou l'autre de ces devises.

Lui, bien sûr, vénérait l'argent. Naturellement. Parce qu'il était intelligent. Et savait comment le gagner. Tout comme ses amis et nombre d'autres gens qui avaient réussi dans la vie. C'était tout à fait logique de vénérer l'argent.

La plupart des gens vénéraient le plaisir. Les buveurs, les drogués, les hommes et les femmes adultères, les gros pleins de soupe, les acteurs. Les reines du drame. Les accros de la télé, y compris toutes les Liz Hunter de ce monde, qui vénéraient l'adulation.

Et puis il y avait ceux qui vénéraient le temps. Les gens comme toi. Qui ne cherchaient qu'à étirer les choses en longueur. Paresseux, sans la moindre ambition. Zéro potentiel. Refusant d'assumer leurs responsabilités. Dont le seul but était de prolonger le simple fait d'exister. La quantité primait sur la qualité. Qui s'offusquaient de toutes les exigences de la vie. Des gens imprévisibles et irresponsables.

Et puis après il t'a rappelé que tu n'aurais plus rien de sa part et que tu devais lui payer tout ce que tu lui dois. Et de ne plus jamais même penser à venir le voir.

Pour une fois, tu lui as raccroché au nez.

Après tout ce temps, toutes ces tirades, c'était la première fois que tu lui raccrochais au nez. La seule fois. Même si, plus d'une fois, il t'avait fait exploser les tympans en raccrochant subitement. Mais cette fois-ci, il était parfaitement clair qu'il ne voulait plus rien savoir de toi et que tu n'aurais plus jamais de marchandise de sa part.

Alors pourquoi perdre ton temps si précieux?

Vingt-cinq

Tu vois un terrain d'ici. De ton toit. De ta *terrasse.* Qui n'est guère plus qu'une chaise de patio en plastique et un vieux parapluie de golf enfoncé dans du vieux bois gris pourri. De cette hauteur, tu peux voir le terrain de jeu de l'autre côté de la voie ferrée, là où les petits enfants aiment jouer. Ils remplissent leurs seaux en plastique de terre en grattant les minces bandes chauves piétinées dans l'herbe. Il est tôt dans la soirée et quelques enfants sont encore dehors. Tu vois deux garçons et une fille qui poursuivent un autre garçon qui tient à la main ce qui a tout l'air d'être un manche de voiturette. Le garçon au manche de voiturette est plus grand et plus fort, plus agile. Il fait des feintes et sème aisément ses poursuivants, comme il a vu faire les grands. Tu entends leurs petits cris, à la fois excités et exaspérés. Soudain, l'un des poursuivants trébuche dans un virage, perd l'équilibre, passe tout près de se redresser, puis atterrit cruellement sur ses coudes en hurlant.

Le garçon au manche de voiturette s'arrête, revient en arrière et s'approche du petit, animé par une réelle inquiétude. Ce geste te semble soudain curieusement rassurant. Peu importe ce qui se passe dans cette ville, en cette soirée, à ce moment précis. Peu importe quels incidents, quels accidents, quelles disputes, quelles agressions, quelles infidélités sont en train de happer de nouvelles victimes innocentes, voilà qu'un plus grand s'est arrêté pour aider un plus petit. Avec une certaine noblesse, il se penche et tend la main. À l'instant où il fait son geste, le petit maladroit se rend compte du drame et se met à hurler de douleur.

Tu détournes les yeux. Les enfants en pleurs, c'est pas ton truc. Tu tires longuement sur ton joint. Tu remarques d'autres personnes dans la lumière diffuse du soleil couchant. Une femme pressée qui longe un chemin étroit avec sa poussette. Deux hommes en pleine discussion qui lancent des regards furtifs sur son passage. Un autre voisin monte dans sa voiture, déglinguée et rouillée. Elle a déjà connu de plus beaux jours, mais c'était il y a longtemps. La voiture avance avec peine, tanguant lentement lorsqu'elle franchit des dos d'âne, puis accélérant juste avant le virage. Tu la suis des yeux jusqu'à ce qu'elle disparaisse au loin. Ensuite, en faisant un panoramique, puis en s'inclinant vers le haut, comme une caméra, tes yeux élargissent leur champ de vision afin de cadrer les taches formées par la masse des immeubles d'appartements et, au loin, les tours de bureaux, le décor gris et embrumé, rangée après rangée de toits, une chaîne de montagnes citadines qui veille sur vous tous, idiots du village que vous êtes.

La voix d'une mère retentit. L'heure du bain, l'heure du dodo. La gang du manche de voiturette accueille cet appel avec toute l'indifférence à laquelle on s'attend, poursuivant son jeu jusqu'à ce que la mère se manifeste de nouveau. Le jeu perd en intensité, les cris sont plus espacés. À contrecœur, ils commencent à ramasser leurs jouets.

Le garçon qui est tombé reste derrière et discute brièvement avec le plus vieux, puis lui aussi se dirige vers les immeubles d'appartements à l'autre bout du terrain. Il est dans un piteux état. Recouvert de taches brunes et vertes, son pantalon est déchiré aux genoux. Ses coudes et sa poitrine sont couverts de taches encore plus foncées qui feront hurler sa mère de colère quand il ramènera son cul à la maison. Seul le plus vieux, le noble petit, demeure. Il lance des cailloux dans les airs et les frappe comme au baseball avec le manche de voiturette quand ils retombent. Un frappeur solitaire au milieu d'un champ désert, qui veut réussir son coup.

Tu écrases ton mégot dans le cendrier. Le toit est à moitié drapé dans l'ombre. L'air frais, l'air du soir, arrive lentement, chassant l'humidité vers les hauteurs. Le garçon perd tout intérêt après quelques lancers. Lui aussi finit par s'en aller en traînant les pieds. Loin des immeubles d'appartements, vers la voie ferrée, une direction que personne d'autre n'a empruntée.

Tu plisses les yeux pour ne pas perdre de vue la silhouette qui s'éloigne. Tu réfléchis : *Qu'en est-il de toi, être noble ? Où vas-tu ? Chez toi ? Vers un bain chaud ? Ou erreras-tu encore dans les rues ? Dans cinq ans, dans dix ans, où en seras-tu ? Seras-tu encore un être noble et bon ? Si un jour c'est moi qui suis étendu dans la poussière, vas-tu t'agenouiller et me tendre la main ? Ou vas-tu me donner un bon coup de bâton sur la tête et prendre mon argent ?*

Tu retournes à l'intérieur. Tu es seul. Honey aligne plusieurs gardes de nuit de suite. Tu t'es tellement habitué à sa présence que tu ne sais plus quoi faire de ta peau quand elle n'est pas là. Ah ! l'amour naissant.

Tu écoutes de la musique et lis un peu. Tu finis par te relever et te traîner jusqu'à la salle de bains, où tu lances la douche. Tu fais couler de l'eau super chaude, comme d'habitude. Même l'été. C'est une des raisons pour lesquelles tes cheveux ont la texture de la paille. Ton cuir chevelu est dur et brûlant comme un désert au Mexique. Y a-t-il un désert au Mexique? Sous la douche, tu te sens soudain envahi de fatigue. D'habitude la douche te réveille, mais celle-ci t'endort.

Tu sors au bout d'un long moment. Ton appartement est sombre, éclairé par une seule lampe. Tu te sèches, enfiles ton pantalon d'hôpital et brosses tes dents. Tu apportes ton livre au lit. Tu vas tomber comme une pierre. Tu pensais rester debout et regarder un film, mais il n'en est plus question. Tout autour, il y a des éléments de preuve de votre nouvelle vie, à Honey et toi. Chemises propres, nouveaux oreillers, le t-shirt trois fois trop grand dans lequel elle dort. Son odeur. Mmmm. Tu liras un peu avant de te passer le poignet et de t'endormir.

Presque tout de suite, le livre pèse lourd dans tes mains. Tu cognes des clous. Une fois. Deux fois. Il est difficile de juger combien longtemps tu t'es assoupi. Puis quelque chose te fait sursauter. Un bruit? Tu clignes des yeux pour chasser le sommeil. Jettes un œil autour de toi et déposes doucement ton livre sur le plancher. Tu éteins la lumière. L'obscurité. Tu te souviens que tu n'es pas allé sur le toit pour laisser entrer Sam Spade, qui doit être affamée. La porte est-elle bien verrouillée? Tu ne te souviens pas. T'es fatigué. Tu veux rester au lit et dormir.

Mais tu entends encore un bruit. Qu'est-ce que c'est? Est-ce que ça venait de dehors?

Ça ne ressemblait pas à un bruit venant de l'extérieur.

On aurait dit que ça venait de l'intérieur.

Et ce n'est pas un chat.

Tu ne rallumes pas. Ne bouges pas.

Respires à peine.

Tu tends l'oreille de nouveau. Peut-être que ce n'était rien. Un bruit venant de nulle part, en fait.

Sauf que là tu entends des bruissements. Est-ce qu'il s'agit d'un bruit de loquet?

Holy fuck.

Tu soulèves la tête de l'oreiller, tends le cou en essayant de ne pas respirer. C'est irréel.

Y a-t-il quelqu'un sur le toit?

Tu tends l'oreille pour extraire le moindre décibel de l'air ambiant. Tu n'entends que ton cœur qui bat. Tu entends le vide entre tes deux oreilles, l'air qui circule dans tous les minuscules canaux, des micro-phones internes dont le son est monté si haut que la vibration ambiante de ta propre existence est assourdissante.

Tu entends un autre bruissement. *Un autre.* Qui ne provient pas de la même direction.

Puis plus rien. Le silence absolu.

Tu ouvres grands les yeux afin de percer l'obscu-rité. Tu n'oses pas bouger de peur de provoquer tes propres bruissements. C'est comme si les murs t'écou-taient aussi. Tu essaies de rester calme et d'analyser froidement la situation. Quelles sont tes options? Que devrais-tu faire? Les bonnes réponses ne sont pas à portée de la main.

Tu t'assois. Ton lit grince. Tu frémis. Tu tends l'oreille à l'affût d'une réaction. Rien.

Tu oses prendre une respiration, essaies de réflé-chir. Tes neurones arrivent enfin à un consensus.

Il y a quelqu'un dans ton appart.

Voilà ce que tu as entendu. Non pas le grincement de la porte qui mène au toit, non pas le bruit du loquet là-haut ni même des pas dans l'escalier qui mène à la terrasse. Non. C'était du bruit venant de cet étage. Tout près. Pas loin.

Mother of God.

Tu auras la gorge tranchée. Tu recevras une balle en pleine figure. Tu seras battu à coups de batte de baseball dans l'obscurité, incapable de parer l'attaque.

C'est quelqu'un qui est déjà à l'intérieur. Qui essaie de s'enfuir.

Quelqu'un qui est descendu du toit quand tu étais dans la douche. Ou qui était là avant même que tu reviennes à la maison. Ou qui est entré après que tu t'es endormi. Ostie de porte de terrasse.

Tu ne peux plus te retenir. Tu dois prendre une grande respiration. Qui est audible.

Tu tends l'oreille de nouveau. Toujours rien.

Tu veux hurler. Tu le ferais si tu savais quoi dire. Allô? Allez-vous-en? Ne me frappez pas en plein visage?

Celui qui est là sait où tu es.

Celui qui est là t'a vu éteindre la lampe.

Celui qui est là est en train de chuchoter.

Oh my God!

Avec qui chuchote-t-il?

Tout à coup, un branle-bas de combat de pieds et de corps qui heurtent les caisses de bière et renversent les meubles. Des bouteilles qui éclatent. Des bruits de course. De collisions. Au début, tu aurais dit un millier de fauves, puis tu te raisonnes. Tes yeux distinguent un, deux, peut-être même trois corps en mouvement, des silhouettes qui se déplacent rapidement derrière un mur de bouteilles de bière vides vers la cage d'escalier, jusqu'à la porte, puis dehors et enfin sur le toit, martelant le plafond au-dessus de ta tête. Entends-tu des rires? Tes mains montent réellement dans les airs pour te boucher les oreilles. T'es vraiment en train de trembler. Tu as peur à ce point.

Quelques secondes plus tard, tu es debout, figé dans l'obscurité. Tu jettes un œil au-dessus de ta tête.

La porte qui mène au toit est entrouverte et des rayons de lune entrent dans l'appartement.

Une fois de plus tu n'entends plus que ton cœur qui bat.

Tu allumes ta lampe de chevet. Tu couvres tes yeux jusqu'à ce qu'ils s'habituent à la lumière. Tu te risques à avancer de quelques pas. Scrutes l'immensité de l'aire ouverte. Tu vois les caisses de bière qui sont tombées, les boîtes couchées sur le côté, ouvertes. Des éclats de verre marron ont été projetés en éventail sur le plancher.

Tu entres dans la cuisine. Les tiroirs et les placards sont ouverts, les portes du frigo et du congélateur aussi. La porte de ta cuisinière est ouverte. Comme celle du micro-ondes. Même le couvercle de la poubelle. Tu vérifies le fond du congélateur et constates immédiatement que les barres de hasch qui étaient entreposées dans des sacs Ziploc ont disparu. Tu vas jusqu'au garde-manger et vérifies d'autres cachettes parmi les boîtes de conserve. Disparu aussi.

Pendant combien de temps ces trous de cul ont-ils été là?

Tu parcours de nouveau l'appartement en faisant de longues enjambées nerveuses. Tu dépasses ta chambre, les tiroirs intacts de ta commode. En évitant les éclats de verre. Jusqu'au salon, où les coussins de ton canapé ont été semés aux quatre vents, où des vinyles et des CD jonchent le sol. Le tapis a été retiré. Une chaise est couchée sur le côté. Un vieux coffre qui te sert de table basse est ouvert et son contenu, jeté par terre.

Tu montes l'escalier. Verrouilles la porte sans même t'aventurer sur le toit. T'es sur le point de descendre quand tu entends gratter Sam Spade, perçois le poids léger de ses pattes contre la porte. Tu déverrouilles la porte en ne l'ouvrant qu'au strict minimum, puis la refermes de nouveau, le tout en moins de deux secondes. Tu lui donnes un petit coup de pied au cul pendant qu'elle descend.

Elle traverse la pièce en dansant. Tu la talonnes sur une dizaine de pieds, puis pars en direction du coin débarras où tu entreposes tout ce qui n'a pas sa place ailleurs dans l'appart.

Que cette pièce ait été fouillée ou non, on ne le saura jamais. Elle est toujours dans un désordre épouvantable. Il y a des vieux bâtons de golf et des patins et des selles de vélos et des boîtes de vaisselle. Il y a des bottins de téléphone vieux de dix ans et des morceaux de tondeuse. Tu t'agenouilles devant une poche de hockey déchirée remplie de vieil équipement. Prends une grande respiration, ouvres la fermeture. Tes mains cherchent à l'intérieur jusqu'à ce qu'elles retirent un sac en suède, doux et brun, muni d'un lacet doré. Tu l'ouvres. Il déborde de barres de hasch encore plus grosses et de liasses de billets de cent dollars.

Tes doigts palpent les billets, parcourent les bords, frottant le relief. Tu es reconnaissant que tout soit encore là. Plus de six mille dollars. Encore une fois, tu respires profondément, cette fois savourant le doux parfum de l'argent non dérobé.

Plus tard, après avoir fait un bon nettoyage, tu t'endors de nouveau. Ou du moins tu essaies. On dirait que ça fait des heures. Tu t'es roulé un tas de petites cigarettes minces avec ton tabac à rouler et les as toutes fumées au point d'avoir envie de vomir. Tu as cliqué sur plus de postes de télé que le monde n'en aura jamais besoin. Tu t'es encore une fois glissé dans le lit et tu te sens en mesure de réessayer de dormir. Tu te laisses aller. Te laisses partir. Doucement le sommeil vient.

Et ce n'est que lorsque tu glisses puis t'effaces que tu peux rejouer convenablement tous les faits et gestes dans ta tête, au ralenti, à la manière des faits saillants d'une émission de sport. Tu vois les silhouettes avec une plus grande acuité, non plus pressé et sous l'emprise de la panique - la troisième silhouette, la dernière à partir par l'escalier, celle dont le bras était plié à un angle bizarre, curieusement renflé au bout, confirme dans ton esprit ce qui te rongeait depuis le début, qu'elle portait ce qui était très clairement un plâtre.

Vingt-six

Le lendemain matin, Stacy et le petit frappent à la porte. Ils te réveillent. Il est midi. Elle a appelé il y a des heures, mais tu n'as presque pas entendu ce qu'elle a dit. Tu ne te souviens plus du prétexte qu'elle t'a servi pour te coller Ack! une fois de plus.

T'es quand même content de le voir. Tu l'étreins une fois, deux fois, trois fois. Tu pourrais lui faire des bisous toute la journée. Sa maigre poitrine chaude pressée contre la tienne. Adorable petite boule d'amour. Il se débat pour s'extraire de ton étreinte et se met à explorer ton appart. Il adore tout cet espace.

Tu es content de voir Stacy aussi. Féroce boule d'amour qu'elle est. Elle aussi farfouille l'appart des yeux. Tu sens sa confusion. Son radar lui dit intuitivement qu'une présence féminine y a élu domicile, mais le désordre général qui y règne semble indiquer le contraire. Tu ne fais aucun effort pour l'éclairer.

Stacy ne semble pas pressée de repartir. Pour quelqu'un qui a, et tu cites, *une quantité absolument infernale de choses à faire* – il lui arrive réellement de parler de cette façon –, elle n'est pas partie de sitôt.

Tu joues par terre avec Ack! Vous vous envoyez une balle raboteuse en vous servant de tes bâtons de hockey. La balle appartient à Sam, du papier d'aluminium écrasé en boule. Le petit est adorable, équipé de ton bâton de hockey, qui est trop lourd et trop grand pour lui. Le fait que tu sois gardien de but complique considérablement sa tâche. Malgré cela, il faut avouer qu'il est doué. Il a de la volonté. De la bave très professionnelle lui pend du menton.

Stacy prépare des sandwichs pour elle et toi ainsi que des pâtes et des légumes pour le petit. Tu la regardes s'affairer dans la cuisine. Pour Ack!, elle réchauffe au micro-ondes les petites portions préparées dans des plats Tupperware qu'elle traîne toujours dans son fourre-tout. Elle a tout là-dedans.

Il faut avouer que c'est agréable de ne pas être seul. C'est agréable d'avoir de la compagnie. Stacy est très bien aujourd'hui aussi. Elle est de plus en plus belle. Si tu n'étais pas si profondément, si absolument, si passionnément, si totalement engagé auprès de Honey dans cette nouvelle vie, éternelle, jusqu'à ce que la mort vous sépare et ainsi de suite, tu pourrais peut-être... eh bien, il est difficile de savoir. Stacy dégage parfois une aura de maman sexy, qui est autrement plus invitante que le charme d'une fille célibataire.

« Je croyais que tu voulais cesser de fumer.

— C'est vrai la plupart du temps.

— Ça pue ici, plus que d'habitude.

— C'est Honey. »

Elle ne répond pas. Tu ne vois pas son visage, mais tu sais que cette réponse lui déplaît. Tu te lèves. Ouvres une fenêtre, la seule qui s'ouvre. Les autres, de grandes fenêtres d'usine à carreaux, vieilles et recouvertes de saletés, sont scellées. Tu marches vers l'escalier et montes. Tu déverrouilles la porte et l'ouvres. Tu sors sur le toit et jettes un œil autour de toi. Tu vérifies qu'il n'y a pas d'intrus. Tu rentres, puis descends l'escalier en laissant la porte ouverte derrière toi. C'est la seule façon d'aérer l'appart.

Tu sais que c'était Cuz. Il fallait que ce soit Cuz. En compagnie de Sanderson et Dane. Venus te voler.

Tu retrouves Stacy et le petit assis à la table de cuisine.

« Sais-tu ce que j'ai toujours voulu savoir ? dis-tu à brûle-pourpoint. Pourquoi tu ne m'as jamais demandé si je pouvais te prêter de l'argent ? Pas même une fois. »

Tu étudies sa réaction. Tout en mangeant ton délicieux sandwich tomate et bacon et en jetant un œil sur Ack !, qui dévore ses pâtes en forme de roue, comme un hamster, fourrant une pâte après l'autre dans ses grosses bajoues blanches comme du lait.

Elle dit : « Tu n'as pas d'argent.

— Eh bien, j'en ai, dis-tu en mesurant tes paroles. Mais tu n'as jamais demandé. Que je t'en prête, je veux dire.

— Oui, je t'en ai déjà demandé.

— Quand ?

— Je t'ai demandé une fois si je pouvais t'emprunter deux cents dollars. Quand Zachary a eu un an. »

C'est vrai. Tu t'en souviens, maintenant.

« Eh bien, je les avais pas à ce moment-là. »

Ce n'est pas vrai.

« Je t'ai bien vu avec de l'argent, quand j'y pense, admet-elle. J'imaginais que c'était l'argent de tes petites combines.

— Mes petites combines ?

— Tu sais - elle formule le mot "drogue" avec ses lèvres sans émettre de son -, les petites combines que tu montes. » Elle se tourne vers le petit comme si elle voulait s'assurer qu'il n'analyse pas la conversation afin d'y déceler un contenu inapproprié. Au lieu de cela, il analyse la purée de pommes de terre sur le bout de ses doigts.

Tu avales une grosse bouchée de sandwich. Délicieux, vraiment, vraiment bon.

« Mais ça, c'est pas *mon* argent.

– Je sais. Il faut que tu le donnes à cet homme.

– Oui. » Elle ne l'a jamais rencontré.

« Alors c'est pas à toi. » Elle prend aussi une bouchée, petite et délicate.

« Lee, est-ce que c'est ça que tu veux ? Me prêter de l'argent ? »

Elle te regarde avec son air le plus doux et le plus sincère. C'est vraiment un amour, des fois, Stacy. Innocente et intègre. Une si bonne mère.

« C'est ça, dis-tu, surpris par ta propre réponse. Oui. »

Tu te lèves et te diriges vers la zone débarras, derrière les murs formés de bouteilles, là où elle ne peut pas te voir. Ack ! te suit à petits pas quelques secondes plus tard. Des fois, il ne veut pas te quitter d'une semelle.

Tu plonges la main dans le sac de suède, retires deux cents dollars et les déposes au creux de ses petites mains. Tu le renvoies. « Va donner ceci à maman. »

Après le dîner, Stacy est toujours là. Elle t'explique pourquoi elle est venue. Elle doit faire les boutiques. Pour se trouver des ensembles. Pour son nouveau boulot. Elle s'est trouvé un boulot.

« Peux-tu garder Zachary ? Un jour par semaine ? Deux jours par semaine ? Allez, allez, allez. »

Tu passes une main dans tes cheveux. Te frottes les yeux. Quittes la table. Au lieu de répondre. Tu attrapes le verre d'Ack ! et pars le remplir dans la cuisine.

Pourquoi a-t-elle besoin d'un boulot ? Et qu'en est-il de Graham ? Il gagne bien sa vie. Et quelle sorte de boulot ? Qu'est-ce qu'elle pourrait bien faire ?

« Je vais faire de la sollicitation par téléphone. Dans un bureau. Mais c'est pas si mal. Je reçois un salaire, pas une commission, et Jeffrey, mon patron, croit que la vente n'est pas vraiment pour moi, mais si je tiens le coup pendant trois mois, je pourrais devenir gestionnaire. Parce que lui, il a plus envie de s'en occuper. Les employés vont et viennent si rapidement que personne ne reste dans cet emploi très longtemps. En somme, c'est un boulot où tu recrutes des gens et les formes, et j'aime former les gens parce que c'est comme l'enseignement et j'adore enseigner. »

L'idée n'est pas aussi farfelue que tu craignais. Tu suis sa logique et la comprends. Peut-être même plus qu'elle ne le croit.

« Tu quittes Graham ? »

Elle te regarde avec un réel soupçon de respect dans les yeux. Tu es debout près du frigo.

« Ça m'en a tout l'air. »

Merde.

« Êtes-vous encore ensemble ?

— Oui, on l'est. Mais surtout n'en parle à personne. Je ne suis pas encore prête à faire un move. Je veux d'abord devenir gestionnaire.

— Mais tu le quittes ? Pour vrai ?

— Pour vrai.

— Wow.

— Ouais.

— Je suis désolé.

— Comme si je te croyais. »

Tu laisses filer cette flèche. Tu donnes le lait au petit. Tu t'assois. Finis ton sandwich. Vraiment, vraiment délicieux. Tu l'écoutes t'expliquer que Graham n'est pas bien pour elle, Graham n'est pas celui avec qui elle devrait être, Graham n'a pas d'amour pour Zachary. Graham n'est sans doute pas très heureux non plus. Selon toute vraisemblance. La carrière de Graham commence vraiment à démarrer. Il veut prendre des rendez-vous avec des clients le soir, faire la tournée des bars avec ses collègues, organiser des séminaires la fin de semaine afin de harponner des investisseurs potentiels. Graham va bientôt gagner beaucoup d'argent et il ne restera pas toujours auprès d'elle. C'est une évidence.

« C'est une rupture préventive, dis-tu sans mauvaise intention. Tu te prépares à l'éventualité qu'il te laisse.

— Non, c'est pas ça. » Elle te répond sans hésiter. Elle te regarde droit dans les yeux. « Je t'ai dit ce que j'allais faire. Je t'ai dit ce que j'ai décidé. Toute seule. Mais j'ai besoin d'un coup de main. De ta part, cette fois-ci. J'ai besoin que tu gardes Zachary. Deux jours par semaine. »

Une pensée traverse ton esprit. Sans aucun lien avec ce qui précède. Tu te lèves. Traverses ton appart en largeur pour atteindre l'escalier. Ack! ne te suit pas à la trace cette fois-ci. Une fois de plus, tu gravis l'escalier. Tu t'agenouilles. Examines la serrure à la lumière du jour à la recherche d'égratignures, de signes d'effraction. Peut-être que tu n'as pas mis le verrou de l'intérieur hier soir, mais tu n'as certainement pas laissé la porte déverrouillée.

Tu vois les dégâts dans la lumière. Les bords abîmés de la plaque de métal et les échardes le long du cadre de bois, là où ç'a été forcé.

Tu fermes la porte et glisses le verrou. Ce fucking Cuz. Tu retournes à la cuisine en essayant d'avoir l'air le plus naturel possible. Tu consultes l'horloge au-dessus de l'évier.

« Est-ce que je peux sortir cinq minutes?

— Sortir? » Elle te regarde.

« Ouais, dix minutes. Peux-tu attendre mon retour?

— Où vas-tu?

— C'est une de mes, tu sais, combines. » Tu formules silencieusement le mot « drogue » de manière très théâtrale. « Tu veux pas le savoir. N'est-ce pas ? Alors, peux-tu attendre ?

— Ouais. »

Tu te diriges rapidement vers le coin débarras, retires le sac de suède de la poche de hockey une fois de plus. Ack ! arrive au moment où tu termines l'opération. Tu le croises lorsque tu retournes à la cuisine. Tu ouvres le tiroir où tu gardes tous tes trousseaux de clés. Trouves celui que tu cherches. Ack ! arrive au moment où tu fermes le tiroir et te prépares à quitter. Tu avances jusqu'à la porte d'entrée et l'ouvres.

« O. K., bye.

— Lee ?

— Quoi ?

— Pourquoi tu ne prends pas tes lunettes fumées ? »

Tout le monde sait à quel point t'es accro à tes lunettes fumées. Tu tends la main vers la petite table près de la porte et les attrapes.

« Je ne savais pas qu'il faisait soleil. » Quel commentaire idiot ! Le soleil se bat depuis ce matin pour traverser tes fenêtres crasseuses.

Ack ! arrive une fois de plus, essoufflé. Il faudrait un entraînement un peu plus intensif à cet enfant. Tu te penches pour le prendre dans tes bras et lui donnes un gros bisou sur la bedaine. Il rit de bon cœur lorsque tu le déposes et fermes la porte derrière toi.

Vingt-sept

L'ascenseur descend au sous-sol en grinçant. Tu sors, passes le bras à l'intérieur et appuies sur un bouton pour le renvoyer. Tu longes le corridor humide, passes à côté des machines à laver et poursuis ta route jusqu'aux espaces de rangement individuels. Par bonheur, il n'y a personne. Le vieux sort dîner chaque jour à cette heure-ci. Sans jamais déroger à cette habitude. C'est incroyable. Il est réglé comme une horloge. Un soldat. Pour ce qui est des autres locataires, qui sont pour la plupart des étudiants, ils sont probablement encore couchés.

Tu ouvres la porte de ton espace. Entres. Te frayes un chemin jusqu'à l'amoncellement de boîtes de livres dans le coin. Tu les déplaces afin d'atteindre les pierres plates en dessous. L'une des pierres est facile à retirer. Sous elle, il y a un petit espace creux qui mesure dix pouces sur dix pouces sur quatre pouces de profondeur. Tu glisses ta main dans le sac de suède et retires les barres de hasch. Tu les places dans l'ouverture peu profonde. Tu dois mettre certaines des barres sur la longueur et d'autres sur la largeur, comme un casse-tête d'enfant. Quand tu as terminé, tout s'imbrique parfaitement. Il n'y a plus d'espace pour rien d'autre. Les barres sont cachées mais accessibles. Tu as déjà fait ça avant.

Tu replaces la pierre, remets les boîtes à leur place, fermes et verrouilles la porte grillagée. Tu pars en emportant le sac de suède, qui ne contient plus que l'argent.

Ensuite tu empruntes la cage d'escalier jusqu'au quatrième étage. Tu ne prends pas l'ascenseur exprès. Les marches sont en métal. Tu essaies de faire le moins de bruit possible. Quand enfin tu arrives à ton étage, tu passes devant ta porte sans faire de bruit pour te rendre jusqu'à celle du vieux crisse. Tu entends Stacy et le petit à l'intérieur. C'est au tour de Stacy de jouer au hockey avec la balle en papier d'aluminium.

Tu écoutes à la porte du vieux. Rien. Tu sors le trousseau de clés que tu as apporté et ouvres doucement la porte. Une fois à l'intérieur, tu la fermes discrètement avec le pied et la verrouilles. Tu marches sur la pointe des pieds. Contrairement à ceux de ton appart, ici, les magnifiques planchers anciens sont recouverts de vieux tapis laids. Le vieux a également fait ériger des murs de gypse. La vieille peinture s'écaille et il y a de nombreuses marques aux murs. L'appart sent le cari et les vieilles chaussettes. Les meubles sont encore plus vieux que les tiens. De longs et épais rideaux recouvrent les fenêtres, chassant toute lumière. Il y a des toiles d'araignées dans presque chaque coin et tu flaires une odeur de moisissure ici et là. Il y aurait du boulot pour un acheteur potentiel.

Tu marches tranquillement vers l'arrière. Tu connais le chemin. Tu es déjà venu ici. Tu y as déjà passé pas mal de temps. Comme toi, le vieux entrepose des papiers, des magazines et d'autres trucs sans importance. Il a en plus des boîtes d'archives de type Bankers Box remplies de la comptabilité de diverses aventures commerciales plus ou moins foireuses depuis longtemps disparues de la mémoire.

Tu retires les boîtes d'une pile cachée tout au fond. Elles sont marquées « Harvey's ». Pas le fastfood, un autre endroit. C'était ou bien une chapellerie ou bien un magasin de vélo, tu n'es pas certain.

Tu choisis celle marquée « 1970-1975 » et retires le couvercle.

À la surface, il y a une mince couche de relevés financiers délavés. Tu les enlèves, révélant les liasses de billets qui sont entreposées à l'intérieur.

Ton cash.

Tu remets le couvercle de cette boîte, que tu poses sur le plancher. Tu ouvres celle qui lui servait de support. On a écrit « 1965-1970 » à la hâte dessus. À l'intérieur, c'est la même histoire : tu enlèves les quelques documents à la surface et dévoiles l'importante somme d'argent qui repose juste en dessous.

Ton cœur s'emballe à la vue de tout cet argent et en même temps tu respires un peu plus facilement. Ni Cuz, ni Dane, ni Sanderson, ni qui que ce soit ne découvrirait cette cachette en cent ans, mais Dieu merci tout est encore là. C'est l'œuvre de ta vie.

Tu pousses « 1965-1970 » sur le côté et tires « 1961-1964 » vers toi. Tu enlèves le couvercle et retires les relevés. Tu vides le contenu du sac de suède sur le plancher.

Deux quatre six. Six mille dollars, plus ou moins. C'est ce que tu t'apprêtes à déposer dans cette boîte en carton dans la maison d'un étranger. Ajouté au reste, ça fait une crisse de belle somme.

Dans l'ensemble, un peu plus de cent dix mille dollars.

Est-ce que vous saisissez ?

C'est l'endroit le plus sûr que tu connaisses. Tu ne peux pas juste déposer ça à la banque. C'est pas simple. Ni intelligent. C'est comme ça que tu fonctionnes. Il faut que tu le caches. De tout le monde. Tu fais ça depuis des années. Du pur génie. Le vieux n'en a aucune idée. Tout est ici. Imagine. C'est débile. Surtout quand tu penses à quel point il te déteste. Imagine s'il le savait.

Pendant que tu réfléchis ainsi, le grondement de l'ascenseur te parvient de l'autre côté du mur. Quelqu'un l'appelle depuis le hall d'entrée.

Génial. Il ne manquait plus que ça, fuck.

Tu commences à ranger rapidement les liasses de billets dans la boîte d'archives. Ça ne rentre pas bien. Tu empiles, tu bourres et tu éparpilles l'argent pour le rendre le plus uniforme possible. Tu te demandes s'il ne manquera pas de place pour le tout. Mais quelle autre solution as-tu? Ce n'est pas le moment d'entamer « 1957-1960 »! Le temps manque pour évider une nouvelle boîte, retirer les relevés financiers, que tu dois emporter pour les jeter plus tard, et tout remettre comme il faut en laissant le moins d'empreintes possible dans la poussière qui recouvre tout.

Tu t'acharnes, pousses et organises les liasses, réussissant à tout faire entrer. Puis tu remets le couvercle, empiles de nouveau les boîtes et les glisses dans leur position originale. Tu alignes et réalignes les boîtes pendant ce qui te semble être une éternité. Par la suite, tu traverses les tapis puants du vieux à la hâte et atteins la porte d'entrée. Une fois dehors, tu te rends compte que tu as oublié ton sac de suède par terre à côté des boîtes. T'es con, point. Tu n'as pas le choix. Tu dois faire demi-tour.

Et c'est ce que tu fais.

Te voilà de nouveau devant la porte d'entrée, le trousseau de clés de concierge à la main. Tes doigts tremblent et toutes les clés se ressemblent. Habituellement tu n'as aucun problème à choisir la bonne, mais la situation n'est pas habituelle.

Tu entends arriver l'ascenseur, qui grince en se mettant en place. Tu tripotes et tripotes encore le trousseau. Ces clés avaient autrefois des petits auto-collants numérotés, mais plusieurs d'entre eux se sont décollés et n'ont jamais été remplacés. Tu t'es habitué à les distinguer à l'œil.

Tu entends s'ouvrir les portes de l'ascenseur. Le bruit des pas du vieux. Tu fourres les clés dans ta poche et te précipites dans l'appartement. En te maudissant et en transpirant à grosses gouttes. Tu regardes d'un côté puis de l'autre, ta capacité à prendre des décisions s'évapore avec chaque seconde qui passe. Enfin tu te précipites dans sa chambre.

C'est tout un choix. Quel bordel ! Et quelle odeur ! Tes yeux partent dans tous les sens. Les garde-robes sont de fragiles créations en bois pressé qui ne camoufleront jamais un grand maigre comme toi. Tu regardes derrière les deux commodes, puis derrière le panier en osier. Toujours pas assez large. Enfin, tu te jettes sous le lit, rampant jusqu'au centre, sous le vieux sommier aux ressorts fatigués.

Tu entends la porte s'ouvrir avec fracas. Tu entends le vieux se débattre pour la refermer. Tu entends le bruit d'un sac qu'on dépose sur le comptoir, l'eau qui coule dans l'évier et les portes d'armoires de la cuisine qui s'ouvrent et se referment.

Tu entends l'eau qui bout et le thé qui se prépare.

Tu entends le grésillement de la radio qui s'allume, les échanges d'une émission de variétés.

Tu entends la télé qui se réveille sur une autre émission d'infovariétés.

Tu entends d'autres bruits auxquels tu ne peux associer d'activité précise. Ce qui pourrait être le bruit d'un journal qu'on lit. Ce qui pourrait être des bons de réduction qu'on découpe dans un cahier publicitaire. Ce qui est sans contredit le bruit de quelqu'un qui chie.

Tu entends des grognements et des soupirs et des bruits de pas qui traînent de pièce en pièce. Tu entends les raclements malhabiles de la vieillesse et le cri silencieux de la solitude. Tu entends constamment une respiration profonde.

Tu entends ronfler. Le vieux s'est endormi dans son fauteuil au salon. Heureusement qu'il n'est pas venu s'avachir dans son lit. Tu t'imagines le vieux dans son salon hideux, les jambes grandes ouvertes devant la télé. Son menton grugeant sa poitrine. Sa tête blanche. Ses grosses mains. Ses poignets dont les os ressortent. Sa peau blanche comme un cachet d'aspirine, froissée et aussi mince que du papier, comme de la viande séchée au soleil.

Il te fait peur, ce squelette vivant.

Tu ne peux te résoudre à te tirer de sous son lit. Au lieu de cela, tu hésites et gaspilles les occasions qui se présentent à toi. Tu te fixes des limites, les laisses passer et en fixes de nouvelles. Deux minutes. Ou trente autres ronflements. La prochaine pub. Ou après cette nouvelle entrevue.

Quelqu'un appelle l'ascenseur d'en bas. Il prend vie en grondant. Tu entends le vieux bouger. Il marmonne. Tu retiens ton souffle pour voir s'il va se rendormir. Tu penses à Cuz. L'enfant de chienne. C'est de sa faute si tu es ici en ce moment. Les minutes s'écoulent. Le vieux ne se lève pas, mais sa respiration n'est pas aussi régulière qu'avant. Les ronflements partent comme des rafales de tirs.

Tu perds toute volonté. Laisses ta tête échouer doucement contre tes mains. Tu restes là, immobile. Très immobile. Jusqu'à ce que, incroyablement, tu sentes tes yeux se fermer et ta propre sieste poindre. Ah, fuck !

Le téléphone sonne brusquement. Tu te réveilles en sursaut, cognant ta tête sur les lattes de bois du sommier juste au-dessus. Tu retiens ton souffle, tends l'oreille pour jauger les réactions du vieux.

Il met un temps fou à quitter son fauteuil. Au moins cinq sonneries. Tu entrevois ses chevilles osseuses et ses gros pieds bosselés qui passent devant la porte de la chambre et disparaissent au détour. Quatre sonneries de plus.

Enfin, il décroche : « Oui allô, quoi ? »

Tu entends un couinement de souris venant du combiné.

Au bout d'un certain temps, le vieux interjette : « Ça va alors. »

Tu l'entends éteindre le téléphone et le déposer.

Il fait couler un bain.

Aïe.

Tu sais ce qui s'en vient. Un vieil homme nu. Dans cette chambre.

Tu commences à te détester.

Il prend son bain. Avec la porte ouverte. Devant laquelle il faudrait que tu passes afin de quitter l'appartement. Il te verrait. Tu en es certain. Son appart est l'image miroir du tien. Ce qui signifie que tu es encore piégé. Soupir.

Il se rhabille dans les mêmes vêtements. Là au moins, tu es épargné. Il prend un autre thé. Il regarde encore un peu son émission. Et puis, tu le sais, il se prépare vraiment à partir. Il éteint la télé, puis la radio. Rince sa vaisselle. Remet ses chaussures.

Tu l'entends qui se déplace vers le fond de l'appartement. Tu écoutes tandis qu'il monte les marches qui mènent au toit. Une. Par une. Par une. C'est un boulot ardu. Sa respiration est forcée. Tu n'as jamais remarqué auparavant à quel point ses mouvements étaient laborieux. Tu revois des confrontations que tu as eues avec lui dans la laverie et dans le hall d'entrée. Il n'a jamais été aussi mal en point. Tu écoutes pendant qu'il vérifie et contre-vérifie la serrure. Bien joué. On ne voudrait pas qu'un voleur entre par effraction et s'empare de plusieurs boîtes remplies de vieux relevés de comptes bancaires.

Il redescend et entame le chemin du retour. Péniblement. Une éternité en ce qui te concerne. Mais tu sais que tu seras bientôt libéré.

Et puis soudain ses pas deviennent de plus en plus erratiques et tu l'entends vaciller et tu ne sais pas s'il a trébuché ou s'il a tout simplement perdu son équilibre ou s'il est en train d'avoir une crisse de crise cardiaque, et puis il entre dans ton champ de vision, par le cadre de la porte, tu le vois vaciller, puis s'écrouler sur le plancher à moins d'une quinzaine de pieds de ta cachette.

Bang. Aussi simple que ça.

Enfin, pas tout à fait *bang*, plus une sorte de *ugh gunhh grrr uhnff*, suivi d'un étrange effondrement au sol.

Et il est couché de tout son long. Pour ce qui te semble être une véritable éternité. Sans bouger ni émettre de sons. Hormis sa respiration. Sifflante, forcée. Mais il vit encore.

Tu ne sais pas quoi faire. Sortir de ta cachette ? Composer le 9-1-1 ? L'interpeller ? L'aider ? Patienter encore un peu ? Faire une autre sieste ? Comme d'habitude, la pléthore de possibilités te paralyse.

Il bouge enfin. Dieu merci. Il gémit. Se retourne. Sa tête bascule dans ta direction. Il ouvre les yeux. Pour un instant, qui glace le sang, son regard croise le tien.

On dirait qu'il fixe le dessous du lit et toi en particulier.

Mais ce n'est pas le cas.

Il est sonné, mais vivant, et puis lentement, d'un air de défi, il se remet sur ses pieds. Il quitte ton champ de vision, se dirige vers la salle de bains, où tu entends couler l'eau pendant ce qui te semble être au moins une heure de plus. Il ferme l'eau et ressort de la salle de bains, et tu entends ses pas – roulement de tambour – qui s'éloignent, oui, qui s'éloignent jusqu'à la porte d'entrée !

Et la porte s'ouvre et il sort et il la verrouille avec précaution, et puis l'ascenseur arrive et ses portes s'ouvrent et se referment et il amorce sa descente pénible vers le rez-de-chaussée.

Vingt-huit

Tu entres chez toi. Tu traces une ligne droite vers la salle de bains. Pisses comme un débile. Asperges ton visage d'eau. Te savonnes frénétiquement les mains.

Tu t'attends à ce que Stacy soit fâchée, mais elle ne réagit pas à sa manière typiquement casse-couilles.

« Il était pas mal long, ton dix minutes.

— Je vais prendre une douche.

— Zachary est en train de lire. Va lui donner un bisou.

— Après ma douche.

— Va vite le voir.

— Il faut vraiment que je prenne une douche. »

Tu entres dans la salle de bains et fermes la porte derrière toi. Tu laisses tomber ton t-shirt sur le sol et retires ton pantalon. Tu ouvres l'eau.

« Merci pour l'argent, dit-elle de l'autre côté de la porte.

— T'as pas besoin de me rembourser.

— Mais je le ferai.

— Allez, garde-le. »

Après t'être séché et habillé, tu joues par terre aux petites voitures avec le petit. Puis tu commandes de la pizza pendant que Stacy fait sauter du tofu pour lui.

PRÊTS EN COURS EN DATE DU 2013-04-09 16:20
pour: Ramirez Valdivia Carla

Le portrait de Dorian Gray / de Oscar...
            Échéance: 2013-04-11   GBQ
Et après--- : roman / Guillaume Musso.
            Échéance: 2013-04-11   GBQ
L'eau douce en péril / Carol Inskipp...
            Échéance: 2013-04-19   GBQ
L'eau : que peux-tu faire? / Glenn Mu...
            Échéance: 2013-04-19   GBQ
Mais qu'est-ce que tu fais là, tout s...
            Échéance: 2013-04-30   GBQ
T'es con, point / Doug Harris ; tradu...
            Échéance: 2013-04-30   GBQ

Nombre de documents: 6

Plus tard, tu lui donnes son bain pendant qu'elle lave la vaisselle. Elle dit que ce sera un bon entraînement, vu que tu vas garder le petit plus souvent maintenant. Tu ne réponds pas. Ce n'est pas le moment d'engager une dispute. Tu ne veux pas chasser les bonnes vibrations de la soirée.

Stacy garde toujours un pyjama pour le petit dans son sac magique. Tu l'aides à l'enfiler. Existe-t-il quelque chose de plus mignon qu'un garçon dans un pyjama un tantinet trop petit pour lui ? Vous vous bagarrez jusque sur le lit. Il a rapidement le dessus. Il a toujours le dessus. Il est invaincu. Tu te blottis contre lui en lui lisant une histoire. C'est une chose merveilleuse. Un livre génial. De toute l'histoire de l'humanité, il n'y a qu'un Dr. Seuss. Malgré cela, tu essaies de lui faire le coup de sauter quelques pages sans qu'il s'en rende compte. Certains de ces livres sont longs en crisse. Tu as encore sommeil. Alors quand tu arrives au moment où Bidule Un et Bidule Deux, les acolytes du Chat dans le chapeau, rendent les enfants complètement fous, tu tournes subtilement plusieurs pages à la fois et puis soudain le chat franchit le seuil au volant de sa machine à ramasser le bordel. Un geste habile. Bien joué. Tu te fais pincer. Tu te fais toujours pincer. Tu reviens en arrière et lis les bouts que tu as essayé de faire sauter. Il est ravi.

Le petit est beau. Le petit est doux et innocent. Le petit sème la joie partout où il passe. Il ferait un bon premier ministre.

La mère de Stacy doit passer les prendre. Elle est en retard, bien sûr. Le téléphone sonne. C'est elle. Elle t'explique qu'elle sera encore un tout petit peu en retard. Tu fais le message à Stacy, qui te jette un regard exaspéré. Vous lisez un peu plus, parlez un peu plus, puis jouez un peu plus jusqu'à ce que le petit commence à dodeliner de la tête. Stacy éteint la lumière et tu amènes Ack! jusqu'à ton lit. Tu le déposes, l'embrasses de nouveau dans le cou et vous retournez au salon. Tu baisses le son. Vous vous assoyez tranquillement et regardez la télé. De temps en temps, tu te tournes vers Stacy afin de l'examiner de plus près. Tu veux la sonder. De temps en temps, elle se tourne vers toi et fait la même chose.

Des idées se précisent puis s'évanouissent dans ta tête. Nombreuses sont celles qui tournent autour de l'envie de fumer un joint. Tu pourrais le faire, mais que se passerait-il? Va-t-elle freaker? Tu la sens rétive à ça quand le petit est autour. Tu n'en reviens pas du fait que Honey est avec toi maintenant. Elle est *ta* copine. La vie a changé du tout au tout. Dommage que tu ne puisses pas aborder le sujet avec Stacy et lui dire à quel point c'est cool ce qui t'arrive. Tu pouvais parler de n'importe quoi avec Stacy autrefois. Mais tu ne peux parler de cela à personne. C'est un sujet délicat. Personne ne t'emmerde, mais personne ne veut rien savoir non plus.

Tu penses à Stacy. À quel point c'est vraiment une fille super. Que ce n'est pas si simple d'être une mère célibataire et qu'elle s'est révélée être particulièrement douée. À l'ironie qui veut que vous soyez assis ensemble en ce moment en ayant tout à fait l'air d'un couple marié. Au fait que Stacy t'a plu à partir du jour où tu l'as rencontrée. L'honnêteté et la vulnérabilité qu'elle offrait à tous les regards. Elle déménageait dans un nouvel appartement, une nouvelle amie de Maureen, c'était ça le lien. Et elle avait besoin d'aide. Toi, Aaron, le frère d'Aaron, Johnny, Henry et Cuz. Recrutés à vingt-quatre heures d'avis. Son logement était dans un désordre absolu, rien n'était emballé correctement, il manquait même des boîtes. Elle était si nerveuse. Et pourtant heureuse que vous soyez venus. Elle n'y croyait presque pas. À vous tous, de parfaits étrangers, qui vous tuiez à monter et à descendre ses cochonneries. Pour la seule raison que Maureen et Aaron vous l'avaient demandé. C'était une journée étrange. Chaude et stressante, mais chargée d'énergie et d'humour. On aurait dit que Stacy riait ou pleurait tout l'après-midi. Tous les garçons ont flirté avec elle parce qu'elle était nouvelle. Juste pour voir sa réaction. Et en fait, c'est à tes avances qu'elle semblait le plus sensible, n'est-ce pas? Oui, c'est ça. Pas Johnny. Toi. C'était il y a quelques années, bien sûr. Avant qu'elle devienne maman. À l'époque où elle est arrivée dans le quartier. À l'époque où Johnny et Honey étaient un couple solide, le roi et la reine de la rue Sherbrooke Ouest.

Tu étends le bras et places ta main dans la sienne, que tu caresses affectueusement. Il te vient à l'esprit que tu n'es pas aussi gentil avec elle que tu l'étais autrefois. C'est la vérité. Tu penses au fait qu'elle est réellement une jolie femme. Ce grand visage, ce large sourire. Une bonne ossature. Grande, comme toi. Une fille bien musclée. Athlétique. Mais pas masculine. Tu aimes beaucoup cette fille. Elle est vraiment une bonne personne.

Elle se tourne vers toi. Appuie sa paume contre la tienne. Entoure tes doigts avec les siens.

Elle bat des cils. Un doux sourire se dessine sur ses lèvres.

Oh! oh!

C'était pas ton intention. Tu as agi avec... une tout autre idée en tête. Tu exprimais ton... amitié. Ton affection. Pour elle. Est-ce que ça manquait de clarté? Peut-être que oui. Et Honey? Stacy sait qu'elle est dans le portrait. Comment pourrait-elle ne pas le savoir? Vous venez à peine de commencer, Honey et toi. Peut-elle réellement croire que tu te proposais de tromper Honey?

T'es quoi, toi, une traînée?

Doucement, tu essaies d'extraire tes doigts. Et de libérer ta main.

Elle comprend mal au début et serre plus fort, croyant que tu joues. Puis elle pige. Elle te laisse retirer ton bras. Ses yeux s'assombrissent de honte et ses joues s'empourprent.

Tu essaies de prendre une attitude désinvolte. Tu essaies de faire comme si de rien n'était. Ce n'est pas la peine. C'est déjà trop tard. Tu la sens se raidir. Tu sens le froid gagner le canapé.

Elle se lève, dans tous ses états. Sans savoir où donner de la tête.

Elle va jeter un coup d'œil sur le petit.

Tu la regardes longer le couloir puis disparaître dans la chambre.

À son retour, elle a retrouvé son sang-froid. Elle est calme, résignée. Elle accepte ce qui s'est passé. Tu le reconnais bien, ce visage d'ange souffrant.

Elle s'assoit dans le fauteuil. Soupire. « Peux-tu juste me dire si tu peux donner un coup de main ou pas, O. K.? Quelques jours par semaine? »

Au lieu de stimuler ton sens de la charité, au lieu de provoquer en toi un élan de bonté, sa question fait monter en toi une vague de ressentiment. Qu'elle te pardonne aussi facilement te fâche. Mais pourquoi?

« Eh bien, jusqu'à quand?

— Eh bien, pour l'instant. Je sais pas jusqu'à quand.

— Alors comment veux-tu que je te réponde?

— Tu peux dire que pour le moment t'es d'accord.

— C'est jusqu'à quand, "pour le moment"? »

Elle se frotte les yeux, épuisée comme seule peut l'être une mère. « Fais-tu exprès?

— Tu crois pas que Graham devrait faire sa part? Je veux dire qu'il a lui aussi des responsabilités.

— Lee, je te l'ai dit. Je le quitte. » Elle t'adresse un beau sourire.

« Quand même.

— Quand même quoi ?

— Je serai peut-être pas toujours disponible, tu sais.

— Lee, Graham travaille. De toute façon. Il peut pas juste quitter son boulot.

— Il travaille tout le temps.

— Il faut qu'il travaille. Il est en train de se bâtir une clientèle.

— Ouais. C'est un vendu. Une lavette. Je trouve qu'il s'est vraiment empressé de troquer ses jeans et ses longs cheveux pour un complet-cravate.

— Et après ? Qu'est-ce qu'il y a de si exceptionnel à porter des jeans et à avoir les cheveux longs ?

— C'est génial. Je t'assure.

— C'est ton avis.

— Ouais, c'est mon avis.

— Et Graham, lui, il fait juste ce qu'il pense qu'il doit faire.

— J'ai pas l'impression d'entendre quelqu'un qui s'apprête à faire un move. »

Pourquoi tu la provoques de la sorte, pourquoi tu cherches la bagarre, tu ne le sais même pas. Tu ne sais pas non plus pourquoi tu malmènes Graham. C'est pas un mauvais bougre.

« Avoue. Il a tout simplement abandonné.

— Abandonné ?

— Ouais. J'ai l'impression que Graham a abandonné trop facilement. C'est comme s'il avait haussé les épaules en se disant que tout ce qui compte dans la vie, c'est l'argent, et qu'il n'avait d'autre choix que de devenir un salaud et un lèche-cul comme tous les autres.

— C'est ça. T'es assez mal placé, il me semble, pour accuser quelqu'un d'avoir abandonné.

— Je ne suis pas sûr de comprendre de quoi tu parles exactement, dis-tu en lui adressant un sourire entendu. Ou peut-être que oui. Graham est-il tout ce que je ne suis pas ?

— Graham essaie, au moins, je crois.

— C'est un planificateur financier ? C'est quoi ça ? C'est de la bullshit. Des conseils en placement. La gestion financière. Monsieur deux pour cent. Sais-tu, il y a une époque où tu ne souffrais pas la compagnie des planificateurs financiers avec autant de bonheur.

— Ah, vraiment ? Se peut-il que c'était avant que j'aie un enfant, par hasard ?

— Tu ramènes tout à ça.

— Parce qu'il faut tout ramener à ça. Moron. Arrête de faire semblant de ne rien comprendre.

— Je dis pas qu'il faut laisser le petit mourir de faim. Je sais qu'il faut manger. C'est juste que t'es pas obligée de vendre ton âme et de partir tout de suite de l'autre côté de la clôture. Il faut d'abord chercher d'autres solutions.

— C'est quoi ça, "l'autre côté de la clôture" ? On est pas au cinéma. J'ai pas le loisir de chercher d'autres solutions, Lee. Si le prix de garder Zachary quelques jours par semaine, c'est cette discussion, oublie ça. »

Ce qui est précisément ce que tu souhaitais qu'elle dise. Mais tu ne sautes pas encore à pieds joints sur l'occasion. Tu laisses tomber. Au moment précis où sonne l'interphone pour signaler que sa mère est en bas.

Elle prépare son sac, puis se dirige vers le lit, où dort son fils.

Tu la suis : « Pourquoi Graham ne garde jamais Ack !? C'est juste drôle que toi, moi et ta mère le fassions, mais que lui ne semble jamais le faire.

— Je le fais. Et ma mère le fait. Et toi, tu le fais à l'occasion. » Une fois de plus, elle détourne les yeux.

« De toute façon, ça arrive qu'il le garde. Quand il faut que je sorte deux minutes. Si je le lui demande. Et comment sais-tu s'il garde Zack ou pas ? Et penses-tu vraiment que tu le gardes si souvent que ça ? Quand même. J'ai pas l'impression que tu as une vraie idée du temps que ça prend pour élever un enfant. »

Elle a tort. Tu le sais parfaitement. C'est là, le problème.

Au lieu de cela, tu dis : « C'est ça l'affaire ? Le temps ? Tu as eu un bébé et soudain il n'y avait plus de temps à perdre, mieux valait se précipiter sur un planificateur financier avec une vilaine peau et des poignets fragiles, un gars incapable de s'acheter un habit convenable.

— Oh ! vraiment ? Tu parles ! Les poignets de Graham seraient trop fragiles pour toi ? Il va falloir que je le lui dise.

— Dis-lui qu'il a des poignets de fif, qu'il a pas l'air 291 d'avoir la force de lancer une balle de l'autre côté de la clôture. Ni même de donner un coup de poing. »

Elle soulève Ack ! C'est à peine s'il remue. Tu le regardes longuement une dernière fois. Tellement beau.

Tu marches sur ses talons lorsqu'elle quitte la pièce. Il faut noter que tu as une idée assez précise de l'immensité de la connerie dont tu fais preuve en ce moment. C'est navrant. T'es constamment en train de dire du mal de Graham derrière son dos, mais tu restes muet comme une carpe quand il est devant toi.

« Un planificateur financier, siffle Stacy, ne fait qu'aider les gens à placer l'argent qu'ils ont épargné. C'est pas malhonnête. C'est une job.

— Ouais, murmures-tu, pourquoi il peut pas juste gagner son propre argent.

— Comme toi, tu veux dire ?

— Non...

« — Vendre du hasch, tu veux dire ?

— Non.

— Voilà ce qu'il devrait faire. Vendre de la dope. Je vais le lui dire aussi. Je vais lui dire que cette idée géniale vient de toi.

— C'est pas la peine. C'est pas un métier pour lui.

— Tu crois pas ?

— Je le sais.

— Il sera très déçu.

— Il ne pourrait plus porter ses habits d'un chic fou. »

Elle t'envoie un coup de pied dans les tibias. Ce qui t'oblige à faire un pas en arrière et à t'appuyer contre la porte d'entrée.

« Quand est-ce que tu vas commencer à gagner un peu d'argent et à en mettre de côté ? Hein, Lee ? Un peu de planification financière. Quand est-ce que tu vas te trouver un boulot ? Depuis combien de temps tu fous rien ?

— Ah, ça te regarde pas, tout ça.

— Tu es dans une classe à part, je suppose. »

Tu t'éloignes de quelques pas. De la porte, et de ses pieds.

« Je ne serai jamais un vendeur de fonds communs de placement, Stace. »

Elle te fixe. Tu es incapable de soutenir son regard. Il se transforme doucement en un air de tristesse. « J'imagine que non.

— Tout le monde sait ça. »

Elle soupire. « C'est vrai.

— C'est comme ça.

— Ouais, je suppose. Sauf que.

— Sauf que ? Sauf que quoi ?

— Tu sais. Sauf que. »

Tu soupires. « Sauf qu'il y a... Ack !?

— Peux-tu l'appeler Zachary quand tu me parles ?

« — On revient toujours à ça.

— À quoi ?

— À cela.

— Dis-le. À quoi ?

— À Zachary.

— Ah bon. »

Tu lui jettes un regard noir. « Est-ce qu'on a pas déjà abordé ce sujet cent mille fois ? Qu'est-ce que je peux dire de plus ? T'attends-tu vraiment à quelque chose de nouveau ?

— Bien sûr que non. Sauf que ça t'arrange drôlement, n'est-ce pas ? Comment te sens-tu après que tu as gardé Zack pendant tout un après-midi ? Comme si tu avais fait quelque chose de spécial ? Te sens-tu tout léger ? Est-ce que c'est un sentiment agréable ? »

Elle tient le petit avec un bras et son sac à main, son fourre-tout et sa poussette parapluie avec l'autre. Tu ne transportes rien, bien sûr. Elle attend que tu lui ouvres la porte, mais tu n'as pas l'intention d'obtempérer de sitôt.

« J'ai le sentiment d'avoir donné un coup de main. Un petit coup de main, c'est tout.

— Menteur !

— C'est vrai.

— Je te crois pas. T'as l'impression d'avoir fait une bonne action.

— C'est pas ça...

— Et après tu pars la tête haute et le pas léger. Tu vas chez des amis. Tu vas voir Honey. » Elle crache cette dernière phrase.

Tu ne dis rien.

« Tu n'as aucune idée à quel point c'est dur.

— Mais c'est toi qui voulais un bébé.

— C'est même pas de ça qu'on parle ! »

Brusquement, elle dépose sa cargaison tout en maintenant Ack ! presque parfaitement dans les airs, tourne la poignée de porte elle-même et reprend sa charge dans un seul mouvement coulant.

Elle dit : « Sais-tu à quel point je me fais du souci ? Oui, il est question du temps qui passe. Et pas juste du présent. Je m'inquiète pour l'avenir. Et là, debout devant moi, tu as le culot de me dire que tu ne peux pas te trouver du boulot comme le reste du monde ? Parce que c'est pas ton truc ? *Je suis pas un vendeur de fonds communs de placement, Stace. Tout le monde sait ça, Stace.* Comme si ça changeait quoi que ce soit ou que ça simplifiait les choses. Et si j'avais pas ma mère ? As-tu déjà pensé à ça ? Qu'est-ce qui se passerait ? Tu n'as que du temps, Lee. Tu pourrais au moins le partager. Et je vais te dire autre chose. Si jamais il arrive quoi que ce soit à ma mère, c'est ton cou de poulet qui sera placé sur le billot. Tu comprends ? »

Tu te tamponnes un côté de la tête avec la main. Puis l'autre. « Désolé, dis-tu, je ne fais que nettoyer le sang qui coule de mes oreilles.

— Réponds à ma question.

— Je sais même pas c'est quoi, ta question, grognes-tu.

— Sois pas un trou de cul.

— Qu'est-ce que tu veux savoir ? »

Et tu comprends, à sa manière de ne pas répondre du tac au tac, à son hésitation, à ses yeux qui vagabondent au loin, qu'elle n'est pas entièrement sûre de ce qu'elle veut savoir. Et puis, d'une voix plus douce, elle dit : « Penses-tu pouvoir changer un jour ? »

Elle te propose la paix. C'est une ouverture. Ta dernière chance de revenir en arrière.

Au lieu de cela, tu dis : « Eh bien, je ne sais pas, Stace. Est-ce que c'est possible ? À une certaine époque, peut-être. Je veux dire que je me souviens d'un moment où c'était encore possible. C'était à peu près l'époque où j'ai couché avec toi *une seule et unique nuit* pour des raisons dont je me souviens même plus, quand tu as dit que tu prenais la pilule et que je n'avais pas de condom, mais tu as dit que tu prenais la pilule, et comment est-ce possible qu'on ait été si malchanceux, mais tu es tombée enceinte et après tu as accouché d'Ack! et la première chose que tu m'as fait savoir, c'est qu'il était à toi, c'est-à-dire qu'il n'était pas à moi et que je devrais m'en aller pour que tu puisses lui donner une bonne maison où aucun drogué ne figure dans le portrait, et alors je suis parti, et je suppose que c'est à cette époque que j'aurais pu changer... »

Et c'est tout un discours, il faut avouer. Plus ou moins celui que tu lui sers dans ta tête toutes les deux ou trois semaines. Un discours conçu sur mesure pour que Stacy te fiche la paix. S'il faut dire la vérité.

Mais au lieu de cela, elle dit : « Sais-tu, que tu croies réellement que les choses se sont passées ainsi m'aide à me réconcilier avec le fait que tu n'es pas présent. Parce que, de cette façon, Zachary est en sécurité, à l'abri d'un être sérieusement dérangé, même si cet être est son père, et ça me prouve que j'ai pris la bonne décision, et ça ne s'est pas du tout passé comme ça, espèce de menteur. Allais-tu vraiment – quoi ? – arrêter de te geler tout le temps ? Allais-tu arrêter de sortir ? Ce dont je me souviens, c'est que pendant une semaine, *peut-être* une semaine, tu as traîné autour en donnant un coup de main de temps en temps, mais en dormant la plupart du temps, en fait, et après ça, toi, Johnny, Aaron et Henry ainsi que tous les autres vous avez fêté plus que jamais, et il y a eu des fois où tu es venu tambouriner sur ma porte avec tes poings à cinq heures du matin...

— Non, il y a eu des fois où tu ne me laissais pas entrer à cinq heures du matin, et c'est pour ça que je me suis servi de mes poings...

— ... parce que tu es...

— ... parce que si seulement tu avais ouvert la porte...

— ... si totalement...

— ... ça n'aurait pas été une si grosse affaire...

— ... enfantin...

— ... et on aurait pu dormir un peu...

— ... et égoïste...

— ... au lieu d'avoir à écouter Zachary pleurer toute la crisse de matinée.

— ... que j'ai parfois honte de te connaître, Lee Goodstone. »

Et sur cette note vraiment merdique, elle tire sa révérence.

Vingt-neuf

L'affaire avec Johnny, c'est qu'il est rusé. Il ne faut pas que tu l'oublies. C'est pas un con. Courir jusque chez toi et te réduire en bouillie avec ses poings, voilà le chemin tout indiqué. C'est ce qu'il meurt d'envie de faire. C'est ce que ses frères l'encouragent à faire. Et c'est ce que, un jour ou l'autre, il fera. Un jour.

Mais pas tout de suite.

Johnny connaît le véritable enjeu. Il a fait une connerie en couchant avec Baby, mais on ne l'y reprendra pas. Qu'il te botte le cul, c'est ce à quoi Honey s'attend. Qu'il t'humiliera devant elle, c'est précisément ce qu'elle espère. Une fois que ce sera fait, Honey pourra lui en vouloir jusqu'à la fin des temps. Ce serait aller trop loin. Et il le sait.

Alors, non, Johnny ronge son frein. Il fait preuve de patience. De maturité. D'une certaine sensibilité même. Pendant qu'il te laisse courir encore un peu.

Pourquoi tu ne te défends pas ? C'est une bonne question. T'es certainement assez grand. Et pourtant, t'es une poule mouillée. Comme dans une grosse poule mouillée. T'as passé ta vie à fuir les bagarres. T'es un lâche. Tout ce que tu sais de l'art du combat, tu l'as appris en regardant des films. Et ça ne se traduit pas par un savoir pratique. Au cinéma, le premier combattant met une droite au second, puis celui-ci la lui remet. Le premier revient à la charge avec deux ou trois coups vicieux. C'est parfaitement chorégraphié et conçu pour que la bagarre penche dans un sens puis dans l'autre.

Dans les seuls combats auxquels tu as été mêlé, l'autre gars s'est jeté sur toi en faisant pleuvoir une telle rafale convulsive de poings et de doigts, en frappant et en cherchant à t'arracher à la fois les yeux et des morceaux du visage, en te crachant dessus et en visant tes couilles avec ses genoux, que tu n'arrivais presque pas à te défendre. Il n'y a pas eu, soyons clair, de ripostes à ces attaques.

Dans chaque instance, des témoins sont intervenus pour mettre un terme à la bagarre en moins de vingt secondes. Une bonne chose. Tu as beau être grand et donner l'impression de pouvoir facilement assommer ton adversaire d'un seul coup sur la caboche, il suffit qu'un poing entre en contact avec tes côtes ou ton estomac pour que ton corps subisse une paralysie totale. Tes bras se transforment en spaghetti et tes mains, en confiture. Et, à moins d'avoir six ans, le spaghetti et la confiture ne font pas bon ménage. Entre-temps, ton visage s'est réfugié dans les hauteurs, loin des hostilités, et ton menton est tendu en arrière aussi loin qu'il est humainement possible de le faire, tâchant de fuir la débâcle. Refusant de reconnaître les coups qui pleuvent et insistant pour que le reste du corps essuie le plus fort de l'assaut. Jusqu'à ce que ton ventre ne supporte plus rien et que tu sois plié en deux de douleur. Moment que choisit l'autre gars pour t'en coller une bonne sur ton gros nez tout croche et soudain laissé à découvert comme on tape sur un piquet à l'aide d'un maillet.

Quand Johnny viendra te trouver, tu ne lui opposeras aucune véritable résistance, tu le sais. Il le sait. Oh! tu feras quelques simagrées, pour la forme. Tu le regarderas d'un air dur. Tu l'éblouiras avec ton jeu de jambes. Qui sait, peut-être que tu réussiras même à lui coller un coup sur la caboche avant qu'il ne se mette à te pulvériser, ça pourrait pallier un peu la honte que tu ressentiras au moment d'expliquer les entailles et les ecchymoses qui enjoliveront ton visage pendant des semaines par la suite. C'est la pensée de t'offrir en spectacle qui est la plus décourageante. Avec le temps, tes blessures guériront, mais les chuchotements dans ton dos te suivront toute la vie.

Ça fait des années que Johnny et toi êtes amis. Il s'est passé un million de trucs depuis. Et pourtant quelque chose dans le yin et le yang de vos existences a préservé votre amitié. D'autres n'ont fait que passer. Des filles. Des écoles. Des boulots. Johnny et toi avez conclu un pacte pour ne pas trop demander de la vie. Jamais prononcé mais clair. Le chemin le plus emprunté. Johnny allait enfourcher son charme et sa beauté et tracer une ligne droite au milieu de l'autoroute pour aller le plus loin possible. Tu allais l'accompagner dans le side-car, nourrissant le voyage de ton sarcasme. Tout a changé maintenant.

Tu arrives chez Honey et Baby. C'est un de ces rares vendredis soir où Honey n'est pas de garde.

Baby répond à la porte. Elle broie du noir. Tu le sais dès qu'elle ouvre la bouche.

« Quoi?

— Est-ce que je peux entrer?»

Tu demandes gentiment, refusant de te laisser entraîner dans sa noirceur. Elle savait que tu allais passer. Tu as appelé.

« Eh bien, je viens de faire le ménage. Il va falloir que tu enlèves tes chaussures.

— Aucun problème. J'enlèverai aussi mes bas si tu veux. »

Elle fait une grimace et part.

Tu t'écrases dans le canapé à côté de Honey. Vous allez au cinéma ensemble plus tard. Elle te fait une bise sur la joue. Tu lui rends un gros baiser mouillé. Elle décoche un coup de poing qui s'écrase contre ta cuisse. Ouch ! Elle frappe vraiment fort, cette fille.

Baby a ses propres plans. Quelques minutes à peine après ton arrivée, elle attrape son sac à main et son manteau et se dirige vers la porte. Les deux sœurs ne se parlent presque plus.

Plus tard, Honey est fin prête et vous vous préparez à décoller. Tu marches encore sur des œufs. Elle est très susceptible dernièrement. Prompte à se retirer pour bouder, peu désireuse de parler pendant de longues périodes. Il faut que tu fasses attention. Elle est rancunière comme un col bleu.

Vous allez manger dans un restaurant excessivement cher et après vous allez vous *faire un cinéma*. Il y aura du vin. Beaucoup de vin, s'il n'en tient qu'à toi. Il y a de l'espoir que vous finirez au lit. Vous retournez chez toi ce soir. Au diable une nuit dans ce musée. Vous dormirez ensemble dans un lit que Johnny n'a jamais touché. Dans un certain sens. Parce que, naturellement, sur le plan purement technique, il l'a touché, ton lit. Au fil des ans. Il a même perdu connaissance sur ton lit. Des tas de fois. Et vomi dessus une fois. C'était dégoûtant. Mais encore, ce n'est pas la même chose.

Tu glisses derrière elle près de la porte, masses ses exquises épaules. Tu respires doucement. Tends le cou et approches tes lèvres de son oreille.

« Plus tard, quand on sera chez moi...

— Quand on sera chez toi... »

Elle se prête au jeu. Tu lui en es reconnaissant.

« Je vais faire couler un bain…

— Tu vas laver le bain…

— Je vais laver le bain, puis le remplir avec l'eau la plus douce et la plus savonneuse…

— … oooh, un bon bain…

— … et on va se déshabiller…

— … on va se déshabiller…

— … et se glisser dans l'eau…

— … de l'eau chaude…

— … et se savonner…

— … mmm…

— … jusqu'à ce qu'on se sente tout à fait apaisés…

— … oui…

— … et puis je vais te prendre et te retourner…

— … et puis on va se sécher et se diriger vers la chambre à coucher…

— … où je vais te prendre et te retourner…

— … où on va mettre des draps tout propres sur le lit…

— … et je vais te prendre et te retourner…

— … et tu vas me prendre et me retourner…

— … et faire de toi tout ce que je veux.

— … et faire de moi tout ce que tu veux.»

◇ ◇ ◇

Mais, va savoir pourquoi, quand la soirée est terminée et que vous retournez à ton appartement et rangez vos affaires et nourrissez Sam et grignotez quelque chose vous-mêmes parce que vous avez encore faim, malgré tout le popcorn et le chocolat que vous avez ingurgités après le souper, vous n'avez plus d'énergie pour faire couler un bain et il est déjà tard et avant même que tu t'en rendes compte, elle a enfilé son pyjama le moins sexy et s'est enroulée dans les draps, un magazine à la main, et votre crisse de soirée est complètement foutue.

Tu es inquiet. Tu sais que, d'une certaine façon, tu n'es pas tout à fait à la hauteur. Mais tu ne sais pas précisément pourquoi. Alors tu t'insinues auprès d'elle, provoquant un silence glacial alors qu'elle essaie de lire et que tu lui jettes des regards insistants.

Et finalement, elle dépose son magazine et pose la tête sur l'oreiller et soupire et puis, de nulle part, se met à évoquer sa rencontre avec Johnny et toi dans le parc il y a toutes ces années, et au début ça te fait chier qu'elle parle autant quand tout ce dont tu as envie, c'est de baiser, mais après elle commence à parler de toi et de Johnny et de la manière dont vous étiez constamment en compétition l'un avec l'autre, même si vous prétendiez le contraire, et après elle avoue que, oui, Johnny était un beau garçon, mais que toi, tu étais gentil et drôle, et que ça n'a pas été aussi simple que tu croyais de choisir entre vous deux.

Et tu es soudain très intéressé par ce qu'elle a à dire. « Mais c'est tout de même avec lui que t'es sortie.

— C'est ça. Oui.

— Et alors ? Tu as presque jeté ton dévolu sur le gars laid. Mais à la fin, tu as choisi l'autre. On s'en fout.

— Oh ! mais c'était pas comme ça.

— C'était comment, alors ?

— Je ne savais pas quoi faire. Je vous trouvais tous les deux amusants. J'étais tellement excitée quand l'un ou l'autre d'entre vous étiez là. »

Ton rythme cardiaque s'accélère. C'était en effet une époque folle. Tout bougeait très vite. Vous étiez tous parfaitement libres. Le temps ne manquait pas. L'amour non plus. Tu te souviens de l'arrivée de Honey et de Baby dans votre monde, à Johnny et à toi. Directement des Europes. Comme on dit. Ça, c'était du glamour. Ça, c'était excitant. Tous les gars étaient pâmés devant elles.

« Alors, sais-tu ce que j'ai fait ?

— Non.

— J'ai décidé de choisir celui qui voudrait de moi le plus.

— Celui qui voudrait de toi le plus ?

— Oui, c'est ça. Celui qui ferait le plus d'efforts. »

Ah ! oui. Les efforts. Pas ta force. Tu cherches à démentir cette accusation. Tu veux répondre. Tu te creuses la cervelle afin de lui prouver qu'elle a tort. Tu ne trouves rien. Tu n'es jamais celui qui fait le plus d'efforts.

T'es cerné.

Elle rit gentiment. « Tu avais l'air si nerveux, Lee. C'était ça aussi. Johnny savait quoi dire au bon moment. Toi, tu t'écroulais sous la pression. C'était pas toi, le frappeur clé de l'équipe. »

Tu ne sais pas quoi dire. Qu'est-ce que tu dois dire ? Les gens ne comprennent pas ce que ça signifie d'être le copain de Johnny ni le poids que représente le fait de savoir que tu seras toujours le numéro deux. Pour tout le monde. Moins coloré. Moins populaire. Pas beau. Pas fort physiquement ni bon dans tous les sports. Pas de frères cool. Pas de copine hallucinante.

303

Et une fois de plus tu as une subite prise de conscience. Tu sais ce que tu diras le jour où Johnny te demandera pourquoi tu l'as fait. Et ce jour viendra. Tôt ou tard. Johnny et toi allez vous faire face et ce sera le moment ou jamais et il te dira, avec un peu de chance sans trop de méchanceté, sans la haine totale : « Pourquoi tu l'as fait, Lee ? »

Tu vas devoir expliquer à ton meilleur ami qu'il fallait tout simplement que tu saches. Ce qu'on ressent. Pour une fois. Quand on est un vainqueur. Ce qu'on ressent quand on se promène dans la rue avec une fille comme celle-là à son bras. Quand on est comme lui. Il va falloir que tu lui expliques ça.

Ugh.

Euh, peut-être pas. Peut-être que c'est le genre de chose qu'on garde pour soi.

Elle se penche pour éteindre la lumière. Tu t'étends dans le lit. Tu écoutes sa respiration. Tu attends son toucher dans l'obscurité. Ça ne vient pas. Au lieu de cela, elle fait un autre crisse de retour en arrière. *Un autre.* Après un long soupir en guise d'introduction et un petit rire. Cette fois, elle raconte comment elle a obligé Johnny à lui raconter son dépucelage. Il n'avait pas envie. Mais elle l'a obligé. Et c'était une histoire assez comique. Il lui a raconté, à propos des vieux magazines *Penthouse* de son père. Il a parlé de toi. Et de ces lettres érotiques. Il a expliqué comment vous alliez au centre-ville avec l'intention de séduire des femmes au foyer en manque et que ça n'a jamais marché.

Sauf pour lui. Une fois. Lorsque, pour une quelconque raison, tu n'étais pas au rendez-vous à la fin de l'après-midi. Il attendait le bus seul et a aidé une dame à placer ses sacs dans le coffre de sa voiture et après, va savoir comment, il se faisait raccompagner à la maison – pas sa maison à lui, la sienne – et jusque dans son lit et dans ses bras et entre ses cuisses, et le tour était joué. Sa virginité a été perdue. Elle lui a donné de l'argent pour un taxi, mais il a préféré l'empocher et rentrer à pied, une heure sous la neige. Surexcité. Il a mis un temps fou à s'endormir. Quand il s'est réveillé le lendemain matin, il ne l'a dit à personne. Même pas à toi pendant très longtemps. Elle n'a aucune idée pendant combien longtemps. Il ne l'a dit à personne. Il a gardé le secret pour lui. Il l'a même revue, la dame, encore quelques fois. Il était comme ça, Johnny, discret. Il savait à quel point tu aurais été dévasté si tu l'avais appris. Il est même retourné avec toi dans les grands magasins du centre-ville lorsque tu as insisté. Il a parcouru les rayons avec toi. Jusqu'à ce que tu abandonnes. Bien sûr, il y prenait moins de plaisir. Mission accomplie et tout ça.

Oui, il était gentil comme ça, Johnny. N'est-ce pas ? Il ne te lançait jamais ce genre de truc à la figure. Ce n'était pas une grande gueule. Elle commence à vaciller. Tu entends le sommeil dans sa voix. « On pense que Johnny est vraiment égoïste, mais c'est pas vrai. Pas toujours. N'est-ce pas ? »

Tu ne dis rien.

« Quand est-ce que tu as enfin su, pour la femme ? demande-t-elle d'une voix pâteuse. Étais-tu jaloux ? Ou as-tu pensé que c'était gentil de sa part de ne pas vouloir te blesser ? »

Tu ne dis rien. Encore. Tu fais semblant de dormir.

Trente

C'est une semaine plus tard. Tu es au centre-ville. À la Gare centrale. Il est sept heures et demie du matin. Tu n'es pas tout à fait réveillé. Il y a du monde partout. C'est fou la quantité de gens debout à sept heures et demie du matin. Très affairés, un café à la main. Ils ne font que se diriger vers le boulot comme chaque matin, mais ils le font avec conviction. L'air sévère, concentré. Peut-être est-ce simplement pour montrer qu'ils ont leur place dans la société. Parce que, à cet endroit, à cette heure-ci du matin, il faut être à sa place. Ne pas être à sa place signifierait peut-être que vous préparez un mauvais coup.

Tu te rends à la gare des trains le premier lundi du mois, un mois sur deux. Pour rencontrer un gars. Pour t'occuper de lui. Des fois il est là, des fois il ne l'est pas. Il faut que tu te pointes quand même. Pour savoir. Chaque fois. C'est l'entente. Tu ne le sais jamais d'avance.

Tu n'as jamais parlé avec ce gars au téléphone de ta vie. Chaque fois en personne. S'il vient, vous vous rencontrez toujours à la même porte. C'est à peine si vous échangez une parole. Après vous marchez ensemble jusqu'à l'endroit où tu as laissé sa dope, d'habitude c'est dans une enveloppe dans une case. Il part en taxi tout de suite après. Ce qu'il fait et qui il fréquente, tu n'en as aucune idée. Ton dealer te l'a présenté il y a des années. C'est un poids lourd.

Aujourd'hui, c'est le premier lundi du deuxième mois. Tu n'as rien pour lui. Pour la première fois. Il n'y a rien de caché dans une case. Tu ne sais pas s'il viendra, mais s'il vient, il faut que tu sois là tout de même. Pour offrir des explications.

Tu fixes une des télés au mur. Tu meurs d'envie de retourner à la maison, de retourner au lit. Tu oscilles sur tes jambes de gauche à droite. Des formes passent devant toi. Tes yeux et tes oreilles sont sur le pilote automatique.

Soudain, tous tes sens sont en éveil. Tu lis ceci à l'écran : DERNIÈRES NOUVELLES. Ces mots sont remplacés par des sous-titres pour les malentendants, blanc sur noir. Tu lis les mots du présentateur.

Il est en train d'expliquer que Darlene Dobson a été retrouvée. Saine et sauve. Elle a été admise au Royal Victoria quelques jours plus tôt. On ne l'a pas reconnue tout de suite parce qu'elle est arrivée pratiquement sans identification. Ses cheveux étaient teints en vert. Elle avait de nombreux nouveaux piercings au visage et un gros tatouage sur la gorge.

Elle est sous médication. On l'a également traitée pour de nombreuses blessures mineures. On craint qu'elle souffre de stress post-traumatique à la suite des sévices que lui aurait infligés un ex-copain, ex-détenu libéré de prison quelques mois auparavant seulement. Leur relation avait été instable et à l'occasion violente. C'était un petit malfaiteur et un proxénète à temps partiel de vingt-cinq ans qui avait récemment été condamné à dix-huit mois de prison pour invasion de domicile mais relâché au bout de six mois. Il serait retourné dans les parages moins de deux semaines avant la disparition de Darlene.

Liz Hunter apparaît à l'écran, en direct de l'hôpital. Elle a l'air bien aujourd'hui. Extra sensuelle. À sa manière si peu sensuelle.

Liz vous informe que vous aurez droit à un *reportage approfondi*. Elle vous assure qu'il s'agit d'une *exclusivité*. Elle vous rappelle que vous assistez aux toutes dernières nouvelles. Alors que le caméraman zoome de manière hésitante sur son visage, Liz vous apprend que le suspect est un dénommé Teddy Lewis Jr. Il stalkait son ex-copine depuis plusieurs jours. Il est possible qu'il l'ait abordée et qu'elle ait refusé ses avances. Le matin de sa disparition, il l'avait suivie alors qu'elle quittait l'appartement qu'elle partageait à l'occasion avec son amie Naomi Byrd pour aller rencontrer Henry Miller. Plus tard ce matin-là, Teddy Lewis Jr. l'avait approchée dans la rue et l'avait persuadée ou forcée – ce n'est pas encore clair – à monter dans sa voiture. Ils ont ensuite quitté Montréal. Et se sont rendus à la maison de son père dans le Nord. Liz soulève un sourcil à sa manière si caractéristique au moment de prononcer les mots « dans le Nord ».

C'est là, poursuit-elle, que les choses se sont gâtées et que tout a fini par dégénérer en une relation de manipulation et d'intimidation. Il est possible qu'elle l'ait accompagné de son plein gré, mais lorsqu'elle a exprimé le désir de partir, Teddy Lewis Jr. a refusé. En fin de compte, elle n'a eu d'autre choix que de devenir sa copine, sa cuisinière, sa bonne et sa partenaire sexuelle. Ils se sont « mariés » lors d'une cérémonie officiée par son père. Lors de ses quatre-vingt-dix-neuf jours de captivité, elle a quitté la propriété cinq fois, chaque fois en compagnie de Teddy. Ses vêtements trop amples, ses cheveux teints, ses piercings ainsi que le grotesque tatouage qu'il l'avait forcée à se faire faire dans le cou ont rendu Darlene méconnaissable.

Enfin, le centième jour, Teddy Lewis Jr. et son père se sont accidentellement enfermés dans le sous-sol. Ils étaient emprisonnés derrière des murs de béton d'une épaisseur de deux pieds et demi, d'où nul cri ne pouvait s'échapper, un bunker hautement sécuritaire qu'ils avaient bâti sous la maison et qui servait à l'emballage et à la distribution de la marijuana qu'ils faisaient pousser sur la propriété.

Ils sont restés coincés pendant vingt-six heures.

Darlene Dobson a tout simplement quitté la propriété au milieu de la nuit, vêtue d'un t-shirt, d'un sous-vêtement et d'une paire de pantoufles pour homme. Elle a suivi les routes dans l'obscurité jusqu'à ce qu'elle arrive à une caserne de pompiers au milieu du village le plus proche. Elle s'est assise dans les marches et a attendu qu'on la trouve. Folle et à peine capable de parler.

C'est ça qui est ça.

À la fin du bulletin de nouvelles, il y a un long plan fixe du Royal Vic. Il te vient à l'esprit que, à l'intérieur de l'immeuble, Honey commence son quart de travail.

Tu frottes tes yeux et te lèves. Le sang te monte à la tête. Tu te masses les tempes avec les doigts. Ça passera. Ou pas. Tu devrais te rasseoir. Ou rester debout. Tu es incapable de décider. Tu revois en boucle dans ta tête Darlene Dobson qui longe une route de campagne dans ses bobettes au milieu de la nuit. T'es malade.

Trente et un

Naturellement, la police relâche Henry. Immédiatement.

On célèbre en grand. On jubile. La gang se retrouve. Pendant un temps, tu croyais même que c'était la fin, que ce serait l'été où tout le monde irait son propre chemin. Maintenant, Henry est de retour et c'est une star, se révélant un ciment beaucoup plus important que vous ne l'auriez cru.

Tu es au Q en ce dimanche après-midi ensoleillé. Tout le monde est là. Tout le monde. Toi. Henry. Honey. Tes amis. Johnny. Les frères de Johnny. Tout le monde.

Henry est sincèrement heureux de vous voir tous ensemble. C'est à la fois touchant et triste, vu les ragots qui bruissaient dans son dos depuis des mois. Les doutes sur son innocence. La vive présomption de sa culpabilité. Tout le monde l'embrasse et lui passe la main dans les cheveux. Aaron lui frotte la tête avec ses poings. Un sourire figé erre sur les lèvres de Maureen, qui essaie d'avoir l'air ravie. Baby volette d'une table à l'autre, un martini bleu à la main. Tim, le sacré rouspéteur à la tache de rousseur, est toujours à ses côtés, tout comme un autre gars de leur université. Man, avec elle, il faut une carte de pointage. Contrairement à Tim, celui-là est couvert d'une épaisse chevelure noire. Il a une grande crinière, des sourcils menaçants et une grosse barbe. Un enchevêtrement de poils cache la naissance du cou et il y a sûrement toute une forêt qui s'étend sur sa poitrine et son dos. C'est une coquerelle à poils. Elle sait vraiment les choisir, Baby.

Et pourtant, pour la première fois, tu sens que c'est vrai quand tu dis que tu te fous de savoir qui elle fréquente. Ça ne te fait pas un pli. La fièvre est tombée. Entre-temps, en ce qui concerne Baby, elle ne semble plus accorder d'importance à la présence de Johnny. Elle est absolument imperméable à son charme. Tu observes Honey qui regarde tour à tour Baby et Johnny. Elle évalue la situation. Baby prend soin de ne pas s'approcher d'elle. Elle reste avec les gens de son espèce. Elle s'assoit, tend l'oreille et joue avec le bord de son verre alors que la Coquerelle à poils est en train de discourir sur la musique d'aujourd'hui, qui n'est que de la merde contrôlée par les grands studios, et les postes de radio qui ne jouent que ce qu'on leur dit de jouer tandis qu'on écoute placidement, et c'est immoral et ça va à l'encontre de l'esprit même de la musique, et on est tous des lemmings. Il faut arrêter ça, il faut arrêter d'écouter les mêmes vieilles chansons chantées par les mêmes vieux chanteurs et provoquer un véritable changement et penser enfin par nous-mêmes.

Baby hoche la tête, réfléchit à ce qu'il dit. Tu vois qu'elle prend tout ça très au sérieux. Enfin, elle dit : « Oui, mais si c'est juste de la musique *dance?* »

Tu jettes un œil autour de toi et remarques que Johnny suit la conversation, un sourire narquois aux lèvres. Tu veux rire aussi. Avec lui. *De la musique dance.* Ha ! Elle ne pense qu'à ça. Tu as envie d'aller vers Johnny et de draper ses épaules de ton bras. Tu voudrais ricaner avec lui et raconter des blagues sur la bêtise de Baby tout l'après-midi. Mais, bien sûr, tu ne peux pas.

Stacy arrive. En retard, bien sûr. Sans Graham. Elle est réellement contente que Henry soit sorti de prison. Elle en a les larmes aux yeux. Elle veut tout savoir. Comment s'est-il senti, savait-il que Darlene était vivante, c'était comment, la prison, est-ce qu'il s'est demandé pourquoi personne ne le croyait ?

Et après elle pose la question qui est sur toutes les lèvres.

« Es-tu fâché contre nous ? »

Henry sourit. Prudemment. Il fait signe que non. Il n'est pas fâché. « De toute façon, de quoi tu parles ? Tout le monde avait confiance en moi. N'est-ce pas ? » Il sourit de nouveau. Il s'amuse. Henry est vraiment en train de faire une blague.

On dirait qu'il a changé. Mais après tout, n'est-ce pas normal ?

Tout le monde a l'air mal à l'aise. Toi, par contre, tu te tiens un petit peu plus droit. Tu t'es placé dans le camp de Henry très tôt dans cette histoire. N'est-ce pas ? Tu as même clamé son innocence à la télé.

Stacy dit : « Mais pourquoi n'étais-tu pas plus fâché contre la police ? Pourquoi tu ne leur as pas tout simplement dit que tu n'avais rien à voir là-dedans ? La police croyait que tu étais avec elle, ce jour-là. Et que tu lui avais fait du mal. »

Baby et Tim font un signe d'assentiment et se tournent vers Henry pour entendre sa réponse. Aaron et Maureen aussi. En retenant leur souffle.

« Eh bien, je l'ai vue. Je veux dire que j'étais avec elle. Ce jour-là. »

Il y a un mouvement général de recul. Toi, surtout, tu es décontenancé.

« Ce matin-là ?

– Ouais. »

Tous les yeux sont tournés vers Henry.

« Ouais. Elle est venue me voir. Je le lui avais demandé. Elle a promis qu'elle le ferait. Je lui ai dit que j'avais quelque chose à lui montrer. Quelque chose qu'il fallait qu'elle voie. »

Même les frères de Johnny ont arrêté de parler pour l'écouter. Quelqu'un, il te semble, a baissé la musique.

« Je l'ai emmenée avec moi jusqu'à un immeuble dont ma mère est copropriétaire. Un nouveau. De l'autre côté de la voie ferrée. À l'autre bout, sur le chemin Upper-Lachine. On a marché. De Grand, on a pris le pont piétonnier. C'est loin. Ç'a pris vingt minutes. Je ne voulais pas lui dire pourquoi. Elle demandait sans arrêt. On riait. Elle était vraiment curieuse. »

Il y a de la joie dans les yeux de Henry lorsqu'il rappelle ce souvenir.

« Ma mère m'a laissé me servir d'un quatre et demi au deuxième. Jusqu'à ce qu'ils le louent. J'ai fait faire la décoration. Toute la décoration. Des appareils ménagers et des meubles et tout. Et j'ai fait de la peinture. Des couleurs pour plaire à Darlene. Beaucoup de noir. Tout ce que j'ai choisi, je l'ai choisi parce que je pensais que Darlene l'aimerait. J'ai mis un tapis shag dans le salon. Et la chambre. Parce que je savais qu'elle aimait le shag. J'avais tellement hâte qu'elle le voie. »

Il prend une petite pause pour grignoter quelques croustilles et prendre une gorgée de son verre. Du thé glacé. Comme Aaron – tu viens de t'en rendre compte –, il ne boit pas d'alcool. Et il est soudain quasi articulé. Quasi intelligible. Pseudo-lucide.

L'idée qu'il a probablement répété ce discours te vient soudain à l'esprit. Toutes ces heures passées à se cacher dans l'immeuble de sa mère. À manger du pain aux raisins. Tout ce temps passé à établir sa version des faits. Il l'a jouée encore et encore dans sa tête. Il savait qu'un jour il aurait cette histoire à raconter. Probablement dans ce bar, devant ces mêmes personnes.

Henry s'est préparé.

« Je l'ai emmenée là. Je lui ai montré l'appartement. Je lui ai dit : "C'est pour nous. Viens vivre avec moi ici." » Ses yeux s'ouvrent grands quand il se rappelle la réaction de Darlene. « Elle a détesté ça au plus haut point. Vraiment détesté. Pas les couleurs et les meubles, mais la seule idée. Je veux dire qu'elle a flippé. Elle est devenue vraiment agitée. Elle criait. Elle m'a demandé pour qui je me prenais. Est-ce que j'étais un crisse de weirdo ? Elle arrêtait pas de dire qu'elle n'avait que dix-sept ans et que je lui donnais la chair de poule. Et je me suis dit : Mais on baise ensemble depuis des mois. Tu auras dix-huit ans à l'Action de grâces. T'as couché avec un million de gars. C'est quoi l'ostie de problème ?

« J'avais juste envie de créer pour nous un endroit sûr où on pouvait passer du temps ensemble. On ne savait jamais où elle allait dormir. Je continuais à penser : Pourquoi elle se fâche à ce point ? Je continuais à lui dire : "Je peux tout changer. Je peux repeindre dans d'autres couleurs. Je pensais que tu aimais le shag. On peut rapporter tous les meubles et recommencer si tu veux." Je parlais sans arrêt, mais je ne savais pas quoi dire. »

Henry regarde tout le monde autour de lui. Il s'arrête sur toi. Il n'est pas facile de soutenir son regard. Tu ne sais pas comment il fait. Comment il met son cœur à nu devant tout le monde.

« Et puis soudain elle est partie comme une flèche en longeant le corridor jusqu'à l'entrée. Je l'ai poursuivie et je suis arrivé avant elle. Je lui ai barré le passage. Je pouvais pas la laisser partir. J'avais travaillé tellement fort pour que ma mère me cède l'appart - je pouvais pas croire qu'elle voulait partir. Après seulement cinq minutes! Depuis des semaines, je rêvais du moment où on allait se déshabiller et se glisser dans le lit de notre nouvelle chambre. Ç'allait être génial. Je pensais sans arrêt à cet instant. Et j'y avais pensé et repensé et là, elle s'en allait... Et je... supportais pas l'idée, vous comprenez. »

Il grignote encore quelques croustilles et prend une gorgée de thé.

« Et puis soudain elle a attrapé un parapluie qui était appuyé contre le mur et elle a essayé de m'embrocher avec. De toutes ses forces. Je suis tombé à la renverse. Elle a ouvert la porte et elle est descendue par l'escalier de secours. Je me suis levé et je suis parti péniblement à sa recherche, la main sur le ventre. C'était tôt le matin et il n'y avait personne autour alors que je la poursuivais mi-marchant mi-courant dans la rue. »

Tu jettes un œil autour de toi. Tout le monde est rivé sur place. C'est comme s'ils avaient oublié qu'elle ne meurt pas à la fin.

« Le plus drôle, c'est qu'on était tous les deux dehors en chaussettes - à cause du tapis shag, j'avais insisté -, mais j'ai eu la présence d'esprit d'attraper ses chaussures en sortant. On a longé plusieurs pâtés de maisons de cette façon, criant des stupidités chacun de son bord. Elle conservait une bonne distance entre nous pendant tout ce temps. On marchait en chaussettes. On avait l'air complètement idiots, mais il n'y avait vraiment personne autour. Je me suis calmé un peu et j'ai essayé de rattraper la situation tant bien que mal, mais elle ne voulait rien savoir. J'ai dit tout ce qui me passait par la tête. Elle ne m'écoutait même pas, je crois. Puis j'ai perdu patience et je me suis rué sur elle, mais elle m'a échappé encore. Elle riait de moi. J'ai couru encore vers elle. J'ai fini par lui lancer ses chaussures. Je les avais attachées ensemble pendant qu'on marchait et je les ai tout simplement lancées vers elle de toute ma force. Et je lui ai dit d'aller se faire foutre et qu'elle était une pute ainsi qu'un tas d'autres choses que je ne croyais pas vraiment.

« Alors elle s'est arrêtée, et elle m'a regardé, et j'ai compris qu'elle ne riait plus. Elle pleurait. Ses yeux étaient gonflés. Mais je ne sais pas pourquoi elle était triste. C'est moi qui souffrais, vous savez, avec ce coup de parapluie dans le ventre et un appartement tout noir et tout ce fucking shag partout. Ensuite elle a ramassé ses chaussures de course. Je pensais qu'elle les prendrait et s'en irait, mais au lieu de cela elle est restée là à me fixer. Puis elle a fait tourner les chaussures en les tenant par les lacets et les a envoyées dans les airs – elles sont parties très haut – jusqu'à ce qu'elles retombent et restent accrochées à un fil téléphonique qui courait entre deux immeubles. À trente pieds du sol. Rue Saint-Jacques. Là où la police les a trouvées. On est restés là tous les deux à les regarder se balancer, sans dire un mot. »

Tu remarques Honey maintenant, qui s'est approchée un tout petit peu de Johnny. Qui s'est également rapproché d'un poil. Ou es-tu en train d'imaginer tout ça ? Tout le monde est debout, appuyé contre les hautes tables. C'est difficile à dire. Personne n'est assis. T'es pas mal sûr quand même. Tu jettes un coup d'œil furtif pendant que Henry poursuit son récit.

« Ensuite elle a enlevé ses chaussettes et les a lancées par terre. Elle s'est retournée et a commencé à marcher. Je l'ai vue aller jusqu'au concessionnaire Mazda. Là où on accède à l'autoroute. Et il y avait une voiture garée là dont le moteur tournait, comme si elle attendait quelqu'un, comme si elle nous observait. Darlene s'est approchée. C'était clair qu'elle connaissait la personne à l'intérieur. Après quelques secondes, elle a ouvert la portière et est montée à bord. »

Baby a les yeux qui sortent des orbites. C'est tout droit tiré de l'un de ses téléromans. « Une Gran Torino blanche ? demande-t-elle en retenant son souffle.

— Oui.

— Teddy Lewis Jr. ?

— Oui.

— Tu le savais ?

— Oui.

— Tu l'as vu ? Elle t'en avait parlé ? »

Pause.

« Oui. »

Personne ne parle pendant de longues secondes. Ce qui te permet d'examiner une fois de plus Honey et Johnny. Si quelqu'un allait te chercher un ruban à mesurer, tu es certain que tu pourrais prouver hors de tout doute qu'ils se sont rapprochés.

Baby dit : « Je comprends toujours pas. Pourquoi tu n'as rien dit à la police ? Ou à la télé ? Tu aurais pu leur dire ce que tu savais. Tu aurais pu prouver ton innocence.

— Mais j'étais innocent.

— Tu aurais pu leur dire.

— Pourquoi ?

— Pour qu'ils le sachent. Pour qu'ils s'en aillent. »

Mais déjà Henry regarde au loin. Il fait un tout petit non de la tête. Et tu sais ce qui lui trotte dans la tête. Tu le sais rien qu'à le regarder. Il pense. Qu'il a agi par grandeur d'âme. Parce que Darlene le verrait à la télé quelque part et comprendrait sa souffrance. Il l'a fait pour elle. Les soupçons. Les interrogatoires. Il pouvait tout raconter à la police, il pouvait se disculper à n'importe quel moment, mais il n'a pas voulu le faire. Si elle ne voulait pas revenir, il ne la forcerait pas. Si elle voulait s'enfuir et se faire une nouvelle vie, il la laisserait faire. Si elle voulait qu'il l'attende, il l'attendrait. Et si elle voulait qu'il souffre, il souffrirait. Il suffisait d'ouvrir les yeux. Henry a toujours été doué pour le martyre.

Tu le regardes ramasser une croustille, la tenir entre ses doigts et oublier de la porter à ses lèvres. Il regarde de nouveau au loin.

Il est encore amoureux d'elle. En ce moment même. L'andouille.

Trente-deux

Les gens circulent. Les shooters descendent à vue d'œil. Il est question de sortir à l'extérieur. De profiter du soleil. Pour fumer quelques *bats*. Peut-être une petite promenade jusqu'au parc. C'est la mi-septembre, les jours raccourcissent et il y a de l'urgence dans l'air, un besoin soudain d'attraper les meilleures et les plus chaudes heures de la journée et de les presser contre sa poitrine.

Tu as bu un certain nombre de verres. Plus que d'habitude. À l'œil, naturellement. Il faut reconnaître qu'ils l'ont l'affaire, les frères Karakis. Tu te dégages du bar et pars en patrouille. Tu te frayes un chemin entre les tables de billard en promenant ton regard sur la foule à la recherche de Honey. Vous vous êtes mis d'accord pour adopter une attitude discrète et ne rien balancer aux visages des gens. Ne pas étaler votre relation. Ce qui semblait tout à fait fondé, bien sûr. À ce moment-là. Mais maintenant t'as besoin de la chaleur de ses bras. Et de la douceur de sa langue dans ta bouche. Tu te demandes où elle est. Ta copine.

Quand tu es avec elle, tu rayonnes. Encore. Chaque nouvelle journée te semble fraîche, fière et pleine d'audace. De ton point de vue, du moins. Avec Honey à ton bras, les gens te regardent différemment – les amis comme les inconnus. Peu importe les affirmations du contraire, le fait que cette fille fabuleusement belle t'aime a changé ta vie. T'es tellement fucking cool maintenant que c'en est malade.

Il y a foule. Tu traverses la partie restaurant du bar à la recherche d'un peu plus d'espace. Tu aimes l'ambiance. Des amis partout. Toi, en quête de celle que t'aimes. Tu t'arrêtes soudain. Et te redresses. Tu la vois. Celle que t'aimes. Face à face avec Johnny. Leurs nez se touchent presque. Ils parlent. Tout bas.

Ils te voient aussi. Tu ne peux plus te retourner. Tu dois aller de l'avant, transporté par tes jambes pendant que ta tête essaie de traiter ces nouvelles données.

Les yeux de Honey accueillent ton arrivée. Ceux de Johnny regardent fixement devant eux.

Elle dit : « Salut, mon chou.

– Salut. » Tu réponds avec hésitation au cas où elle préparerait une réplique assassine.

Mais ce n'est pas le cas. Tu la vois sourire. Elle s'éloigne un peu de Johnny et prend ton bras.

« De quoi parliez-vous ? »

Honey sourit de plus belle. Elle t'aime encore plus pour avoir posé cette question.

« Eh bien, j'étais en train de demander à Johnny comment allait ma sœur. Maintenant qu'il n'y a plus rien qui le retient, je voulais savoir s'il profitait pleinement du temps illimité qu'il peut passer auprès d'elle. »

Johnny s'agite. Il veut répondre. Il ne veut rien dire. Tu voudrais au moins qu'il se tourne vers toi. C'est très éprouvant pour tes nerfs, cette manie de ne jamais te regarder.

Enfin, il déclare : « Et moi je disais... que je n'ai pas passé une seconde avec Baby... que je n'ai jamais eu l'intention de passer du temps avec Baby... et je l'ai dit dès le début, fuck... »

Honey dit : « Hum, dès le début ? Je crois pas. Dès le début, il n'y a eu que des mensonges. C'est de ça dont je me souviens.

– Ça s'est passé *il y a trois ans*... ce qui n'est pas *aujourd'hui*... et c'est de ça que je *croyais* que nous parlions...

– Ah, mais vois-tu... » Ici, Honey se tourne vers toi tout en adressant la parole à Johnny, ce qui ne te fait pas frissonner de joie. « ... c'est ce que croit Johnny, mais c'est précisément là où il a tort. Johnny ne voit pas que trois ans auparavant ou maintenant, c'est pareil. »

Johnny s'étrangle de rire. Il maintient la fixité de son regard. « Et ça veut dire quoi ça, fuck ?

– Ça veut dire que maintenant, c'est trop tard. »

Johnny accuse le coup. Tu le regardes. Ses yeux sont rivés sur Honey. Puis il regarde au loin. Il regarde tout autour de la pièce. Il regarde partout sauf dans ta direction. Il refuse de s'avouer vaincu. Un autre gars se mettrait à la supplier. Ou rougirait d'embarras. Ou se mettrait en colère. Johnny ne fera rien de tout ça. Pour lui, Honey est tout simplement en train de se tromper. Il n'a qu'à corriger le tir. Tu le connais bien. Sa patience prend racine dans sa profonde croyance qu'il peut réparer n'importe quoi pourvu qu'il dispose d'un peu de temps et de la bonne approche.

« Assure-toi, dit-il sans émotion, de savoir ce que tu veux avant qu'il ne soit trop tard. »

Honey en a le souffle coupé. Elle se raidit.

Lentement, elle relâche ta main et laisse ses doigts se démêler des tiens. Elle fait un pas en arrière. Elle vous regarde tous les deux de la tête aux pieds.

« Je vous quitte maintenant, les garçons, pour vous laisser discuter. Vous pourrez faire un brin de conversation. »

Elle pivote sur ses talons et part en douceur. Tu essaies subtilement, désespérément, d'attirer son regard avant qu'elle ne s'éloigne. Tu veux qu'elle lise dans tes yeux cette seule question : *Où vas-tu, nom de Dieu ?* Mais elle disparaît dans une autre section.

Et tu te retrouves seul avec Johnny.

Pour la première fois depuis... eh bien, tu le sais.

Une nouvelle chanson commence. Elle date d'il y a quelques années, assez accrocheuse et sympathique pour qu'on l'entende encore tout le temps à la radio. Ça parle de vin rouge et du bonheur qu'il procure. Dommage que la chanson n'ait pas le même effet. Tu détestes cette merde pseudo-reggae. Chaque fois qu'elle joue, tu as envie d'éventrer tous les haut-parleurs à ta portée.

Johnny ne fait aucun effort pour parler.

Toi non plus.

Un nouveau couplet. Aussi insidieux que le premier. Toutes les filles que tu connais adorent ce truc. Tous les gars que tu connais le détestent. À l'exception de Henry. Tu as gagné dix dollars en pariant avec lui la première fois que vous avez entendu la chanson ; il est tellement con, il croyait que c'était Bob Marley.

Ni Johnny ni toi ne bougez. Tu lui jettes un coup d'œil de temps en temps. Son regard ne quitte pas la piste de danse où quelques corps s'abandonnent nonchalamment. Il fait durer son verre.

Finalement, lorsque tu as l'impression de n'avoir aucun autre choix, tu dis : « Fucking Henry. Il me tue. Il n'y a que lui pour se terrer chez lui, entouré de la police. Et ne rien dire. En croyant qu'il fait la bonne chose. En croyant qu'il agit par grandeur d'âme. »

Tu oses lui jeter un regard pour voir s'il est d'accord. Mais il ne semble pas avoir d'opinion sur le sujet.

Il te vient à l'esprit que le sujet touche de trop près le nerf de la guerre. Des filles capricieuses et tout le bazar. La noblesse silencieuse. Tu essaies une autre tactique. « Ou peut-être qu'il avait tout simplement peur de Teddy Lewis Jr. Peut-être qu'il avait peur d'en parler à qui que ce soit. Ce qui n'est pas si bête. Quand tu y penses. As-tu vu ce gars à la télé ? Il avait l'air d'un fou furieux. »

Aucune réponse. Rien du tout. Un visage de pierre. À vrai dire, il ne t'a pas encore fait le moindre signe de reconnaissance.

Abandonner. C'est ce que tu devrais faire. Mais bien sûr, tu ne le fais pas. Il faut que tu saches. Est-ce que c'est fini ? Comme dans « à jamais » ? N'y a-t-il pas le soupçon de la mince possibilité d'un espoir qu'il te pardonnera ? Un jour, peut-être ?

« John, dis-tu tout bas. Je suis désolé. Pourquoi je l'ai fait ? *Je le sais pas.* Je suis vraiment désolé. J'aimerais que tu le saches. »

Johnny fixe droit devant lui. Muet.

« Tu sais, je la voulais aussi, gémis-tu. Depuis le début. Pas juste toi, man. Moi aussi. Tu te souviens, n'est-ce pas ? »

Aucune réponse.

« Tu l'as eue. Mais je l'aimais aussi. »

Pas un mot.

Tu décolles un coin de l'étiquette de ta bouteille de bière en cherchant autre chose à dire. Mais avant qu'une idée te vienne, Johnny quitte la table en douceur, attrapant son verre au passage. Sans jamais te regarder. Comme s'il avait été seul tout ce temps.

Et voilà ta réponse.

Tu titubes en direction des toilettes. Ton cerveau encore lourd d'alcool. Tu repères Stacy, qui veut discuter. Et Tim et la Coquerelle à poils, des sourires idiots de petit garçon aux lèvres. Tu passes à côté d'eux avec un aplomb imperturbable. Après tout, tu as fait de la télé. Tu comprends le petit peuple et l'importance de le faire patienter.

Tu vises l'étroit corridor qui mène aux toilettes.
Tu as hâte de passer ce moment seul, rien que toi et
le soulagement de tes voies urinaires. Mais juste au
moment où tu y arrives, Peter Karakis pousse la porte
et en sort. Il est debout devant toi. Dans cet étroit corridor. Tu ne peux pas l'éviter. Il est droit devant toi.

Tu dis : « Hey. »

Il dit : « Hey. »

Ton cœur bat la chamade. Tu sens l'alcool quitter
ton cerveau. Et faire place à la terreur.

« J'adore ton club, dis-tu généreusement.

— Ah ! oui ?

— Oui. C'est le meilleur. »

Il hoche la tête, comme s'il réfléchissait à tes
paroles. Il est complètement immobile. Il te regarde.
Ses yeux dansent.

Et puis, en un éclair, la flexion de son cou, le serre-
ment de ses dents, tu vois que ça s'en vient. Tu n'essaies
même pas de bouger. Tu n'oses pas réagir.

Son poing vient s'écraser contre ta poitrine.

Unhh.

Un deuxième plonge dans ton ventre.

Hunhh.

Tu suffoques.

Il t'atteint près de l'oreille avec son avant-bras. Une
deuxième fois. Une troisième fois. Ta tête rebondit
sur le mur à chaque coup. Tu cherches à reprendre ton
souffle à chaque rebondissement.

Il lève une jambe et écrase vicieusement ton pied
avec le sien, pulvérisant tous les petits os.

Tu cherches ton souffle en sautant à cloche-pied.

Tu n'as pas levé un doigt pour te défendre. Et il
n'y a presque pas eu de bruit. Et il n'a laissé aucune
marque. Malgré la douleur lancinante, songes-tu.

Il avance ses doigts épais jusqu'à ton visage
et empoigne ta mâchoire fragile. Il serre avec une

pression presque insoutenable, son pouce et son index creusant tes joues jusqu'à faire rencontrer la chair au milieu de ta bouche. Il te tient de la sorte pendant plusieurs secondes, te forçant à le regarder. Tes genoux fléchissent. Enfin, il te rejette en te frottant contre le mur comme s'il venait d'écraser un moustique. Tu glisses jusqu'au sol, cherchant encore ton souffle, mais sans faire de bruit et seulement lorsqu'il se trouve à une bonne distance, de peur que ça l'indispose d'une manière ou d'une autre.

Tu te lèves péniblement et clopines jusqu'aux toilettes. Tu pisses avec précaution, t'appuyant contre le lavabo tout de suite après. Tu plisses les yeux en scrutant ton visage dans le miroir. Il n'y a pas grand-chose à voir. Une effroyable peur. Et la perte totale de dignité. Plusieurs minutes s'écoulent avant que tu retournes voir tes amis. Attablé, tu attends encore quelques minutes en faisant semblant de siroter ta bière jusqu'à ce que tu puisses glisser vers la porte et en bas des marches sans qu'on te remarque. Tu appelleras Honey plus tard, Henry aussi – tu ne penses qu'à quitter cet endroit.

L'éclat du soleil de l'après-midi est intense. Tu cherches tes lunettes fumées, qui pendent d'habitude au bout d'une chaîne que tu portes autour du cou. Tu te rends compte que la chaîne est cassée et que tes lunettes gisent sans doute par terre dans le couloir imbibé de bière qui mène aux toilettes du Q. Un lieu dont tu ne verras plus jamais la couleur.

Trente-trois

Le caméraman vous a bien cadrés, tous les trois. Tu vois la prise sur son moniteur. Honey se trouve à ta gauche, Henry, à ta droite. Vous êtes sur les quais, là où le canal Lachine approche le Vieux-Montréal, au-delà des silos de la Redpath Sugar, près des rambardes qui longent les pistes cyclables. Là où la police a dragué le bassin à la recherche du corps de Darlene Dobson. Et pas loin des studios de Hunter Films, viens-tu d'apprendre.

C'est la fin de l'après-midi. Comme des enfants vous attendez consciencieusement que Liz tourne son attention vers vous. Enfin, elle éteint son téléphone, ramasse son micro dans la fourgonnette, fait un test rapide et avance vers vous. Elle arbore un sourire de chat de Cheshire et porte un chouette cardigan pardessus un haut noir très ajusté.

Elle fait un signe au caméraman puis se tourne vers vous. « Êtes-vous prêts ? »

Tu réponds pour vous trois. Tu as, il faut l'avouer, une certaine expérience des médias. Et tu es au centre.

« On est prêts.

– Génial. »

Et elle tend la main à Henry et attend qu'il la prenne avec précaution. Puis elle l'amène à l'écart.

Loin de vous. Elle se retourne et vous jette un coup d'œil lorsqu'ils se trouvent à une distance respectable. Elle a fait exprès, tu sais, de t'attirer ici. Et de te laisser en plan.

Tu restes avec Honey tandis que Liz et Henry marchent et discutent, se tiennent immobiles et discutent, s'assoient et discutent. Tu regardes le caméraman préparer chaque prise avec une étonnante rapidité, chaque fois devant un arrière-plan différent. Tu te rends compte que, de cette façon, ces vingt minutes de boulot auront l'air de tout un après-midi passé à sonder l'âme de Henry.

Quand Henry revient vers vous, Honey lui dit : « Alors, c'était comment ? Qu'est-ce qu'elle t'a demandé ?

— Je sais pas. Tout, je suppose.

— Pourquoi tu n'as pas dit à la police ce que tu savais ?

— Oui.

— Et toi, qu'est-ce que tu lui as répondu ?

— Je lui ai dit que j'aurais dû le faire. »

Tu lui jettes un regard.

Honey demande : « Est-ce qu'elle a été méchante avec toi ?

— Elle m'a dit que j'aurais pu rendre service à la police. Ce qui aurait aidé Darlene. Elle m'a dit que j'aurais dû penser à ça. Mais non, elle n'a pas été méchante. Il faut dire qu'elle a raison. »

Tu lui jettes un autre regard.

« Elle a dit que, peu importe ce que les gens disent, tout ce qui l'intéresse, c'est la vérité. Et ça ne devrait effrayer personne. Surtout si tu n'as rien fait, comme moi. »

Honey dit : « Qu'est-ce que t'as répondu ?

— Je lui ai dit que j'avais compris maintenant. Je lui ai dit que je ne savais pas que Darlene avait des ennuis. Je pensais juste qu'elle voulait s'en aller. »

Honey hoche la tête.

« Je lui ai dit que j'étais désolé, ajoute Henry.

— Tu lui as dit que tu étais désolé ?

— C'est vrai. Je le suis. »

Tu lui jettes *encore* un regard. Ton répertoire de regards rétrécit à vue d'œil.

Honey dit : « Était-elle surprise ?

— Peut-être. Oui, je suppose. Je pense qu'elle s'attendait à ce que je me défende. Je lui ai dit que c'était pas mon intention. Que j'allais pas le faire. Je lui ai dit que j'avais pas envie de me battre. Que j'allais pas argumenter ou servir des insultes. Mais je pense que c'est précisément ce qu'elle voulait. »

Pour une quelconque raison, tous les yeux se tournent vers toi.

« Quoi ? » Un sourire idiot t'échappe. « Tu aurais pu au moins lui envoyer quelques bonnes répliques. Ou te moquer du gars derrière la caméra. Le prince des ténèbres. Le porte-parole de la Société québécoise pour les personnes incapables de faire une mise au point. C'est de l'or en barre, je te jure. »

En arrière-plan, Liz monte dans un taxi. Tu te demandes si elle se retournera et croisera ton regard en signe de reconnaissance du temps que vous avez passé ensemble. Elle ne le fait pas. Le véhicule se met en marche. Tu ne verras plus Liz Hunter.

Le caméraman se trouve soixante pieds plus loin. Il range le matériel audio. Il se retourne et t'adresse un clin d'œil. Comme s'il savait à quoi tu pensais. Qu'elle ne se souviendra même pas de ton nom dans un an.

Honey demande à Henry : « Est-ce qu'elle t'a posé des questions sur Darlene Dobson ?

— Oui.

— Voulait-elle savoir si elle te manquait ?

— Je lui ai dit que je pensais beaucoup moins à Darlene. Certains jours.

— Quoi d'autre ?

— Elle voulait savoir si j'étais déçu. Que Darlene m'ait jamais rappelé. Qu'elle ait jamais même essayé de me voir. Elle voulait savoir si j'allais communiquer avec elle.

— Le feras-tu ?

— Je sais même pas où elle est. Mais non. Je le ferai pas. Je lui ai dit que je comprenais. Je comprends maintenant que j'ai eu tort. »

Yeesh. Tu roules les yeux. Es-tu la seule personne qui ne se transforme pas en moumoune devant la caméra ?

Honey te jette un regard sévère. Elle sait à quoi tu penses. Elle se tourne vers Henry. « Est-ce qu'elle t'a demandé ce que tu allais faire ?

— Je lui ai dit que je ne ferai que de bonnes choses. Que je ne voulais plus faire de la peine à ma mère. Je ne veux plus avoir d'ennuis. Pour commencer.

— C'est un bon commencement », dit Honey.

Henry sourit. « Je pense aussi.

— Et qu'est-ce qu'elle pensait de ça, elle ? »

Henry réfléchit un instant. « Je crois qu'elle ne m'écoutait plus. À ce moment-là. »

Le caméraman vous fait signe. À tous les trois. D'avancer vers lui. Pour quelques dernières prises. C'est pour du remplissage. Ils en ont besoin pour illustrer les derniers bouts de la narration de Liz. Vous trois en train de marcher ou de parler. Pour l'épilogue. Allez, venez.

Le caméraman, c'est celui qui a communiqué avec Henry. Il y a quelques jours. Il lui a demandé de venir se prêter au jeu une dernière fois. De plein gré. Pour dire quelques mots. Avant de ranger toute cette histoire sur les tablettes. Son point de vue, maintenant que tout était terminé. C'était leur dernier reportage, le dernier épisode.

Henry t'a fait promettre de venir. Et tu as obligé Honey à venir aussi. Tu veux que Honey te suive partout, surtout s'il y a des caméras. Pour faire valoir ton génie. Mais ça ne s'est pas passé comme ça. C'est même tout le contraire qui a eu lieu. T'as l'impression d'être mesquin et superficiel à ses yeux.

Deux filles se promènent tout près de vous. Sur la piste où Liz et le caméraman ont interviewé Henry. Elles vous regardent un moment. Tu reconnais l'une d'entre elles. Des cheveux rouges, flamboyants. Un peu rondelette. Joli visage, doux yeux verts. Qui est-elle? Tu es sûr de l'avoir déjà vue mais ça ne te revient pas. Tu jettes un œil sur Honey et Henry pour voir s'ils la connaissent. Rien.

La fille aux cheveux roux s'approche, toujours en pleine conversation avec sa copine, mais elle se tourne de plus en plus dans votre direction. Vers Henry. Vers toi. Comme si elle reconnaissait non seulement Henry mais toi aussi. Ce qui est entièrement possible. Ta sale gueule s'est retrouvée au petit écran assez souvent.

Et puis ça te revient. La fille nue, la fille rousse devant le Cinéma V, il y a deux mille ans, qui allumait la foule pendant que les caméras tournaient. C'est elle.

Elle s'arrête. Vos yeux se rencontrent une dernière fois. Deux has-been. Qui ont connu leurs quinze minutes de gloire. Broyés, puis recrachés, d'aucune utilité à personne maintenant.

Tu détournes les yeux. Elle poursuit sa route. Tu reviens vers Henry et Honey. Prends Honey par la main, tapes Henry sur l'épaule. Et cette fois c'est toi, enfin, qui emmènes tout le monde loin de la caméra, en direction de la maison.

« Où est-ce que vous allez ? » crie le caméraman.

Tu ne réponds pas. Pour une fois.

Trente-quatre

Tu parcours les quelques pâtés de maisons qui te séparent de l'auto de Honey, fais monter tout le monde, te glisses derrière le volant, démarres la vrombissante Firebird, que tu pilotes dans les petites rues cahoteuses de Griffintown jusqu'à la rue University, puis en haut de la côte, une plus douce balade, vitres baissées, le vent de l'après-midi pris dans vos cheveux. Henry s'est glissé dans le siège passager. Ce n'est pas la place qu'il devrait occuper, tu le sais. Ça ne suit pas le plan. Ta chérie devrait être blottie contre toi, et ton ami oiseau de malheur, à l'arrière, à sa place.

La circulation devient de plus en plus dense. Tu changes de voie, mais celle-ci ralentit aussitôt et n'avance plus qu'au pas. Tu jettes un coup d'œil à Honey dans le rétroviseur, afin de jauger son humeur, elle a encore l'air d'être fâchée contre toi, puis tu regardes dans le rétroviseur extérieur, songeant à reprendre l'autre voie. Directement devant la même Jeep noire, qui te déteste déjà parce que tu l'as coupée il y a moins d'une minute. Partout où tu regardes, c'est pare-chocs contre pare-chocs. Tout le monde essaie de naviguer dans les mêmes rues étroites au même moment. La job est terminée, les bureaux sont fermés, l'afflux soudain est trop pour le petit noyau du centre-ville.

Le problème, lorsque vous vivez sur une île, as-tu déjà écrit dans un devoir de géographie de quatrième secondaire, qui ne représente pas un temps fort dans ton illustre parcours scolaire, c'est que vous avez tendance à être entouré d'eau.

Tu te bats pour te frayer un chemin jusque devant le Royal Vic et glisses enfin dans une zone marquée « Arrêt interdit » où, les clignotants allumés, d'autres voitures font tourner leurs moteurs. Tu pousses sur ta lourde portière et sors d'un bond afin d'être aux premières loges lorsque la jambe voluptueuse de Honey fera son apparition. Tu rabats le siège et lui offres la main. De l'autre tu ajustes la courroie de son sac à main sur sa douce épaule. Tu la regardes se redresser. Tu la sens t'effleurer. La manière dont ses jeans ont l'air d'être peints sur ses cuisses ne cesse de t'émouvoir.

Tu jettes un rapide coup d'œil autour de toi pour voir s'il y a des témoins. Même maintenant, ici, devant l'hôpital pour la nième fois, tu espères qu'on vous verra ensemble. Tu détestes le fait que tu es arrivé ici avec Henry affalé sur le siège du passager. Il est encore d'une importance vitale que tout le monde comprenne que Honey est ta copine, malgré la présence incongrue de Henry à tes côtés. Où est le mal ?

La portière grince lorsque tu la fermes derrière Honey. « Es-tu fâchée contre moi ? » demandes-tu doucement.

Elle ne répond pas tout de suite. Elle regarde autour d'elle. Tu vois que, comme toi, elle parcourt le trottoir et les bancs des yeux pour voir s'il n'y a pas quelqu'un qui rôde là. Mais sûrement pas pour les mêmes raisons.

« Si j'étais fâchée contre toi, dit-elle évasivement, ce serait comme si je croyais que tu étais capable de faire mieux. »

Tu la regardes fixement en essayant de comprendre ce qu'elle vient de dire. « Et c'est pas ça qu'on veut... ? »

Elle prend ta main, une merveilleuse sensation. « Non. C'est pas ça qu'on veut.

— Parce que...

— Parce qu'il n'y a aucun espoir. Pour un garçon comme toi. »

Ah! c'est gentil. Tu souris, puis te penches en avant afin de récolter ton bisou.

« Je viendrai te chercher ce soir, promets-tu. À minuit et demi.

— Mmm, O. K. Merci. »

Et puis soudain elle lève la tête et t'oblige à la regarder dans les yeux. Elle t'étudie. Ce n'est pas la première fois. Elle cherche quelque chose. Tu en es sûr. Bien que tu ne saches pas quoi. Veut-elle comprendre ce qui l'a tout d'abord attirée vers toi ? Veut-elle retrouver ce sentiment-là ?

Elle ouvre un paquet de cigarettes, sort deux cigarettes et t'en offre une. Tu fais signe que non.

Elle fronce les sourcils. Allume la sienne et remet l'autre dans le paquet. « Tu veux pas une cigarette ?

— Non, dis-tu. J'en veux pas. J'ai lâché ça. Pour de vrai. Comme je te l'ai déjà dit. »

Tu le lui as déjà dit, c'est vrai. Des semaines ont passé depuis que tu as fumé ta dernière cigarette. C'est miraculeux. Le désir t'a abruptement, incroyablement, extraordinairement quitté. La seule idée provoque des vagues de nausée dans ta gorge maintenant.

Honey retire la cigarette de ses lèvres, soucieuse de t'envoyer une portion de son gaz d'échappement au visage. Tu fais un pas en arrière, avec un léger retard.

Elle sourit en se moquant de toi. « On aime pas les lâcheurs. »

Tu lui accordes un demi-sourire en frottant ton talon contre le trottoir. C'est la troisième, peut-être la quatrième fois qu'elle te sert cette blague. Tu laisses passer. Tu laisserais passer n'importe quoi. Et c'est ce que tu fais dernièrement. Plus tu sens qu'elle s'éloigne, plus tu t'accroches. Tu ne peux pas la perdre. Après tout ce que tu as investi dans cette relation. Son petit pâté au saumon. Son petit astragale. Tu te vois accroché à son bras. Tu vois cette image dans ta tête quand tu te couches le soir et quand tu te réveilles le matin. *Tu as vu cette image à la télé, crisse.* Tu ne peux plus t'imaginer sans elle. Pas après tout ce que tu as risqué.

« M'aimes-tu encore ? » Tu sais qu'elle n'aime pas ça, ce besoin constant que tu as de l'entendre dire qu'elle t'aime. Tu ne devrais pas le faire. Tu le sais. Tu le fais quand même. « Es-tu encore folle de moi, chérie ? »

Ugh. Est-ce vraiment toi ?

« Ça va, Lee, dit-elle calmement. Tout va bien.

— C'est vrai, mon amour ? Mon cœur ?

— Tu en fais trop.

— Tu en ferais autant, si tu étais moi. »

Il y a un silence pendant qu'elle prend une bouffée de cigarette. « Beaucoup de choses ont changé cet été.

— Et c'est mauvais, ça ?

— Je ne sais pas si c'est *bien*. C'était rapide. Il n'y a pas de doute.

— Il le fallait. Peut-être. Non ? C'était le destin.

— La poussière n'est pas encore retombée.

— Laisse-la tomber. Ça vaut la peine, tout ça.

— Tu crois ? Le mal qu'on a fait à Johnny ?

— Oui.

— Ton dealer ? Ta dope, ton argent ? Tous partis en fumée.

— Ça valait la peine.

— Et Henry ? Ils l'ont jeté en prison, Lee. Et cette fille, elle aurait pu mourir. Est-ce que ça valait vraiment la peine ?

— Oui. Si à la fin on est ensemble tous les deux. »

Elle secoue la tête. « Nous tous, chacun des amis de Henry – même toi, *espèce de menteur* –, avons pensé qu'il avait tué cette fille. À un moment ou un autre.

— À un moment ou un autre. Peut-être.

— Moi. Ma sœur. Johnny Aaron Maureen Cuz Stacy Graham. Ma mère, mon père. Des gens que nous connaissions à peine. Nous pensions tous qu'il avait enlevé la vie à cette fille, Lee. Notre Henry. Peux-tu le croire ? C'est pas normal. Il faut réfléchir à ça. Quand tu penses une telle chose au sujet de quelqu'un. Un ami.

— Oui.

— Depuis combien d'années ?

— Plusieurs.

— Oui. » Elle écrase le mégot. « Et alors, c'était un bel été ? »

Tu hésites, mais pas longtemps. « Oui. »

Elle te regarde. Elle lève une fois de plus le sourcil tant redouté.

Tu feins l'ignorance. Tu lèves les paumes vers le ciel. « Tu voulais la vérité, n'est-ce pas ? »

Elle fronce les sourcils.

« C'est pas ma faute. C'est comme ça que je me sens. C'est honnête, au moins. » Tu la gratifies d'un sourire plein d'espoir. « Je suis fou de toi. J'ai toujours été fou de toi. Alors, oui. Ça valait la peine. Tout ce qui s'est passé. Je te le dis. Même Johnny. Même Henry. Préférerais-tu que je mente ? »

Tu reprends ton souffle. Tu te mords la langue. Tais-toi un instant, nom de Dieu.

Ses yeux quittent les tiens.

Et puis tu entends Henry qui dit : « Eh bien, peut-être que moi, j'aimerais ça. »

Tu te retournes et regardes dans sa direction. Honey se retourne et regarde dans sa direction.

Henry, bien sûr, se trouve à moins de dix pieds. Toujours assis côté passager, le coude perché sur le bord de la portière. Il reste impassible, entretenant le suspense pendant quelques secondes jusqu'à ce que, enfin, les fissures apparaissent.

Il vous adresse un large sourire. « Je suis juste à côté, vous savez. Je peux vous entendre. »

Tu souris à ton tour. « Sais-tu quoi, man ? T'es plus drôle qu'avant. Le savais-tu ? Honey, est-ce que j'ai raison ? Henry est beaucoup plus drôle, non ? Depuis qu'il est sorti. »

Henry dit : « Hey, fuck you. Je devrais même pas être en train de te parler.

— Il est encore idiot. Je ne dis pas qu'il est devenu une lumière. Il n'est toujours pas une lumière, n'exagérons rien. Mais il est un petit peu plus futé qu'avant. Qu'en penses-tu, Honey ?

— Je suis toujours là, dit encore Henry. J'entends encore tout ce que vous dites. »

Honey change son sac à main d'épaule. Elle fait le tour de la voiture, s'approche de Henry et touche son bras. « Henry est beau, dit-elle doucement. Henry est gentil. »

Elle s'apprête à partir. Elle te souffle un baiser. « Et je suis folle de toi aussi. Ne t'inquiète pas. O. K. Me crois-tu ?

— Oui.

— Tu me fais confiance ?

— Oui. »

Depuis que tu as cessé de fumer, l'odeur de tabac te rend malade. Heureusement, tu n'as pas acquis une aussi grande aversion pour le mensonge.

Tu fais vrombir le moteur de la Firebird, qui vous emporte, Henry et toi. Tu peux emprunter plusieurs chemins. Si tu renonces à l'autoroute Ville-Marie, descends vers le sud et tournes à droite sur Maisonneuve, tu pourras serpenter dans les rues bordées d'arbres de Lower Westmount et éviter une bonne partie de la circulation. Par contre, malheureusement, il y a un arrêt tous les vingt pieds.

Tu empruntes ce chemin quand même, conscient qu'il t'amènera à un jet de pierre de chez ton dealer.

« Où est-ce qu'on va ? À la maison ? » demande Henry. Les traces d'un sourire encore au visage, il est heureux de faire partie de la gang une fois de plus. Il ne s'attardera pas sur ce qui a été dit. Aujourd'hui, et tous les jours avant ça. Il l'acceptera. Plus facilement que Honey, et toi. Si ses amis les plus proches l'ont cru capable de commettre un acte aussi choquant, aussi odieux, Henry suppose qu'il a mérité leur mépris. Il est comme ça, Henry.

« Non. Ou, oui. Mais juste toi. »

Ton cœur bat plus vite, tes doigts s'agrippent un peu plus au cuir qui recouvre le volant. Tu as su dès l'instant où tu es parti dans cette direction qu'il n'y avait qu'une raison pour ça.

Tu fais tous les virages à droite et tous les virages à gauche et te gares en double file devant l'immeuble de ton dealer, qui est très en retrait de la rue. C'est la première fois que tu t'arrêtes devant chez lui de la sorte. Mais on s'en fout, il n'y a pratiquement plus de risque.

Tu sors pendant que Henry se glisse derrière le volant.

« Merci, vieux.

— Aucun problème.

— Dépose-la. Je la prendrai plus tard.

— C'est bon. »

Tu le regardes se préparer à s'engager doucement dans la rue. Pas en écervelé, comme avant. Pas négligemment, comme autrefois. Mais avec précaution, et concentration, et souci du détail. Le front plissé, les yeux partant dans toutes les directions. Il ne pourrait pas conduire de manière plus délibérée ou responsable. Ça prend une éternité. Il est trop prudent. Ce qui fait qu'avant même qu'il ait avancé de cinq pieds, une femme dans une Hyundai rouillée arrive en trombe derrière lui et appuie impatiemment sur le klaxon. Henry écrase le frein, nerveux comme un chat, puis chancelle en faisant marche arrière pour la laisser passer.

Tu le laisses à sa besogne. Il réajuste son siège, déplace les rétroviseurs et joue avec la ceinture de sécurité. D'un pas énergique, tu longes le trottoir jusqu'à l'entrée de l'immeuble et entres à l'intérieur. Tu souris en pensant à Henry. Est-ce que c'est ça, l'héritage de cet épisode ridicule ? Henry a-t-il réellement changé ? Est-il devenu responsable ? Tu sens monter en toi une chaleur. Est-ce possible ? Ce serait cool. Les toiles d'araignées dans la tête de Henry seraient-elles enfin chassées par un bon coup de plumeau ?

Tu traverses le hall d'entrée, puis composes rageusement le code d'accès du condo de luxe de ton dealer sur le panneau de verre du répertoire.

Ça prend un certain temps avant qu'une voix ne se mette à crépiter dans l'interphone. « Lee ?

— Tu m'ouvres. »

Un autre délai.

« Euh, pourquoi ?

— Rien que pour une minute. »

Tu entends un bruissement un peu bizarre derrière lui. Ou bien il n'est pas seul ou bien il est gelé.

« Ne pas être possible, man. »

Il est gelé.

« J'aimerais m'expliquer, dis-tu, gentiment.

– Ne pas être nécessaire. »

Super. Il va radoter en pseudo-jamaïcain tout le long. Il vient sans doute de s'en fumer une grosse.

« Je voulais juste dire… que j'étais désolé. Pour la voiture. Pour les trucs à la télé. »

Silence.

« Ça n'arrivera plus.

– Ne pas être pertinent, man. M'en fiche. Emploi de Lee venait avec certaines restrictions, certains engagements. Brisés maintenant.

– Est-ce que je peux juste monter ?

– Proposition rejetée.

– Je te dois encore de l'argent, je crois.

– Passé, tout ça.

– S'il te plaît…

– C'est l'heure du grand départ, man. »

Les mains sur les hanches, tu regardes la caméra au mur en essayant d'avoir l'air à la fois gentil et sérieux. Tu n'es pas là pour plaisanter. Tu essaies d'imaginer ce à quoi tu ressembles dans son moniteur. « Je vais rester ici. Je vais attendre que tu m'ouvres. »

Et c'est ce que tu fais. Pendant une minute. Et puis encore une autre. Et puis une troisième, et tu commences à te sentir idiot, tu ne sais même pas s'il sait que tu es encore là, il est possible qu'il ait oublié, tu as l'impression que ça fait des heures, jusqu'à ce que tu entendes de nouveau le crépitement de sa voix, plus neutre, plus sévère cette fois.

« C'est l'heure de *Rocky et Bullwinkle*, pour commencer, monsieur Goodstone. Puis c'est au tour de *Pyramide*, suivi de *Max la menace*. Ça commence à l'instant. J'entends déjà la petite musique du début. Je ne veux pas rater ça. Tu comprends ? »

Et il n'y a pas d'autres paroles plus tranchantes que puisse prononcer ton dealer. Tu le sais. Ton dealer a accès à tous les signaux de postes de télé rétro de la planète et, lorsqu'il est gelé, adhère à un horaire fixe de télédiversion idiote.

Tu quittes le hall d'entrée par la porte du côté, descends au sous-sol, sors par la sortie d'urgence à l'arrière, puis longes les rues impeccablement entretenues, au-delà des maisons de grès brun, des maisons de pierre grise et des tours d'habitation luxueuses. Comme au Q, tu ne reviendras jamais ici. Tu te diriges vers ton quartier afin de récupérer l'auto de Honey et tuer les longues heures de la nuit en attendant d'aller la chercher. Mais il se trouve que tu reçois un appel à onze heures qui t'explique qu'elle doit faire un double. Sans que sa voix trahisse - tu en es pas mal certain - la moindre trace de regret à l'idée que vous serez séparés l'un de l'autre.

Trente-cinq

Mais au matin elle est encore en retard et morte de
fatigue et veut se coucher tout de suite, alors tu n'as
pas vraiment l'occasion de lui parler, et puis les jours
suivants finissent par se fondre en un tout et après
il est question d'un barbecue chez Aaron et Maureen,
auquel ni elle ni toi n'allez à cause d'une prise de bec au
sujet de Johnny et serait-il là et lui parlerait-elle et, si
oui, pourquoi le ferait-elle, fuck? Bien sûr, tristement,
tu as le sentiment qu'elle brûle d'envie d'y aller, mais
t'es trop poule mouillée pour le lui dire en pleine face,
et elle refuse totalement d'aborder le sujet, préférant
se réfugier derrière un de ses magazines à l'autre bout
de l'appart. Ce qui fait que vous êtes tous les deux chez
toi et de mauvaise humeur, avec le bourdonnement de
la télé en guise de trame sonore de votre quotidien,
lorsque vous entendez les notes familières de la petite
musique du début de l'émission de Liz Hunter, et vous
dérivez tous les deux des coins opposés du logement
jusqu'à ce que vous vous retrouviez devant l'écran.

Et c'est le dernier épisode de *The Hunted*, en ondes
une semaine complète après votre dernière rencontre
avec Liz, et ça relève plus d'un post-mortem qu'autre
chose, une sorte de récapitulation accompagnée d'un
montage de vieilles séquences. Très peu de celles de

l'après-midi près du canal ont survécu. Elle ne vous a même pas inclus, Honey et toi. On ne voit que les bouts où Henry avoue ses regrets. L'épisode ne parle que des faits, comme Liz avait promis. Comme il se doit. Il raconte ce qui s'est passé et fait le décompte final. Il décrit le début, le milieu et la fin. La vie d'une fille de dix-sept ans ne sera plus jamais pareille. Un homme de vingt-cinq ans ira en prison pour la troisième fois de sa jeune vie. Et Henry n'était qu'une distraction, sans importance. Toi, encore plus.

Et c'est presque terminé et tu tends le bras pour attraper la télécommande quand soudain la caméra est en train de talonner la Firebird, en route pour le Royal Vic, où elle déposera Honey tout de suite après, dans la rue University, vos cheveux tournoyant dans le vent, et puis la caméra vous suit jusque devant l'immeuble de ton dealer, t'observe lorsque tu gares la voiture, puis sors, regarde Henry, qui glisse derrière le volant. Et tu es en train de te demander pourquoi ces images passent à la télé – et pourquoi il n'y a ni voix hors champ ni musique, que des bruits ambiants – lorsque tu sens vaciller la caméra et entends s'ouvrir la portière de la fourgonnette, et soudain la caméra traverse la rue, tenue à l'épaule, le point de vue du caméraman, pas à pas jusqu'à la voiture de Honey, encore garée en double file, Henry qui se remue sur la banquette avant, un air sinistre qui fait craindre le pire, la lentille qui s'approche de plus en plus, Henry, totalement inconscient, qui tripote chaque bouton et chaque manivelle du tableau de bord, toi, parti depuis longtemps, jusqu'à ce que tu voies la tête de Henry se redresser et tu entends la voix du caméraman – pas celle de Liz, tu te rends compte qu'elle n'est même pas là : « Hey, Henry ! Qu'est-ce que tu fais là, man ? »

Et Henry fait des gargouillis et déglutit et cherche ton aide des yeux et enfin se tourne vers la caméra.

« Je fais rien.

— Où est Lee ?

— Je sais pas. »

Tout ce à quoi tu penses en voyant Henry se tortiller, son visage paniqué en gros plan, prisonnier de
l'écran, c'est : Oh ! oh ! il faudrait démarrer, mon vieux.

Le caméraman braque sa lentille sur l'immeuble de
ton dealer et refait le foyer jusqu'à ce qu'on distingue
ta silhouette par la vitre, malgré les reflets, en train
de parler dans l'interphone du hall d'entrée. Il revient
vers Henry et pose une autre question de mauvais
augure.

« Qu'est-ce que ça veut dire, "tu sais pas" ?

— Je sais pas.

— Eh bien, il est là, dans l'immeuble.

— Je sais pas. »

Tu peux à peine regarder alors que Henry se met
à frotter le volant de ses pouces, des perles de transpiration sur son front, se léchant les lèvres, ne sachant
pas où poser son regard, essayant très fort de ne pas
se tourner vers toi ou de t'appeler au secours ou de
courir vers toi, tandis que tout ce à quoi tu penses,
c'est : Démarre, mon vieux.

La caméra resserre l'angle. Tu entends le caméraman réfléchir à voix haute : « Hey, j'ai l'impression de connaître cet immeuble. Il me semble qu'il a…
fait les manchettes ? » Et il fait un panoramique sur
l'immeuble encore, mais cette fois-ci il élargit l'angle,
cadrant l'immeuble de haut en bas, avec ses stupides
fioritures habituelles.

Et puis la caméra revient immédiatement sur
Henry.

« Ou est-ce que je me trompe ? »

Tu prends une grande respiration et à côté de toi
Honey prend une grande respiration et vous vous
regardez, mais ce n'est rien à côté de l'air désespéré

dans les yeux de Henry et sa respiration haletante et ces gestes nerveux, et tout ce à quoi tu penses, tu veux le hurler à l'écran maintenant, c'est : S'il te plaît, démarre, mon vieux.

« Est-ce qu'il n'y a pas eu... une investigation... ici ? Une affaire de drogue ? Est-ce que ce n'est pas passé aux nouvelles ? Il n'y a pas si longtemps ? »

La caméra se resserre sur Henry.

« Qu'est-ce que Lee Goodstone fait là-dedans ? »

Et, mon Dieu, si c'est ça, la nouvelle version améliorée de Henry, celui qui a retrouvé toute sa tête, tu peux à peine imaginer quelle aurait été la prestation du vieux Henry, parce que la stupéfiante pépite de journalisme de terrain du caméraman, cette plongée dans les coulisses, ce reportage qui va fucking au-delà de l'appel du devoir, a mis Henry dans un état proche de l'hyperventilation, il transpire abondamment et tire son menton et son nez et ses oreilles et ses cheveux, et ne parlons même pas de toi, qui pourrais sauter par une ostie de fenêtre en ce moment, tellement la sensation de panique est forte, et Honey qui vient d'allumer une cigarette nerveuse, ce qui n'aide en rien la situation, car maintenant tu as envie de vomir en sautant par une ostie de fenêtre, et tu es encore en train de regarder Henry qui bégaie et qui se tortille jusqu'à ce que, enfin, il secoue la tête et croasse cette pitoyable confession : « Je le sais pas... », et puis là tu n'arrives plus à te contrôler et tu hurles à la télé : « Démarre, mon vieux ! »

Moment où, Dieu merci, il démarre enfin.

Trente-six

Ils ont presque terminé. Ça se voit. Deux des policiers sont encore en train de fouiner sur le toit, mais ça fait déjà vingt minutes qu'ils sont là-haut. Deux autres sont dans la cuisine et ne font plus que discuter entre eux. Assez bas pour que tu ne captes que quelques mots ici et là. Tu vois le dernier dans le salon. On dirait qu'il examine ta collection de vinyles. Qu'est-ce qu'il espère trouver ? Des bootlegs de Van Morrison ?

Enroulée sur le canapé tout près de lui, Sam Spade observe les opérations en se léchant les pattes. Tu as l'impression qu'elle serait la meilleure détective de toute la bande.

De ton emplacement, une chaise qu'ils ont placée près de l'entrée et que tu ne dois quitter sous aucun prétexte, avec un thé et la section des sports, tu vois bien que ces gars n'ont plus le cœur à l'ouvrage. C'est tant mieux. Ils ne trouveront rien.

Tu savais qu'ils allaient débarquer. Tu avais été prévenu par ton dealer, et puis prévenu de nouveau de l'heure précise de la descente. C'est ça, avoir des contacts dans le milieu. Quelqu'un connaît quelqu'un au centre-ville. Bien sûr, ton dealer n'a jamais communiqué directement avec toi. Dès que tu as vu Henry à la télé, tu savais que tu avais deux tâches précises à accomplir : un, il fallait prévenir ton dealer ; et deux, il fallait débarrasser ton appartement de chaque morceau de hasch et de chaque liasse de billets. Et trois, ça allait chier dans le ventilateur.

Te débarrasser de l'argent n'a posé aucun problème, mais nettoyer toute cette dope, oui. C'était fucking partout. Des grammes et encore des grammes. Des gros morceaux, des petits, des morceaux brisés, de la poussière. Des tonnes de poussière. Tu as tellement lavé les différentes surfaces de ton appartement que tu es pas mal sûr d'avoir développé le coude du laveur de poussière de hasch. La dope, tu l'as refilée à un gars, qui l'a vendue à un autre, qui a fini par la vendre à Cuz, comble de l'humiliation.

Joindre ton dealer s'est avéré une tâche plus complexe. Tu ne pouvais pas l'appeler. Tu n'as jamais eu de ligne directe, jamais, juste un numéro où tu pouvais laisser un code numérique afin qu'il rappelle, ce qu'il n'allait plus faire maintenant. Et tu ne pouvais risquer un retour à son immeuble, et qu'il te réponde était encore plus incertain. Hautement improbable, en fait.

Il fallait que quelqu'un aille le voir. Immédiatement. Et la seule personne à qui tu pouvais confier pareille tâche, c'était Johnny. La seule personne sur laquelle tu pouvais compter pour mener intelligemment l'opération et, sous le bon éclairage, expliquer que c'était sérieux et grave, mais aussi que ce n'était pas ta faute et le prier de ne pas se fâcher contre toi. Parce que ton dealer, soupçonnais-tu, était un gars qui prenait ces questions à cœur. Un individu habité par un immense potentiel d'agressivité, étais-tu convaincu. Au fil des ans, tu as rencontré des gars qui s'occupent de cas comme le tien, des brutes qui arrivaient au condo ou en repartaient en même temps que toi. Des gars qui faisaient peur.

Le problème était que Johnny n'avait pas nécessairement envie de le faire. Tu ne pouvais pas le lui reprocher. Ce n'est pas que Johnny avait maille à partir avec ton dealer. Ce n'était pas le cas. Ils s'étaient rencontrés à deux ou trois occasions et s'étaient toujours bien entendus. Johnny avait maille à partir avec toi, naturellement.

Tu as compris qu'il fallait recourir à l'aide de Honey.

« J'ai besoin de ton aide.

— De quelle façon ? a-t-elle demandé. Même si, en passant, je refuse déjà.

— Il faut que tu convainques Johnny d'aller le voir. »

Elle a roulé les yeux. « Es-tu tombé sur la tête ? Il y a rien que je puisse lui raconter pour le convaincre. Il n'aidera jamais. Il y a absolument rien que je puisse dire.

— Dis-lui que c'est *ta* voiture qui est passée à la télé. *Ta* plaque d'immatriculation. »

À ce moment-là, elle t'a interrogé du regard en se demandant d'où venait ce soudain éclair de génie. « Sauf ça, bien sûr. Ouep. Ça marcherait. »

Soupir. Et voici ce qui s'est passé. Elle a fini par aller voir Johnny et il était d'accord pour aller prévenir ton dealer. Qui était bel et bien fâché, mais qui a compris la gravité de la situation. Il avait en effet des amis qui savaient comment arranger des situations telles que celle-ci et, après tout, ce n'était qu'un plan-séquence de l'immeuble, quoique l'escouade anti-drogue pût très bien en faire tout un plat si elle en avait envie.

Et alors - c'est Honey qui raconte ce que Johnny lui a dit, usant d'un peu trop de suffisance et d'un peu trop de condescendance par moments, ce qui ne t'a pas du tout plu -, ce qui semblait déranger le plus ton dealer, ce n'était pas le danger imminent, mais le fait qu'il doive solliciter une faveur pour écarter ce danger. Et que par la suite il serait forcé de marcher sur des œufs. Et l'image que cette situation allait projeter de lui. Il n'avait *vraiment* pas l'air d'aimer ça.

Et après tu n'as plus beaucoup vu Honey pendant un temps. Tu t'en voulais de l'avoir envoyée jusque dans les bras de Johnny, mais tu n'avais pas eu le choix. Et tu aurais pu partir à sa recherche, mais tu savais que si elle avait eu envie d'être avec toi, elle le serait. Bien sûr, tu t'es rappelé avec quelle énergie elle t'a toujours juré qu'elle ne retournerait pas vers Johnny, mais tu savais que tu ne pouvais plus compter là-dessus.

Au lieu de cela, tu as passé ton temps à te morfondre. Tu es resté terré dans ton appart en attendant ce moment précis, cette visite, deux semaines, jour pour jour, après le dernier épisode de *The Hunted*, exactement comme l'avait dit ton dealer à Johnny. Tu savais que ça s'en venait, tout comme les questions que la police poserait, tu savais que tu ne serais pas traîné au poste, qu'il n'y aurait pas d'accusations formelles s'ils ne trouvaient rien. Après tout, il n'y avait pas de preuves. Ils n'iraient pas au condo de ton dealer. Ni chez Honey. D'après Honey, que tu n'as plus jamais revue après ça. Johnny non plus, bien sûr. Ni Baby, ni Aaron, ni Mo. Et tu n'arrivais pas à joindre Henry, peu importe le nombre de fois que tu composais son numéro. Seuls Stacy et le petit étaient passés, un certain nombre de fois. Ce pour quoi tu étais reconnaissant.

Les cinq flics partent l'un après l'autre. Deux en uniforme et trois en civil qui sortent à la queue leu leu. Laissant ton appartement décimé dans leur sillage. Comme s'ils savaient depuis le début que c'était là la seule action punitive qu'ils mèneraient contre toi.

« Ne vous inquiétez pas, les gars ! Je vais tout ramasser moi-même, crisse de trous de cul ! » Voilà ce que tu ne dis pas, parce que ce serait mongol.

Non, tu ne dis pas un mot. Tu comprends le principe. Même lorsque le dernier policier crache en plein centre de ta porte, laissant une bouillonnante masse de salive qui coule le long de la peinture écaillée, tu ne dis rien. Tu avais mis un temps fou à leur ouvrir quand ils sont arrivés en martelant ta porte et ça ne leur avait pas plu. Ils ont brandi le mandat dans ton visage avant de te bousculer en se déployant dans ton appartement, animés par un bel esprit de vengeance.

Et maintenant. Une heure et demie plus tard, ils partent les mains vides. Ce qui fait de toi, entre autres choses, un gars dont le cul est bordé de nouilles. Plus chanceux que Lucky. Alors tu es en mesure de comprendre leur frustration. Tu comprends leur rancœur.

Trente-sept

Tu te diriges vers l'appartement de Henry l'après-midi. Il ne fait pas chaud. L'automne s'est installé. Tu te blottis sous le col relevé de ta veste de jean tout en surveillant son immeuble. Avant même de prendre ton courage à deux mains pour affronter madame Miller, tu la vois quitter le hall d'entrée et descendre les marches. Un petit miracle. Elle jette un regard suspicieux autour de la propriété, puis se dirige vers sa voiture. Sa démarche est à la fois endolorie et furtive.

Tu attends plusieurs minutes avant de te précipiter de l'autre côté de la rue. Tu entres dans le hall et appuis sur tous les boutons de l'interphone sauf celui de Henry. Quelqu'un t'ouvre et tu grimpes l'escalier jusqu'à la porte de ton ami.

Tu frappes.

Tu entends des bruits de pas.

Tu frappes encore.

Encore des bruits. Quoiqu'ils ne semblent pas se rapprocher.

« Henry », siffles-tu.

Silence.

Puis, faiblement : « Lee... ? »

— Oui. Ouvre.

— Non.

— Quoi ?

— Non.

— Ouvre !

— Non... »

O. K., qu'est-ce qu'ils ont, tous ces gens, à vouloir te laisser planté devant leur porte ces jours-ci ?

Tu arbores ton sourire le plus sincère. Tu sais en voyant son ombre qu'il te regarde par le judas.

« Henry... écoute-moi. C'est sérieux. Il faut que je te voie. Il faut que je te parle.

— Retourne chez toi. Je vais pas t'ouvrir.

— Henry. Ouvre. C'est important. Il y a quelque chose que tu dois faire. Tu comprends ? C'est quelque chose qui pourrait être... dangereux. Pour toi. Est-ce que tu m'écoutes ? Il faut que je te voie. »

Et puis tu entends des bruits. Étouffés, hésitants. Ses pantoufles contre le plancher, la poignée qui tourne. Tu vois s'ouvrir la porte.

Henry est parfaitement cadré dans l'ouverture. Vêtu de sa robe de chambre. Il te regarde.

Son visage est boursouflé de partout.

Il est tuméfié. Recousu. Pansé. Ses lèvres ont l'air d'être trop gonflées pour émettre un mot. Les orbites, trop bouffies pour qu'il voie quoi que ce soit. Il est recroquevillé et bouge comme un vieil homme.

Quelqu'un a foutu une de ces raclées à Henry.

Tu attrapes ton souffle. Tu dis : « Quand ?

— Il y a quelques jours. Quelques nuits. C'était le soir. Je revenais à la maison. Lee, je n'ai même pas vu qui c'était.

— Pourquoi ? Pourquoi ils ont... »

Puis tu t'arrêtes.

Tu sais pourquoi. Tu connais celui qui a commandé ça dans une rage de frustration. Celui que cette histoire a fait sortir de ses gonds et disjoncter. Bien sûr que tu le connais. Il fallait punir Henry. Parce qu'il a été idiot. Parce qu'il était au mauvais endroit au mauvais moment. Parce qu'il fallait s'en prendre à quelqu'un. Parce qu'il fallait envoyer un message. Après tout, contre quoi étais-tu venu mettre Henry en garde?

Henry ne dit plus rien. Il ne fait que te regarder.

L'humiliation que tu vois dans ses yeux est insupportable. On dirait que chaque once d'amour-propre en lui a été pulvérisée.

Tu baisses les yeux. Tu ne peux pas soutenir son regard. Ses yeux tombent au plancher au même moment.

Tu penses: C'est la faute à Henry. C'est sa propre faute.

Alors pourquoi as-tu l'impression d'être l'auteur de ses malheurs?

Tu pivotes sur tes talons et t'enfuis avant que madame Miller revienne et t'attrape en train d'embêter son fils.

Quatre jours plus tard, Henry est parti. Dans l'Ouest. À Vancouver. C'est Stacy qui te l'a dit. Madame Miller a de la famille à Vancouver. Le plan, c'est qu'elle vende ses immeubles et parte le rejoindre le plus rapidement possible. Henry Miller ne remettra plus jamais les pieds à Montréal. Elle veut que vous le sachiez.

Le petit regarde des dessins animés à l'arrière-plan. Les bruits de Bugs Bunny et de Yosemite Sam emplissent ton appartement pendant que Stacy te relate tout bas la dernière fois qu'elle a vu Henry. Ses yeux, tu es surpris de le constater, sont mouillés. Tu te penches vers elle pour mieux entendre. Elle dit que la dernière fois qu'elle l'a vu, ses blessures étaient en voie de guérison, mais que ses yeux étaient couverts de cicatrices et qu'il avait l'air aussi confus qu'un enfant.

Tu lui as parlé. Tu ne l'as pas dit à Stacy, mais tu lui as parlé. Il t'a appelé de l'aéroport, quelques minutes à peine avant de décoller. Il était neuf heures et demie du soir. Un vendredi. Tu savais que sa mère était debout à côté de lui.

« Je sais que ta mère est debout à côté de toi.

— Ma mère ne se mêle pas de cette conversation.

— Elle est debout à côté de toi.

— Elle est à quelques pieds. Si tu veux le savoir.

— Ha! Tu vois! T'es plus drôle qu'avant. Est-ce que je te l'ai déjà dit?

— Oui. Tu me l'as déjà dit. »

Tu étais en train de tourner dans l'appartement, le téléphone maintenu sous le menton. Les mains enfoncées dans les poches. Tu donnais des coups de pied sur une boule de papier d'aluminium à chaque pas. Ce qui avait capté l'attention pleine et entière du chat. Pas une tâche difficile.

« Vancouver? as-tu dit.

— Oui. Je vais rester à l'intérieur au début, jusqu'à ce que mon visage redevienne normal. »

Coup de pied.

« Je vais chercher un appartement et ma tante va me trouver un boulot et après je vais commencer à apprendre à connaître la ville. »

Coup de pied. Coup de pied

« Il pleut beaucoup là-bas, mais c'est plus chaud. »

Coup de pied.

« Je vais finir par me faire quelques amis, je suppose. Des gens du boulot, probablement. Ce sera bien. »

Tu venais de donner un dernier coup de pied à la boule d'aluminium et la regardais rebondir sur la cuisinière puis terminer sa course derrière le frigo.

Tu observais Sam qui s'était avancée et avait commencé à renifler ici et là afin de mettre au point une stratégie pour forcer la boule à sortir de sa cachette.

« Tu n'as qu'à déposer le téléphone, Henry, avais-tu chuchoté en élevant la voix. Pars de là, tout de suite.

— Je peux pas.

— Mais oui, tu peux.

— Je le ferai pas.

— T'es pas obligé de partir.

— J'ai envie de partir. »

Tu avais pris une profonde et triste respiration. Et avais décidé d'attaquer la chose sous un autre angle.

« Il y a rien pour toi là-bas, Henry. Écoute-moi bien. Il va falloir que tu rencontres de nouvelles personnes. Tes amis seront pas là. Et il y aura personne qui te connaît. Tous tes amis sont ici. Personne pourra t'aider là-bas. »

Et ici Henry s'est adressé à toi comme à quelqu'un qui était incapable de comprendre un simple concept.

« Mais je pense que c'est ça, l'idée. »

Trente-huit

Il y a des civilisations en Amérique du Sud pour lesquelles l'Est représente le passé et l'Ouest, l'avenir. Si quelqu'un de la tribu quitte le village pour marcher dans les forêts de l'Est, il cherche à remonter le temps. Si une personne part vers l'ouest, elle cherche un nouveau départ. Une nouvelle vie.

Ces peuples construisent leurs maisons avec ce principe en tête. L'orientation des portes, l'angle des fenêtres. L'emplacement des pierres tombales. Dans leur culture, vous regardez soit derrière vous, soit devant. Avec le temps, tout le monde choisit.

Personnellement, tu ne sais pas dans quel sens tu irais. Tu n'as jamais été un grand randonneur de l'Ouest, préférant les sentiers vallonnés et nostalgiques de l'Est. Et pourtant, on dirait que les événements te poussent de plus en plus vers l'ouest, dernièrement. Le passé t'attire un peu moins.

C'est difficile pour toi d'envisager cela. Tu as toujours résisté au changement. Tu as toujours eu besoin du réconfort de tes petites habitudes. Et tu ne sais pas à qui t'adresser pour en parler. On dirait qu'il ne reste plus personne. Tu te demandes si tu as le courage d'aller de l'avant. Tu n'es pas certain d'avoir en toi la force qu'il faut pour embrasser un nouveau monde.

Tu sais à quel point il est facile de retomber dans de vieux pièges.

Ah! fuck off. Il n'y a pas de tribus d'Amérindiens qui marchent vers l'est. Ni vers l'ouest. Ni rien de la sorte. Qui prennent des décisions qui touchent leur vie ou qui positionnent leurs huttes selon ce principe. Tu racontes n'importe quoi.

Tu vas voir Honey à l'hôpital. Une fois, il y a cent ans, elle t'a reproché de n'être pas venu assez rapidement. Cette fois, tu iras la voir tout de suite.

Elle travaille dans l'aile psychiatrique ce soir. Tu n'as pas traversé ce département depuis l'époque où tu y as travaillé toi-même. C'est plus propre ici, ça sent moins la merde. C'est la première chose dont tu te souviens. Il y a quelque chose de très différent ici. Ça brille un peu plus. C'est stérile. Et ça donne un peu la frousse. Comme si un coup derrière la tête n'était jamais très loin.

Honey travaille de quatre heures à minuit cette semaine. Tu détestais cet horaire autrefois. Il ne te restait plus assez de temps pour vivre, tu étais toujours en train de te rendre au boulot ou d'en revenir. Tu arrivais tard à la maison, traînais au lit, puis repartais. Bien sûr, tu n'aimais pas plus l'horaire de jour. Il fallait que tu te réveilles trop tôt, et c'était la folie toute la journée. En fin de compte, tu ne supportais que les nuits.

Tu prends soin d'arriver à huit heures trente. C'est un bon moment pour se pointer si on veut rendre visite à quelqu'un pendant son quart de travail. Le repas du soir est servi, tout le monde est détendu dans l'attente de la drogue. Il est difficile de savoir qui des patients ou des infirmières manifestent le plus d'enthousiasme pour la médication. Quelques employés te font signe de la tête ou de la main lorsque tu passes. La télé joue tout bas, les derniers visiteurs repartent. Personne ne parle. Ici, on cultive la tranquillité et le calme.

Tu retrouves Honey dans la salle commune auprès de deux patients. Elle porte un haut qui est moulant à souhait et des jeans blancs. Il n'y a que la carte de sécurité fixée à sa taille qui indique qu'elle fait partie du personnel.

Quand elle te voit, ses yeux se remplissent d'eau.

Dans un premier temps, ça te laisse perplexe. Tu veux te précipiter dans ses bras et l'embrasser. Mieux, tu voudrais qu'elle se précipite dans les tiens et t'embrasse. *Tout va bien*, c'est ce que tu aimerais qu'elle dise. *Ce n'est pas ce que tu penses.*

Tu la regardes se prendre une contenance, durcir son regard.

Tu te retournes, alerté par le frottement de pantoufles en papier sur le plancher derrière toi. Un patient, un homme âgé, passe à côté de toi et se dirige vers les canapés en vinyle verts alignés contre le mur. Il s'écroule sur l'un d'eux, sa canne en métal cliquetant à sa suite. Ses cheveux sont d'un blanc immaculé, épais et frisés. Longs en arrière, comme la repousse d'une permanente. Ses yeux sont d'un bleu étincelant, malgré ses soixante-dix ans largement entamés.

À sa suite, quelques secondes plus tard, un jeune aide soignant latino entre doucement dans la pièce. Il le prend discrètement en filature. Il s'appuie contre le mur afin d'afficher sa présence.

Honey se tourne vers lui. « Merci, Santos.

— Iss O. K.

— Tu peux le laisser avec moi.

— Iss O. K. » Santos ne bouge pas.

« Quand as-tu ta pause ? demande-t-elle.

— Bain minoutes. »

Tu jettes encore un œil sur le patient. Tu le connais. Tu n'as aucun mal à le replacer. Un patient à vie. Il est arrivé ici avant même que tu y travailles. Harry quelque chose. Bloom. Ou Feld. Peut-être Bloom-feld. Un fou. O. K., ça va de soi. Mais plus encore. Un homme étrange. Tu te souviens de lui maintenant, de vos conversations. Un type drôle, aussi. Tout le monde connaissait Harry. Les cris durant les folles visites de sa famille. Des filles insupportables accompagnées de maris impatients. Pauvre Harry. De la sénilité, une touche d'Alzheimer, un peu de schizophrénie aussi, si tu te souviens bien. Des accès de délire. Il y a des décennies, il dirigeait une chaîne d'entreprises très rentable. Aujourd'hui la gestion se fait en son absence.

Harry aboie un ordre à l'intention de Santos : « Va me chercher un jus. »

Santos sourit. Fait un clin d'œil à Honey. « Bas chercher lé jous, toi, Harry.

— Je veux un jus.

— Bas lé chercher, toi.

— Va me chercher un jus, fuck !

— Né mé crie pas, Harry.

— Harry, s'il vous plaît, pas de gros mots. » Ça, c'est Honey.

Santos dit : « L'esercisse, yé té lé dit, c'est bon pour les yambes.

— Va me chercher un jus ! »

Man, qu'il fait du bruit. C'est pas étonnant que les gens ne se fendent pas en quatre pour l'aider. Tu vois le frigo, qui est à moins de dix pas. Plein à craquer de jus, tu le sais. Tu pourrais aller lui en chercher un. Ne serait-ce que pour le faire taire. Ces petits vieux sont tous accros au jus.

« D'accord ! Combien tu veux ? » Harry regarde Santos d'un air fixe. « Quoi ? Cinq ? Cinq mille ? »

Santos fait semblant de ne rien entendre. Une bonne stratégie.

« Dix ? Vingt ? »

Santos ne dit rien.

« CENT MILLE DOLLARS ?

– Harry… ssh ! » Encore Honey.

« Pour un jus ? Tu charries ! »

Le regard de Santos est imperturbable. Il ne répond pas. Ne bouge pas. Le calme incarné.

Ce qui a le don de rendre Harry complètement fou. « Va me chercher un foutu jus, maudit juif ! »

Weird. Harry est juif. Quelqu'un fait *chut* à l'autre bout du couloir. Honey se redresse, quitte ses deux patients. Elle s'approche de Harry. S'apprête à s'asseoir, puis décide de rester debout.

« Vous voulez un jus ? » Elle le regarde de haut. « Je vais vous chercher un jus, Harry. Mais il me faut un million de dollars. »

Harry a le souffle coupé. « Un million de dollars ?

– C'est ça. »

Ses yeux brillent. « Je les ai, tu sais. » Il parcourt la salle commune des yeux à la recherche de quelqu'un qui le mettrait au défi. Ses yeux s'arrêtent sur les tiens. Tu cherches une étincelle de reconnaissance. Tu serais ravi qu'il se souvienne de toi.

Il n'a aucun souvenir. Il ne se rappelle même pas ce qu'il a mangé pour souper, le pauvre bougre. Il se tourne vers Honey.

Elle dit : « Je sais que vous les avez.

– J'ai fait tellement d'argent, vous n'avez pas idée.

– Je le sais.

– Tu crois que je suis idiot ?

– Jamais je ne croirais une telle chose, Harry.

– Un million ?

– Oui.

– C'est trop. Dix mille.

– Non. Un million. »

Il a les yeux rivés sur elle. Et puis soudain, son visage s'épanouit en un large sourire.

« O. K. Je suis d'accord ! C'est réglé ! »

Wow, le maître négociateur. Tu souris à Santos tandis que Harry cherche frénétiquement le petit calepin qui ne le quitte jamais. Il vérifie les poches de sa robe de chambre, sur ses genoux, le siège à côté du sien. Il ne voit pas qu'il est tombé par terre.

Honey se penche et le ramasse. Elle le lui donne.

Harry dit : « Je vais te préparer une note. Regarde. Tu pourras la présenter dans n'importe quelle banque. Tu verras. Tu mentionneras mon nom. »

Gloussant, il se met nerveusement en place et applique un stylo tremblant sur le papier. Le résultat est instantanément inintelligible.

Santos verse du jus dans un verre de styromousse et le lui apporte.

Harry lève la tête, accepte le verre. Boit goulûment en en versant la moitié sur le devant de sa chemise. Ils ont tous les mains tremblantes et la bouche sèche, ces pauvres. Ça vient de la mauvaise dope.

Il met brusquement le verre sous le nez de Santos. « Encore ! »

Santos se tourne vers Honey.

Harry se tourne vers Honey.

« Deux millions », dit-elle.

Les joues de Harry se gonflent. Sa mâchoire se contracte. Sa peau rougit, ses yeux brillent de plus belle. Il promène un regard étonné autour de la pièce.

Ça te rappelle encore d'autres beaux souvenirs. Cette réaction est tellement familière. C'est comme s'il retenait son souffle, puis oubliait subitement qu'il le faisait.

Enfin, il expire bruyamment. Et jette de nouveau un regard noir sur Honey. Sur toi, et puis sur Santos. Et puis il crie encore : « Deal ! »

Il soulève son stylo dans les airs, les mains tremblantes, et vous sourit. Le stylo glisse entre ses doigts. Le calepin chute au plancher une seconde fois.

Harry perd immédiatement tout intérêt. Il regarde Santos une fois de plus. « Vas-y ! Juif ! Sale jaune ! Va chercher mon jus ! »

Santos, que Dieu le bénisse, marche calmement jusqu'au frigo.

Tu te tournes vers Harry et lui adresses la parole : « Deux millions de dollars, Harry ? C'est beaucoup d'argent. Pourquoi vous ne tétez pas votre chemise à la place ? »

Harry se tourne lentement. Il te dévisage, incrédule. « Téter ma chemise ?

— Ouais.

— Sais-tu à qui tu parles ?

— Oui.

— Téter ma chemise ? »

Tu te retiens de rire. Mon Dieu, ça te rappelle des souvenirs.

« Ouais...

— O. K., t'es rayé ! »

Honey est surprise par cette explosion. Santos aussi. Il laisse échapper le jus par terre.

Tu dis : « Harry, non... »

Mais Harry essuie sa bouche avec la manche de sa robe de chambre et te lance un regard mauvais. « J'ai dit mon dernier mot là-dessus !

— S'il vous plaît...

— Tu m'as bien compris !

— Harry... »

Entre-temps, Honey te regarde comme si c'était toi qui avais perdu la tête. « Rayé ? »

Tu baisses tristement la tête. « On dirait que oui.

— Rayé de quoi ? »

Tu regardes Harry. « De son testament. »

Harry acquiesce. « C'est ça. Rayé !

— Rayé, de votre testament. Encore ! Je peux pas le croire. »

Honey dit : « C'est donc pas la première fois ?

— Non. »

Elle sourit. « Est-ce que c'est vrai, Harry ? »

Harry acquiesce encore. Suffisant, impérial.

« On se connaît depuis très longtemps, Harry et moi. N'est-ce pas ? Depuis l'époque où je faisais les quarts de nuit ici. C'est pas la première fois qu'on entreprend des négociations, Harry et moi. De nombreuses fois. N'est-ce pas, mon ami ?

— Ne supplie pas. C'est pitoyable. »

Les lumières dans le corridor clignotent. Des pilules au poste d'accueil. Pour tous ceux qui sont sur la liste. Ce qui veut dire, bien sûr, tout le monde.

Harry se lève péniblement, refusant le bras de Honey. Il repart aussi rapidement qu'il est venu, balançant sa canne d'un côté et de l'autre sans jamais toucher le sol de la pointe.

Santos jette la tasse de Harry à la poubelle et part discrètement à sa poursuite.

Tu consultes l'horloge. Neuf heures moins cinq. Ça n'a pas changé depuis des années. Même heure, plus ou moins les mêmes drogues. Même résultat, c'est sûr. Assommer tout le monde jusqu'au matin. Pour certaines personnes, il n'y a guère d'autre choix. C'est triste à dire. C'est comme ça. Tu te souviens d'un garçon qui avait été violé à douze ans. Horrible, tout simplement horrible. Il était ici depuis des années. Tu le laissais boire tout le jus qu'il voulait. Tu n'avais pas le cœur de refuser. Tu ne pouvais pas imaginer qu'il s'en remettrait. Tu te demandes s'il est encore là. Tu te souviens de patients qui avaient clairement d'autres personnalités dans la tête. De vraies voix. Il fallait le voir pour le croire. Comment pouvaient-ils s'en sortir ?

Tu regardes Honey. « Huit heures cinquante-cinq »,
dis-tu.

Elle baisse la tête. Ses deux patients partent en
traînant les pieds.

Il n'y a que vous deux maintenant. Elle éteint la
télé. C'est extrêmement tranquille.

Tu dis : « J'étais sûr que, une fois arrivé, je saurais
quoi dire. »

Elle te regarde sans dire un mot.

« Mais, bien sûr, je n'en ai aucune idée. »

Tu es debout devant elle. Dans toute ta minceur.
À la recherche d'un peu de compréhension. Peut-être
d'un peu de sympathie. Un peu de *feeling*. Tu es de plus
en plus mal à l'aise à chaque seconde qui passe. Elle
sait ce que tu veux. Ne peut pas te le donner. Ça, au
moins, c'est clair. Bien sûr, tu n'aurais pas dû venir. Et,
bien sûr, il fallait que tu viennes.

Honey lance un regard en direction du poste d'accueil. Il n'y a rien qui presse, ses collègues peuvent la
remplacer. Tu le sais, elle le sait. Mais c'est un signe
qu'elle a envie que tu partes. Elle n'a jamais été très
bavarde, celle-là.

C'est l'heure. De parler le plus honnêtement possible. Fais-le. Tu ne le regretteras pas.

Si seulement tu savais comment t'y prendre.

Honey commence à se diriger vers le poste. Très
doucement. Soucieuse de ne pas t'insulter, mais ferme
dans son intention de mettre un terme à cet entretien.
C'est à toi de suivre.

C'est le moment de parler.

« Je pense que, ce que tu m'as fait, c'était pas juste. »

Elle continue d'avancer. « Tu savais très bien ce qui
se passait, Lee. Tout ce temps-là.

— Tu étais en colère contre Johnny.

— Tu le savais.

— Tu étais en colère contre ta sœur.

— Et tu savais ça aussi.

— Johnny t'a pris ta sœur. Alors toi, tu m'as pris à Johnny. »

Elle manque de souffle, vacille. « C'était pas mon intention. Pas comme ça.

— Je pense que oui. Je pense que c'était précisément ton intention. »

Elle soupire. Prend ta main dans la sienne. Tu frissonnes à son seul toucher. Lui permets de te guider vers l'avant une fois de plus. Elle te montre ses grands yeux. Un sourire triste. La légère malocclusion au-dessus de sa lèvre qui dit : *Crois tout ce que je te dis.* Elle presse sa paume contre la tienne.

« Lee, j'aime encore Johnny. O. K. ? »

Voilà. C'est dit. Que peux-tu répondre à ça ? Vous arrivez aux grandes portes qui mènent à l'extérieur du département. C'est l'heure de partir.

Trente-neuf

T'es le genre de gars qui finit seul. T'es le genre de gars qui ne gagnera jamais au loto. T'es le genre de gars qui frappe un simple au début de la neuvième manche, puis se fait retirer en essayant de le transformer en double. T'es le genre de gars qui a besoin d'un plan B.

Maintenant, quand tu vas à l'épicerie, tu y vas seul. De toutes les courses que tu dois faire seul dans la vie, celle-là te fait le plus mal. Quand tu achètes du pain, du lait, des rouleaux impériaux surgelés et des sacs de croustilles au ketchup format géant, tu devrais être en train de le faire avec quelqu'un.

Tu adorais aller à l'épicerie avec Honey. Elle connaissait chaque allée et chaque tablette. Ça te manque. Maintenant, tu paies la facture et vas attendre à l'arrêt d'autobus avec tes sacs. C'est ton nouveau moyen de transport. Tu n'as plus la voiture de Henry ni celle de Honey ni même la fourgonnette d'Aaron. T'es seul. Fini les taxis aussi. Il n'y a plus l'argent de la dope.

Ça ne te dérange pas trop. Il faut que tu prennes l'autobus avec la plèbe. Ça arrive. Il va falloir que tu trouves un boulot un de ces quatre, tu supposes. Avec un peu de chance, rien de trop épuisant. Le travail physique, c'est pas vraiment ton truc. À moins de trouver un boulot comme celui du caméraman, un truc pépère comme ça. Peut-être que tu devrais lui en parler. Des heures flexibles. Un bon salaire. Tu as déjà vu des techniciens de son sur des tournages. Qui tenaient la perche. Tu pourrais faire ça. Tu serais bon. Tu es grand et tu as de longs bras, tu saurais positionner le micro juste au bon endroit.

Tu as vu le caméraman il y a pas si longtemps. Sur la montagne. Aux tam-tam. Tu étais seul. Il était seul. Il ne travaillait pas. Les tambours battaient leur plein. Il est venu discuter un peu. Vous avez fumé un joint ensemble. Tu n'as pas de rancune. Il t'a demandé ce que tu faisais. Tu lui as dit : « Rien. » Il n'a pas insisté. Tu lui as demandé ce qu'il faisait. Il a dit qu'il partait avec son équipement pour la Floride le lendemain. Pour

rejoindre Liz. Là où cet avion s'était écrasé.

Cet avion. Ça a tout changé. Soixante-dix-neuf personnes. Une explosion en plein ciel à la vue de tous. Juste après le décollage, au-dessus des eaux du golfe. La moitié des passagers étaient des célébrités. Des chanteurs, des acteurs et des athlètes. Des joueurs de baseball et de football. Trois joueurs sur cinq de la formation partante d'une équipe de basketball. Des vedettes de la télé et du cinéma. Des producteurs, des réalisateurs, des techniciens et des journalistes. Tous participaient au même gala. Soufflés à trois mille pieds d'altitude. Leurs morceaux tombaient dans la mer. L'explosion filmée en direct par six caméras. Un bateau de croisière qui reçoit une pluie de débris. Une orgie médiatique. C'est encore le cas. La plus importante nouvelle de tous les temps. Depuis la dernière. Jusqu'à la prochaine. Des rumeurs veulent que ce ne fût pas un accident. Certains persistent à croire à une attaque terroriste. Il y aura des enquêtes, des rapports, des hommages et des commémorations jusqu'à la fin de la décennie. Et plus loin encore. À chaque anniversaire. Le souvenir de cette tragédie deviendra une industrie en soi. Ce sera un de ces moments où tout le monde se demande *Où étais-je?* Ça a remis les compteurs à zéro et banalisé tout ce qui l'a précédé. Henry Miller et Darlene Dobson ne sont plus que des notes en bas de pages d'une époque révolue.

Tu as dit au caméraman que tu aurais préféré n'avoir jamais été mêlé à ça. Tu as dit au caméraman que Henry a été obligé de quitter la ville à cause de lui. Et de Liz. Et de toi. De tous ceux qui avaient nourri la machine. Tu as dit au caméraman que tu avais honte de t'être excité pour quelque chose d'aussi insignifiant que la télé. Tu avais perdu l'essentiel de vue. Tu aurais dû protéger ton ami.

Il n'a pas dit grand-chose. Il avait l'air de comprendre.

Chez toi, tu fais le tri du triste assortiment d'articles dans tes sacs d'épicerie. Va savoir pourquoi, tu as acheté trois bocaux de sauce à pizza. Tu n'as jamais fait de pizza de ta vie. Que vas-tu faire de ça? Réfrigérer après ouverture? Ce qui te fait penser – le vieux n'habite plus à côté. Une ambulance est venue le chercher il y a quelques semaines, intubé mais accroché tant bien que mal à la vie. L'appartement est vide le temps de savoir s'il reviendra ou pas. C'est étrange de ne plus l'entendre marmonner de l'autre côté des murs. Bien sûr, dès que la poussière est tombée, tu es entré chez lui afin de récupérer tout ton argent. Et de faire un peu de ménage, il se trouve. Il le fallait. C'était gênant.

Ton appartement à toi est plus propre que par le passé. C'est une des habitudes de Honey que tu as conservées. À présent que tu as cessé de fumer pour de bon, tu as eu le temps d'aérer convenablement. Tu l'as réorganisé aussi. Jeté des choses et fait le ménage du coin débarras. Après la descente, tu as donné beaucoup de choses à Stacy. Beaucoup de choses. Tu as simplement déposé ça chez elle un jour où sa mère était de garde. Toutes sortes de choses dont tu croyais qu'elle aurait besoin et même des trucs de ta propre enfance pour Ack! lorsqu'il sera plus grand. Tu as dit à sa mère de dire à Stacy qu'elle pouvait regarder le tout et ne conserver que ce qu'elle voulait. C'était il y a un certain temps. Tu n'as pas de nouvelles depuis.

Et après, va savoir, elle appelle.
« Lee ?
— Quoi ?
— Que fais-tu ?
— Rien.
— Es-tu seul ?
— Oui. »

Elle demande si elle peut passer. Elle demande si elle peut emmener le petit. Elle demande si tu as besoin de quelque chose à l'épicerie.

Tu dis : « O. K. », « Aucun problème » et « Non. »

Et après, précisément au moment où tu déposes le téléphone, quelqu'un frappe à la porte. Ouf, un après-midi où ça n'arrête plus.

Tu ouvres. C'est ton dealer.

Tu ne l'as pas vu depuis des lustres. Il n'est jamais venu chez toi. Une fois, tu l'as rencontré devant l'immeuble.

Tu le fais entrer. « Une bière ? Un Coke ? Un extrait de racine de ginseng et citron ? »

Il sourit poliment. Reconnaît tes efforts. Prends une gorgée d'eau de la bouteille qu'il a apportée tout en

traversant ton appartement. Il y a une légère claudica-
tion dans sa démarche qui n'était pas là avant.

Il dit : « Alors, que fais-tu de bon ces jours-ci ? »

Tu ne réponds pas immédiatement. Est-il fâché ?
Heureux ? Est-il là pour te redonner ta run ? Si oui, il
ne faut pas que tu t'énerves.

« Je réfléchis.

— Tu réfléchis à ce que tu devrais faire ?

— Ouais. »

Il s'arrête, regarde les boîtes à moitié remplies
autour de lui. « Tu déménages ?

— Non, je fais du ménage. »

Il parcourt le reste de l'appart des yeux. D'autres
piles, d'autres boîtes. Partout où tu regardes. Il te toise
de l'œil. « Parce que tu déménages ?

— Oh ! peut-être. »

Il acquiesce d'un signe de tête, avance en boitant.
« Est-ce que tu quittes le quartier ? La ville ? Ou juste
cet appartement ? »

Tu ne réponds pas. Tu ne le sais pas.

À l'aide d'un mouchoir qu'il a tiré de sa poche,
il essuie la poussière sur l'une des boîtes et s'assoit.
« Ton ami Harvey...

— Henry.

— Je sais.

— Peux-tu juste dire son nom, alors ? Henry. »

Il prend une gorgée de sa bouteille. Laisse passer
quelques secondes. « Veux-tu que je t'explique ?

— Non. »

Et c'est vrai. Tu ne veux rien savoir. Henry est
parti et c'est pour le mieux de toute façon. Tu es arrivé
à cette conclusion. Les coupures et les ecchymoses ont
sans doute disparu.

Il regarde par tes fenêtres crasseuses. Se tourne
vers toi. « Quel âge as-tu ?

— Vingt-huit. Mais ça, tu le sais.

« — Vingt-huit. Et tu as fait quoi, jusqu'à maintenant, dans ta vie ? Fuck all ?

— Plus ou moins. »

Tu aimerais être encore fumeur. Tu en allumerais une là. Rien que pour le rendre fou. De l'autre côté du mur, tu entends l'ascenseur qui répond à un appel du rez-de-chaussée.

« Tu sais, je me souviens de l'année où j'ai eu quarante-neuf ans. Tout le monde me demandait si le fait d'avoir bientôt cinquante ans me dérangeait. Est-ce que j'étais déprimé ? Inquiet ? Alors j'ai réfléchi à ça. Beaucoup. Cinquante ans. Un demi-siècle. Toutes ces conneries. Et après je me suis rendu compte que non, je ne l'étais pas. Ça ne me dérangeait pas. J'étais serein. »

Il se tourne vers toi. Le même regard vide. Celui que tu n'as jamais su lire.

« C'est bien, dis-tu enfin.

— C'est bien ?

— C'est bien pour toi.

— Tu crois ? Je ne suis pas sûr.

— Pourquoi ? soupires-tu. Pourquoi tu me poses la question ?

— Parce que… - il boit encore un coup - … j'ai constaté que j'étais absolument terrifié à l'idée d'avoir soixante ans. Pétrifié. Horrifié. Que dans dix ans j'aurai soixante ans. Comprends-tu ? Cinquante ans, c'était une blague. Mais soixante ans ? Il y a *plus rien* à faire à soixante ans. Je l'ai compris. Rien. Il faut que tu aies tout accompli avant cet âge-là.

— D'accord.

— Soixante ans. C'est très vieux.

— Si tu le dis.

— Il ne se passera pas grand-chose après soixante ans. Si tu n'es pas riche, il est peu probable que tu le sois un jour. Si tu n'es pas une vedette, si tu n'es pas drôle, si tu n'es pas le genre de personne dont tout le monde veut entendre les opinions, ça ne va pas se matérialiser une fois que tu les auras, tes soixante ans. Si tu n'es pas un don juan. Si tu n'as jamais prêté secours à quelqu'un dans ta vie. Si tu n'as pas laissé ton *empreinte*. Tu ne le feras pas après soixante ans.

– J'imagine que non.

– Lee, dit-il soudainement en plissant les yeux, quel âge penses-tu que j'ai ? »

Ah. C'est donc ça. Tu lui jettes un regard enjoué. Tu sens la confiance gonfler ta poitrine. Pour une fois, en cette unique occasion, tu connais la bonne réponse. Tu as compris. Tu vois où il veut en venir. Il est l'exception. Il est spécial, celui qui défie le temps. Celui qui fera encore de grandes choses à n'importe quel âge.

Tu prends ton temps. Tu savoures ton triomphe. Il est rare que tu aies une longueur d'avance.

Et après tu réponds : « Soixante ans. »

Son visage pâteux vire au rouge. « *Soixante ans ?* J'ai pas *soixante ans* ! J'ai cinquante-sept ans, fuck ! Jesus Christ ! Suivais-tu même la conversation ? Écoutais-tu ? Es-tu réellement aussi con ? J'ai dit qu'il *ne fallait pas* attendre jusqu'à soixante ans. J'ai dit qu'il fallait tout faire *avant...*

– Je croyais que tu voulais...

– Je prends les mesures qui s'imposent avant d'avoir soixante ans », dit-il, retrouvant un peu de contenance. Il baisse la voix, prend une autre gorgée. « J'attends pas. Comment se fait-il que tu ne comprennes pas ça ? Non mais. Aussi brillant qu'un sac de sable, je te jure. J'ai fait des changements. Je fais encore des changements. Je fais tout ce qu'il faut. J'ai le vent dans les voiles. Lorsque j'aurai soixante ans – et il te jette encore un petit regard haineux –, tout sera en place. Je vais être tranquille. Et je l'aurai mérité. Tu comprends. »

Tu te lèves du canapé et te diriges vers la cuisine.

Il se lève et te suit en boitant.

« Alors, c'est quoi, le plan de match ? » dit-il en changeant brusquement de ton. Ce gars est cinglé. « Qu'est-ce que tu comptes faire, mon vieux ? As-tu de réelles idées en tête ou s'agit-il d'un autre changement futile, un geste purement symbolique ? Une fausse introspection ? Ta réponse habituelle. Un examen superficiel de ta vie sans la moindre intention réelle de provoquer un quelconque changement. Attends, laisse-moi deviner. Tu trouveras un nouvel appart, plus petit, moins cher. Tu trouveras un boulot sans avenir, tu t'enfermeras, tu fumeras de la dope et tu regarderas passer les années. Pas d'argent, pas d'avenir. Tu dépenseras tout ce que tu gagnes sur le hasch que tu vendais autrefois à tous les autres. Qui sera ton fournisseur ? Cuz ? »

Wow. C'est pas très gentil.

« Tu n'y as pas pensé, même pas trente secondes, n'est-ce pas ? »

Tu lui jettes un regard noir et te retournes. Quel genre de personne débarque chez quelqu'un et lui parle de la sorte ? Et qu'il aille se faire foutre. Premièrement, tu as mis de côté plus d'argent qu'il ne peut imaginer. Alors il peut se les mettre où tu penses, ses suppositions. Tu n'as pas été aussi stupide. Et deuxièmement, tu sais maintenant pourquoi il est venu. Il est venu t'offrir une seconde chance. Il va te permettre de reprendre tes activités. Pour que tu ne sois pas aussi stupide une deuxième fois.

Tu dis : « Ouais, eh bien, pourquoi tu vas pas droit au but ? Si t'es venu pour me dire que je peux travailler pour toi de nouveau, dis-le-moi. Comme ça, je pourrais me faire une idée. Tu veux quoi, en échange ? Mon premier enfant mâle ? »

Il se tourne pour te faire face. Un regard bizarre anime son visage. « Toi, tu travaillerais pour moi ?

« — Ouais.

— De nouveau ?

— Ouais…

— Je ne pense pas.

— Non ?

— Non.

— Oh ! »

Ton dealer s'appuie contre le comptoir. Perdu dans ses pensées. La pure absurdité de cette idée semble l'avoir paralysé momentanément.

Tu restes tranquille. Tu essaies de jauger le niveau de ta déception. D'une certaine façon, tu te sens de plus en plus à l'aise de ce côté-ci de la loi. Et avec l'idée de quitter le monde des affaires. S'il faut dire la vérité.

Ton dealer prend une gorgée d'eau. Tu entends l'ascenseur arriver à ton étage. Entends le bruit métallique des portes qui s'ouvrent.

Stacy.

Il poursuit : « Ce que je suis en train de dire, c'est que tu devrais prendre un peu de temps, mais après, oublie ça. Passe à autre chose. Ceci est arrivé, cela est arrivé. Les choses ont changé. O. K. Beaucoup de choses ont changé. *Les choses changent*, Lee. Ne prends pas trop de temps. Ne prends pas une éternité. Sois pas le genre de gars qui prend une éternité. Sois pas le genre de gars qui se complaît à ne rien faire. Tu auras soixante ans un jour. Essaie de comprendre. Qu'est-ce que tu auras derrière toi ? Y aura-t-il quelque chose ? À un certain point, il est tout simplement trop tard, vieux. Est-ce que tu comprends ? Trop tard. Pour accomplir quoi que ce soit. Pendant combien de temps penses-tu attendre avant d'essayer de faire quelque chose d'utile, au moins ? Pensais-tu que tu vendrais toujours de la dope ? Jusqu'à quand ? Pensais-tu un jour devenir comme moi ? Sais-tu tout ce que ça implique ? Tu ne comprends même pas. Que je te fais une faveur. »

Et tu comprends. Vraiment. Qu'il le fait pour toi. Aujourd'hui. Tu te rends compte qu'il est venu pour cette seule raison. Pour te dire cela. Que tu n'auras plus jamais de run. Il prend le temps de te l'expliquer. Et il te remercie. Comme il se doit. Pour les services rendus.

« C'est pas la vie que tu crois, Lee. C'est pas pour toi. »

La porte s'ouvre sous l'effet d'une poussée, tu l'avais laissée entrouverte. Stacy entre. Accompagnée du petit. Elle s'arrête, surprise que tu ne sois pas seul.

Elle s'est fait faire les cheveux. Des mèches aussi. Et elle est allée magasiner. Elle porte un chemisier blanc, de nouveaux jeans et des chaussures à talon, sans doute pour la première fois depuis des années. Elle est, il n'y a pas d'autre mot, séduisante.

Ton dealer lui jette un coup d'œil, puis se tourne vers toi : « Bon, j'y vais. » Il attrape sa bouteille d'eau et avance vers la porte, toujours en clopinant. « Penses-y, mon vieux. À toi de jouer. »

Il marche avec difficulté.

« Hey, est-ce que ça va ? dis-tu. J'espère que ce n'est pas sérieux.

— Quoi ? Non.

— T'es sûr ?

— C'est juste que j'ai passé trop de temps sur le vélo. Mon genou enfle. Cette fois, ça n'a pas l'air de vouloir se résorber. »

Il s'approche de la porte. Stacy ne sait pas sur quel pied danser. Faire un pas en arrière pour le laisser passer ? Lui tenir la porte ?

« Ou peut-être que c'est le cancer », dis-tu. Tu le gratifies d'un sourire idiot. « Crois-tu que c'est un cancer ? Comme le cancer des os ? Des fois, ça commence comme ça, non ? »

Ton dealer s'arrête net. Ses yeux s'ouvrent comme des soucoupes. Comme si tu venais de le gifler. Ou de traiter Jésus de pédé. Tu viens de prononcer l'innommable. Tu lui as jeté un mauvais sort. Et à toi aussi. Il attend pour voir si tu seras frappé par la foudre.

Tu lui fais un clin d'œil, puis te tournes vers Stacy.

Ton sourire disparaît.

Tu vois qu'elle tient ton sac brun en suède dans la main, la cordelette dorée enroulée autour du poignet. Tu l'avais caché stratégiquement parmi les effets que tu avais déposés afin qu'elle ne le découvre pas tout de suite. À l'intérieur, il y avait également une note qui lui était adressée ainsi qu'à Ack! Ce n'était qu'une question de temps avant qu'elle ne le découvre. Maintenant, elle te le rapporte.

« Lee, dit Stacy, qui, ayant choisi le moment le plus insensé possible pour demander des éclaircissements, avance vers toi en agitant le sac dans les airs, peux-tu s'il te plaît m'expliquer quelque chose ?

— Plus tard.

— Non, maintenant.

— Après.

— Non. »

Elle dépose le sac sur la table de la cuisine. Devant ton dealer.

Tu les regardes qui regardent le sac, puis qui se regardent l'un l'autre. Tu te rends compte qu'ils ne se connaissent pas. Ce n'est pas le moment de faire les présentations.

« Stace, on en parlera plus tard. »

Mais elle est dans tous ses états. « C'est quoi, cette histoire ? Tu m'as fait une de ces frousses.

— Stacy...

— D'où ça vient ?

— Mais on...

— Est-ce que c'est à toi ?

— Oui. Non. À toi. »

Ton dealer, qui a écouté votre discussion, tend le bras et soulève le sac.

Stacy essaie de l'arrêter.

Tu lui fais signe. Ça va.

Comme s'il répondait à un signal, le petit fonce vers toi. Exige d'être soulevé et pris dans tes bras. Tu obtempères. Tu regardes ton dealer détacher la cordelette, tirer dessus et se mettre à parcourir rapidement des doigts les liasses serrées de billets.

Tu sais qu'à l'intérieur du sac il y a précisément soixante-trois mille trois cents dollars. La moitié, exactement. De tout ce que tu as mis de côté. Tu le sais parce que tu l'as compté dix fois avant de le glisser dans le sac.

Stacy dit : « Que veux-tu que je fasse avec ça ? Est-ce que c'est légal ? Sais-tu que tu m'as donné une de ces frousses ? Je me suis presque évanouie. Le savais-tu ? Et qu'est-ce que tu essaies de dire, Lee ? »

Tu ne réponds pas. Continues d'observer ton dealer, qui replace l'argent. Rattache la cordelette et dépose le sac sur la table. Tu perçois un léger sourire sur ses lèvres.

Stacy l'observe aussi. Et, à cet instant, comprend soudain la situation. Qui il est.

« Fais ce que tu veux avec cet argent, Stace. C'est pour toi et Zachary. Un dépôt sur une maison avec une grande cour dans laquelle il pourra grandir. Tu dis tout le temps que tu veux acheter une maison. Fais-le. Peu importe ce que tu penses. »

Ton dealer te jette un dernier regard. Se tourne et part. Sans dire un mot. Pour une fois, il ne veut pas déranger.

Stacy regarde autour d'elle.

Les boîtes. Empilées partout.

Le petit dans les bras, tu te diriges vers le salon, là où tu pourras le jeter au tapis et lui livrer un combat d'où il sortira forcément vainqueur. Tu fais semblant de ne pas entendre que Stacy vous suit. Tu te jettes dans la bataille contre Ack!, lui appliquant des bisous et le faisant se tortiller et pouffer de rire. C'est un bon garçon, ce petit. Un hommage haut comme trois pommes à tout ce qui est juste et bon ici-bas. Une âme pure. Zachary, c'est la bonté incarnée, et tu as besoin d'un peu de bonté. Zachary – tu peux toujours pas supporter ce crisse de nom – est beau. Vraiment. Tu l'as observé. Pendant des heures. Sobre saoul straight stone. Sous toutes les coutures. Il est splendide. Sa peau est si lisse, elle est *polie*. Et cette petite chose *comprend*. Beaucoup plus que tu serais porté à croire. Profond. Instinctif. Et il a un sens de l'humour. Il se peut même qu'il soit *un crisse de génie*, penses-tu des fois.

Stacy arrive derrière toi, se met à genoux. Dépose sa main sur ton bras. Tu peux sentir la chaleur de son souffle dans ton cou.

« Veux-tu vivre dans cette maison avec nous, Lee? demande-t-elle doucement. Est-ce que c'est ça que tu essaies de dire? »

Tu ne réponds pas. Tu ne peux pas parler. Tu te concentres sur ton fils. Il fait partie de toi. Il est maigre. Il sera grand, sûrement. Déjà, il n'a pas de cul, exactement comme toi. Il est ultra-blond comme sont tous les enfants avant qu'ils grandissent et que cette blondeur décline, et il aura une chevelure de paille comme la tienne un jour. Il est splendide, parfait. Il a tes yeux. Les manières de Stacy. Sa façon à elle de réfléchir longuement avant d'entreprendre quoi que ce soit. Sa profonde croyance dans le bien et le mal. Il a de longs cils. Il a le sourire rayonnant de Stacy, mais ta démarche athlétique, de plus en plus. Ton arrogance. Il partage le plaisir que tu as à ne rien faire et à observer les gens. Il est en train de devenir un beau jeune homme.

Il va falloir que tu protèges Zachary. Nous vivons dans un monde compliqué et imprévisible. Jusqu'à ce qu'il soit assez grand et assez intelligent pour prendre soin de lui-même, ce sera ta tâche. Plus ou moins pour toujours. Tu ne pourrais pas être plus heureux. Tu as un but. Et quand viendra le temps, tu lui raconteras les décisions que tu as prises et les erreurs que tu as commises. Tu tâcheras d'expliquer tout ça à ton fils.

Quarante

Tu reluques le tableau indicateur pendant que s'écoulent les dernières secondes du match. La sirène retentit. Tu pousses ton masque vers le haut avec ton bouclier, jusqu'à ce qu'il repose sur ta tête. La transpiration s'échappe de tes cheveux et coule sur ton front, brûlant tes yeux. Tu essuies ton visage avec la manche de ton chandail tandis que tes coéquipiers arrivent devant le filet. Les uns t'envoient une gifle sur la tête, les autres te donnent un bon coup de bâton sur les jambières.

Vous vous mettez en file. Tu te joins à la queue. Quand vient le temps de serrer la main de Sanderson, Dane et, finalement, Cuz, tu prends soin de les regarder dans les yeux. Bien en face. Tu étais un peu inquiet qu'ils s'essaient à te blesser, mais il ne s'est rien passé et, à la fin de la troisième période, tu n'y pensais même plus. Tu n'as pas vu ces gars depuis un bon bout, depuis tout ce qui s'est passé.

Tout le monde patine jusqu'à la bande puis quitte la glace, clopinant comme des clowns dans le corridor jusqu'à leurs vestiaires respectifs. À l'intérieur, tu t'écrases devant ta case et retires ton chandail. Tu te laisses aller en arrière contre le ciment frais. Dévisses une bière. Jettes un œil sur les autres joueurs.

L'atmosphère est à la fête même si vous vous êtes fait rosser 16-11.

Chaque année vers la fin du mois de novembre, il y a ce match. C'est un match commémoratif organisé par la famille d'un gars qui est mort quand vous étiez tous beaucoup plus jeunes. Le Match commémoratif James T. Reilly. Il y a un souper-bénéfice par la suite pour amasser des fonds pour la recherche sur le cancer du cerveau. C'est une grosse affaire dans le quartier.

Tu restes assis à boire, à écouter tout le monde débiter des inepties en même temps. Sur ce jeu ou sur celui-là. Qui était bon, qui ne l'était pas. Qui était nul à chier. Tu te surprends à sourire, tu as toujours aimé cette partie. La marque finale, tu t'en contre-fiches. Le hockey, bah. Tu viens pour les conversations. Les insultes. Les condamnations sans partage. Ici, si tu n'es pas habile, t'es vite démasqué. Si tu es trop lent, t'es démasqué. Si tu ne passes jamais la rondelle, démasqué. Si tu passes tout le temps, démasqué. Malhabile, salaud, grande gueule, poule mouillée. Démasqué. Gros, maigre, trop poilu, pas assez poilu. Gros cul. Petite quéquette. Démasqué. Sans-emploi. En instance de divorce. Toujours chez ta mère. Démasqué démasqué démasqué.

Tu es un gardien de but. Tu n'es pas très bon. Tu as donc recueilli ta part d'insultes. Johnny est un joueur de centre, un excellent joueur. Le meilleur, d'habitude. Aujourd'hui c'était clairement le cas. Aaron a joué aussi. Et Tim, et la Coquerelle à poils. Avec d'autres, des gars que tu ne vois qu'une fois par année. Ainsi que quelques nouveaux visages. Des amis d'amis, qui font leur part pour la cause à mesure que l'enthousiasme des plus vieux diminue. Henry avait l'habitude de venir chaque année. C'était un patineur étonnamment rapide pour un gars de sa carrure. Excellent pour ce qui est de l'échec-avant. Implacable.

Il te manque.

La plupart des gars dans le vestiaire écoutent Johnny taquiner Aaron. Avant le match, il y a eu un discours au centre de la patinoire, suivi d'un moment de silence en hommage à James Reilly. Et, bien sûr, à Benny Hill. Puis il y a eu la mise au jeu et moins de quinze secondes plus tard, Aaron a perdu l'équilibre le long de la bande et a absolument laminé l'arbitre. Il l'a envoyé visage premier dans la baie vitrée. C'était pas beau à voir. L'arbitre était fou de rage quand il s'est relevé. Il a donné une pénalité mineure double à Aaron parce qu'il était un *ostie de cave*. L'autre équipe a tout de suite pris une avance de deux buts.

Aaron clame maintenant son innocence dans le vestiaire. « J'ai rien fait. C'est pas une pénalité, ça. Je comprends pas pourquoi il en a fait toute une histoire. Il est payé.

— Il va avoir besoin d'un orthodontiste.

— C'est lui, l'arbitre. Sors du chemin, crisse !

— T'es un carambolage monstre sur la glace, man. »

Aaron baisse les yeux, met un à un ses protège-coudes dans sa poche de hockey.

« Hey, sais-tu quoi ? Va chier. J'ai bien joué. Laisse-moi tranquille.

— T'as bien joué ?

— J'ai compté deux buts.

— La marque finale est 16 à 11. On a *tous* compté deux buts.

— J'ai eu quatre points.

— On s'en crisse. Honey était dans les gradins en train de lire une revue de déco – Johnny lance ses propres protège-coudes dans sa poche de hockey – et elle aussi a eu quatre points. »

Aaron détourne le regard et se met à farfouiller dans son sac à la recherche d'un truc imaginaire. « O. K. Parle à quelqu'un d'autre maintenant. »

Johnny rit, attrape une bière. « Je rigole. T'as bien joué. Tout le monde a bien joué. Mikey, t'as bien joué. Roscoe, t'as bien joué. O'Connell, très bien. Marco… »

Marco lève la tête. « Ouais ?

— Pas bon.

— Je sais.

— T'as joué comme un tas de merde.

— Je sais. »

Un gars qui s'appelle Debrofsky dit : « Eh bien, peut-être que… »

Johnny se retourne brusquement pour lui faire face. « Hey, t'as joué comme un tas de merde aussi, Debrofsky. T'inquiète pas. Tu perds rien pour attendre. Avec ce bâton de bois. Et ces protège-chevilles. T'es qui ? Ton père ? » Johnny revient vers Marco. « Je fais que parler, man. Tu étais vraiment mauvais. C'est tout.

— D'accord. Je le sais.

— Les autres gars le pensent aussi. Mais moi, je te le dis.

— O. K.

— Tu étais une merde totale. »

Marco fait signe que oui.

« Je me demande s'il y avait quelqu'un de pire, ajoute Johnny.

— Je suis désolé.

— Il y a peut-être un gars. Mais c'est vraiment le seul.

— Debrofsky ? »

Johnny fige. Dévisage Marco. Hoche silencieusement la tête. Il en beurre épais. Une triste expression sur le visage. Il se tourne vers le reste d'entre vous : « Pouvez-vous croire ce trou de cul ? Il joue comme un tas de merde et après il me pique ma réplique ? »

Plusieurs gars rient. Même si vraisemblablement ça fait d'eux les prochaines cibles. Marco arbore un large sourire. Debrofsky aussi.

Tu jettes un regard furtif sur Johnny. Veux qu'il te prête un peu d'attention. Préfères qu'il ne te prête aucune attention. Soucieux de ne pas attiser sa colère. Mais Johnny baisse les yeux vers le plancher et commence à détacher ses lacets. Tu détournes le regard avant qu'on te prenne à l'observer.

Il va falloir que tu te déshabilles, penses-tu, et que tu sautes dans la douche. Stacy t'attend. Elle est venue voir le match avec le petit. Vous êtes ensemble maintenant, vous trois. De manière officielle. Alors les choses ont-elles si mal tourné? Peut-être que c'est même beaucoup mieux qu'avant. Tu avais un plaisir fou à les voir dans les gradins. Même si tu as laissé passer autant de rondelles. Ils étaient assis de·ton côté, assez près pour que tu entendes leurs encouragements. C'était étrange d'entendre Zachary crier ton nom. Il a toute une paire de poumons. Tu te sentais bien. Tu te sentais merveilleux. 383

Honey était complètement à l'autre bout. Assise toute seule pendant tout le match, as-tu remarqué. Fiancée, enfin, à Johnny. Une bague et tout le bazar. Et Baby était là aussi. Pour encourager Tim, qui semble enfin être devenu son copain, même si elle applaudissait n'importe qui, pourvu qu'il fasse quelque chose de bien. Une fan finie. Les deux sœurs ne se sont même pas dit bonjour. Baby est restée à bavarder avec Maureen et ses filles, Danielle et Gabrielle, les quatre formant un étrange quatuor.

Tu soupires. Tends le bras et prends une bonne lampée de bière, déposes la bouteille sur le banc à côté de toi. Tu te sens soudain étrangement triste, c'en est presque comique. Instantanément nostalgique. Plus rien n'est pareil. Tu franchiras la porte et une autre année s'écoulera avant que tu entendes de nouveau des bruits comme ceux-ci. C'est très étrange, l'état actuel des choses. L'impression de vivre un été sans fin a disparu. Johnny et Honey font bande à part. Stacy et toi, aussi. Baby est toujours débordée par ses cours à l'université. Aaron et Mo vous fréquentent tous, mais toujours séparément. Plus de barbecues. Plus de flâneries dans le parc. Henry est parti. Plus de conversations téléphoniques sans rime ni raison. Tout a changé.

Une voix hargneuse gronde : « Hey, Goodstone ! »

Ta tête se relève brusquement. Cuz est debout à la porte. Arrivé soudain de l'autre vestiaire. Déjà habillé dans ses vêtements de ville. Te regardant avec hostilité. Tu peux voir Dane et Sanderson debout derrière lui dans le corridor.

« Je t'attends dehors, trou de cul. Viens-t'en. »

Sur ce, il disparaît, suivi de ces acolytes.

Subitement, tu te mets à transpirer de nouveau. Ton cœur bat comme le tonnerre.

Le vestiaire est silencieux. Tous les yeux se tournent vers toi. La pause est longue et incertaine. Cinq secondes, dix. Suivie d'une éruption de huées et de sifflements et d'un florilège de ce brillant badinage que tu aimes tant.

« Whoah ! Écoute-moi-le, Cuz ! Il a jeté les gants...

— On dirait que sa petite blessure au poignet est guérie...

— Hey, Goodstone ! C'est ta fête...

— Man, tu laisses entrer seize mauvais buts et après plus personne te respecte...

— Goodstone, crisse de passoire ! Qu'est-ce que tu vas faire ? »

Tu jettes un coup d'œil furtif à Johnny. Mais il fixe toujours le sol en tripotant ses lacets. Il prend tout son temps, exprès. Tu regardes Aaron rapidement. Il a détourné les yeux aussi, avec l'intention délibérée de ne pas les ramener vers toi. Merci, Aaron.

Tu regardes tous les autres. Qui t'observent encore. En ce bref instant d'une pureté cristalline, tu peux lire dans leurs pensées. Tu sais qui t'aime et qui ne t'a jamais aimé. Qui tu as toujours fait chier. Qui n'en a rien à foutre. Qui aime tout simplement voir quelqu'un recevoir une bonne raclée. C'est ton combat - à toi seul -, mais dans un brillant éclat de clarté d'esprit tu sais qui veut que tu gagnes et qui veut que tu perdes. Certains d'entre eux simplement parce que t'as baisé la copine de Johnny, bien sûr.

Tu commences à tripatouiller ton équipement. Tes doigts tremblent. Ta langue est sèche et cherche désespérément la moindre trace d'humidité. Tu l'entends qui décolle de ton palais, encore et encore. Tu portes ta bouteille de bière à tes lèvres, mais il ne reste que quelques gouttes. Ta respiration résonne dans ton crâne. Le sang entre en bouillonnant dans tes tympans et en sort.

Tu te représentes les prochaines minutes jusqu'au moment où tu sortiras enfin dans l'aire de stationnement. Il va falloir que tu enlèves tout ton équipement. Et que tu le ranges dans ta poche. Que tu prennes une douche. Devrais-tu prendre une douche ? Que tu t'habilles. Hisses ta poche sur ton épaule. Attrapes tes bâtons. Tandis que tout le monde te regarde. Et te provoque. Ce qui. Te. Rendra. Encore. Plus. Nerveux.

Et alors, au lieu de cela, tu retires un patin. Puis l'autre. Trouves tes bottes. Y glisses tes pieds.

Rajustes tes épaulières et tes protège-coudes. Endosses de nouveau ton chandail.

Ramasses ton masque. Le mets sur ta tête.

Enfiles ton gant. Ton bouclier.

Attrapes ton bâton.

Et après, sans mot dire, tu bondis sur tes pieds - dans la mesure où une personne qui porte sept cent mille tonnes d'équipement de hockey détrempé peut bondir - et quittes le vestiaire d'un pas vacillant.

Dans le corridor, tu es bloqué par un groupe de jeunes filles ricaneuses. Tu pousses des grognements en t'écrasant contre le mur de béton afin de poursuivre ton chemin. Tu boitilles jusqu'à la porte qui mène au stationnement. Tu jettes tes bras contre la barre de dégagement en métal et ouvres toute grande la porte avec une belle poussée satisfaisante.

Cuz est là, debout, les mains sur les hanches. Dane et Sanderson rôdent autour.

Ils se préparent à assister au spectacle? Ou à y prendre part?

Et puis, soudain, tu comprends. N'arrives pas à croire que tu n'as pas tiré cette conclusion avant cet instant. C'était Cuz. Et ces garçons. Qui ont arrangé le portrait de Henry ce soir-là.

Tu fonds sur eux, harponnant Cuz aux côtes avec ton bâton dès ton entrée en scène. Il est soufflé, plié en deux. Une douce vision. Un bâton de gardien de but, c'est lourd en crisse. Dane essaie de t'arracher le masque de la tête. Tu réussis à parer habilement l'attaque en lui collant ton bouclier au visage, mais Sanderson tire violemment ton bâton de l'autre main au même instant. Par-derrière, Cuz s'agrippe à tes épaulières pour te tirer au sol. Tu bats l'air des bras et des jambes, mais l'équipement, qui est lourd, gêne plus qu'il n'offre de protection. Dane te plaque au sol. Étendu de tout ton long, tu es une baleine échouée sur la plage. Quelqu'un s'attaque de nouveau à ton masque. Sanderson. Tu cherches à lui crever les yeux avec les lacets rugueux de ta mitaine. Ils sont tout autour de toi. Par-dessus toi. Des bêtes enragées. Tu bats l'air en pure perte, sachant parfaitement que ce n'est qu'une question de temps avant qu'elles ne te dévorent. Tu n'entends que les rugissements de fureur.

Et puis, soudain, *crack!*, la tête de Cuz part brusquement sur le côté sous l'effet d'un coup de gantelet. Il tombe à la renverse, hurlant de douleur, la main contre la tempe. En te retournant, tu vois Johnny debout au-dessus de lui, la main encore tendue dans les airs. Comme toi, il porte tout son équipement, moins les patins.

À présent Johnny pivote, attrape son bâton et accroche les pieds de Dane. Boom, il tombe. Sanderson arrive en courant, mais, sourire aux lèvres, Johnny lui fait un double-échec à l'épaule et le précipite au sol avec une facilité déconcertante. Et quand Cuz essaie de se relever, Johnny lui cingle la cheville, suscitant de nouveaux cris de douleur.

Tu te lèves, marches pesamment jusqu'à lui. Tu le regardes. Tu regardes les corps par terre. Il y a là au moins huit minutes de pénalité couchées sur le sol. Et fort probablement une suspension pour conduite antisportive. Dane et Sanderson se mettent debout, lentement à présent. Cuz aussi, avec encore moins d'enthousiasme. Dane se rue sur toi. Tu lui fais le coup de la corde à linge avec la surface plate de ton bouclier. Deux minutes pour obstruction. Un Sanderson écumant de rage essaie d'attraper Johnny, mais celui-ci n'a aucun mal à se mettre hors d'atteinte et porte une main gantée à l'arrière de la tête de son adversaire. Oooh. Une pénalité pour mauvaise conduite. L'arbitre siffle ce genre d'infraction chaque fois.

À la porte de l'aréna, tu entrevois les gars qui arrivent dans leurs jeans, pieds nus, torse nu, malgré le froid, jouant du coude pour mieux voir et poussant des vigoureux cris d'encouragement.

Cuz s'élance contre toi. Johnny et toi l'atteignez simultanément à la poitrine avec vos coudes. Il tombe sur le cul. Encore quelques minutes au cachot. Et d'autres applaudissements. Dane et Sanderson y vont d'une dernière charge. Tu stoppes Dane net de la mitaine et, au même moment, Johnny masse le visage de Sanderson avec le cuir dur et humide de son gant.

Et, lorsqu'ils sont encore à votre portée, Johnny donne à tous les deux un bon coup de pied à l'arrière-train. Chacun avance d'un pas chancelant, une main portée au visage et l'autre à son cul.

Ce qui suscite des éclats de rire de la tribune. Tu vois Marco et Debrofsky lever leur poing dans les airs.

Cuz bat en retraite, claudiquant en direction de sa voiture.

Johnny et toi laissez filer Dane et Sanderson.

Tu regardes tous les trois monter dans leurs voitures et s'enfuir.

Les garçons applaudissent. Tu retires ton masque. Tu te bats pour contenir la poussée d'adrénaline qui coule dans tes veines. Soulagement, joie. Johnny enlève son masque et le glisse sous son bras, repousse une poignée de boucles noires et collantes de sueur. Puis il redresse son équipement et, après un bref moment d'hésitation, donne une légère tape sur tes jambières avec son bâton, comme si tu venais de faire un bel arrêt.

Les gars retournent à l'intérieur. Ils croisent d'autres spectateurs, qui sortent. Qui se déversent sur l'asphalte. Qui tournent sur place. Des parents, des enfants. Des grands-parents. Ils ont entendu parler d'une bagarre. Les fans de hockey adorent les bagarres, même lorsque ça ne se passe pas sur la glace. Surtout si ça ne se passe pas sur la glace.

Ils vous dévisagent, ton ami et toi, encore vêtus de votre équipement. Dans vos bottes. Au milieu du stationnement. Ils se demandent ce qui s'est passé, ce qu'ils ont manqué.

Tu fais fi des regards curieux et retournes vers l'aréna en compagnie de Johnny. Vous marchez côte à côte.

Quelque part au loin, une sirène hurle.

Non, vraiment.

Remerciements

Mes sincères remerciements vont à Lison Lescarbeau, Carole Boutin, Marike Paradis, Axel Pérez de León, Véronique Déry et, bien sûr, Milena Stojanac, qui est venue à ma rescousse au commencement et n'a jamais cessé d'apporter son aide. Toute ma reconnaissance également au personnel des Éditions Stanké, qui a fait de cette occasion pour moi de publier en français un plaisir du début à la fin. Et que dire de la magnifique traduction d'Éric Fontaine ? Sinon qu'Éric a été davantage collaborateur que traducteur, compagnon d'écriture plutôt que collègue : il a réussi non seulement à adapter mon roman, mais à le rendre meilleur. Merci, *dude*.

En ce qui concerne les *blokes*, je demeure éternellement reconnaissant à l'inestimable Felix Rebolledo et à ma sœur Cindy. Merci à Brian « de courts chapitres s.v.p. » Burko et à Peter Lafrenière. À Mark et à Bruce, et à ma mère Anna, ainsi qu'à tous ceux qui m'ont lu aux premiers stades de la version originale. Et un grand merci à Penn Whaling de la Ann Rittenberg Literary Agency, comme à Susanne Alexander et à son incroyable équipe de Goose Lane Editions : Julie Scriver, Bethany Gibson, Corey Redekop,

389

Colleen, James et Akou. Enfin, merci et amour à ma belle Véronique et à Will, mon critique le plus exigeant.

Suivez les Éditions Stanké sur le Web :
www.edstanke.com

R.C.L.

MARS 2012

G

Cet ouvrage a été composé en EideticSerif 11/13,25
et achevé d'imprimer en décembre 2011 sur les presses de
Marquis imprimeur, Québec, Canada.

Imprimé sur du papier 100 % postconsommation,
traité sans chlore, accrédité Éco-Logo et fait à partir de biogaz.

certifié

procédé
sans chlore

100 % post-
consommation

archives
permanentes

énergie
biogaz